Jemeima Fychan

yn erbyn
Y BYDYSAWD

TAMSIN WINTER

Jemeima Fychan
Fychan

yn erbyn
Y BYDYSAWD

Cyhoeddwyd gan Rily Publications Ltd. 2023
Blwch Post 257, Caerffili, CF83 9FL
Hawlfraint yr addasiad
© Rily Publications Ltd 2023
Addasiad: Eiry Miles

www.rily.co.uk

Cyhoeddwyd gyntaf yn y DU o dan y teitl *Jemima Small* gan Usborne Publishing Ltd.,
Usborne House, 83-85 Saffron Hill, Llundain EC1N 8RT. www.usborne.com

ISBN 978-1-80416-331-3

Mae cofnod catalog CIP o'r llyfr hwn ar gael gan y Llyfrgell Brydeinig.

Mae'r cyhoeddwr yn cydnabod cefnogaeth ariannol Cyngor Llyfrau Cymru.

Argraffwyd ym Mrhydain, gan CPI

Cyflwynaf y llyfr hwn i bawb sydd wedi edrych yn y drych ac wedi teimlo'n ddiwerth. Gobeithio y bydd y stori hon yn dy atgoffa di nad wyt ti'n ddiwerth. Rwyt ti'n werth y byd.

Ac i fy nith, Lucia, sydd bob amser yn gwrando ar fy storïau.

1

GOFOD

Dyma air sydd wedi sarnu fy mywyd i'n llwyr: Mawr.

Jemeima Fawr.

Jemeima Fawr.

Jemeima Fawr.

Mae Jemeima'n fawr fel morfil! Sy'n hollol dwp. Mae hyd yn oed y morfil lleiaf yn 2.5 metr o hyd ac yn pwyso 101 kilogram. Ond does dim pwynt dweud hynny wrth neb. Does dim ots gan bobl am ffeithiau yn f'ysgol i. Maen nhw'n dal i ddweud 'mod i'n debyg i forfil. Maen nhw'n dal i 'ngalw i'n Jemeima Fawr er mai Jemeima Fychan yw fy enw i.

A dyna un o'r pethau mwyaf hurt am fy mywyd i: dyw fy enw i ddim yn fy nisgrifio i o gwbl. Ac alli di ddim newid dy enw pan wyt ti'n ddeuddeg oed achos dyw'r llywodraeth ddim yn gadael i ti wneud hynny. Ddim heb ganiatâd dy rieni, ta beth. Ac o ystyried 'mod i heb weld Mam ers 'mod i'n chwech, a bod Dad byth yn gadael i fi wneud dim byd da, dyw hynny ddim yn mynd i ddigwydd. Dyw begian ddim yn gweithio. Alla i ddim gwneud iddo fe deimlo'n euog chwaith. Dyw e ddim yn cydymdeimlo â 'mhroblemau i, achos dyw e ddim yn credu bod problemau 'da fi. Ac er iddi hi ein gadael ni, hoffwn i gael cyfenw Mam. Mae Jemeima Bouviere yn swnio'n ganwaith gwell na Jemeima Fychan. Mae angen cael gwared ar gyfenwau sy'n ansoddeiriau.

Pan oeddwn i'n iau, roeddwn i'n eithaf balch mai fi oedd y ferch fwyaf yn y dosbarth, ac yn meddwl bod hynny cystal â bod y ferch dalaf, neu'r ferch â'r gwallt hiraf, neu'r ferch fwyaf ystwyth fel Izzy Newman, oedd yn gallu plygu ei bodiau'r holl ffordd 'nôl nes 'eu bod nhw'n cyffwrdd â'i harddyrnau. Roeddwn i'n meddwl bod fy maint i'n naturiol, fel y brychni haul ar fy mreichiau ac Izzy Newman yn plygu ei bysedd lastig bob amser chwarae. Yna, digwyddodd y diwrnod hwnnw ar y traeth pan sylweddolais i 'mod i'n anghywir. Hynny yw, yn hollol, hollol anghywir.

Adeg gwyliau'r haf oedd hi, ryw fis neu ddau cyn fy mhen-blwydd yn wyth oed. Roedd Mam-gu yn aros yn ein tŷ ni ac awgrymodd Dad y dylen ni i gyd fynd i'r traeth. Roedden ni wedi bod i'r traeth bron bob dydd o'r gwyliau. Dyw e ddim yn bell o'n tŷ ni – dim ond 0.4 milltir. Mor agos fel y galla i glywed y môr o fy stafell wely. Sydd efalle'n swnio'n beth da, ond dyna'r rheswm fyddwn ni byth yn mynd am wyliau tramor. Mae Dad yn meddwl bod chwilota am drychfilod mewn pyllau glan môr a rhoi darnau dwy geiniog yn y peiriant gwthio ceiniogau yn yr arcêd yn cyfrif fel gwyliau haf. Dyw e ddim. Yn dechnegol, mae'n golygu 'mod i'n nes at gartref na phan fydda i'n mynd i'r ysgol.

Y peth drwg cyntaf i ddigwydd y diwrnod hwnnw oedd i fi ddod i lawr y grisiau mewn bicini. Roedd y strapiau'n dynn, felly es i ddangos y marciau coch dan fy ngheseiliau i Dad. Wrth i fi gerdded i mewn i'r lolfa, rhoddodd Dad ryw edrychiad ar Mam-gu – edrychiad doeddwn i erioed wedi'i weld o'r blaen. Mae'n siŵr taw dyna'r math o edrychiad oedd ar wyneb arweinydd taith ofod Apollo 13 pan sylweddolodd e fod eu tanc ocsigen wedi ffrwydro. Rhywbeth fel: 'Mam-gu, mae problem 'da ni.'

Aeth Dad â fi i Steil Bae'r Dolffin, sef siop dillad traeth sydd ar y promenâd. Bae'r Dolffin yw enw'r traeth. Mae'n enw eithaf camarweiniol, achos weli di fyth ddolffiniaid yno. Mae Jasper, fy mrawd, yn honni ei fod wedi gweld rhai drwy ei sbienddrych unwaith, ond falle taw celwydd oedd hynny. Dyna'r math o beth mae e'n ei wneud. Yn ôl Dad, bydd dolffiniaid yn dod yma i baru weithiau, felly dwi'n falch 'mod i heb eu gweld nhw erioed.

Aeliau wedi'u peintio oedd gan y fenyw yn Steil Bae'r Dolffin. Dwi'n gwybod hynny achos bod un ohonyn nhw braidd yn igam-ogam, a chododd hi ei haeliau cyn gynted ag y cerddon ni i mewn. Edrychodd ar fy mola a chyhoeddi, 'Rwyt ti'n bwdin bach, on'd wyt ti!' mewn llais oedd yn swnio fel petai hi'n fy nghanmol i. Ond pan edrychais ar Dad, roedd e'n gwenu arni'n lletchwith, fel petai angen iddo fe ymddiheuro am siâp fy mola. Roedd e'n sefyll reit wrth f'ymyl a'i law'n pwyso ar f'ysgwydd, ond yn sydyn roeddwn i'n teimlo fel petai e'n bell i ffwrdd mewn bydysawd arall.

'Mae hi'n tyfu!' meddai ymhen hir a hwyr, gan rwbio'i farf. Dyna mae e'n ei wneud pan dyw e ddim yn gwybod sut i ateb cwestiwn.

Dywedodd y fenyw wrtha i wedyn, 'Paid â phoeni, cariad. Mae gwisgoedd nofio 'da fi fydd yn cuddio 'chydig bach ar dy siâp di.'

Roedd fy mochau i'n llosgi ac roeddwn i'n teimlo'n ofnadwy o dwp, fel y tro hwnnw ym Mlwyddyn 4 pan sylweddolodd Miss Reed 'mod i'n gallu gwneud lluosi hir yn fy mhen. Mynnodd hi wedyn 'mod i'n sefyll ym mlaen y dosbarth wrth luosi 391 gyda 39. Ond ces i'r ateb yn anghywir achos bod y bachgen 'ma, Dylan Taylor, yn gwneud ystumiau dwl arna i ac anghofiais i ychwanegu un o'r rhifau oedd wedi'u cario drosodd.

Mae'n siŵr bod Miss Reed yn teimlo braidd yn dwp y diwrnod hwnnw hefyd. Roedd hi wedi prynu poster newydd ar gyfer y stafell ddosbarth oedd yn dweud: *Dim ond talp o lo sy'n ymdopi'n dda dan bwysau yw diemwnt!* ac fe ddywedais wrthi nad yw diemwntau hyd yn oed wedi'u ffurfio o lo. Ei hateb hi oedd, 'Pwynt posteri fel hyn yw ein hysbrydoli ni. Does dim rhaid iddyn nhw fod yn ffeithiol gywir, Jemeima!' Sydd yn siŵr o fod yn dweud popeth y dylet ti ei wybod am Miss Reed. Yn ffodus iddi hi, chawson ni ddim cwestiwn am ffurfiad diemwntau yn y profion TASau.

Ond doedd gwybod sut mae diemwntau'n cael eu ffurfio a gallu gwneud lluosi hir yn fy mhen yn ddim iws o gwbl i fi yn Steil Bae'r Dolffin. Plygais fy mreichiau dros fy mola a dilyn Mrs Aeliau Igam-Ogam at reilen o wisgoedd nofio, yn pendroni pam doedd neb erioed wedi dweud wrtha i bod angen i fi guddio fy mola. Ac yn teimlo fel twpsen dwpach na thwp oherwydd 'mod i heb sylweddoli hynny fy hunan. Daliodd wisg nofio ddu o 'mlaen i, ond trodd Dad ata i ac esgus llewygu pan welodd y pris, cyn dweud wrtha i am ddewis rhywbeth oedd ar y sêl. Falle ei fod e'n meddwl bod angen codi mwy o gywilydd arna i.

Pan gyrhaeddon ni'r traeth o'r diwedd, cerddais at y Planc gyda Jasper. Platfform pren yw hwnnw, sy'n mynd mas dros y môr. Does neb yn gwybod pwy adeiladodd e. Mae e wedi bod yno ers blynyddoedd, yn ôl y sôn. Mae Dad yn cofio ei fod e yno pan oedd e'n fachgen bach, felly efallai ei fod e yno ers canrifoedd. Roedd llawer o dwristiaid ar hyd y lle, felly buodd rhaid i ni sefyll mewn ciw. Roedd y grisiau pren yn llithrig achos bod dŵr y môr wedi tasgu drostyn nhw, a cherddais innau'n araf rhag ofn i fi lithro. Y gair cywir am ddŵr y môr yw heli, ond mae pobl yn edrych arnat ti braidd yn od os wyt ti'n ei ddefnyddio.

Rhedodd Jasper ar hyd y Planc a phlymio i mewn. Mae e wastad yn plymio i'r dŵr. Yn ôl Jasper, mae'r Planc yn saith metr o uchder, ond mae Jasper yn gor-ddweud popeth (ac yn meddwl ei fod e'n llawer clyfrach nag yw e.) Mae'r môr *o dan* y Planc tua saith metr o ddyfnder; dim ond tua phedwar metr *uwchben* lefel y môr mae'r Planc. Ond mae'n dal i deimlo fel naid fawr. Clywais sŵn sblash enfawr wrth i Jasper daro'r dŵr, cyn cerdded yn ofalus at ymyl y platfform a chyrlio bysedd fy nhraed dros yr ymyl. Gwyliais ben Jasper yn codi o ganol y tonnau. Ysgydwodd y dŵr o'i glustiau a gweiddi, 'SIARC!' Anwybyddais e. Dyna mae e'n ei ddweud bob un tro. Yr unig siarcod o gwmpas y lle yw'r morgwn, a dydyn nhw ddim hyd yn oed yn ymosod ar bobl, felly roedd e'n beth hurt ofnadwy i'w ddweud. Anadlais yn ddwfn a phinsio 'nhrwyn i, cyn syllu i lawr ar y dŵr. Yna, clywais lais y tu ôl i fi: 'Morfil sy 'na.' Dechreuodd y llall biffian chwerthin a dweud, 'Ie, bydd yn barod am tswnami!'

Roeddwn i eisiau dweud wrthyn nhw mai platiau tectonig sy'n achosi tswnami, nid person yn neidio oddi ar y Planc, felly roedd e'n beth twp i'w ddweud. Ond roedden nhw'n edrych ychydig flynyddoedd yn hŷn na fi ac roeddwn i'n poeni na fyddai fy ngwisg nofio newydd yn cuddio fy mola yn iawn. Ta beth, o'r ffordd roedd y ddau'n chwerthin, gallwn i weld doedd dim ots 'da nhw am ffeithiau gwyddonol. Tynnais ar ymylon fy ngwisg nofio, i drio cuddio centimetr arall o gnawd.

Wedyn clywais rywun arall yn siarad – bron yn sibrwd. 'Mae hi'n afiach.'

Ond dim person ifanc oedd yn siarad y tro hwn. Menyw tua'r un oed â Dad oedd hi. Roedd ei gwallt gwlyb wedi'i gribo'n ôl ac roedd siapiau wedi'u torri o ochrau ei gwisg nofio i ddangos bola fflat – nid un crwn fel f'un i. Edrychodd ar fy mola am chwarter eiliad cyn edrych ar ei gŵr a siglo'i phen. Stopiodd f'ymennydd feddwl am blatiau tectonig a morfil a tswnami wedyn, achos 'mod i'n teimlo eu dirmyg yn cau o 'nghwmpas i, fel anwedd dŵr

12

yn troi'n ddiferion pitw bach i greu niwl. Roedd yn pwyso ar fy nghroen ac yn sydyn roeddwn i'n deall pam edrychodd Dad ar Mam-gu fel 'na, a pham roedd angen gwisg nofio newydd sbon arna i, gyda thechnoleg arbennig i wasgu 'nghorff i yn siâp bach twt.

Neidiais i mewn i'r môr a nofio'n ôl i'r lan heb stopio. Galwodd Jasper arna i fwy nag unwaith i ddod 'nôl, ond nofiais ymlaen ac ymlaen, er 'mod i'n fyr fy ngwynt yn y diwedd. Pan ofynnodd Mam-gu pam roeddwn i'n llefain, dywedais wrthi fod criw o fechgyn wedi fy ngalw i'n forfil.

Rhwbiodd dywel dros fy ngwallt a dweud, 'O, Cariad, dweud hynny wnaethon nhw achos bod morfilod yn nofwyr cryf!'

Ond roeddwn i'n gwybod ei bod hi'n dweud celwydd. Rhoddodd becyn mints meddal i fi, ac ebychodd Dad yn uchel iawn. Wedyn, edrychodd ar Mam-gu yn yr un ffordd ag y gwnaeth y bore hwnnw wrth weld fy micini, felly ddywedais i ddim byd arall.

Dyw pobl ddim yn gallu dy bwyso di â'u llygaid, nac ydyn? Wel ydyn, maen nhw. Dyw pobl sy'n dy garu di ddim yn dweud celwydd wrthot ti, nac ydyn? Wel ydyn, gwaetha'r modd.

Am weddill y diwrnod hwnnw, eisteddais ar un o fatiau glan y môr Mam-gu â thywel o 'nghwmpas i, yn gwylio pobl yn cerdded heibio. Gwrandawais ar sŵn eu traed yn suddo i mewn i'r cerrig, a theimlo pigau crisialau mân halen y môr ar fy nghroen. A dyma sylweddolais i: yn y byd yma, mae cyrff â siapiau cywir, a chyrff â siapiau anghywir, ac roedd fy nghorff i'n un o'r rhai anghywir.

Sylweddoliad yw'r enw ar hyn. Fel Isaac Newton yn gweld afal yn cwympo o goeden ac yna'n darganfod disgyrchiant. Wel, fe wnes i ddarganfod rhywbeth hefyd: roeddwn i'n ffiaidd. Ac ar ôl i ti sylweddoli rhywbeth fel yna, mae'n aros yn sownd yn llabed flaen dy ymennydd. A phob tro y byddi di'n edrych yn y drych, neu'n newid ar gyfer gwers Addysg Gorfforol, neu'n sefyll ar dy draed mewn gwers, neu'n teimlo dy fola'n rholio dros ganol dy sgert ysgol, neu'n sylwi ar rywun yn edrych eto arnat ti, rwyt ti'n cael dy atgoffa. Mae'r llabed flaen yn beth bach digon diflas.

Symudais i ddim o'r traeth weddill y dydd. Es i ddim i nofio na gwthio Mam-gu ar hyd y prom yn ei chadair, na mynd i'r arcêd, na mynd i gael hufen iâ. Wnes i ddim byd ond eistedd yno, yn trio meddwl am ffordd i guddio 'nghorff i oddi wrth bawb. Gan gynnwys fi fy hun. Ond roedd yn amhosib. Sut galli di guddio rhag dy gorff dy hun? Yn enwedig pan wyt ti'n gwisgo gwisg nofio felyn lachar â llun o fflamingo arni?

Bron bob nos ar ôl hynny, cyn i fi fynd i gysgu, byddwn i'n syllu ar y sêr ac yn dymuno am gorff fel y merched eraill yn fy nosbarth. Roeddwn i eisiau corff siâp cywir, fel nhw. Byddwn i'n dymuno i Mam ddod 'nôl hefyd. Oherwydd os yw dy dad yn meddwl bod dy gorff yn argyfwng galaethol erchyll a dieithriaid llwyr yn meddwl dy fod ti'n afiach, mae angen dy fam arnat ti.

Yn ôl Anti Lleuwen, pan wyt ti'n gwneud dymuniad ar y sêr, mae'n cael ei saethu i ganol y bydysawd, fel pelydrau'r haul. Mae hi'n dweud, os gwnei di ddymuno dro ar ôl tro, y bydd y bydysawd yn gwrando yn y pen draw a bydd y dymuniad yn dod yn wir. Ond, pan ddaw lleuad lawn ar ddechrau blwyddyn newydd, bydd Anti Lleuwen yn tynnu ei dillad i gyd ac yn ymdrochi yng ngolau'r lloer er mwyn cipio'i hegni cosmig. Felly, dyw hi ddim yn ffynhonnell hollol ddibynadwy o wybodaeth.

Ta beth, er gwaetha'r holl ddymuno, arhosodd fy nghorff yr un siâp, a ddaeth Mam ddim i'r golwg eto chwaith. Roedd hi'n siŵr o fod fel y sêr: yn rhy bell i glywed fy nymuniad. Gwnes fy ngorau i beidio â meddwl amdani, ond roeddwn i'n gallu teimlo gwagle yn tyfu yn fy nghalon lle dylai hi fod. Dim ond naw centimetr yw lled calon ddynol, ond roedd y gwagle yn f'un i, weithiau, yn teimlo'n fwy na'r bydysawd.

Roedd y galw enwau'n dal i roi loes, hyd yn oed ar ôl fy mlwyddyn gyntaf yn Academi Cil-y-cregyn. Roeddwn i wedi cael fy ngalw'n Jemeima Fawr gymaint o weithiau nes y dylai fy nghalon fod wedi datblygu gwrthgyrff neu rywbeth, fel y gwnaeth fy nghelloedd gwaed ar ôl y brechlyn ffliw. Ond wnaeth hi ddim. A dyna pam, fwy na thebyg, roedd yn boenus clywed y pethau roedd pobl yn sibrwd amdana i yn ystod y Gwasanaeth Gwobrwyo ar ddiwedd y flwyddyn.

Mae Jemeima Fawr yn gwybod lot am y gofod achos ei bod hi'n llenwi cymaint ohono.

Dylai Jemeima Fawr wneud ychydig o ymarfer corff yn lle darllen cymaint o lyfrau.

Gall Jemeima Fawr ddatrys problemau màths ond ddim ei problem pwysau.

Dyw bod yn glyfar ddim yn fformiwla ar gyfer llwyddiant pan mae golwg fel fi arnat ti. Roedd pob llwyddiant yn golygu bod pawb yn syllu arna i fel tasen nhw heb weld rhywun fy maint i'n dal tystysgrif erioed o'r blaen. Ac yn hytrach na theimlo'n falch, byddwn i'n teimlo dirmyg yn glynu wrth fy nghroen bob tro y byddwn i'n codi ar fy nhraed. Felly, pan faglodd Ada MacAvoy o Flwyddyn 9 dros gadair wrth gerdded lan i'r blaen, roeddwn i'n teimlo trueni drosti. Ond yn fwy na dim, roeddwn i'n teimlo'n ddiolchgar bod neb yn edrych arna i bellach. Ar ben hynny, bwriodd yn erbyn lembo o 'nosbarth i o'r enw Caleb Humphreys, oedd yn dipyn o fonws.

Roeddwn i'n meddwl y byddai pethau'n gwella ym Mlwyddyn 8. Roeddwn i'n gwybod y byddwn i'n dal i gael fy ngalw'n Jemeima Fawr, ond roeddwn i'n meddwl y byddwn i'n arfer â'r peth. Fel llais Dylan Taylor yn gweiddi 'swmo' bob amser egwyl, yn pylu yn y cefndir yn y pen draw. Ac roedd gen i bethau i edrych ymlaen atyn nhw. Fel fy mhen-blwydd yn dair ar ddeg ym mis Hydref, fyddai'n golygu 'mod i wedi cyrraedd yr arddegau o'r diwedd ac y byddai Dad yn rhoi rhagor o arian poced i fi. Byddai'r arian dipyn yn is na'r lleiafswm cyflog, ond yn anffodus dyw Dad ddim yn credu bod gwaith tŷ yr un peth â llafur plant.

Roeddwn i'n dal i fod braidd yn bryderus am y diwrnod cyntaf yn ôl. Roeddwn i'n gwybod y byddai pobl yn edrych i weld a fyddwn i wedi cael rhyw fath o drawsnewidiad dramatig dros yr haf. Wel, doedd hynny ddim wedi digwydd. Jemeima Fawr oeddwn i o hyd. Ac, yn dwp iawn, roeddwn i'n meddwl taw dyna fyddai'r peth gwaethaf.

Ond mae hynny yr un peth ag edrych i fyny ar awyr y nos: dwyt ti ddim yn gweld y darlun cyfan. A chyn hir, dechreuais ddymuno bod drws cudd yn rhywle, i ddianc o'r bydysawd yma.

2

DIWERTH HOLLOL

Diwrnod cyntaf Blwyddyn 8 oedd hi pan ddigwyddodd e. Ces i fy nihuno gan Dad, oedd yn gweiddi arna i o waelod y staer drosodd a throsodd hyd syrffed ac yn bygwth pethau fel, 'JEMEIMA, coda o dy wely NAWR neu bydda i'n mynd â ti i'r ysgol yn DY BYJAMAS!' Fel petai angen rheswm arall ar bobl i ddweud pethau amdana i yn yr ysgol.

Gwisgais fy ngwisg ysgol ac edrych yn y drych ar wal fy stafell wely. Hyd yn oed yn fy sgert hir ddu wedi'i phletio, roedd gwaelod fy nghoesau'n edrych yn rhy grwn. Ac roedd fy mola yn hongian dros ganol y sgert, er 'mod i wedi treulio oesoedd yn trio'i guddio gyda 'nghrys i. Dywedodd Mam-gu – oesoedd yn ôl – y byddai fy wyneb mawr babïaidd yn teneuo cyn hir, ond roedd e'n dal gymaint â'r lleuad, a'r llinell hanner cylch dan fy ngên fel gwên arall. Falle y byddai'n diflannu eleni. Neu falle fod Mam-gu yn dweud celwydd.

Roedd fy ngwallt yn broblem fawr hefyd. Roedd yn union yr un lliw â'r tywod mwdlyd dan y pier. Tynnais fy ffôn o'r plwg er mwyn gwglo lliwiau gwallt. Roedd pob lliw wedi'i enwi ar ôl rhywbeth oedd yn swnio'n anhygoel: *mêl tanllyd, siampaen sidanaidd, melyn euraidd naturiol.* Doedden nhw ddim yn gwerthu un fel fy lliw i, achos bod neb – am wn i – yn ysu am wallt lliw *tywod mwdlyd.* Roedd tystysgrifau Academi Cil-y-cregyn ar fy hysbysfwrdd – pob un â'r pennawd *Anelu am Lwyddiant* a llun o fedal fach aur. Ond does neb yn ysu am ymennydd clyfar chwaith. Roedd f'ymennydd i'n hollol ddiwerth yn yr ysgol – yn werth dim yw dim. A does neb yn gallu gweld dy ymennydd di chwaith.

Gwaeddodd Dad, 'BRYSIA!' er bod oesoedd nes i'r bws gyrraedd. Bues i'n ymarfer ystumiau yn y drych am sbel fach, wedyn cymerais gam yn ôl a chraffu ar fy wyneb eto. Doedd ei ddwy ochr yn bendant ddim yr un peth. Gwglais *wyneb anghymesur.* Yr ateb cyntaf oedd: *Oes angen llawdriniaeth ar eich wyneb chi?* Ochneidiais cyn dechrau rhoi fy llyfrau yn fy mag.

Fyddai Dad byth yn talu i fi gael llawdriniaeth ar fy wyneb. Ces i stŵr ganddo yn yr archfarchnad yr wythnos diwethaf ar ôl i fi roi mwgwd clai i lanhau fy nghroen yn y troli. Roedd e'n ymddwyn fel petai e *eisiau* i fi gael smotiau. Mae llawdriniaeth arall ar gael o'r enw liposugno lle maen nhw'n sugno'r holl fraster mas o dy gorff. Mae'n dda, ond mae'n bosib y bydd gen ti ormod o groen wedyn, fel Mam-gu. Mae croen llac 'da hi sy'n hongian o gwmpas ei gwddf ac ar dop ei breichiau. Mae hi'n teimlo'n feddal braf pan fyddwn ni'n cael cwtsh, ond does dim syniad 'da fi o ble daeth y croen ychwanegol yma. Dwi ddim yn credu ei bod hi wedi cael triniaeth liposugno. Efallai ei bod hi wedi mynd yn llai, a bod gormod o groen 'da hi nawr.

'Dad, mae angen arian arna i, plis,' dywedais, yn syth ar ôl mynd i lawr y staer. Estynnodd Dad y bocs creision ŷd ata i, heb ddweud gair. Felly, es i ymlaen. 'I liwio 'ngwallt i. Mae'n fater hawliau dynol.' Roeddwn i wedi darllen llwyth o bethau am hawliau dynol ar ôl i Dad fy ngorfodi i olchi'r llestri dair noson yn olynol, dim ond am ddweud wrth Jasper y dylai fe alw ei sioe hud yn 'anobeithiol' yn lle 'aruthrol'. Does neb yn fy nheulu i'n deall fy hiwmor. Nac yn poeni am hawliau dynol.

'Dwi'n meddwl bod deg punt yn ddigon,' awgrymais, gan arllwys y creision ŷd i mewn i bowlen. 'Dwi ddim eisie un rhad rhag ofn i 'ngwallt i gwympo mas.'

Wnaeth Dad ddim hyd yn oed codi'i ben o'i gylchgrawn *Celf a Dylunio*.

'Dwi ddim eisie cael sioc anaffylactig chwaith.'

Dechreuodd Dad hymian.

'Dyna sy'n digwydd pan mae dy wyneb a dy lwnc di'n chwyddo. Rwyt ti'n gallu marw ohono fe, gyda llaw,' ychwanegais.

Heb ddangos dim diddordeb, trodd Dad dudalen yn ei gylchgrawn. Gallwn i fod wedi cael sioc anaffylactig go iawn, a fyddai fe ddim callach.

'Dad, y lliw gwallt. Dwi eisie'i gael e'r wythnos yma. Beth am i fi gael fy arian poced yn gynnar?'

Ebychodd Dad yn ofnadwy o uchel. Mae e'n hoff iawn o ebychu'n ofnadwy o uchel. Mae e hefyd yn hoff o roi Yr Edrychiad. Os bydd e'n gwneud y ddau beth yna'r un pryd, rwyt ti'n gwybod dy fod ti mewn trafferth. Y tymor diwethaf, roedd merch yn fy nosbarth i – Catrin Williams – yn dewis timau ar gyfer rownderi. Edrychodd hi'n syth ata i, a dweud doedd hi ddim eisiau *hipo* yn ei thîm hi. Dywedais wrthi fod hipos yn gallu rhedeg yn gyflymach na phobl a dweud y gwir, a doeddwn i ddim eisiau bod mewn tîm gyda rhywun ag ymennydd mosgito. Cawson ni'n dwy dipyn o stŵr gan Ms Newton am hynny. Dywedodd wrthon ni am ymddiheuro i'n gilydd. Dywedais nad oeddwn i eisiau ymddiheuro: nid fy mai i oedd ymddygiad gwaradwyddus Catrin. Buodd rhaid i Ms Newton edrych ar ei ffôn i weld beth roedd hynny'n ei feddwl, ac yna dywedodd y byddai hi'n dweud wrth Dad am fy agwedd i. Roedd hynny braidd yn dwp, gan fod Dad yn gwybod yn iawn pa fath o agwedd sy 'da fi. Ces i'r Edrychiad ac ochenaid eithriadol o uchel pan gyrhaeddais i adre'r diwrnod hwnnw.

'Jemeima, dyw lliwio gwallt ddim yn hawl ddynol,' meddai Dad.

'Ydy, os oes gwallt 'da ti yr un lliw â 'ngwallt i.' Gwenais fy ngwên orau, sef yr un roeddwn i wedi bod yn ei hymarfer yn y drych.

Dim ond am chwarter eiliad yr edrychodd e arna i. 'Does dim byd yn bod ar dy wallt di,' meddai. Fi oedd yn ochneidio'n eithriadol o uchel nawr. Ces i'r Edrychiad gan Dad.

'Dad, ti sydd wedi rhoi'r lliw gwallt 'ma i fi, felly dwi'n meddwl ei bod hi ddim ond yn iawn i ti dalu i fi ei newid i liw heulwen ddisglair.'

Ces i Edrychiad arall gan Dad. 'Rwyt ti'n rhy ifanc i liwio dy wallt.'

'Dwi bron yn dair ar ddeg! Ta beth, does dim rhaid bod yn oedran arbennig i liwio dy wallt. Taset ti wedi dechrau lliwio 'ngwallt i flynyddoedd yn ôl, falle na fyddai e'n edrych mor wael nawr.'

Caeodd Dad ei gylchgrawn ac anadlu'n ddwfn. Roeddwn i'n meddwl, o'r diwedd, ei fod e'n dechrau gweld y goleuni. Ond doedd e ddim. 'Wel, dwi'n meddwl ei fod e'n lliw neis. Mae e fel f'un i, on'd yw e?'

'A bod yn onest, Dad, dwi'n credu y byddai dy wallt di'n edrych yn llawer gwell taset ti'n ei liwio fe'n frown golau.'

Chwarddodd Dad a siglo'i ben.

'Ta beth, bydd e'n dechrau troi'n wyn cyn bo hir felly dylet ti adael i fi brynu stoc i ti.'

'Jemeima! Does dim eisie i fi liwio 'ngwallt i, diolch yn fawr i ti. A does dim eisie i ti wneud chwaith – mae e'n edrych yn bert fel mae e, yn naturiol!'

Ochneidiais a gwthio'r creision ŷd i mewn i'r llaeth gyda fy llwy. 'Dwyt ti ddim yn deall, Dad. Mae'n rhaid i ti liwio dy wallt i wneud iddo fe edrych yn naturiol.'

'Does dim hawl 'da ti liwio dy wallt. Rheolau'r ysgol.'

Y pripsyn annymunol sy'n frawd i fi ddywedodd hynny. Mae Jasper yn credu ei fod e'n gallu dweud wrtha i beth i'w wneud, er taw dim ond un deg naw mis yn hŷn na fi yw e.

'Brysia, Jemeima. Dwi ddim eisie bod yn hwyr ar y diwrnod cynta 'nôl.' Edrychodd Jasper ar ei adlewyrchiad yn nrych y lolfa, a sythu ei dei. Roedd egin mwstásh yn tyfu dan ei drwyn – ac roedd yn eithaf balch ohono. 'Mae'r ysgol yn llawer mwy difrifol i fi eleni. Dwi – yn swyddogol – yn yr Ysgol Uchaf a bydda i'n dechrau'r TGAUs, ti'n deall.' Llyfodd ddau fys a'u llithro dros ei aeliau cyn edrych arna i. 'Mae amser chwarae wedi bennu.'

'Glywaist ti hynna, Jemeima?' gofynnodd Dad. 'Gobeithio byddi di'n dilyn esiampl Jasper.'

'Dim diolch,' ysgyrnygais. 'Dwi ddim eisie bod mor annioddefol â fe.'

'Wel dwi ddim eisie unrhyw alwadau ffôn am dy agwedd di eleni, Jemeima,' meddai Dad.

'Dim problem. Diffodda dy ffôn.' Gwenais ar Dad. Gwên o glust i glust.

Fersiwn bendant o'r Edrychiad ges i'n ôl. 'Rwyt ti'n gwybod am beth dwi'n sôn,' meddai, cyn casglu ei frwshys paent o'r potyn wrth y sinc.

Mae Dad yn artist, ond ddim yn un o'r rhai sy'n ennill llwyth o arian. Mae e'n peintio arwyddion siopau a fframiau ffenestri crand a phethau fel 'na. Y peth gorau wnaeth e erioed oedd comisiwn gan y cyngor, flynyddoedd yn ôl, i beintio map o Gil-y-cregyn ar fwrdd pren enfawr ar y promenâd, i ddathlu pen-blwydd y pier yn gant oed. Peintiodd Dad ddolffiniaid yn y môr, a morgi mawr hefyd, a phobl yn bwyta candi-fflós ar hyd y promenâd. Os edrychi di'n fanwl iawn, galli di weld Jasper a fi yn chwarae yn y pyllau glan môr, gyda Mam yn dal ein dwylo a Dad yn eistedd ar graig gerllaw. Rydyn ni'n bitw bach, yn ddim ond smotiau o liw mewn gwirionedd, felly fyddet ti ddim yn gwybod mai ni oedd yno oni bai bod Dad wedi dweud wrthot ti. Bydda i wastad yn edrych ar y llun pan fyddwn ni'n mynd i'r traeth, ond fydd Dad ddim yn gwneud hynny. Dyw e ddim yn hoffi sôn am Mam, nac yn gallu edrych ar beintiad bach ohoni hyd yn oed, sy'n ddim ond smotyn pinc a gwyrddlas.

Gwnes addewid i Dad y byddwn i'n gwneud 'penderfyniadau aeddfed' eleni, cyn mynd lan lofft i frwsio fy nannedd.

'*Dépêche-toi*, Jemeima!' gwaeddodd Jasper ar fy ôl. Bydd e wastad yn siarad Ffrangeg wrth ddweud wrtha i am frysio. Dyna un o'i ffyrdd bach e o ddangos ei hun. Mae Mam yn hanner Ffrances, felly roedden ni'n dau'n siarad yr iaith pan oedden ni'n fach, yn ôl y sôn, ond alla i ddim cofio llawer am hynny. Mae Jasper wedi ennill y Wobr Ffrangeg bob blwyddyn yn Academi Cil-y-cregyn. Dwi'n credu taw twyllo yw hynny, a dweud y gwir. Mae e'n chwarter Ffrancwr, felly mae mantais annheg 'da fe. Hefyd, mae e'n gorbwysleisio'r acen Ffrengig, sy'n dân ar fy nghroen i.

Gwaeddodd Jasper, '*Dépêche-toi!*' eto, felly rhegais yn Ffrangeg yn ôl. Doedd e ddim yn air drwg iawn, ond o fewn chwinciad, clywais lais Dad yn taranu o waelod y staer, 'JEMEIMA, PAID Â DEFNYDDIO'R IAITH YNA!'

Pwysais dros y canllaw a dweud, 'Ffrangeg rwyt ti'n feddwl?' Roedd y pibellau gwaed yn llygaid Dad yn edrych fel petaen nhw ar fin ffrwydro. 'Rwyt ti'n gwybod yn union beth dwi'n feddwl! Paid â rhegi ar dy frawd. Yn unrhyw iaith. Ddylet ti ddim bod yn gwybod y fath eiriau, ta beth.'

'Dwed hynny wrth Monsieur Poisson!' atebais. 'Mae pobl yn eu sgrifennu nhw yn y gwerslyfrau!' Wedyn, ces i stŵr hyd yn oed yn fwy am alw Mr Picard yn hynny. Nid fy mai i yw e fod gwynt pysgod yn ei stafell ddosbarth.

Cyrhaeddon ni'r safle bws wrth i'r bws gyrraedd. Roedd yn gas 'da fi fynd ar y bws achos bod pobl wastad yn syllu arna i. Daliais i fy rycsac o flaen fy mola, a gadael i Jasper fynd o 'mlaen i. Eisteddais yn y sedd wag gyntaf i fi ei gweld. Roedd yn gas 'da fi gerdded i lawr yr eil hefyd, a gweld pennau'n troi i rythu arna i. Pan fydd pob sedd yn llawn, bydda i'n treulio'r siwrne i gyd yn gwasgu 'nghoesau i at ei gilydd, yn trio gwneud fy hun mor fach â phosib yn erbyn ochr y bws, neu'n lled hongian oddi ar y sedd, yn poeni rhag ofn bod y person drws nesaf yn dweud 'mod i'n mynd â gormod o le. Ar y ffordd adref, bydda i'n trio mynd ar y bws cyn pawb arall. Ond ni yw'r trydydd stop yn y bore, felly bydd rhywun wedi bachu'r seddi gorau i gyd.

Tynnais fy ffôn o fy mhoced ac anfon neges at fy ffrind Miki i ddweud y byddwn i'n cwrdd ag e wrth y gatiau. Dechreuodd Miki yn Academi Cil-y-cregyn hanner ffordd drwy Flwyddyn 7 ar ôl i'w rieni ysgaru. Symudodd e yma gyda'i fam. Tua'r adeg honno, penderfynodd fy ffrind gorau – Alina – doedd hi ddim eisiau bod yn ffrind i fi ragor. Dewisodd hi Loti Freeman yn fy lle. Roedden ni wedi bod yn ffrindiau ers yr ysgol gynradd, ond yn amlwg, dim ond am hyn a hyn y gall rhywun fod yn ffrind i Jemeima Fawr, cyn sylweddoli y byddai bywyd yn haws o lawer hebddi. A dyna a ddigwyddodd. Doedd Miki ddim yn adnabod neb yn Academi Cil-y-cregyn, a'r unig sedd wag yn ein dosbarth oedd yr un wrth f'ochr i, felly daethon ni'n ffrindiau trwy ddamwain yn y lle cyntaf. Ond roedd hi'n ddamwain ffodus iawn, gan mai Miki yw'r person gorau dwi'n ei nabod. Er ei fod e'n casáu Mathemateg.

Clywais swn ping o'r ffôn pan gyrhaeddodd ateb Miki: Iawn 😊

Petawn i'n gwybod beth oedd ar fin digwydd yn yr ysgol y diwrnod hwnnw, byddwn i wedi bwrw'r botwm STOP uwch fy mhen. Ond ofer fyddai hynny. Mae'r gyrrwr yn anwybyddu pawb sy'n pwyso'r botwm. I ddyfynnu Anti Lleuwen, alli di ddim dianc rhag dy dynged. Yn ôl Jasper, dwyn y llinell honno o *Star Wars* wnaeth hi. Ond dwi'n credu bod *Star Wars* wedi dwyn y llinell gan awdur o'r Hen Roeg o'r enw Sophocles. Ta beth, mae'n wir. Ac yn anffodus, y diwrnod hwnnw, rhywbeth digon tebyg i gael fy llyncu gan dwll du oedd fy nhynged i.

3

DAEARGRYN

Roedd Miki yn eistedd ar y wal wrth y gatiau pan drodd y bws i mewn i'r maes parcio. Roedd ei wallt du yn hongian dros ei lygaid er ei fod e newydd ei dorri, ac ymyl ei hwdi i'w weld yn glir dan ei flaser. Codais fy llaw arno, ond wrth i fi gamu oddi ar y bws, gwaeddodd rhywun, 'Oi! Paid ag achosi daeargryn!' Roedd yr haul yn fy llygaid i felly allwn i ddim gweld ei wyneb, ond roeddwn i'n adnabod y llais. Dylan Taylor. Roedd e mewn dosbarth gwahanol i fi a doedden ni ddim yn cael unrhyw wersi gyda'n gilydd, ond roedd e'n siŵr o sylwi arna i yn yr ysgol, a byddai'n gweiddi rhywbeth arna i bob tro.

Safodd Jasper yn stond a throi i edrych arna i. Gan amlaf, mae fy mrawd i'n dipyn o dwlsyn. Ond weithiau, bydd e'n cadw golwg arna i, i wneud yn siŵr 'mod i'n iawn. Pan fydd hynny'n digwydd, mae'n anodd dal y dagrau'n ôl. Doedd dim ots gen i am Dylan a'i ddiffyg dealltwriaeth o blatiau tectonig, ond dechreuodd pawb o 'nghwmpas i sefyll yn stond a rhythu, ac roedd hynny'n teimlo fel petai daeargryn yn digwydd *go iawn*. Yn fy nghalon. A doedd neb yn gallu ei deimlo, heblaw amdana i. (Ac efallai fy fentrigl chwith.)

'Haia,' meddai Miki. 'Anwybydda fe. Mae'r boi 'na'n dwpsyn.'

'Ydy, dwi'n gwybod,' atebais, gan anadlu'n ddwfn i atal y dagrau. 'Does neb yn achosi ton seismig wrth gamu oddi ar fws.'

Gwenodd Miki wrth i ni ymuno â'r dorf oedd yn anelu am y neuadd ar gyfer y gwasanaeth.

Cawson ni groeso'n ôl gan Mr Nelson, ein tiwtor blwyddyn. Rhoddodd ein hamserlenni newydd i ni a'n hatgoffa i sefyll mewn rhes hollol syth. Wnaeth e ddim ein gorfodi ni i sefyll yn nhrefn yr wyddor fel y bydd rhai athrawon yn ei wneud, felly cerddais yn gyflym i'r blaen er mwyn i fi gael sedd ar ben y rhes. Roedd yn gas 'da fi eistedd yn y canol am eu bod nhw'n bachu'r seddi gyda'i gilydd fel bod fy nghoesau'n hongian dros yr ochrau a'r metel yn gwasgu i mewn iddyn nhw.

'Mae llygaid Mrs Llwyd yn saethu pelydrau marwol yn barod,' sibrydodd Miki wrth i ni gerdded i mewn i'r neuadd.

Rhewodd ei llygaid ar wyneb Miki ar unwaith. Mae'n rhaid bod ganddi glyw arbennig o dda, fel gwyfyn. Gallan nhw glywed sŵn ar yr amledd uchaf. Mae clyw fel yna yn dy helpu i osgoi ysglyfaethwyr. Dyna'r math o glyw fyddai'n ddefnyddiol iawn yn f'ysgol i.

'Bore da!' meddai Mrs Llwyd ar ôl i bawb dawelu. 'Gobeithio eich bod chi i gyd yn edrych ymlaen at flwyddyn gyffrous arall yn Academi Cil-y-cregyn!' Croesawodd y Flwyddyn 7 newydd cyn ein hatgoffa o arwyddair yr ysgol, er nad oedd gobaith i ni ei anghofio. Roedd e ar wal bob stafell ddosbarth a hyd yn oed yn y toiledau. Fel petai hi'n disgwyl i ni 'anelu am lwyddiant' wrth eistedd ar y tŷ bach.

'Nawr,' aeth yn ei blaen, 'mae gen i newyddion cyffrous iawn! Pwy sydd wedi clywed am y rhaglen deledu *Brainiacs*?'

Roeddwn i'n glustiau i gyd. Dwi wedi bod yn gwylio *Brainiacs* ers 'mod i'n ferch fach, bob Gŵyl San Steffan. Roeddwn i wastad yn gwybod llwyth o atebion, oedd yn achosi tipyn o boendod i Jasper. Cododd môr o ddwylo, ond nid fy llaw i. Dyna fy hoff raglen i, ond pan mae dy freichiau di yr un maint â fy rhai i, dwyt ti ddim am eu codi yn y gwasanaeth.

'I'r rheini ohonoch sydd heb glywed am y rhaglen,' meddai Mrs Llwyd, 'rhaglen gwis yw hi, lle mae pobl ifanc mwyaf disglair Prydain yn cystadlu'n frwd yn erbyn ei gilydd i ennill tlws *Brainiacs* a phum mil o bunnoedd i'w hysgol!'

Aeth ton o gynnwrf o gwmpas y neuadd. Gwenodd Mr Nelson a chodi ei aeliau arna i. Roedd e'n siŵr o fod yn meddwl am yr holl lyfrau hanes y gallai eu prynu gyda phum mil o bunnoedd.

'Ife dyna'r rhaglen rwyt ti'n ei hoffi?' sibrydodd Miki. Nodiais fy mhen.

Chwifiodd Mrs Llwyd ar y person TG ac yna ymddangosodd clip o *Brainiacs* y llynedd ar y sgrin. Roedd y cyflwynydd, Dexter Riley, yn gofyn i fachgen o'r enw William luosi rhifau atomig aur a sinc.

'Dwy fil, tri chant saith deg!' bloeddiais, cyn taro fy llaw dros fy ngheg.

Trodd y plant o'n blaenau i edrych arna i, a chwarddodd Miki yn syn. Roeddwn i'n teimlo'n hollol dwp, er bod yr ateb yn gywir.

Gorffennodd y clip gyda merch o'r enw Tika yn dal y tlws yn uchel. Hi oedd yn dal y record am y sgôr uchaf yn hanes *Brainiacs*.

Rhoddodd Mrs Llwyd ei llaw i fyny i'n tawelu. 'Eleni, bydd disgyblion o dros hanner cant o ysgolion yn cystadlu am y pymtheg lle ar y rhaglen, a byddwch chi'n falch iawn o glywed bod Academi Cil-y-cregyn yn un ohonyn nhw!'

Curodd Mrs Llwyd ei dwylo ac ymunodd y stafell i gyd yn y gymeradwyaeth. Gallwn deimlo pilipalod yn fy mola. Neu, a bod yn fanwl gywir, aeth y niwronau ar hyd echelin yr ymennydd-coluddyn yn hollol wyllt. Oedd siawns 'da fi i fod ar *Brainiacs*?

'On'd yw hynny'n *gyffrous*?' Am unwaith, roeddwn i'n cytuno â Mrs Llwyd. 'Mae'r gystadleuaeth ar agor i bobl rhwng deg a thair ar ddeg oed, felly'r Ysgol Iau – chi! Byddwn ni'n cynnal y prawf rhagbrofol yma amser cinio ddydd Iau wythnos nesaf. Does dim *rhaid* i chi drio wrth gwrs, ond hoffwn i weld llawer o'n disgyblion disglair yn mynd amdani!' Nodiodd ar y person TG eto, ac ymddangosodd gwefan *Brainiacs* ar y sgrin. 'Os hoffech chi fynd amdani, mae'n rhaid i'ch rhieni lawrlwytho ffurflen ganiatâd o'r wefan yma a'i hanfon ar e-bost i'r swyddfa. Gall Academi Cil-y-cregyn gyflwyno cais cryf – *heb os nac oni bai!*'

Dechreuodd pawb gymeradwyo eto a chododd Mrs Llwyd ei dwrn i'r awyr yn gyffrous. Ddylai athrawon ddim cael gwneud hynny.

Tynnodd Miki fy llawes a sibrwd, 'Yffach, Jemeima! Ti'n gwybod gallet ti ei wneud e. Byddet ti'n wych ar *Brainiacs*!'

Teimlais wreichion bach o egni'n sboncio drwy fy mhen. *Allwn i wir fynd ar Brainiacs?* Edrychais ar draws y rhesi di-ben-draw o bobl yn eistedd yn y neuadd. Tybed oedd unrhyw un ohonyn nhw'n hoffi *Brainiacs* cymaint â fi? Wedyn, teimlais rywun o'r rhes y tu ôl yn pwnio f'ysgwydd. Roedd yn pwyntio at Jasper, oedd yn eistedd ychydig seddi y tu ôl i fi. Meimiodd, '*Brainiacs!*' cyn codi ei fawd arna i. *Roedd Jasper yn credu y gallwn i ei wneud e?*

Troais yn ôl, ac yn sydyn, llenwodd fy nghalon â chynhesrwydd. Roeddwn i wedi bod yn gweiddi atebion *Brainiacs* ar y teledu bob Gŵyl San Steffan ers cyn cof. Roedd bron yn un o'n traddodiadau Nadoligaidd, fel sbrowts stwnshlyd ac angylion bach sinsir Mam-gu, a Jasper yn dangos ei hunan bob munud. Prin y gallwn i anadlu – roeddwn i wedi cynhyrfu'n lân. Symudodd fy llygaid ar hyd ein rhes eto, ac yn ddamweiniol, edrychais i fyw llygaid Loti Freeman. Roedd hi'n un o'r disgyblion disglair y buodd Mrs Llwyd yn cyfeirio atyn nhw. Mae gan Loti ymennydd, yn bendant, ond yn anffodus mae'n debyg bod organ hanfodol arall wedi diflannu i rywle. Cilwenodd arna i, cyn llenwi ei bochau ag aer. Dyna'i ffordd hi o 'ngalw i'n dew heb i neb arall sylwi.

Edrychais arni'n ddiemosiwn, fel petai dim ots 'da fi beth roedd hi'n ei wneud. Ond pan edrychodd hi i ffwrdd, plethais fy mreichiau a gwasgu 'mola i mewn, gan synnu 'mod i wedi llwyddo i anghofio am beth mor enfawr hyd yn oed am eiliad. Ar y sgrin nawr, roedd llun grŵp cystadleuwyr *Brainiacs* y llynedd. A phob un ohonyn nhw'n gwenu. Pob un ohonyn nhw'n faint normal. Doedd dim un ohonyn nhw'n debyg i fi. Doedd dim ots 'da fi am hynny, a cheisiais anwybyddu'r miliynau o amheuon oedd yn crynhoi yn f'ymennydd ac yn dweud wrtha i *bod* ots.

Safodd Miss Nisha, ein hathrawes ddrama, i ddweud wrth bawb am gynhyrchiad Nadolig yr Ysgol Iau, a buodd bron i Miki fy nharo i'r llawr wrth neidio'n llawn cyffro. Wedyn, atgoffodd Mr Nelson ni am y trip gwersylla a fyddai'n digwydd ddiwedd mis Hydref. Roedd e wedi sôn am y peth cyn gwyliau'r haf, a nawr roedd y sgrin yn dangos llun pump o bobl ar rafft oedd ar fin troi drosodd. *Antur awyr agored anhygoel!* oedd y geiriau dan y llun. Roedd yn anodd peidio â griddfan yn uchel.

'Byddwn ni'n gwersylla dros nos,' meddai Mr Nelson, 'a byddwch chi'n cymryd rhan mewn llawer o weithgareddau fel saethyddiaeth, cyfeiriannu, adeiladu rafftiau, teithiau cerdded yng ngogoniant byd natur, a byddwch chi hyd yn oed yn chwilio am fwyd yn y goedwig! Os gwelwch yn dda, dywedwch wrth eich rhieni bod rhestr yr offer angenrheidiol ar y wefan nawr.'

Ochneidiais yn hir. Allwn i ddim meddwl am ddim byd gwaeth nag aros yn rhywle lle roedd rafft yn ffordd dderbyniol o deithio. Ond roedd Dad wedi talu'r blaendal yn barod, felly oni bai bod asteroid yn bwrw'r ddaear gan chwalu arfordir gorllewin Cymru yn llwyr (union eiriau Dad) roeddwn i'n mynd. Ac yn anffodus, doedd hynny ddim yn debygol o ddigwydd am o leiaf 117 o flynyddoedd eto. Mae Dad yn meddwl bod gwersylla'n cryfhau cymeriad rhywun, ond aeth Jasper ar yr un trip ddwy flynedd yn ôl, ac roedd e'r un mor ddiflas pan ddaeth e'n ôl. Hyd yn oed yn fwy diflas, falle.

Ar ôl y gwasanaeth, roedd Loti yn dynn ar fy sodlau ar y ffordd i'r wers wyddoniaeth. 'Wyt ti'n meddwl sefyll prawf *Brainiacs*, Jemeima? Achos does neb eisie gweld dy fola di ar y teledu.'

Dywedodd Miki wrthi am fynd i grafu. Dywedais wrth Miki doedd dim ots gen i beth byddai Loti yn ei ddweud. Fyddai neb yn gallu gweld fy system dreulio ar y teledu oni bai bod rhywun yn rhoi camera i lawr fy oesoffagws. Ond roedd Miki yn gwybod bod ei geiriau wedi rhoi loes i fi. Mae gan ffrindiau gorau bŵer arbennig. Gallan nhw weld beth sy'n digwydd yn dy galon. Fel electrocardiogram.

Wrth ddringo'r gris olaf, roeddwn i'n ymwybodol o bob modfedd o 'nghorff i. Dim ond ambell un edrychodd ddwywaith yn y cyntedd. Falle fod rhai pobl wedi anghofio sut olwg sydd arna i. Neu eisiau gweld oeddwn i wedi mynd

yn fwy. Ond yna, es i mewn i'r labordy gwyddoniaeth. A
doedd dim gobaith i neb – ddim hyd yn oed fy ffrind-
gorau-electrocardiogram – fy achub i.

4

DISGYRCHIANT

Roeddwn i'n gwybod bod rhywbeth o'i le cyn gynted ag y gwelais i Mr Shaw yn sefyll ym mlaen y labordy gwyddoniaeth yn dal clorian.

'Croeso'n ôl, 8N!' meddai'n siriol. 'Mae gwers arbennig 'da ni heddi. Ry'ch chi i gyd yn mynd i gael eich mesur a'ch pwyso!'

Ac roedd hynny fel bod yn effro yng nghanol hunllef.

'Bydd y pennaeth yn casglu'r data!' meddai Mr Shaw, fel petai hynny'n rheswm da dros godi cywilydd arnon ni. Gwenodd yn lletchwith wrth i fi eistedd yn fy sedd yn y cefn. 'Mae pob dosbarth yn gwneud hyn. Does dim eisie i chi boeni, dwi'n addo. Rhagor o ddata i'r Llywodraeth yw e, dim byd mwy!' Edrychodd o gwmpas y dosbarth yn araf. 'Dwi'n sicr ddim yn disgwyl i neb deimlo'n anghyfforddus.'

Cuddiais fy mhen yn fy llyfr Ffiseg, er mwyn i fi beidio â gweld neb yn edrych arna i.

'Ac ... i gael ychydig o hwyl! Hoffwn i gyflwyno: Y Bananomedr!'

Edrychais ar y siart roedd Mr Shaw wedi'i osod ar y sgrin a darllen y fformwla drawsnewid. Teimlais ias oer yn cropian dros fy nghorff. Roedd e'n mynd i ofyn i ni gyfrifo ein pwysau ni mewn bananas a rhoi'r ateb ar y bwrdd. Roeddwn i wedi bod yn eithaf hoff o Mr Shaw tan hynny.

'Beth am ddechrau gyda'r rhagfynegiadau, ife?' meddai. 'Beth yw cyfanswm pwysau 8N mewn bananas? Bydd gwobr i bwy bynnag sydd agosaf ar y diwedd.'

'Llawer!' daeth llais o ochr arall y dosbarth. Caleb Humphries. Roedd yr un nifer o gelloedd ymennydd â banana gydag e, siŵr o fod. Rhoddais fy mhen i lawr wrth i sŵn chwerthin atseinio o 'nghwmpas i. Roedd pob ton sain yn teimlo fel dwrn yn fy mola.

Wedyn, mwmialodd Loti, 'Dwi'n ychwanegu pum can banana arall ar gyfer Jemeima.'

'Bydd yn sensitif, plis!' bloeddiodd Mr Shaw.

Roeddwn i'n ysu am rywbeth i ymddangos wrth ochr fy nesg, drwy hud a lledrith. Twll enfawr i ddianc iddo, a fyddai'n fy nghludo'n gyflym drwy amser a thrwy'r gofod. Yn ddamcaniaethol, byddai hynny'n golygu 'mod i'n teithio drwy lefelau uchel o ymbelydredd a thonnau disgyrchiant a fyddai'n f'ymestyn fel sbageti dynol, ond roedd hyd yn oed hynny'n swnio'n well na chael fy mhwyso o flaen y dosbarth i gyd.

'Paid â gwrando ar y Llygoden Fawr,' meddai Miki, gan wthio'i wefus uchaf uwchben ei ddannedd, a symud ei fysedd ar bwys ei fochau fel bod golwg tebyg i wisgers arnyn nhw. Roeddwn i'n trio gwenu. Byddai Miki wastad yn galw Loti yn 'Llygoden Fawr'. Yn rhyfedd iawn, doedd dim golwg arni fod hynny yn ei phoeni. 'Bydd popeth yn iawn, Jem,' meddai. 'Does dim ots 'da neb am bwysau pobl eraill.'

Pwyntiais fy meiro at Loti.

'Iawn, falle fod ots 'da'r Llygoden Fawr, ond pwy sy'n cymryd sylw o beth mae hi'n feddwl?'

Edrychais yn ôl ar Loti. Roedd ei hwyneb braidd yn bigog a'i llygaid yn grwn ac yn sgleiniog fel llygaid llygoden. Ond roedd hi'n dal i fod yn bert, a fyddet ti ddim yn sylwi ar ei thebygrwydd i lygoden fawr oni bai dy fod ti'n craffu arni. Neu'n dod i'w hadnabod hi.

'Felly,' meddai Mr Shaw ar ôl iddo fe sgrifennu rhai o'r rhagfynegiadau ar y bwrdd, 'pwy hoffai roi cynnig arni'n gyntaf?'

Roedd golwg syn ar ei wyneb pan welodd fod neb wedi codi'i law. Bues i'n meddwl gofyn am gael mynd i'r tŷ bach, ac aros yno drwy'r wers. Ond petawn i'n codi fy llaw nawr, byddai Mr Shaw yn credu 'mod i'n gwirfoddoli. Gallwn i ddweud bod bola tost 'da fi, neu norofirws. Gwyliais Mr Shaw yn edrych ar ei glipfwrdd, gan feddwl tybed oedd athrawon gwyddoniaeth yn gorfod derbyn unrhyw hyfforddiant meddygol.

'Iawn 'te,' meddai Mr Shaw. 'Bydd rhaid i fi eich dewis chi ar hap.'

Galwodd Mr Shaw Erin i'r blaen. Roedd ei hwyneb fel tomato er mai hi oedd un o ferched teneuaf y dosbarth. Safodd yn erbyn y ffon fesur a rhoi ei dwylo dros ei bochau wrth sefyll ar y glorian. Wnaeth hi ddim hyd yn oed edrych ar Mr Shaw wrth iddo fe deipio 193 banana i mewn i siart y Bananomedr ar y bwrdd. Chwarddodd rhai pobl, fel petaen nhw'n credu bod hynny'n llawer o fananas. Ond doedd e ddim. Petaen nhw'n cyfrifo'r peth, bydden nhw'n sylweddoli bod 193 o fananas yn pwyso fawr ddim.

Wrth i fwy o bobl godi i gael eu pwyso a'u mesur, tawelodd y chwerthin rywfaint. Cododd cyfanswm y Bananomedr yn raddol. Roedd pwysau Loti yr un peth â dau gant o fananas yn union. Roedd Miki yn pwyso rhywfaint yn fwy na Loti a Rohan yn pwyso tri deg a dwy o fananas yn fwy na Miki; roedd Afzal yn pwyso ychydig yn fwy na hynny ac Alina yn pwyso ychydig mwy na Loti. Ar ôl i hynny fynd ymlaen am dipyn, troais fy llygaid oddi wrth y siart. Roedd yr holl beth yn teimlo fel jôc greulon. Gweddïais ar Dduw i fy symud o'r fan a'r lle drwy beiriant amser neu rywbeth. A dwi ddim hyd yn oed yn credu yn Nuw. Na theithio drwy amser, chwaith.

Pan alwodd Mr Shaw fy enw, tawelodd y labordy'n llwyr. Crafodd fy stôl y llawr wrth i fi godi ar fy nhraed yn araf bach, a minnau'n dal i drio meddwl am ffordd i osgoi'r peth. Sibrydodd Caleb 'mod i'n mynd i dorri'r glorian. Dywedodd Mr Shaw y byddai yn ein cosbi petai e'n clywed unrhyw sylwadau cas eraill. Wedyn, tawelodd y stafell eto, ac roedd hynny'n teimlo hyd yn oed yn waeth. Roeddwn i'n weddol sicr fod pethau cas yn mynd trwy feddyliau pobl amdana i.

Roedd fy mochau ar dân wrth i fi dynnu fy esgidiau a gadael i Mr Shaw fesur fy nhaldra. Wedyn, teimlais y gwres yn gadael fy nghorff wrth i fi sefyll ar y glorian. Llyncais fy mhoer. Eiliadau'n unig gymerodd hi i fi gyfrifo faint o fananas oedd fy mhwysau i. Roedd yn fwy na neb arall ar y bwrdd. Yn union fel roeddwn i'n ei ddychmygu. Gwyliais Mr Shaw yn cofnodi'r nifer ar ei glipfwrdd. Y peth diwethaf roeddwn i eisiau oedd i bawb weld fy mhwysau ar y sgrin. Y tro hwn, doedd bod ar frig y siart ddim yr un peth â dod yn gyntaf. Roeddwn i wedi dod yn olaf.

A dyna pryd sylwais ar y biceri ar hambwrdd. Y rhai sy'n cael eu defnyddio mewn arbrofion cemeg, sef y math o beth sydd i fod i ddigwydd mewn gwersi gwyddoniaeth, nid pwyso pobl a chodi cywilydd arnyn nhw. Roedd yr hambwrdd ar ymyl desg Mr Shaw, wrth fy ochr i'n union. Camais yn ôl yn frysiog tuag at yr hambwrdd ac estyn fy mraich mas a'i daro. Clywais y gwydr yn ffrwydro dros y llawr.

'Jemeima Fychan!' gwaeddodd Mr Shaw, fel petai angen iddo fe atgoffa pawb beth oedd fy enw.

'Sori, syr!' atebais yn gyflym. 'Damwain.' Roedd clystyrau biceri'n deilchion ar y llawr, fel galaethau pitw bach o sêr tryloyw. Roeddwn i'n gallu gweld rhai yn fy sgidiau.

'Damwain!' Ysgydwodd y gwydr oddi ar ei draed cyn trio dod o hyd i rywle diogel i sefyll. 'Gwelais i ti'n troi'r hambwrdd â fy llygaid fy hun!'

'Mae'n ddrwg 'da fi,' dywedais. Ac roeddwn i *yn* teimlo'n ofnadwy am y peth. Ond fydd athrawon *byth* yn meddwl dy fod ti'n ymddiheuro go iawn.

Cymerodd Mr Shaw anadl ddofn. 'Reit, Jemeima. Yn ofalus *iawn*, gwisga dy esgidiau a cher i aros yn swyddfa'r Adran Wyddoniaeth, os gweli di'n dda. Wnaiff rhywun fynd i nôl y technegwyr i ddweud wrthyn nhw beth sydd wedi digwydd?'

Saethodd llaw Loti i'r awyr ar unwaith.

Yn y swyddfa, ychydig funudau'n ddiweddarach, dywedodd Mr Shaw ei fod yn deall bod cael fy mhwyso o flaen y dosbarth, *o bosib*, yn brofiad anghysurus. O bosib. Wnes i ddim gwrando arno fe ar ôl hynny. Y peth olaf roedd ei eisiau arna i oedd darlith gan ddyfeisiwr y Bananomedr. Dywedodd y byddai'n rhaid i fi fynd i weld Mrs Llwyd amser cinio ac y byddai'n rhaid i fi weithio yn swyddfa'r Adran weddill y wers honno, yn ogystal ag amser egwyl. Roedd arogl coffi cryf yno ac roedd fy mola'n troelli fel petai VFTS-102 ynddo. Dyna'r seren droellog gyflymaf. Mae hi'n troelli ar gyflymder o filiwn o filltiroedd yr awr. Ond roedd hyd yn oed teimlad troellog fel yna'n well na gweld fy mhwysau ar y sgrin.

Dwi'n gwybod taw disgyrchiant yw pwysau, yn rhannol. Petawn i'n byw ar y lleuad, byddwn i'n ysgafn fel pluen. Yn anffodus, dwi'n byw ar y ddaear. Ac mae athro 'da fi sy'n meddwl taw tipyn o sbort oedd darganfod bod gwerth fy mhwysau i mewn bananas yn fwy na phwysau neb arall ar y blaned.

5

PLANED DDIGROESO

Amser cinio, arhosodd Miki gyda fi y tu fas i swyddfa Mrs Llwyd. Dwi'n dychmygu taw fel hyn roedd Anne Boleyn yn teimlo yn 1536 wrth aros i gael ei dienyddio. Ond o leiaf roedd hi'n cael gwisgo mantell frenhinol arbennig, nid blaser Academi Cil-y-cregyn gyda staen inc ar un llawes. Edrychais ar yr arwydd efydd ar y drws. Ansoddair oedd cyfenw Mrs Llwyd, fel fi. Roeddwn i'n teimlo, o ystyried ei phryd a'i gwedd, ei fod e'n enw addas iddi.

'Jemeima.' Ymddangosodd wyneb Mrs Llwyd ar bwys y drws. 'Dere i mewn.'

Sibrydodd Miki, 'Pob lwc,' wrth i fi dynnu'r blaser i lawr i guddio'r staen inc dan fy ewinedd.

Yn ei swyddfa, rhoddodd Mrs Llwyd ei dau benelin ar y ddesg a gwasgu pennau ei bysedd yn erbyn ei gilydd, gan greu siâp tebyg i rombws anniben. Roedd ei hewinedd wedi'u peintio'n binc lliw cwrel, felly roedd hi'n torri ei rheol ysgol ei hun ynglŷn â farnais ewinedd. 'Nawr,' meddai hi'n dawel, 'hoffwn i ti ddweud wrtha i beth ddigwyddodd yn dy wers wyddoniaeth y bore 'ma.'

'Damwain oedd hi, Miss.'

Rhythodd arna i'n oeraidd.

'Ym, Mrs ...'

Roedd hi'n rhythu'n galetach nawr.

Llyncais fy mhoer. 'Llwyd.'

'Damwain?' ebychodd. Trodd at sgrin ei chyfrifiadur a chlicio'r llygoden unwaith neu ddwy. 'Nid dyna sut disgrifiodd Mr Shaw y peth, yn union. "Bwrodd hi lond hambwrdd o ficeri conigol yn hollol fwriadol".' Cododd traw ei llais ar ddiwedd y frawddeg fel petai hi'n gofyn cwestiwn.

'Falle taw'r ongl oedd yn rhoi'r argraff yna iddo fe,' atebais. 'O'r man roedd e'n sefyll, fyddai Mr Shaw ddim yn gallu gweld y cyfan. Dwi ddim yn honni ei fod e'n dweud celwydd ond—'

Cododd ei llaw, yn arwydd i fi dawelu. Roedd hynny'n eithaf anghwrtais, ond ddywedais i mo hynny wrthi hi. Penderfyniad aeddfed, fel y byddai Dad yn ei ddweud.

'Jemeima, nid dyna sydd gen i mewn golwg. Digwyddodd *hyn* wrth i ti gael dy bwyso, on'd do?'

Llyncais fy mhoer.

'Galla i ddeall y byddai rhai o'n disgyblion braidd yn' – edrychodd i lawr ar fy mola cyn edrych yn ôl ar fy wyneb – 'amharod i rannu eu pwysau gyda'u dosbarth. Dwi'n deall hynny.' Ond doedd Mrs Llwyd ddim yn deall. Dyw athrawon ddim yn deall pethau fel yna. Edrychais i ffwrdd ac aeth yn ei blaen. 'Petaet ti ond wedi siarad â Mr Shaw ar ddechrau'r wers, fe allet ti fod wedi—'

'Nid dyna oedd e, Mrs Llwyd,' atebais. 'Dim ond damwain.' Cadwais fy llygaid ar y ddesg rhag ofn ei bod hi'n gallu dweud pan oedd pobl yn dweud celwydd. Meddyliais am y blaned fwyaf digroeso yn y bydysawd. Ei henw yw HD 189733 b ac mae hi chwe deg a thair o flynyddoedd golau i ffwrdd. Mae hi'n bwrw gwydr yno, ac mae ei gwyntoedd yn teithio ar gyflymder o bum mil o filltiroedd yr awr. Byddai hyd yn oed byw yn fanna yn apelio mwy ata i na chael fy mhwyso o flaen cynulleidfa.

'Wel,' meddai Mrs Llwyd, 'beth bynnag oedd y rheswm, dwi'n siŵr dy fod ti'n deall bod torri offer yr ysgol yn beth eithaf difrifol. Mae arna i ofn y bydd rhaid i ti dalu am y difrod. Felly, bydda i'n ffonio dy dad y prynhawn 'ma.' Gwenodd o glust i glust. 'Fe gei di fynd.'

Safais ar fy nhraed a cherdded mas yn araf. Byddai Dad yn gandryll. Petai Mrs Llwyd yn emoji, hi fyddai'r lwmp o gaca sy'n gwenu.

Y prynhawn hwnnw yn y wers Fathemateg, pryd bynnag y byddwn i'n symud milimedr neu ddau, hyd yn oed, byddai Loti yn symud o'r ffordd ac yn dweud, 'Mas o'r ffordd!' Pan ofynnodd Mrs Lee i fi ddatrys 'problem y dydd' ar y bwrdd, problem am drionglau, sibrydodd Loti, 'O-o, mae hi'n mynd i chwalu rhywbeth 'to!' Felly dywedais wrth Mrs Lee 'mod i ddim yn siŵr sut i ddatrys y broblem. Mae Loti wastad yn waeth yn y gwersi Maths gan nad yw Miki yn ein dosbarth ni. Ac achos bod Mrs Lee tua dau gan mlwydd oed, a byth yn sylwi ar ddim byd.

Ar ddiwedd y wers, dywedodd Mrs Lee ei bod hi'n gobeithio y bydden ni i gyd yn sefyll prawf *Brainiacs* yr wythnos nesaf.

Trodd Loti a dweud, 'Dwi'n amau bod camera digon llydan 'da nhw i dy recordio di.'

Roeddwn i eisiau dweud wrthi pam roedd hynny'n amlwg yn gelwydd. Ond mae rhan resymegol f'ymennydd yn diflannu pryd bynnag mae Loti Freeman yn agor ei cheg. Dwi ddim yn gwybod pam. Efallai fod rhan fach ohona i'n dal i obeithio y gwnaiff hi fy hoffi i.

Roedd Dad ar ei ffôn pan gyrhaeddais i gartref o'r ysgol. Roedd hi'n amlwg o'r ffordd yr edrychodd e arna i ei fod e'n siarad â Mrs Llwyd. Chwifiodd ei fraich arna i, a phwyntio at y soffa.

'Anlwcus,' meddai Jasper, cyn fy ngwthio i o'r ffordd i fynd lan lofft. 'Dyna sy'n digwydd pan wyt ti'n torri rheolau'r ysgol, annwyl chwaer.'

Mae Jasper yn hoffi rheolau. Dwi ddim yn hoffi fy mrawd. Rhedodd i dop y staer ac esgus ymladd gyda *lightsaber* ar ei ffordd i'w stafell.

'Roeddwn i'n meddwl bod amser chwarae ar ben, Jasper!' galwais ar ei ôl, ond dywedodd Dad wrtha i am fod yn dawel, a phwyntio at y soffa eto. Gollyngais fy mag wrth y staer a thaflu fy hun ar y soffa.

'Ydw,' meddai Dad, 'dwi'n ymddiheuro o waelod calon. Ydy, mae hi'n gallu bod braidd yn anodd weithiau ... do, digwyddodd ambell beth y llynedd, ond dim byd difrifol. Ie, ei hagwedd hi yw'r broblem. O, y gronfa codi arian ar gyfer y pysgodyn aur ... roeddwn i wedi anghofio am hynny ... a'r broblem fach yn y gwersi Drama, ie ... mae Jemeima yn darllen llawer, 'dych chi'n gweld, Mrs Llwyd, ac felly mae hi'n cael y syniadau 'ma ...'

Ochneidiais yn ddigon uchel i Dad glywed (a Mrs Llwyd hefyd, o bosib). Syniad Anti Lleuwen oedd y gronfa. Fyddai hynny ddim wedi gorfod digwydd petai Academi Cil-y-cregyn wedi rhoi tanc o faint addas i'r pysgodyn aur yn y dderbynfa. A doedd dim bai arna i fod drama Miss Nisha am y Chwyldro Ffrengig yn hollol afrealistig. Fyddai neb yn dawnsio fel Beyoncé petaen nhw ar fin cael eu dienyddio. Mae athrawon wastad yn gorymateb i bopeth.

'Ydy, mae'n oedran lletchwith!' meddai Dad. 'Wir i chi, wn i ddim sawl gwaith mae hi wedi bygwth fy riportio i i'r Cenhedloedd Unedig am amharchu ei hawliau dynol! Ha ha! Ie ... yn union! Hormonau!'

Roedd Dad yn hollol *embarrassing*. Suddais mor ddwfn ag y gallwn i mewn i'r soffa heb i'r clustogau ddisgyn i'r llawr.

'Diolch am ddeall, Mrs Llwyd. Galla i'ch sicrhau chi – bydd ymddygiad Jemeima yn ardderchog weddill y tymor.'

Rhoddodd Dad ei ffôn ar fwrdd y gegin a siglo'i ben yn araf.

Roedd golwg arno fel petai ar fin ffrwydro. Mae'n rhaid bod biceri conigol yn ofnadwy o ddrud.

'Iawn,' meddai Dad. Dyna sut mae e'n dechrau pregethu, bob tro. 'Beth ar wyneb y DDAEAR ddaeth dros dy ben di? Pam penderfynaist ti chwalu LLOND HAMBWRDD o ficeri gwydr yn dy wers WYDDONIAETH? Am beth hollol hurt i'w wneud, Jemeima! Ar dy ddiwrnod cynta'n ôl! Mae e'n beth mor ... beth yw'r gair rwyt ti a Jasper wastad yn ei ddweud? RANDOM!'

Cnoais fy ngwefus.

'Dwi'n cymryd bod y peth yn rhyw fath o brotest yn erbyn gormes gwyddoniaeth, oedd e? Rhyddhewch yr asid sylffwrig! Dere 'mlaen, nawr, Jemeima! Rwyt ti'n HOFFI Gwyddoniaeth!'

Syllais ar y llun o'r môr uwchben y lle tân. 'Dwi *ddim* yn hoffi gwyddoniaeth.'

Ochneidiodd Dad yn uchel. 'Nefi wen, Jemeima. Mae'n rhaid bod o leia hanner cant o lyfrau gwyddoniaeth yn dy stafell di!' Roedd ei fochau'n cochi ac roedd e'n rhoi ei law ar ei dalcen bob munud fel petai'n mesur ei dymheredd. Eisteddodd ar y soffa gyferbyn â ni. Pwysodd ymlaen a rhwbio'i farf. 'Dywedodd Mrs Llwyd eich bod chi i gyd wedi cael eich pwyso heddi. Ai dyna oedd y broblem?'

Gallwn i fod wedi dweud wrtho sut deimlad oedd hynny. Cerdded lan at y glorian mewn tawelwch llethol a phawb yn rhythu arna i. Ac am y Bananomedr hurt ar y sgrin, a

Loti Freeman, a chael fy ngalw'n Jemeima Fawr. A'r penbleth ynglŷn â sefyll prawf *Brainiacs* wythnos nesaf, achos pwy fyddai eisiau 'ngweld i ar y teledu? Ond does dim ots gan dadau am bethau fel 'na. Ddim fy nhad i, beth bynnag. Mwy na thebyg, byddai'n dweud wrtha i bod cael fy mesur ddim yn broblem go iawn. Ac ar ben hynny, mae siarad â Dad am unrhyw beth i'w wneud â 'nghorff i yn boenus o letchwith. Roeddwn i'n dal i wingo wrth feddwl amdano'n gofyn i fi y llynedd a oedd angen 'bra cyntaf' arna i, a hynny yng nghanol Asda! Felly, dyma fi'n ateb, 'Dad, ddylet ti ddim cynhyrfu cymaint am y peth. Rwyt ti mewn perygl o gael trawiad ar y galon.'

Rhoddodd Dad Edrychiad pendant i fi. 'Jemeima. Dwi. Ddim. Yn. Cynhyrfu,' meddai, cyn anadlu'n ddwfn drwy ei drwyn.

'Iawn, wel, mae dy fochau di'n goch. Well i fi edrych ar Google, i weld sut mae gwneud CPR.' Tynnais fy ffôn o boced y blaser, ac ochneidiodd Dad eto – yn fwy swnllyd y tro hwn. 'Rwyt ti wedi cyrraedd pen dy dennyn,' atebais, 'sydd fwy na thebyg yn beryglus iawn i rywun dy oedran di.'

'Jemeima, wnei di stopio ymddwyn fel petai hyn yn jôc fawr! Roedd y biceri 'na'n ddrud! Byddai hi wedi gallu rhoi cosb fawr i ti! Pwy yn union o't ti'n credu byddai'n talu amdanyn nhw?'

'Doedd e ddim yn fwriadol.'

'Wir? Yn ôl yr athro gwyddoniaeth, gwthiaist ti'r hambwrdd oddi ar ei ddesg yn fwriadol.'

'Wel, mae e'n dweud celwydd.'

Edrychodd Dad tuag at y nenfwd, fel petai'n gweddïo. Ond dyw Dad ddim yn un sy'n gweddïo. Buodd e'n rhygnu ymlaen ac ymlaen am tua miliwn o flynyddoedd ynglŷn â pha mor siomedig roedd e. Ac yna dywedodd e taw fy arian poced i fyddai'n talu am y biceri. Byddai hynny, felly, yn cymryd oesoedd achos 'mod i braidd byth yn cael arian poced. Ond yn ôl Dad, doedd cwyno am hynny ddim yn beth aeddfed iawn i'w wneud.

Gwyliais ei adlewyrchiad yn y sgrin deledu wag, gan ddymuno y gallai e fod fel un o'r tadau 'na sydd mewn rhaglenni teledu. Y math o dadau sy'n rhoi cwtsh ac yn dweud bod popeth yn mynd i fod yn iawn. Nid y math o dad sy'n jocan gyda'r pennaeth am dy hormonau, sy'n poeni dim am hawliau anifeiliaid, sy'n mynd dros ben llestri'n llwyr am hen ficeri conigol hurt ac yn trafod 'bra cyntaf' yng nghanol Asda. Mae tadau ar y teledu'n llawer gwell na rhai go iawn. Mae popeth ar y teledu yn well na bywyd go iawn.

'A ti, groten,' meddai, 'galli di fy helpu i glirio'r garej y penwythnos nesa.'

'Y garej! Ond mae'n ofnadwy o anniben!'

'Fydd y garej ddim yn anniben ar ôl i ti orffen!' meddai, gan wenu arna i. Roedd hynny, yn llythrennol, fel cael Mrs Llwyd yn y stafell.

Roeddwn i wir eisiau dweud wrth Dad pam gwnes i dorri'r biceri, ond allwn i ddim. Petawn i wedi dweud, efallai y byddwn wedi cael cwtsh, yn lle pregeth. Roeddwn i eisiau esbonio hefyd 'mod i'n teimlo, weithiau, fel petai twll enfawr yn fy nghalon heb ddim byd i'w drwsio. A dweud wrtho fe taw'r Llywodraeth sy'n talu am fy addysg, ac achos hynny, ddylwn i ddim gorfod talu am y biceri. Ond ddywedais i 'mo hynny chwaith. Yn hytrach, es i lan i fy stafell a sgrifennu llythyr ymddiheuriad twp i Mr Shaw, fel y gofynnodd i fi wneud.

Wedyn, gorweddais ar fy ngwely ac edrych ar y nenfwd. Roeddwn i wir yn teimlo'n ofnadwy. Ond nid achos 'mod i wedi chwalu'r biceri, fel y dywedais i yn fy llythyr. Doedd dim ots 'da fi am wydr. Doedd gwydr ddim yn werthfawr. Doedd e'n ddim ond tywod yn y pen draw, ac roedd tunelli ohono fe – yn llythrennol – ar y traeth.

Roeddwn i'n teimlo'n ofnadwy achos doedd dim teulu 'da fi oedd yn deall sut deimlad oedd bod yn fi.

Meddyliais am Tika, y cystadleuydd a enillodd *Brainiacs* y llynedd. Ac am y teulu yn y gynulleidfa oedd yn gwisgo crysau T a'i hwyneb hi wedi'i argraffu arnyn nhw. Oedd yn curo'u dwylo hyd yn oed pan oedd hi'n gwneud cawlach o gwestiwn ac yn llefain mewn hapusrwydd wrth iddi fynd trwy bob rownd. Dyna roedd ei eisiau arna i yn fwy na dim: teulu fel yna, oedd yn fy ngharu'n ddiamod.

Dyna'r math o gariad y byddwn i'n ei deimlo petai Mam yn dal yma. Byddai hi'n dod lan i fy stafell ac yn dweud wrtha i am beidio poeni am beth byddai Dad yn ei ddweud. Byddai hi'n dweud taw disgyrchiant wnaeth i'r biceri chwalu. A dylai'r Llywodraeth dalu amdanyn nhw. A phwy sy'n poeni taten am yr hen Bananomedr? Dyw bananas ddim yn uned fesur go iawn. Byddai hi'n dweud y dylai Mrs Llwyd wirio cymwysterau Gwyddoniaeth Mr Shaw. Wedyn, byddai hi'n rhoi cwtsh i fi. Ac yn dweud y byddai popeth yn iawn. A byddai hi, fwy na thebyg, yn gwisgo crys T â fy llun i arno.

6

TRIC HUD

Dim ond ar ddiwedd yr wythnos gyntaf 'na yn ôl yn yr ysgol y sylweddolais i beth oedd gwir ddiben y Bananomedr. Roedd e'n debyg i dric consurio byddai Tad-cu yn ei wneud pan o'n ni'n ifanc. Consuriwr enwog o'r enw'r Apolo Anhygoel oedd Tad-cu. Wel, enwog yng Nghil-y-cregyn ta beth. Roedd e'n arfer perfformio yn y paladiwm gyferbyn â'r pier. Harri Fychan oedd ei enw go iawn, ond doedd Yr Anhygoel Harri Fychan ddim mor fachog, rywsut. Byddai'n dangos ei ddwylo gwag i ti, wedyn yn estyn ceiniog o'r tu ôl i dy glust, neu hyd yn oed rhwng bysedd dy draed os o't ti'n gwisgo fflip-fflops. Roeddwn i'n arfer credu ei fod e wir wedi ffeindio ceiniog yno. Ond dim ond tric dwl oedd e. Roedd y geiniog yn cuddio yng nghledr ei law drwy'r cyfan.

Yr un math o beth oedd y dasg o bwyso pawb yn yr ysgol. Doedd ganddi ddim i'w wneud â rhagfynegiadau na fformwlâu na bananas na gwyddoniaeth. Dim ond esgus o'n nhw. Ac roeddwn i'n ddigon twp i lyncu'r twyll.

Cerddais i mewn i'r dosbarth fore Gwener gyda Miki, ac meddai Mr Nelson, 'Jemeima, dere 'ma, os gweli di'n dda.' Ces i deimlad rhyfedd ym mhwll fy stumog, fel y teimlad byddi di'n ei gael wrth edrych dros ymyl y Planc. Edrychais i a Miki ar ein gilydd yn syn, cyn i fi gerdded draw at ddesg Mr Nelson.

'Hoffai Mrs Llwyd i ti fynd yn syth i'r neuadd chwaraeon y bore 'ma,' meddai Mr Nelson mewn llais tawel. 'Mae hi'n awyddus i ti fynd i gyfarfod arbennig.'

'Cyfarfod?' holais, a fy meddwl yn rhuthro fel trên gwyllt wrth drio dyfalu beth oedd e.

'Does dim angen i ti boeni am ddim byd. Dwyt ti ddim mewn trafferth,' meddai. 'Well i ti frysio.' Ac o'r ffordd y gwenodd e arna i, sylweddolais ei fod e'n sôn am *Brainiacs*. Roeddwn i'n meddwl falle fod Mrs Llwyd eisiau gwneud yn siŵr y byddwn i'n sefyll y prawf, er ei bod hi wedi dweud bod dim rhaid i ni wneud. Falle ei bod hi wedi edrych ar ganlyniadau ein profion neu wedi siarad â Mrs Lee neu rywbeth.

Pan gyrhaeddais y neuadd chwaraeon, roedd tua deuddeg o bobl yn eistedd ar y llawr. Roeddwn i'n adnabod Harri a Heidi, yr efeilliaid yn fy mlwyddyn i, o ddosbarth Mr Fraser. Gwnes i'r Her Ddarllen gyda nhw y llynedd. Es draw i eistedd gyda nhw. Roedd Brandon Taylor – brawd mawr Dylan – yn eistedd ar eu pwys nhw. Roedd Brandon yn arfer gwneud hwyl am fy mhen i yn yr ysgol gynradd hefyd weithiau, ond doedd e heb ddweud dim wrtha i ers i fi ddechrau yn yr Academi. Edrychodd lan a gwenu'n lletchwith. Edrychais i ffwrdd.

Gwyliais ragor o bobl yn cyrraedd ac yn sydyn, cwympodd y darnau i'w lle. Roeddwn i'n gwybod pam roedd Mrs Llwyd wedi fy anfon i yno. A doedd e'n ddim byd o gwbl i'w wneud â'r prawf *Brainiacs* hurt yr wythnos nesaf. Roedd y cyfan yn gwneud synnwyr. Pam ein bod ni wedi cael ein pwyso a'n mesur ddydd Llun. A pham roedd pawb oedd yn eistedd yn y neuadd chwaraeon yn gwisgo blaser tua'r un maint â f'un i.

Roeddwn i'n teimlo'n dwp ac yn drist ac yn grac, i gyd yr un pryd. Ond ddywedais i ddim byd. Eisteddais yno ar y llawr oer, yn teimlo – fwy na thebyg – fel pawb arall oedd wedi deall beth oedd yn digwydd. Mewn tawelwch llwyr, croesais fy mysedd, er doeddwn i ddim yn credu mewn croesi bysedd. Yn dymuno â fy holl nerth 'mod i wedi camddeall.

Roedd gwên wedi glynu'n sownd ar wyneb Mrs Llwyd, ond roedd hi'n symud o gwmpas ar ei thraed fel petai hi'n anghyfforddus. Efallai ei bod hi'n teimlo'n wael am yr hyn oedd yn digwydd. Neu fod cyrn ar ei thraed. 'Diolch am ddod, bob un ohonoch chi. Dwi wedi dod â chi yma i ddweud wrthoch chi am raglen arbennig iawn o wersi y byddwch chi'n cymryd rhan ynddyn nhw dros y flwyddyn academaidd hon. Meddyliwch am hyn fel petai'n glwb arbennig—'

Yn sydyn, gwthiwyd drysau cefn y neuadd yn agored led y pen a rhuthrodd grŵp o fechgyn i mewn. Safon nhw yno, yn rhythu arnon ni am foment, wrth i'w chwerthin atseinio oddi ar y waliau. 'Caewch y drysau ac ewch i'ch dosbarthiadau!' bloeddiodd Mrs Llwyd, a'i llais yn tasgu o gwmpas y neuadd.

'Mae Ymarfer Corff i fod 'da ni fan hyn nawr, Miss,' atebodd un ohonyn nhw.

Ochneidiodd Mrs Llwyd a siglo'i phen. 'Ddim eto! Dyw'r gloch ar gyfer y gwersi ddim wedi canu, hyd yn oed! Dwi'n defnyddio'r neuadd ar gyfer y clwb arbennig yma, felly gadewch nawr, os gwelwch yn dda!'

Roedd mwy o chwerthin wrth iddyn nhw faglu mas o'r neuadd.

Wedyn, gwaeddodd un ohonyn nhw, 'CLWB PLANT TEW!' cyn i'r drws gau gyda chlep.

Sibrydodd Heidi rywbeth wrth Harri. Nodiodd yntau, cyn edrych o gwmpas. Daliodd Mrs Llwyd fy llygaid am eiliad, cyn carthu ei llwnc a symud ei cheg yn ôl i wên mor llydan nes bod golwg tebyg i ffilter Snapchat arni.

Roedd atmosffer y stafell yn annioddefol o drwm. Ychydig fel yr atmosffer ar y Blaned Mawrth. Ond carbon deuocsid yw naw deg pump y cant o atmosffer Mawrth. Cywilydd – gant y cant – oedd atmosffer y neuadd chwaraeon. Gallwn ei deimlo'n tynhau yn fy mrest. Roeddwn i'n gwybod nawr pam ein bod ni i gyd wedi cael ein pwyso. A beth yn union oedd ystyr 'clwb arbennig' Mrs Llwyd.

Y cyfarfod dirgel hwn oedd cyfarfod cyntaf Clwb Plant Tew Cil-y-cregyn. A doedd bod yn aelod ohono fe ddim yn deimlad arbennig iawn.

7

TWLL DU

Eisteddais ar lawr y neuadd chwaraeon a fy nghoesau wedi'u croesi. Roedd fy sgert yn gorchuddio bob tamaid ohonyn nhw, yr holl ffordd at fy sgidiau. Roedd fy mreichiau wedi'u plethu dros fy mola a dagrau'n cronni yng nghorneli fy llygaid. Edrychais i lawr ar y llawr a chau fy llygaid i drio'u hatal. Petawn i wedi mesur y boen yn fy nghalon y funud honno, byddai'n 9.0 ar raddfa Richter: chwalfa lwyr.

Cododd Mrs Llwyd bentwr o lythyrau o'r bwrdd y tu ôl iddi. 'Nawr, fel roeddwn i ar ganol ei ddweud, ry'ch chi'n mynd i fod yn rhan o raglen "Bywyd Iach" y byddwn ni'n ei dechrau yr wythnos nesaf yma yn Academi Cil-y-cregyn. Cawsoch chi eich dewis achos ein bod ni'n credu mai chi fydd yn elwa fwyaf ohoni hi.' Dechreuodd ambell un symud o gwmpas yn anniddig. 'Byddwn ni'n cynnal dosbarthiadau yma amser cinio dydd Gwener a byddan nhw'n hwyliog dros ben. Byddwch chi'n dysgu popeth am faeth ac ymarfer corff, a dwi'n credu y byddwch chi hyd yn oed yn gwneud rhywfaint o goginio!' Oedodd i wenu ar bob un ohonon ni, fel petaen ni wedi ennill rhyw fath o loteri i bobl dew. Ond roedd yn teimlo fel y gwrthwyneb i hynny: fel petai pob modfedd o 'nghroen i wedi cael ei stampio â'r gair METHIANT mewn llythrennau anferth. Ac roeddwn i'n teimlo'n fwy hunanymwybodol nag erioed.

Annwyl Mr Fychan, meddai'r geiriau ar frig fy llythyr. Oddi tano roedd graff lle roedd echelinau *x* ac *y* yn cynrychioli taldra a phwysau. Roedd llinell ddu'n dangos y norm ar gyfer fy oedran, ac uwch ei phen, roedd croes goch yn fy nghynrychioli i. Roedd llythrennau breision yn datgan: *Mae canlyniadau Jemeima yn dangos ei bod dros ei phwysau yn sylweddol.*

Roedd dwy dudalen o lawysgrifen ar ôl hynny, ond wnes i mo'u darllen nhw yn iawn. Roedd dagrau'n llosgi fy llygaid ac roedd rhaid i fi lyncu sawl gwaith rhag ofn iddyn nhw lifo dros fy mochau. Yn amlwg, roeddwn i'n gwybod yn barod beth byddai fy safle i ar graff fel yna. Ond feddyliais i ddim y byddai ots gan yr ysgol am hynny. Ond dyna fe. Wedi'i argraffu ar bapur arbennig Academi Cil-y-cregyn gydag arwyddair yr ysgol a'r logo cragen ar frig y ddalen. A chroes fawr goch i ddangos mor anghywir roeddwn i.

Cyn gynted ag y gorffennodd Mrs Llwyd siarad, stwffiais y llythyr i boced fy mlaser a chamu mas o'r neuadd. Blinciais, gan wasgu fy llygaid ynghau mor dynn ag y gallwn i. Roeddwn i'n benderfynol o beidio â chrio ar y ffordd i'r wers Ddaearyddiaeth.

O'r tu ôl i fi, galwodd Heidi, 'Jemeima! Wyt ti'n iawn?'

Troais, a nodio 'mhen i. Roedd Harri yn edrych i lawr ar ei ffôn. Daeth ychydig o bobl eraill drwy'r drysau, a merch doeddwn i ddim yn ei nabod yn crio, ac yn dweud ei bod am ffonio'i mam. Dywedodd merch arall yr un peth wrthi, gan afael yn ei braich. Safai Brandon wrth eu hochr, yn edrych draw arna i. Troais eto, ac anelu am y bloc Dyniaethau. Roedd y gwagle yn fy nghalon yn teimlo fel petai'n ymestyn ar raddfa'r bydysawd, ac roedd y llythyr yn fy mhoced yn gwneud i fi ddyheu am ddiflannu i'w ganol. Roeddwn i'n teimlo mor dwp am feddwl bod Mrs Llwyd eisiau i fi fynd ar *Brainiacs*. Roedd y llythyr yma'n profi mai dyna'r peth diwethaf ar ei meddwl hi.

Cyrhaeddais y drysau dwbl ger y cyntedd Daearyddiaeth fel roedd dosbarth yn dod mas.

'Cerddwch yn dawel!' gwaeddodd athrawes, wrth i res o flasers gwyrdd hyrddio yn fy erbyn.

Daliais y drws ar agor a gwenodd yr athrawes arna i, â'i hwyneb cymesur perffaith. Wrth i'r bobl olaf fynd trwy'r drws, clywais rywun yn mwmial, 'Jemeima Fawr.' Wnes i ddim edrych yn ôl i weld pwy ddywedodd hynny. Doedd dim ots. Dim ond dweud y gwir roedden nhw. Roeddwn i'n rhy fawr. Gallwn i weld hynny bob tro y byddwn i'n edrych yn y drych. Neu'n cael cip ar fy adlewyrchiad mewn ffenest. Neu'n cymharu fy nghorff i â chorff rhywun arall. Roedd hyd yn oed llythyr yn fy mhoced â graff arbennig i brofi'r peth. Dyna mae gwyddonwyr yn ei alw'n dystiolaeth ddiamheuol.

Ond y foment honno, wrth sefyll ar y concrit llwyd a haul mis Medi'n tywynnu ar fy nghefn, a minnau'n brwydro'n galed i lyncu'r dagrau, y cyfan roeddwn i'n ei deimlo oedd fy mod i'n fach ac yn ddiwerth.

Yn y wers Ddaearyddiaeth, gofynnodd Miki beth oedd y dosbarth, ond ddywedais i ddim wrtho. Mae'n anodd dweud rhywbeth fel 'na, hyd yn oed wrth dy ffrind gorau. Yn enwedig pan mae Loti Freeman yn eistedd yn y gadair y tu ôl i ti, yn gwthio'i phensil i gefn dy ysgwydd ac yn gofyn yr un cwestiwn yn union. Sibrydais wrth Miki y byddwn i'n dweud wrtho amser egwyl.

'Dweud beth wrtho fe amser egwyl, Jemeima?' holodd Loti, gan wthio'i phensil yn ddyfnach i 'nghefn i.

'Dim, Loti.' Ceisiais swnio'n ddidaro, ond roedd lwmpyn yr un maint ag Uluru yn fy llwnc.

'Dyw e'n ddim byd i'w wneud â ti, Loti,' meddai Miki.

'Galla i ffeindio mas beth oedd e, ta beth,' meddai.

Edrychais arni dros f'ysgwydd. Gwenodd arna i a chwerthin. Roedd hi'n sicr yn ofnadwy o debyg i lygoden fawr. Tynnodd ei ffôn o'i phoced a dechreuodd deipio. Gallwn i deimlo 'nghalon i'n curo'n gyflymach. Petai Loti'n dod i wybod beth oedd y cyfarfod, byddai 'mywyd i ar ben.

'Loti!' galwodd Mr Kelly o'r tu ôl i'w ddesg. 'Rwyt ti'n gwybod beth yw'r rheolau. Dim ffonau mewn gwersi. Rho'r ffôn i fi os gweli di'n dda.'

'O, ond dim ond defnyddio'r gyfrifiannell ro'n i, Syr,' atebodd hithau mewn llais angylaidd. Dyna mae hi wastad yn ei wneud wrth siarad ag athrawon. Mae'r traw tua phum nodyn yn uwch na'i llais arferol, a phum gwaith yn fwy poenus i wrando arno.

'Loti, does dim angen cyfrifiannell arnat ti i dynnu llun erydiad afon.' Plethodd Mr Kelly ei freichiau dros ei siwmper felen. 'Ar fy nesg i, os gweli di'n dda.'

Diflannodd y wên oddi ar ei hwyneb. 'Mae'n ddrwg 'da fi, Syr,' meddai wedyn, heb symud modfedd. 'Edrych ar yr amser o'n i. Dyna ro'n i'n feddwl.'

Rhythodd Mr Kelly arni'n grac. 'Loti, bydda i'n cadw'r ffôn am weddill y dydd, a dyna ni. Fe gei di nôl y ffôn o'r dderbynfa cyn mynd adre.'

Cododd Loti'n araf a cherdded tuag at ei ddesg. 'Ond Syr, mae angen i fi ffonio Mam-gu amser egwyl.'

Roedd bron pawb yn y dosbarth yn rholio'u llygaid yn ddiamynedd, gan gynnwys Mr Kelly. Gwgodd Loti wrth roi ei ffôn iddo. Ochneidiais mewn rhyddhad.

Amser egwyl, dywedais wrth Miki y byddwn i'n cwrdd ag e yn y llyfrgell, cyn mynd i lawr y cyntedd i'r toiledau. Roedd rhywun wedi ysgrifennu Gwena :) ar y drych mewn lipstig. Doeddwn i wir ddim yn teimlo fel gwenu. Syllais ar fy adlewyrchiad. Amser maith yn ôl, dywedodd Anti Lleuwen wrtha i fod duwies yn bodoli y tu mewn i bob merch. Ond mae'n rhaid bod fy nuwies i'n anweledig, gan mai'r cyfan roeddwn i'n ei weld oedd Jemeima Fawr. Yn syllu'n ôl arna i roedd wyneb oedd yn crefu am lawdriniaeth gosmetig, gwallt yr un lliw â thywod mwdlyd a chorff oedd dros ei bwysau yn 'sylweddol'. Yn fy mhen, clywn filoedd o leisiau'n llafarganu *Jemeima Fawr, Jemeima Fawr, Jemeima Fawr.*

A'r llythyr yn fy mhoced yn rhoi halen ar y briw.

Byddai honna'n foment berffaith i'r dduwies fewnol ymddangos, ond allwn i 'mo'i theimlo hi yn unman. Falle'i bod hi'n gwneud ei gorau glas i beidio â chrio, fel fi.

Roedd Miki yn eistedd ar un o'r stolion melyn wrth y ffenest yn y llyfrgell, yn chwarae ar ei ffôn.

Eisteddais ar ei bwys a thynnu'r llythyr o 'mhoced i. 'Haia. Jemeima Fawr ydw i, yn swyddogol. Mae'r llythyr yma'n cadarnhau'r peth.'

Darllenodd Miki y paragraff cyntaf cyn gwgu'n grac.

'Beth? Dyna oedd y cyfarfod? Mae'n hollol hurt! Ro'n i'n meddwl taw cyfarfod *Brainiacs* oedd e. Beth ddywedodd Mrs Llwyd?'

Rhoddais y llythyr yn ôl yn fy mhoced a gofalu nad oedd neb yn gwrando. 'Mae'n rhaid i fi fynd i ddosbarth hurt o'r enw Bywyd Iach. *Amser Cinio dydd Gwener!* Dwi'n llythrennol yn cael fy nghadw i mewn amser cinio – fy nghosbi. Am fod yn dew.'

Siglodd Miki ei ben. 'Amser cinio? Pam na fyddai hi'n gadael i ti golli Hanes neu rywbeth? Mae hyn yn uffernol, Jem. Ti'n iawn?'

Nodiais, ac estyn llyfr oddi ar y silff agosaf. Ei deitl oedd, *Pwy Hoffai Fyw ym Mhrydain yr Oesoedd Canol?* Doeddwn i ddim eisiau iddo weld y dagrau oedd yn llosgi fy llygaid. Ond doeddwn i ddim chwaith eisiau darllen am ddyfeisiadau arteithio'r Oesoedd Canol. Troais y tudalennau'n gyflym wrth i Miki barablu, 'Dylai Mrs Llwyd roi llythyr i ti … yn dweud … taw ti yw'r person mwyaf clyfar yn yr ysgol neu rywbeth.'

'Wel, mae'r llythyr yma yn hollol groes i hynny,' atebais. 'Meddylia am yr holl bethau mae Loti a Caleb a phobl yn ei ddweud amdana i … dyna mae'r ysgol yn ei feddwl ohona i hefyd.'

'Nage,' meddai Miki, gan ysgwyd ei wallt o'i lygaid. 'Dim ond esgus twp i'ch pwyso chi oedd e. Mae pawb yn gwybod taw unben creulon yw Mrs Llwyd.'

Gwenais. 'Yn union. Dywedodd hi wrthon ni y byddai'r clwb yn hwyl!'

Fflachiodd llygaid Miki. 'Gallai fod yn hwyl!' Wedyn symudodd o'r ffordd, rhag i fi fwrw ei ben â *Pwy Hoffai Fyw ym Mhrydain yr Oesoedd Canol?*

'Dwi'n amau!' atebais. 'Dwi'n siŵr ei bod hi ar fin gofyn i'r technegwyr adeiladu un o'r rhain y funud 'ma.' Codais y llyfr i ddangos llun o declyn canoloesol i boenydio pobl. 'Mae hi'n bwriadu f'ymestyn i ar un o'r rhain nes 'mod i'r uchder cywir ar gyfer fy mhwysau i. Wedyn gall hi 'ngosod i ar ei graff twp unwaith eto, mewn lle gwell.'

'Falle bydd e'n iawn, Jem. O leia mae e ar ddydd Gwener. Dyna pryd byddwn ni'n ymarfer y sioe Nadolig. Gobeithio.' Croesodd ei fysedd. 'Os gwna i basio'r clyweliad wythnos nesa.'

'Wrth gwrs y gwnei di.' Y tymor diwethaf, dywedodd Miss Nisha fod Miki yn *aruthrol o dalentog*. Dywedodd bod gen i agwedd negyddol. Doedd hynny ddim yn gywir, yn dechnegol. Roeddwn i'n teimlo'n negyddol ynglŷn â chymeriad o Baris y ddeunawfed ganrif yn dawnsio fel Beyoncé.

'Diolch!' meddai Miki. 'Wnei di fy helpu i 'da'r llinellau amser cinio? Dwi'n trio am ran Bert, y dyn glanhau simneiau. Dyna'r brif ran.'

'Wrth gwrs.'

'Ac wythnos nesa, fe wna i dy helpu di i adolygu ar gyfer prawf *Brainiacs*. Byddi di'n ffantastig.'

Gwenais ar Miki wrth iddo droi'n ôl i chwarae ar ei ffôn, ond roedd fy mola i'n troi. Edrychais ar y poster ar y piler wrth ddesg y llyfrgellydd. *Ai ti fydd pencampwr nesaf BRAINIACS?* Meddyliais am yr holl droeon roeddwn i wedi gwylio *Brainiacs* gartref. A Dad yn dweud 'Anhygoel!' neu 'Gwych!' neu 'Sut ar wyneb y ddaear rwyt ti'n gwybod hynny?' pryd bynnag y byddwn i'n cael ateb yn gywir. Caeais fy llaw o gwmpas y llythyr yn fy mhoced ac edrychais ar fy adlewyrchiad yn y ffenest. Byddwn i wrth fy modd yn cael cyfle i fynd ar *Brainiacs*. Ond roedd dros dair miliwn o bobl yn gwylio'r sioe. Tair miliwn! Petawn i'n mynd drwodd, bydden nhw i gyd yn gweld yr hyn roeddwn i'n ei weld: Jemeima Fawr. Ac ar y foment honno, allwn i ddim meddwl am ddim byd gwaeth. Ar wahân i un o'r dulliau arteithio canoloesol mwyaf erchyll, sef bod rhywun yn rhoi llygod mawr yn dy goluddion di. Edrychais yn ôl ar y poster. *Ai ti fydd pencampwr nesaf BRAINIACS?* Daeth yr ateb ar unwaith: Nage.

8

LLOEREN

A r y bws adref o'r ysgol, y cyfan oedd ar fy meddwl i oedd ymateb Dad i'r llythyr. Doedd e ddim fel y llythyr ges i ar ôl ennill fy lle yng Ngornest Sillafu Cil-y-cregyn, na'r nodyn gan y Pennaeth a ddaeth gyda chanlyniadau fy mhrofion blynyddol, *Rhagorol! Llongyfarchiadau, Jemeima!* Neu'r llythyr ges i a Jasper i ddiolch i ni am helpu i lanhau'r traeth sbel fach yn ôl. Doedd y llythyr hwn yn ddim byd tebyg i'r rheini. Roedd y llythyr yma'n ddrwg. Roeddwn i'n teimlo fel petawn i mewn trafferth ofnadwy – y drafferth waethaf erioed.

Pwysodd Jasper dros gefn fy sedd a dweud, 'Ces i naw deg dau y cant yn fy mhrawf gwyddoniaeth heddi.'

Daliais i edrych drwy'r ffenest. 'Trueni. Gwell lwc y tro nesa.'

'Trueni 'mod i'n rhy hen i gystadlu yn *Brainiacs*, ti'n feddwl. Achos' – cododd ei ddwylo a dweud – 'byddwn i'n dy chwalu di'n rhacs!' Tarodd gefn fy sedd fel petai'n gwneud karate. Oni bai bod gwallt y ddau ohonon ni yr un lliw â gwallt Dad – lliw tywod mwdlyd diflas – byddai'n anodd credu ein bod ni'n perthyn.

'Dim gobaith,' atebais. 'Oni bai bod rownd arbennig am sut i fod yn swot enfawr.'

'Ha! Dyna'r holl bwynt! Sioe i swots enfawr yw hi, Jemeima! Dyna pam mae siawns dda 'da ti i ennill.'

'Dwi'n amau hynny'n fawr. Dwi ddim am gystadlu.'

'Beth? Pam?' Gwthiodd Jasper ei law o flaen fy wyneb i gynnig losin i fi.

Gwthiais ei law yn ôl. Roeddwn i'n amau eu bod nhw ym mhoced ei flaser ers y llynedd.

'Ro'n i'n credu taw *Brainiacs* oedd dy hoff raglen di.'

'Wel, ddim rhagor. Felly paid â dweud gair wrth Dad, iawn?' Edrychais mas ar y niwl llwyd oedd yn hofran dros y môr. Gallwn weld y goleudy yn y pellter. Cafodd ei adeiladu yn 1882 yn lle'r un blaenorol a losgodd yn ulw. Dyddiad adeiladu hwnnw oedd 1759 ac roedd ei dŵr yn un dodecagonaidd. Ystyr hynny yw bod deuddeg ochr iddo. Dyna'r math o beth rwyt ti'n ei ddysgu wrth dreulio dy hafau yn Amgueddfa Cil-y-cregyn yn lle'r traeth.

'Iawn, felly beth ddigwyddodd yn y cyfarfod 'na yn y neuadd chwaraeon?'

Troais i'w wynebu. 'Sut rwyt ti'n gwybod am hwnna?'

'Gwelais i ti'n mynd i mewn. Mae 'nosbarth cofrestru i gyferbyn.' Cliciodd Jasper ei fysedd a dechrau shyfflo pac o gardiau. 'Os wyt ti mewn trafferth, dwi'n dweud wrth Dad.'

Ochneidiais. Fyddwn i byth yn dweud y gwir wrth Jasper. 'Nid bod hynny'n fusnes i ti, ond mae Mrs Llwyd yn creu dosbarth arbennig ... ar gyfer pobl ag IQ uchel.'

Cododd Jasper ei aeliau. 'Wir? Felly pam roedd Brandon Taylor 'na?'

Ochneidiais eto. Roedd busnesu fel hyn mor nodweddiadol o Jasper. 'Dim syniad. Falle taw mynd i mewn yn ddamweiniol wnaeth e.'

Edrychodd Jasper arna i. Roedd e'n trio gweithio mas a oeddwn i'n dweud celwydd ai peidio. Troais yn ôl i wynebu'r ffordd arall, wrth iddo ddechrau dweud wrtha i am dric hud newydd roedd e'n ei ddysgu. Yn ôl fy arfer, wrandawais i ddim arno. Mae Jasper yn credu bod gwneud triciau hud yn golygu ei fod e'n arbennig mewn rhyw ffordd. Ond gall unrhyw un eu gwneud nhw. Gallwch chi, yn llythrennol, brynu triciau hud oddi ar y we. Dyw e'n ddim byd arbennig na goruwchnaturiol na rhyfeddol. Y cyfan mae angen i ti ei wneud yw prynu'r offer iawn ac ymarfer am oesoedd yn dy stafell wely. Yn y pen draw, rhoddodd y gorau i siarad a gwisgo'i glustffonau.

Tynnais fy llyfr llyfrgell o fy rycsac a symud yn fy sedd nes bod fy nghefn yn erbyn ffenest y bws. Agorais fy llyfr a rhoi'r llythyr ynddo fe, fel bod Jasper yn methu ei weld e.

Bydd yr arbenigwraig ar ffitrwydd a maeth, Gwenfair Rhydderch-Prys yn cyflwyno'r rhaglen arbennig o wersi Bywyd Iach, a fydd yn cynnwys cyfleoedd i ddysgu am reoli pwysau, bwyta'n iach, gwaith tîm a lles meddyliol.

Darllenais y gweddill. Doedd y dosbarth ddim yn swnio'n rhy ddrwg, rywsut. Byddai'n haws, siŵr o fod, na chynilo i gael llawdriniaeth blastig ar fy wyneb, ac yn llawer llai poenus na chael peiriant i sugno'r holl fraster o 'nghorff i. Byddai Miki yn ymarfer ar gyfer y cynhyrchiad newydd ar ddydd Gwener, ta beth. Roeddwn i'n hoffi dysgu pethau newydd, a byddai Heidi a Harri yno.

'Hei, drychwch ar Jemeima Fawr yn cymryd dwy sedd.'

Edrychais i gyfeiriad y llais. Bachgen yn y sedd gefn oedd yn siarad. Caeais fy llyfr a throi'n ôl i wynebu'r blaen.

Meddyliais wedyn am y bechgyn a waeddodd 'CLWB PLANT TEW!' gynnau. Faint o amser byddai hi'n ei gymryd i'r newyddion deithio drwy'r ysgol? Beth petai'r fenyw Gwenfair 'ma yn gwneud i ni redeg o gwmpas y cae amser cinio? Yn ein cit ymarfer corff? Byddai hynny hyd yn oed yn waeth na chael fy mhwyso mewn gwers wyddoniaeth. Byddai'n rhaid i fi berswadio Dad i beidio â llofnodi'r ffurflen. Falle gallwn i ei berswadio fod Mrs Llwyd yn unben creulon. Ond, doedd dim syniad 'da fi beth roedd Dad yn ei feddwl o unbeniaid. Roedd e'n siŵr o fod yn eu hoffi nhw.

Pan gyrhaeddais i gartref, roedd gwynt od yn dod o'r gegin. Edrychais drwy'r llenni gleiniau. Roedd Dad â'i ben mewn llyfr ryseitiau, yn troi'r tudalennau'n ôl ac ymlaen gan dwt-twtian. Roedd e'n gwneud tipyn o hynny wrth goginio. Gwthiais y llenni i'r ochr a phwyso yn erbyn y bwrdd gwaith.

'Haia! Sut hwyl gest ti yn yr ysgol?'

'Iawn,' atebais yn gelwydd i gyd. 'Beth wyt ti'n goginio?'

'Cawl bresych,' meddai, gan sychu ei ddwylo yn y lliain sychu llestri ar ei ysgwydd.

'Cawl bresych?' Roedd hyn yn sicr yn rhyfedd. Fyddai Dad byth yn gwneud dim byd oedd yn swnio'n iach. Efallai mai syniad Anti Lleuwen oedd e. Pryd bynnag y byddai rhywbeth od yn digwydd yn ein tŷ ni, Anti Lleuwen fyddai'n gyfrifol amdano fel arfer.

'Roedd cynnig arbennig ar fresych yn yr archfarchnad!' ebychodd Dad.

Neu, byddai cynnig arbennig yn Asda yn ei esbonio.

'Dad, mae angen i fi siarad â ti am rywbeth,' dywedais, gan deimlo fel petai llygod mawr canoloesol yn cropian yn fy ngholuddion.

Trodd Dad oddi wrth y sosban i edrych arna i. Roedd e ar fin dweud rhywbeth pan grwydrodd Jasper i mewn i frolio am ganlyniad ei brawf Gwyddoniaeth.

'Mae hynny'n wych, Jasper, da iawn! Nawr, oes gwaith cartref 'da ti neu rywbeth i'w wneud lan lofft? Mae dy chwaer eisie siarad â fi.'

'Wrth gwrs,' meddai Jasper. 'Dim problem, Dad. Fe a' i ati ar unwaith.' Cododd ei aeliau arna i fel petai'n disgwyl i fi gymeradwyo ei sgiliau llyfu tin.

Trodd Dad y tymheredd yn is ar y ffwrn cyn estyn dwy gadair. Arhosais nes i fi glywed drws stafell wely Jasper yn cau, cyn eistedd a gwthio'r llythyr ar draws y bwrdd. Ddywedodd Dad ddim byd am sbel.

'Mae'n hollol warthus, a dweud y gwir,' ochneidiais, i dorri'r tawelwch. 'Mae Mrs Llwyd yn rhedeg yr ysgol fel petai hi'n unben.'

Cadwodd Dad ei lygaid ar y llythyr. Roedd golwg ddifrifol ar ei wyneb. Golwg fwy difrifol, hyd yn oed, na phan glywodd e am y biceri yn y dosbarth Gwyddoniaeth.

'O, Jemeima!'

Doedd dim syniad 'da fi beth roedd hynny i fod i feddwl, ond doedd e ddim yn dda.

Rhwbiodd ei law dros ei farf ac ochneidio'n hir, 'D-dwi ddim yn gwybod beth i'w ddweud.' Edrychodd arna i a gwenu, ond roedd rhywbeth yn ei lygaid yn gwneud i fi fod eisiau crio. 'Gwranda, dwi ddim eisie i ti boeni am hyn, iawn?'

'Dwi ddim yn poeni,' atebais, yn hanner celwyddog. Neu'n gwbl gelwyddog, efallai.

'Wrth gwrs, mae'n amlwg bod ... problem,' meddai. Ac roedd hynny'n teimlo fel cael fy nharo yn fy wyneb gan bêl droed. Wn i ddim beth roeddwn i'n disgwyl iddo fe ddweud, ond nid 'mod i'n 'broblem'. Gallwn deimlo'r dagrau'n pigo fy llygaid eto. 'Ond rwyt ti wastad wedi bod yn ... llond dy groen, on'd wyt ti? Ers pan oeddet ti'n fabi.'

'Gwych. Ro'n i'n fabi tew.'

Chwarddodd Dad, ond yna daeth golwg ddifrifol dros ei wyneb eto. 'Mae'n ddrwg 'da fi, Jemeima. Y pwynt yw, rwyt ti wastad wedi bod ... fel rwyt ti. O, dwi ddim yn gwybod. Falle y dylen ni fod wedi gwneud rhywbeth cyn hyn. Mae'r ffordd mae'n cael ei esbonio yma ... yn gwneud i fi deimlo'n gyfrifol.' Cododd y llythyr a'i roi yn ôl i lawr ar unwaith. Efallai achos ei fod e wedi'i ddarllen e ddeg gwaith yn barod. 'O iyffach, pan mae pethau fel hyn yn digwydd, dwi wir yn gweld eisie dy fam.' Ochneidiodd. 'Sori. Ddim dy fai di yw hyn. Bydd popeth yn iawn. Dwi ddim yn gwybod beth arall i'w ddweud.'

'Gallet ti ddweud bod dim rhaid i fi fynd i'r dosbarth.'

'O, Jem, mae'n rhaid i ti fynd i'r dosbarth. A dweud y gwir, mae'r Gwenfair Rhydderch-Prys 'ma'n swnio'n–'

'Wallgo?'

'Nac ydy!' chwarddodd Dad. 'Mae hi'n swnio'n wych. Mae'n dweud fan hyn bod llwyth o brofiad 'da hi ym maes ...'

Rhythais arno.

'Pobl *ifanc*. A 'drycha, mae hi hyd yn oed wedi gweithio gyda thîm Paralympaidd Prydain!'

'Gallai hynny fod yn gelwydd.'

Ochneidiodd Dad. 'Dwi ddim yn credu y byddai Mrs Llwyd yn dweud celwydd.'

'Dwyt ti ddim yn ei nabod hi. Ta beth, dwi ddim yn mynd i fynd i'r dosbarth achos ...' meddyliais am y bechgyn eto, a'r geiriau 'Clwb Plant Tew' yn atseinio o gwmpas y neuadd chwaraeon. 'Mae e yn erbyn y gyfraith.'

Twt-twtiodd. 'Paid â bod yn hurt! Wrth gwrs dyw hyn ddim yn erbyn y gyfraith. Bwriad y dosbarth yw dy helpu di.'

'Wel, dwi ddim eisie'r math yna o help anghyfreithlon. Galla i golli pwysau ar fy mhen fy hun yn fy stafell wely.'

Edrychodd Dad yn drist arna i o ben arall y bwrdd. Roedd e'n cofio, mwy na thebyg, am y tro 'na cyn i fi ddechrau yn Academi Cil-y-cregyn, pan drïais i wneud sesiwn ymarfer corff ddwys oedd ar YouTube. Rhedodd Dad lan y staer yn gweiddi 'mod i'n swnio fel petawn i'n cael parti gyda byffalos. Yn amlwg, wnes i ddim trio hynny eto.

'Jemeima, wir, dwi'n meddwl taw dyma'r ffordd orau. Mae cyfle i ti gael cefnogaeth go iawn ... gan berson ... proffesiynol.' Llofnododd y ffurflen ar waelod y llythyr.

Edrychais arno fe fel petai'n llofnodi dedfryd o farwolaeth i fi.

'Paid ag edrych arna i fel 'na! Dwi'n siŵr y gwnei di fwynhau! Bydd e'n hwyl.' Celwydd noeth oedd hynny. 'Byddi di'n gwneud ffrindiau newydd sydd, ti'n gwybod ... yn deall. Rwyt ti'n dwli ar ddysgu ffeithiau newydd a phethau fel 'na, on'd wyt ti? Byddi di felly'n dysgu am bethau iach a dim ... gronynnau cwantwm. Amseru gwych gyda'r cawl bresych, yntefe?'

Cododd Dad ar ei draed a dechrau troi'r sosban fyrlymus o gawl, sef – yn ôl pob tebyg – fy swper heno, ac am weddill fy mywyd. 'Hei, ti'n gwybod beth dylen ni wneud? Dylen ni ddechrau chwarae pêl-fasged eto! 'Dyn ni prin wedi defnyddio'r cylch 'na ers i fi ei roi e lan.' Rhoddodd dap bach i'w fola. 'Dylwn i drio colli pwys neu ddau hefyd! Fe wnawn ni hyn gyda'n gilydd.' Estynnodd lwy de a blasu'r cawl. 'Hmm, ddim yn rhy ddrwg!'

Ces i wybod wedyn taw celwydd oedd hynny hefyd.

'Jemeima, dwi'n gwybod bod byw yma gyda fi ddim yr un peth â chael Mam o gwmpas y lle. Ond ... dwi yma ... os byddi di byth eisie ... ti'n gwybod. Ac mae Lleuwen 'da ti!'

Edrychodd y ddau ohonon ni drwy'r ager ar y ffenest ar gaban pren Anti Lleuwen yn yr ardd gefn. Dad adeiladodd hwnna iddi oesoedd yn ôl, ar ôl i Wncwl Alffi ei gadael hi. Torrodd ei chalon yn yfflon, felly roedd rhaid iddi fynd i'r ysbyty. Mae hi'n iawn nawr, ond mae'n rhaid iddi fyw gyda ni er mwyn i Dad ofalu na fydd hi'n mynd yn dost eto. Hefyd, gwagiodd Wncwl Alffi ei chyfrif banc, felly doedd dim llawer o ddewis gyda hi. Yn ôl Lleuwen, dyw arian ddim yn bwysig. Gyda lwc a thipyn o help llaw, mae'n bosib byw heb lawer o arian. Ond pan mae dy galon wedi torri, does dim byd yn gallu ei thrwsio hi. Dwi'n meddwl bod teimlad gwag yn ei chalon, fel y teimlad sydd 'da fi wrth feddwl am Mam. Ond taw Wncwl Alffi yw siâp y gwacter yn ei chalon hi.

'Dylet ti siarad â Lleuwen am hyn, Jem. Dwi'n sylweddoli bod ei chyngor hi ddim bob amser yn ... gall. A dweud y lleia. Ond, ta beth, fy mhwynt i yw, gallwn ni i gyd ddechrau ar y bywyd iach 'ma gyda'n gilydd. Ti, fi a Jasper.' Craffodd Dad ar y llyfr ryseitiau. '*Halen Pinc yr Himalaya?*' Twt-twtiodd eto. 'Beth sydd mor bwysig am Fynyddoedd yr Himalaya?'

'Wel,' atebais, 'Mae Mynyddoedd yr Himalaya yn mesur bron i bymtheg cant o filltiroedd, maen nhw'n ymestyn dros bum gwlad ac yn cynnwys rhai o'r copaon ucha yn y byd, gan gynnwys Mynydd Everest. Dyna ble mae'r cronfeydd mwya o eira ac iâ yn y byd, ar ôl yr Arctig a'r Antarctig, wrth gwrs. A dweud y gwir, ystyr yr enw Himalaya yw "mangre'r eira". Meddyliais am funud. 'Mae'r halen yn binc achos bod mwynau ynddo fe, siŵr o fod.'

Rhythodd Dad arna i. 'Does dim syniad 'da fi o ble rwyt ti'n ei gael e.'

Codais f'ysgwyddau. 'Waitrose siŵr o fod?'

Cerddodd Dad ata i a rhwbio 'mhen i. 'Dy allu rhyfeddol di, dwi'n feddwl! Sut rwyt ti'n gymaint o athrylith, dwed?'

'Dim syniad,' atebais. 'Mae'n rhaid ei fod e'n dod o ochr Mam o'r teulu.'

'Ha! Siŵr o fod!'

Heb feddwl, dechreuais barablu, 'Hei, wyt ti'n gwybod beth? Mae ein hysgol ni—' cyn stopio. Edrychais ar lofnod Dad ar y llythyr – cadarnhad o ba mor anaddas roeddwn i ar gyfer *Brainiacs*. Byddai'n well peidio â sôn gair am hynny. 'Ym, yn mynd i wneud *Mary Poppins*. Dyna fydd y cynhyrchiad Nadolig eleni ac mae Miki yn mynd am glyweliad.'

'Chwarae teg iddo fe! Bydd rhaid i ti gael tocynnau i ni. Nawr, perlysiau!' meddai. 'Bydda i'n ôl yn y funud.' Agorodd y drws cefn ac aeth draw at yr ardd berlysiau fach y gwnaeth Anti Lleuwen ei phlannu haf neu ddau'n ôl.

Syllais mas drwy'r ffenest am oesoedd, yn teimlo fel lloeren yn cylchu planed. Roeddwn i ar fy mhen fy hun. Sylweddolais taw'r unig beth o bwys amdana i oedd fy mhwysau. Dim ond nos Wener oedd hi, ond roeddwn i'n pryderu'n barod am fynd i'r ysgol ddydd Llun. Roedd pawb yn yr ysgol, siŵr o fod, wedi bod yn rhannu pethau am y Clwb Plant Tew. Trueni 'mod i'n methu stopio amser ac aros fan hyn wrth fwrdd y gegin am byth. Ond yn ddelfrydol, heb ddrewdod cawl bresych.

9

ANTI LLEUWEN

Amser swper, roedd Jasper yn sôn am ba mor wych roedd e gyda phopeth. Gwnes i ei gywiro'n gyflym, felly dywedodd e, 'Jemeima, dwyt ti ddim yn gwybod y cyfan! Betia i dy fod ti'n methu hyd yn oed dweud tair ffaith wrtha i am' – daliodd ei lwy i fyny – 'fresych!'

Felly dywedais wrtho fe, *un*, mae e'n wyrdd achos bod cloroffyl yn ei gelloedd; *dau*, roedd bresych deiliog yn cael eu defnyddio fel moddion yn yr Hen Roeg; a *tri*, roedd rhywfaint ohono wedi tasgu dros ei grys T.

Wedyn, es i lan i fy stafell a gwylio'r awyr. Roedd yn llawn cymylau cwmwlonimbws llwyd, sef y cymylau mwyaf enfawr. Dyna'r math o gwmwl sydd fwyaf tebyg i ben fy mrawd. Roedd y polion lampau'n smotiau oren disglair ar hyd y promenâd, a gallwn weld gwawr werdd y Sffêr ar y Pier, sef reid ffair sy'n troelli'n ofnadwy o gyflym. Mae'r llawr yn gollwng ac rwyt ti'n aros yno, yn sownd yn y wal.

Enw Jasper arni yw Pelen y Piwc. Mae'r arwydd yn dweud, *Dewch i brofi byd heb ddisgyrchiant!* Hysbysebu ffug yw hynny. Yr hyn rwyt ti'n ei brofi mewn gwirionedd yw grym allgyrchol. Ond cred ti fi, does dim ots am hynny 'da'r bobl sy'n gweithio ar y reid.

Gallwn i glywed Dad yn chwerthin yn uchel wrth wylio'r teledu, a Jasper yn chwerthin yn ei adleisio. Gwisgais fy siwmper, ac es i lawr y staer a mas drwy'r drws, tuag at gaban Anti Lleuwen, oedd yn ddisglair yng ngolau'r lloer.

Clywais wichian y grisiau pren wrth i fi gerdded at ei drws. Roedd arwydd arno'n dweud: *Rwyt ti'n fy ngalw i'n wrach fel petai hynny'n beth cas.*

Mae Jasper yn dweud y dylai hi ei newid i RHYBUDD: GWRACH BERYGLUS. Ond fydd e byth yn dweud hynny pan mae Lleuwen o gwmpas. Mae e wastad yn dweud pethau fel 'na pan does neb yn gwrando. Weithiau, mae'n fy ngalw i'n dew er nad yw e i fod i wneud hynny. Os bydda i'n dweud wrth Dad, mae Jasper yn honni 'mod i'n dweud celwydd, a bydd Dad wastad yn ei gredu. Does neb yn dy gredu di os taw ti yw'r ifancaf.

Dyw Anti Lleuwen ddim yn wrach, gyda llaw: seicig yw hi. Mae hi'n dweud ffortiwn pobl gyda chardiau tarot. Ac yn darllen awra pobl. Math arbennig o egni yw awra, sy'n amgylchynu dy gorff. Dim ond pobl seicig sy'n gallu ei weld e. Gall dy awra di fod yn sawl lliw gwahanol, gan ddibynnu ar dy bersonoliaeth di. Dim ond hanner credu mewn awrâu rydw i, achos does dim tystiolaeth wyddonol i'w cefnogi nhw. Ac achos bod Lleuwen yn dweud taw melyn yw fy awra i. Roeddwn i eisiau un porffor, fel Emma Watson.

Roedd Hermione yn mewian wrth i fi guro ar ddrws Lleuwen. Fy nghath i yw hi, i fod, ond cafodd ei mabwysiadu, rywsut, gan Lleuwen. Does dim llawer o ots 'da fi, a dweud y gwir. Roedd tueddiad ynddi hi i neidio ar fy mhen ganol nos. Bryd bynnag y byddai hi'n gadael llygoden farw wrth y drws cefn, byddai Dad wastad yn gwneud i fi ei rhoi yn y bin sbwriel, hyd yn oed ar ôl i fi esbonio y gallwn i ddal yr hantafeirws.

Agorais y drws a mynd i mewn, gan disian wrth anadlu'r llwch. Yn ôl Lleuwen, does dim y fath beth â llwch, dim ond gronynnau'r Fam Ddaear. Mae pob un ohonyn nhw'n sanctaidd ac maen nhw'n hanfodol er mwyn 'ymdeimlo â'i hegni seicig.' Dyw'r esgus yna i beidio â glanhau fy stafell ddim yn gweithio gyda Dad.

Roedd Lleuwen yn eistedd ar glustog yn safle'r lotws, a'i llygaid ynghau. Roedd ei gwallt wedi'i godi'n uchel ar ei phen, heblaw am ambell gudyn cyrliog oedd yn fframio'i hwyneb. Roedd ei gwallt yr un lliw â sinamon. Wrth edrych arno, cofiais 'mod i eisiau lliwio 'ngwallt i cyn gynted â phosib. Edrychais ar y pentyrrau o lyfrau ar bwys ei gwely. Enw un ohonyn nhw oedd *Taflunio Serol: Sut i adael eich corff a theithio'r bydysawd.* Cydiais yn y llyfr ac edrych arno. *Canllaw cam-wrth-gam i adael eich corff.* Roedd e'n swnio fel yr union fath o lyfr roedd ei angen arna i. Edrychais ar Lleuwen i wneud yn siŵr fod ei llygaid ynghau, cyn cuddio'r llyfr dan fy siwmper.

Agorodd Lleuwen ei llygaid yn araf. Roedden nhw'n las ariannaidd, fel llygaid blaidd, a'i *eyeliner* aur yn pefrio dan y goleuadau tylwyth teg. Roedd hi'n gwisgo crys T ac arno'r geiriau AWEN HUDOL. Dyna beth yw enw siop grisialau ei ffrind, Gwydion.

'Mae lleuad lawn heno,' meddai hi. 'Mae'n bryd i ni ymdrochi yn ei goleuni ac amsugno'i hegni benywaidd.' Safodd Lleuwen ar ei thraed, cydio yn fy llaw a fy arwain i mas.

'Jemeima,' meddai, ar ôl i ni lapio blancedi o'n cwmpas. 'Galla i deimlo rhywbeth yn atal dy egni di.'

Llyncais fy mhoer a thrio symud fy nghorff, fel na fyddai hi'n sylwi ar amlinell y llyfr am daflunio serol lan fy siwmper.

'Dwed wrtha i beth sy ar dy feddwl.'

Edrychais lan ar y cymylau llwyd oedd yn lled guddio'r lleuad lawn. Meddyliais am ddweud wrth Lleuwen am y llythyr, ond y tro diwetha i fi sôn wrthi am bobl yn fy ngalw i'n Jemeima Fawr yn yr ysgol, dywedodd hi wrtha i am rwbio olew lafant i mewn i 'nghroen i i gael heddwch mewnol. Y diwrnod canlynol, dywedodd Caleb Humphreys wrth bawb 'mod i'n gwynto fel hen fam-gu. Newidiais y pwnc.

'Byddwn i'n dwli cael pwerau seicig,' dywedais, er doeddwn i ddim yn credu'n llwyr mewn pwerau seicig. 'Wedyn gallwn i weithio mewn ffeiriau seicig gyda ti a fyddai dim rhaid i fi fynd i'r ysgol.'

Trodd Lleuwen ei hwyneb tuag at olau'r lleuad. 'Pwy a ŵyr, Jemeima. Weithiau, bydd pwerau seicig yn egino yn hwyrach ym mywydau pobl. Bydd rhai pobl yn eu cael nhw pan maen nhw yn eu tridegau neu eu pedwardegau.'

Ochneidiais. Roedd hynny'n anobeithiol. Beth oedd pwynt cael pwerau seicig pan oeddet ti'n rhy hen i'w defnyddio nhw hyd yn oed?

'Mae'n flin 'da fi, cariad,' meddai Lleuwen, gan wasgu fy llaw. 'Byddwn i'n dwli gwneud pethau'n well i ti yn yr ysgol. Ond, mae popeth 'da ti'n barod. Mae popeth fydd ei angen arnat ti yn y dyfodol yn bodoli y tu mewn i ti nawr.'

Roeddwn i'n anghofio, weithiau, pa mor od oedd Lleuwen.

Gorweddais yno am sbel, yn edrych mas ar y bydysawd eang, yn gwrando ar Lleuwen yn dweud wrtha i bod fy nghroen yn amsugno egni benywaidd pwerus y lleuad, fel roedd e'n amsugno egni'r haul. Ond wn i ddim sut ar wyneb y ddaear roedd golau'r lleuad yn treiddio drwy'r holl haenau a blancedi roedden ni'n eu gwisgo.

Doeddwn i ddim yn teimlo'n arbennig o bwerus erbyn i fi fynd yn ôl i mewn. Ond roeddwn i wedi penderfynu beth roeddwn i ei eisiau, sef bod yn ferch hollol wahanol i Jemeima Fychan. Ac roeddwn i'n gwybod y byddai angen rhywbeth llawer cryfach na golau'r lleuad i wneud hynny.

10

YR ANFEIDROL

Ynoson honno, roeddwn i ar ddi-hun am oriau'n darllen *Taflunio Serol: Sut i adael eich corff a theithio'r bydysawd*, y llyfr y ces i ei fenthyg gan Lleuwen. Allwn i mo'i roi i lawr. Taflunio serol oedd y peth gorau erioed. Beth yw e? Wel, yn syml, rwyt ti'n gorwedd i lawr, yn cau dy lygaid, yn canolbwyntio'n ofnadwy o galed, ac yna mae dy enaid yn gadael dy gorff ac yn hedfan drwy'r bydysawd. Dyw e ddim yr un peth â marw na llyncu enaid rhywun arall fel Dementor. Mae'n beth arbennig iawn, ac roeddwn i'n gobeithio y byddai'n fy ngalluogi i ddianc o 'nghorff i. Er taw dim ond am foment fach fyddai hynny, byddwn i'n cael cyfle i deimlo sut beth oedd peidio â bod yn Jemeima Fawr. Fel hud a lledrith, ond yn real.

Arhosais i Dad fynd i'r gwely, cyn gorwedd yn llonydd dan fy nghwilt, gan drio peidio â gwingo. Edrychais ar nenfwd fy stafell wely. Roedd tameidiau bach o Blu Tack yno o hyd, ers i fi roi posteri yno, flynyddoedd yn ôl. Cwympon nhw i gyd i lawr yn y diwedd achos bod disgyrchiant yn llawer cryfach na Blu Tack.

Caeais fy llygaid a dychmygu awyr y nos uwch fy mhen, gan fapio'r cytserau yn fy meddwl, gyda'u biliynau o sêr, triliynau o filltiroedd i ffwrdd, yn ehangu i'r anfeidrol. Anadlais yn ddwfn ac ymdrechu'n galed i wthio fy enaid mas o 'nghorff i. Ond doeddwn i ddim yn siŵr ble i ddechrau gwthio.

Roedd angen i fi wybod ble yn union roedd yr enaid yn bodoli, er mwyn i fi ei wthio mas. Doeddwn i ddim eisiau gwthio'r rhan anghywir o'r corff. Doeddwn i ddim eisiau i 'ngholuddion i arnofio drwy'r gofod am byth. Tybed a oedd fy enaid yn f'ymennydd yn rhywle? Ond beth os oedd e yn fy nghalon? Mae taflunio serol yn beth braidd yn ddryslyd a dweud y gwir.

Rhoddais fy nwylo yn y safle mwdra y dangosodd Anti Lleuwen i fi oesoedd yn ôl, gyda 'mysedd canol i'n cyffwrdd â 'modiau i. Roedd hynny i fod i ysgogi llif yr egni, felly roeddwn i'n gobeithio y byddai'n ysgogi fy enaid i wthio'i hunan mas yn eitha clou. Ond ar ôl deg munud, doedd dim wedi digwydd.

Agorais fy llygaid. Gallwn i weld siâp lwmpyn o Blu Tack ar y nenfwd, â rhan o wyneb Hermione Granger arno o hyd. Byddai'n wych petawn i'n gallu taflunio fy enaid i mewn i Hermione. Ond roeddwn i'n eithaf siŵr bod eneidiau'n methu mynd i mewn i gymeriadau dychmygol.

Caeais fy llygaid eto a dychmygu fy enaid yn teithio drwy'r gofod, gan obeithio bod rhyw fath o *satnav* ynddo. Dychmygais orfod dweud wrth Dad bod fy enaid ar goll yn rhywle rhwng fy stafell wely a'r gofod. Byddai'n gandryll. Roedd pethau'n ddigon drwg pan gollais i fy ffôn ar y traeth.

Dwi ddim yn gwybod beth ddigwyddodd nesaf. Ond mae'n rhaid bod y dyhead i gysgu yn gryfach o lawer na'r dyhead i wthio fy enaid mas. Achos, pan agorais fy llygaid wedyn, roedd fy stafell wely'n llawn goleuni. Roeddwn i'n gorwedd ar yr un gwely, yn yr un corff, a doedd dim dewis ond bod yn Jemeima Fychan unwaith eto.

11

LLWCH

Doedd hi ddim yn bwrw glaw ddydd Sul, felly roedd rhaid i fi helpu Dad i glirio'r garej, oedd yn cynnwys gwerth pymtheg mlynedd o sbwriel ac annibendod. Dyna oedd fy nghosb am chwalu ychydig o ficeri hurt. Esboniais wrth Dad fod y rhan fwyaf o'r stwff wedi'i daflu yno cyn i fi gael fy ngeni, felly, yn dechnegol, ddim fy nghyfrifoldeb i oedd e. Ond dywedodd Dad fod hynny'n amherthnasol, cyn rhoi oferôls i fi eu gwisgo.

'Mae'n enfawr!' dywedais, wrth i Dad agor y drysau dwbl. 'Bydd hi'n amhosib i fi glirio'r lle 'ma i gyd mewn un diwrnod!'

'Galli di orffen y penwythnos nesa os bydd rhaid,' meddai Dad, yn chwerthin.

Edrychais ar y rhesi di-ben-draw o focsys, hen deganau, planciau pren, offer, a'r biliynau o weoedd corynnod oedd dros y cyfan. 'Mae hyn mor annheg,' ochneidiais, gan gamu i mewn i'r oferôls a rholio'r llewys i fyny. '*Damwain* oedd chwalu'r biceri. Dwi'n cael fy nghosbi am *ddamwain*.'

'Doedd Mrs Llwyd ddim yn credu mai damwain oedd hi.'

'Doedd hi ddim yno, felly sut byddai hi'n gwybod?'

Ochneidiodd Dad. 'Dwi ddim yn dechrau'r drafodaeth 'ma 'da ti eto. Rwyt ti'n helpu i dacluso, a dyna fe. Wnaiff tamaid o waith corfforol ddim drwg i ti, na wnaiff?'

Rhythais arno'n grac.

'Sori, do'n i ddim yn golygu ...'

Anadlais mas a chlymu 'ngwallt yn ôl. 'Iawn, bant â ni. Ond, os gwela i unrhyw bryfed gwenwynig neu lygod mawr llawn chwain, bydda i'n mynd 'nôl i mewn.'

Chwarddodd Dad. 'Digon teg. Dwi'n siŵr y byddan nhw i gyd yn cysgu drwy'r gaeaf ar hyn o bryd, ta beth.'

'Dwi'n amau,' atebais, wrth i Hermione ddod i mewn yn dawel fach. Rhwbiodd yn erbyn hen focs, cyn dal corryn yn ei chrafangau a'i gnoi. 'Ych a fi.'

''Drycha!' meddai Dad gan wenu. 'Mae hyd yn oed heliwr corynnod 'da ti i dy helpu di. Sdim eisie dim byd arall arnat ti.'

'Hawliau dynol sylfaenol?'

Chwarddodd Dad a rhoi brwsh i fi. 'Do' i â sudd afal i ti nawr.'

Ar ôl awr neu ddwy, roedd fy mreichiau'n teimlo fel petaen nhw wedi symud mil o focsys, ond dim ond hanner y garej oedd wedi'i glirio.

'Waw! Da iawn!' meddai Dad. 'Dere i roi help llaw i fi gael y stwff 'ma i mewn i'r fan. Cei di hoe fach wedyn, pan fydda i'n mynd i'r tip.'

Llenwon ni'r fan a gwaeddodd Dad ar Jasper i ddweud ei fod e'n mynd. Roedd e'n dal i feddwl fod angen i Jasper edrych ar fy ôl i, er taw ychydig o ddyddiau'n unig oedd 'na tan fy mhen-blwydd i'n dair ar ddeg. Tri deg pum diwrnod, a bod yn fanwl gywir. 'Brwsia'r llawr tra bydda i mas, wnei di?'

'Dywedaist ti 'mod i'n cael hoe fach!'

Aeth Dad i mewn i'r fan a rhoi Yr Edrychiad i fi drwy'r ffenest. 'Byddi di wedi gorffen mewn chwinciad!'

Gwyliais Dad yn gadael, cyn eistedd ar hen gadair freichiau yng nghefn y garej, yn gwylio'r heulwen yn llifo trwy'r bylchau yn y drws pren. Sylwais ar dameidiau o lwch yn arnofio yn yr aer, yn pefrio fel sêr bychain bach. A dwi'n credu y gwna i gofio'r foment hon am byth, achos dyna pryd gwelais i focs, reit o dan fy nhrwyn i. Roedd haen drwchus o lwch drosto, ac un gair wedi'i ysgrifennu arno mewn inc du: JOANIE.

Fyddwn i ddim wedi sylwi petai'r garej i gyd wedi chwalu o 'nghwmpas i. Ym mytholeg Gwlad Groeg mae stori o'r enw blwch Pandora. Mae'n sôn am flwch sy'n llawn o bob math o bethau drwg. Ond dyw Pandora ddim yn gwybod beth sydd ynddo. Y cyfan mae hi'n ei wybod yw nad yw hi i fod i'w agor. Wrth eistedd yno â'r bocs o 'mlaen i, ac enw Mam arno, dyna sut roeddwn i'n teimlo. Fel petawn i'n siŵr o ddod i wybod rhywbeth doeddwn i ddim eisiau ei wybod. Falle y byddai'n esbonio pam gadawodd hi. Roeddwn i'n rhy ofnus i'w agor, ond hefyd yn rhy ofnus i beidio â'i agor.

Edrychais arno am funud, yng nghanol llwch a gweoedd corynnod a theganau rhydlyd a hen sgwter Jasper. Yna, sefais, sychu'r llwch oddi ar y bocs â fy llawes, a'i agor.

Roedd rhywbeth aur yn disgleirio dan y golau. Blwch gemwaith oedd e, gyda chlesbyn wedi torri ar ei gaead. Breichledau arian oedd y tu mewn iddo. Roedden nhw wedi pylu ac wedi colli eu sglein, nes eu bod bron yn ddu. Roedden nhw'n oer, ac roedd arogl rhwd arnyn nhw. Fel arfer, wrth feddwl am Mam, byddwn i'n teimlo gwacter mawr poenus. Ond wrth edrych drwy ei hen bethau, nid dyna roeddwn i'n ei deimlo. Roedd yn deimlad tebyg i groen gŵydd, ond yn dwym. Am unwaith, doedd hi ddim yn teimlo mor bell i ffwrdd.

Roedd ychydig o ddogfennau diflas yr olwg yn y bocs, ambell gerdyn post, tystysgrif cwrs cyfrifiadureg wedi'i fframio a oedd wedi'i gwblhau ychydig flynyddoedd ar ôl i fi gael fy ngeni, hen fenig a CD. Tynnais amlen frown mas a chwympodd lluniau ohoni.

Codais y lluniau, a dyna ni. Yn ein gardd gefn. Yn yr haf. Roeddwn i'n eistedd ar gôl Mam yn edrych ar ddarn o sialc neu rywbeth yn fy llaw. Tua dwy neu dair oeddwn i, falle. Roedd braich Dad o'i chwmpas hi, a Jasper yn sefyll ar bwys Dad yn tynnu ei dafod. Uwch ei phen, roedd cylchoedd bach disglair, sef y smotiau lliw sydd mewn ffotograffau pan mae'r golau'n rhy lachar. Roedd hi'n pwyso yn erbyn Dad a'i braich wedi'i lapio o gwmpas fy mola. Dyna hi. Mam.

Yn gwenu yn yr heulwen wynias. A minnau'n eistedd ar ei chôl fel petai hynny'n ddim byd anarferol. Fel petai hi'n siŵr o fod yno am byth.

Edrychais yn fanwl ar wyneb Mam, yn chwilio am gliwiau i ddangos pam gadawodd hi ni. Ond allwn i ddim gweld unrhyw gliwiau. Mae'n rhaid nad yw pobl yn dangos cliwiau ar eu hwynebau pan maen nhw'n penderfynu diflannu o'ch bywyd. Wedi dweud hynny, cafodd y llun ei dynnu rai blynyddoedd cyn iddi adael, wedyn efallai doedd hi ddim wedi penderfynu mynd eto.

Cyn i Dad ddod yn ôl o'r tip, cuddiais focs Mam dan fy ngwely. Doedd Dad byth eisiau sôn amdani, felly doeddwn i ddim yn meddwl y byddai eisiau gweld ei phethau hi. Ta beth, roeddwn i'n poeni y byddai Dad eisiau mynd ag e i'r tip. Symudais rai o'r bocsys o'r ffordd er mwyn i fi ddechrau brwsio'r llawr. A dyna pryd y gwelais i'r peintiadau. Mae'n rhaid bod rhyw ugain ohonyn nhw. Lluniau o greaduriaid y môr oedd rhai ohonyn nhw. Roedd lluniau o'r pier. Roedd rhai ohona i a Jasper. A llwythi o Mam. Yn un llun, roedd gwallt oren llachar fel fflamau disglair gyda hi. Dim ond ei llygaid oedd mewn llun arall. Roedden nhw'n llawn sêr bychain, fel petai'r bydysawd i gyd yn bodoli ynddyn nhw.

Roeddwn i'n eistedd yn edrych ar y lluniau pan gyrhaeddodd Dad yn ei fan.

'Beth sy 'da ti fan 'na?' holodd, wrth gerdded i mewn.

Codais ar fy nhraed yn gyflym. 'Cwympon nhw i lawr pan o'n i'n brwsio.'

Cododd Dad un o'r darluniau, ac edrychodd drwy'r lleill yn araf bach. 'Iyffach, peintiais i rai o'r rhain bymtheg, ugain mlynedd yn ôl! Ro'n i wedi anghofio 'mod i wedi'u cadw nhw.' Syllodd yn freuddwydiol ar y darlun o Mam â'i gwallt fel fflamau a siglodd ei ben. 'Mae'n teimlo fel petawn i wedi'u gwneud nhw mewn rhyw fywyd arall.'

Safais wrth ei ochr gan edrych ar y tonnau trwchus o baent oren o amgylch wyneb Mam. 'Mae'n rhaid dy fod ti'n ei charu hi lot fawr i'w phaentio hi fel 'na.'

Gwenodd Dad, heb dynnu ei lygaid oddi ar y peintiad. 'Be wyt ti'n feddwl, "fel 'na"?'

'Fel petai hi'n dduwies neu rywbeth.'

'Wel o'n, ro'n i'n caru dy fam, Jemeima. Ro'n i'n ei charu hi'n fawr, ond ...' Ochneidiodd Dad wrth roi'r peintiad i lawr. 'Dylwn i fynd â nhw i'r siop elusen.' Cododd ddarlun ohona i a Jasper. Roedd cymylau melyn enfawr yn hofran uwch ein pennau ac roedd y môr yn binc yn y cefndir. 'Falle cadwa i hwn.'

Anadlais yn ddwfn. 'Fyddi di byth ... yn meddwl tybed ble mae hi?'

Rhoddodd Dad ei fraich o 'nghwmpas i, yn gafael yn y darlun ohona i a Jasper yn ei law arall. 'Dwi fel arfer yn rhy brysur yn poeni beth rwyt ti'n wneud.'

Aethon ni mas o'r garej tuag at y tŷ, a Hermione yn dynn wrth ein sodlau. Plygodd Dad i lawr i fwytho'i blew purddu.

'Dyw Lleuwen ddim wedi codi i dy fwydo di eto, nag yw? Dere, gad i ni roi tamed o ginio i ti.' Agorodd Dad y drws ffrynt. 'Nawr, pwy wyt ti'n meddwl dylai ddihuno Lleuwen, ti neu fi?'

'Hmm,' atebais. Y tro diwethaf i Dad ofyn i fi ddihuno Lleuwen, buodd rhaid i fi gymryd rhan yn ei defod i addoli'r haul. Roedd yfed te danadl yn rhan o hynny. A llafarganu. 'Jasper, yn bendant.'

12

CYLCHDRO

Treuliais y dyddiau nesa yn pryderu bod ambell un yn fy nosbarth yn gwybod am y Clwb Plant Tew, ac yn trio peidio â meddwl am brawf *Brainiacs* ddydd Iau. Doedd hynny ddim yn hawdd. Doedd pobl yn sôn am ddim byd ond hynny. Ond doeddwn i ddim wedi rhoi fy enw lawr i'w wneud e. Gallwn i ddatrys hafaliadau cydamserol ac adrodd y tabl cyfnodol i gyd; roeddwn i'n gwybod ffeithiau am bob planed yng nghysawd yr haul a gallwn i ddweud rhywbeth am bron bob cytser yn yr awyr. Ond doedd hynny'n ddim help o gwbl i ddatrys problem fy maint. Ac oherwydd fy maint, doedd neb yn gweld y pethau da amdana i. Roedd y pethau da yn anweddu ac yn diflannu.

Un bore dydd Mercher, pan oeddwn i mewn gwers Ddaearyddiaeth, sylwais i fod Loti yn cuddio rhywbeth dan ei desg. Rhoddodd bwniad bach i Alina a chwerthin yn gras. Wnaeth Alina ddim chwerthin, ond yna edrychodd draw arna i cyn sibrwd rhywbeth. Fel arfer, byddwn i'n eu hanwybyddu nhw, ond heddiw, allwn i ddim. Roeddwn i'n teimlo rhywbeth ym mêr fy esgyrn. Falle fod fy mhwerau seicig yn egino. Neu falle taw crechwen slei Loti wnaeth i fi feddwl fod cysylltiad rhwng y peth roedd hi'n ei guddio dan ei desg â fi.

'Oes 'na rywbeth yr hoffech chi ei rannu â gweddill y dosbarth, Loti? Alina?' meddai Mr Kelly. 'Beth sy mor ddoniol?'

'Dim byd, Mr Kelly,' meddai Loti. 'Ry'n ni'n dwy yn mwynhau dysgu am erydiad arfordirol, dim byd mwy.' Roedd Loti hyd yn oed yn well na Jasper am lyfu tin.

'Iawn,' meddai Mr Kelly yn amheus a mynd yn ôl i sgrifennu ar y bwrdd.

Llithrodd Loti beth bynnag oedd ganddi'n ôl i mewn i'w bag. Roedd yn debyg i bapur newydd. Edrychodd arna i a gwenu. Roedd rhywbeth rhyfedd yn digwydd.

'Mae 'nghlyweliad i amser cinio,' sibrydodd Miki, gan wasgu 'mraich i.

'Miki, oes 'na rywbeth yr hoffet *ti* ei rannu â'r dosbarth?' meddai Mr Kelly, gan blethu ei freichiau'n ddiamynedd.

Canodd Miki, 'Dim byd, dim ond 'mod i'n mynd i DDISGLEIRIO yn y clyweliad *Mary Poppins* heddi!' Neidiodd o'i gadair ac ymgrymu, fel petai o flaen cynulleidfa.

Roedd rhaid i Mr Kelly, hyd yn oed, chwerthin wrth weld hynny. Trïais i wenu, ond roedd y niwronau yn f'ymennydd yn rhy brysur yn trio dyfalu pam byddai Loti yn cuddio papur newydd dan ei desg.

Amser cinio, cerddais i'r stiwdio ddrama gyda Miki a dweud wrtho am dorri coes, er doedd dim angen unrhyw lwc arno fe o gwbl.

Dawnsiodd drwy'r drws gan ganu, '*Chim-chim cher-ee*'.

Roeddwn i'n dal i glywed llais Miki yn fy mhen pan ddigwyddodd e. Hyrddiodd y geiriau 'CLWB PLANT TEW!' tuag ata i o ben arall y buarth, fel petai rhywun wedi cicio pêl droed ata i. Nid dim ond y boen yw'r broblem. Galli di arfer â hynny. Y cywilydd yw'r peth. A bod heb unman i guddio ynddo. A chael pawb arall yn syllu achos eu bod nhw wedi'i glywed e hefyd. Yn edrych arnat ti fel taw ti yw'r peth mwyaf ffiaidd erioed. Neu'n syllu achos eu bod nhw'n teimlo trueni drosot ti. Neu eu bod nhw'n aros i ti ddweud rhywbeth yn ôl. Wel, doeddwn i ddim eisiau gweiddi dim byd yn ôl achos yr unig beth yn fy mhen i oedd geiriau caneuon Mary Poppins. Felly, gwenais. Wel, gwnes i esgus gwenu. Alli di ddim gwenu'n iawn pan wyt ti'n llawn embaras ac eisiau crio.

Daliais lygaid Jaz o'r dosbarth Mathemateg, oedd yn sefyll gyda'i ffrindiau ychydig gamau i ffwrdd.

'Hei, paid â phoeni amdano fe,' meddai hi. 'Mae Dad wastad yn dweud, "papurau newydd heddi yw papur sglodion fory"!'

Doedd dim syniad 'da fi, yn llythrennol, pam dywedodd hi hynny. 'Iawn, diolch,' atebais, cyn cerdded tuag at y llyfrgell. Dwi ddim yn gwybod pam 'mod i heb weithio'r peth mas yn y fan a'r lle. Mae'n rhaid bod f'ymennydd i ar ei wyliau y diwrnod hwnnw.

Roeddwn i'n eistedd wrth fwrdd yng nghornel y llyfrgell yn darllen fy llyfr, pan glywais, 'A, Jemeima!' Codais fy mhen a gweld Mr Nelson yn cerdded tuag ata i. 'Ro'n i'n meddwl falle mai fan hyn y byddet ti.' Eisteddodd ar ymyl y bwrdd ag un droed ar gadair. Dwyt ti ddim i fod i wneud hynny. Gallwn i weld lluniau Stormtroopers ar ei sanau, yn syllu arna i. 'Dwi newydd gael cip ar y rhestr disgyblion sydd wedi cofrestru ar gyfer prawf *Brainiacs* fory, a dyw dy enw di ddim arni.'

Roeddwn i'n trio peidio ag edrych ar Mr Nelson a'r Stormtroopers.

'Jemeima, rwyt ti'n bwriadu gwneud y prawf, on'd wyt ti?'

Cnoais fy ngwefus. Sut gallwn i esbonio 'mod i eisiau mynd ar *Brainiacs* yn fwy na dim, ond 'mod i ddim eisiau i bobl fy ngweld i ar y teledu? Ac ar ben hynny, roedd Loti yn iawn – fyddai neb eisiau 'ngweld i ar y teledu chwaith. Ond allwn i ddim dweud hynny wrth Mr Nelson. Fyddai e ddim yn gweld hynny fel problem. Iddo fe, problem go iawn oedd ymosodiad gan y Barbariaid. Hefyd, roedd e'n gwisgo'r un sanau â 'mrawd i.

'Alla i ddim sefyll y prawf, Syr,' atebais. 'Dyw Dad ddim yn cytuno â'r teledu.'

'Beth?'

'Nac ydy.' Nodiais. 'Mae e'n ofnadwy o hen ffasiwn. Byddai'n well 'da fe petawn i'n cymryd rhan mewn ...' Edrychais ar y llyfr agosaf ataf. *Gwnïo i Ddechreuwyr*. '... Cystadleuaeth wnïo neu rywbeth.'

'Wir?'

'Wir i chi. Mae Dad yn eitha, ym, rhywiaethol.'

Cododd Mr Nelson ei aeliau. 'O! Wel, mae'n rhaid i fi gyfaddef fod hynny'n peri tipyn o syndod i mi, Jemeima. Roedd golwg ddymunol iawn ar dy dad pan gwrddais i ag e yn y noson rieni y llynedd. Ac roedd e'n falch iawn o dy holl lwyddiannau. Ond mae'n rhaid i ni gael ei ganiatâd i fwrw ymlaen â hyn.' Estynnodd Mr Nelson ei fraich a chodi *Gwnïo i Ddechreuwyr* oddi ar y silff arddangos. Edrychodd arna i'n graff, cyn rhoi'r llyfr yn ôl yn ei le. Suddais i mewn i'r gadair.

'Wel, mae'n drueni. Does gen i ddim syniad sut mae dy sgiliau gwnïo di, Jemeima, ond *Brainiacs*? Rwyt ti'n berffaith ar gyfer y rHaglen yna. A dweud y gwir, ti yw gobaith mwya Academi Cil-y-cregyn.'

A phan ddywedodd e hynny, teimlais ran fach ohona i'n tywynnu, fel seren fach pan mae hi'n dechrau ffurfio. Feddyliais i ddim am drio gwasgu fy stumog yn fach na chael llawdriniaeth ar fy nghoesau na dal haint a fyddai'n bwyta cnawd fy mreichiau. Feddyliais i ddim am yr un o'r pethau hynny. Edrychais i lawr ar y dudalen roeddwn i wedi bod yn ei darllen yn y llyfr, oedd yn sôn am anifeiliaid â chuddliwiau gwallgof. A chofiais, am y tro cyntaf ers oesoedd, dim ond am ennyd fach, sut deimlad oedd peidio â thrio cuddio fy hun bob munud.

Roedd fy nghalon yn pwmpio yn fy mrest wrth i fi edrych lan ar Mr Nelson. 'Ydy hi'n rhy hwyr i gofrestru?'

13

NIWRONAU

Pan gyrhaeddais i'r wers Saesneg y prynhawn hwnnw, roedd Miki yn sefyll yn y cyntedd.

'Hei, wnest ti ddim hela neges ata i,' dywedais. 'Sut hwyl gest ti ar dy glyweliad?' Roeddwn i'n trio cerdded i mewn i'r stafell ddosbarth ond roedd Miki yn sefyll o flaen y drws.

'Sori, beth?' meddai, heb edrych arna i'n iawn.

'Dy glyweliad! Sef yr unig beth, yn llythrennol, rwyt ti wedi bod yn sôn amdano drwy'r wythnos, Miki! Sut aeth e?'

'O, ie. Digon da.' Dechreuodd ffidlan â'i fysedd.

'*Da?* Dim ond da? Wyt ti'n teimlo'n iawn?'

'Dywedodd Miss Nisha ei fod e'n arbennig,' meddai'n gyflym. 'Bydd hi'n rhoi'r rhestr ar y wal wythnos nesa.'

'Mae hynny'n ffantastig!' atebais. 'Felly pam dwyt ti ddim yn edrych yn hapus?' Ceisiais agor drws y stafell ddosbarth, ond rhwystrodd fi eto. 'Miki, beth sy'n bod? Pam dwyt ti ddim yn gadael i fi fynd i mewn?'

'Ro'n i'n meddwl y gallen ni aros am Mr Jackson mas fan hyn.'

Mae Miki'n gallu actio'n dda. Ond dyw e ddim yn gallu dweud celwydd yn dda iawn. Sefais ar flaenau 'nhraed i ac edrych dros ei ben i mewn i'r stafell ddosbarth. Roedd Caleb yn y blaen yn darllen *Clecs Cil-y-cregyn*. Gallwn glywed Loti a'i chwerthiniad dros ben llestri. Cyflymodd fy nghalon. Edrychodd Miki i lawr ar ei draed a mwmial rhywbeth. Yna clywais sŵn cyfarwydd esgidiau'n tap-tapian i lawr y cyntedd.

'Jemeima Fychan,' galwodd Mrs Llwyd. Roedd gwên enfawr yn sownd ar ei hwyneb, fel petai hi wedi'i gludo yno. Roedd hi'n cario papur newydd dan ei braich. 'Dere gyda fi, cariad. Mikio Hurami, cer i dy ddosbarth os gweli di'n dda!' Rholiodd Miki ei lygaid arna i. Roedd yn gas 'da fe gael ei alw'n Mikio. Tapiodd boced ei flaser lle roedd e'n cadw ei ffôn, oedd yn arwydd i fi anfon neges ato, a gwthiodd ddrws y stafell ddosbarth yn agored.

Yn sydyn, cymerodd Mrs Llwyd gam enfawr ymlaen a gweiddi drwy'r drws agored: 'EISTEDDWCH, BOB UN OHONOCH CHI!' Mae'n rhaid bod ei llais yn ddau gan desibel, o leiaf. Roedd Miki yn sefyll wrth ei hochr, felly roedd y sŵn yn ganwaith gwaeth iddo fe. Ddylet ti fyth sefyll yn rhy agos at Mrs Llwyd. Na llewod, chwaith. Aeth Dad â Jasper a fi i Sw Bryste unwaith, ac roedd arwydd ar gawell y llewod yn dweud, *RHYBUDD, DWI'N CHWISTRELLU!* Anwybyddodd Jasper yr arwydd. Dechreuodd fwrw bariau'r cawell i ddihuno'r llewod. Wnes i ddim, achos 'mod i'n cefnogi hawliau anifeiliaid. Ac achos 'mod i'n cymryd sylw o arwyddion fel 'na.

Neidiodd Jasper a rhuo'n uchel am y canfed tro. Yna, yn sydyn, safodd y llew a chwistrellu saeth o hylif yn syth ato. Aeth yr hylif dros ei ddillad i gyd a hyd yn oed i mewn i'w geg. Buodd rhaid i Dad ei sychu â thywelion papur, ac roedd Jasper yn chwerthin fel petai'n falch o gael ei drochi gan lew. Ond doedd e ddim wedi deall beth yn union oedd y saeth o hylif. Felly, esboniais wrtho fod y llew wedi piso drosto. Ddywedodd Jasper ddim gair yr holl ffordd adre. Roedd hwnna'n un o ddyddiau gorau fy mywyd.

Dilynais Mrs Llwyd wrth iddi guro ar y stafell ddosbarth nesaf i dynnu Harri a Heidi o'u gwers, wedyn aeth â'r tri ohonon ni i stafell wag yn y bloc hanes. Roedd ambell un arall roeddwn i'n eu hadnabod o gyfarfod y Clwb Plant Tew yr wythnos cynt yn eistedd yno. Edrychon ni i gyd ar Mrs Llwyd, a'r papur yn ei dwylo, yn aros iddi siarad. Roedd pawb yn edrych yn anghyfforddus ac yn llawn embaras – hyd yn oed Mrs Llwyd.

'Nawr,' meddai hi, 'ry'ch chi'n siŵr o fod yn pendroni pam dwi wedi'ch tynnu chi o'ch gwers. Ond dwi eisie siarad â chi nawr i osgoi unrhyw ddryswch. Dim ond nawr mae rhywun wedi tynnu fy sylw at yr erthygl hon.' Agorodd *Clecs Cil-y-cregyn* a'i godi o'n blaenau.

Roedd merch o'n hysgol ni ar y dudalen flaen. Yr un oedd yn crio ar ôl y cyfarfod. Roedd hi'n sefyll ar bwys ei mam, oedd yn dal llythyr.

Y pennawd oedd:

MAM YN GANDRYLL AR ÔL 'LLYTHYR TEWDRA' EI MERCH

'Dwi ddim eisie i'r un ohonoch chi boeni am hyn,' meddai Mrs Llwyd.

'Freya yw hi,' sibrydodd Heidi wrtha i. 'Ffoniodd ei mam hi y papur.'

Pwysodd Harri draw. 'Mae hi'n gwrthod gadael iddi hi ddod i'r dosbarth.'

Gwenodd Mrs Llwyd yn syth ar Harri. Ond roedd yn wên debyg i wn llawn bwledi. 'Ddylech chi ddim teimlo cywilydd am y llythyrau gawsoch chi'r wythnos diwetha. Nid dyna oedd fy mwriad o gwbl ...'

Edrychais ar y llun o fam Freya, a'r pennawd oedd yn cyhoeddi ei bod hi'n gandryll. Roedd hi'n sicr yn edrych yn hollol gandryll. Mae'n rhaid ei bod hi wedi ymarfer yr olwg yna yn y drych am oriau. Roedd yn wych. Hoffwn i gael rhiant oedd yn hollol gandryll am y peth. Mae rhai pobl mor lwcus.

'Felly, os cewch chi unrhyw sylwadau negyddol am y llythyr neu'r dosbarth Bywyd Iach, neu unrhyw beth sy'n gysylltiedig â hynny, mae'n rhaid i chi roi gwybod i fi ar unwaith.'

Cododd Harri ei law. 'Miss, amser cinio, buodd cwpwl o ferched o 'nosbarth i'n dweud pethau wrtha i a Heidi.'

'DIM NAWR, HARRI!' bloeddiodd Mrs Llwyd. 'Dwi ar ganol siarad!' Esmwythodd ei gwallt. 'Fel y dywedais i, mae hyn yn fater difrifol. Ond plis, peidiwch â phoeni am yr erthygl hon. Bydda i'n anfon cwyn i *Clecs Cil-y-cregyn* fy hunan.'

Iawn, meddyliais, *does dim rhaid cynhyrfu*. Roedd erthygl yn *Clecs Cil-y-cregyn* amdanon ni. Roedd Loti a Caleb yn gwybod amdani, felly roedd hi'n amlwg eu bod nhw wedi dweud wrth y dosbarth i gyd. Ond doedd pawb yn yr ysgol ddim yn gwybod. Doedd *Clecs Cil-y-cregyn* ddim yn bapur cenedlaethol o bwys. Dim ond papur lleol i hen bobl fel Mam-gu oedd e.

'Ac wrth gwrs,' aeth Mrs Llwyd yn ei blaen, 'bydda i'n gofyn i bob athro dosbarth drafod hyn â'u disgyblion ben bore fory.'

Mae'n rhaid 'mod i wedi anghofio am eiliad fod Mrs Llwyd yn berson drwg iawn.

Pan es i'n ôl i'r wers Saesneg, roedd Loti yn edrych arna i o'r tu ôl i'w chopi o *Pride and Prejudice* ac yn chwythu ei bochau'n fawr.

Sibrydodd Caleb 'Beth oedd dy fam *di'n* feddwl o'r llythyr 'na, Jemeima?' a, 'Sut beth yw bod yn enwog am fod yn dew?'

Dywedodd Miki wrtho am gau ei geg, a chawson nhw rybudd gan Mr Jackson am siarad yn ystod y cyfnod darllen distaw. Eisteddais yno'n syllu ar yr un dudalen o fy llyfr, gan bendroni faint o amser fyddai hi'n ei gymryd i *Clecs Cil-y-cregyn* gael ei ailgylchu'n bapur siop sglodion.

Falle dy fod ti'n meddwl y gallwn i fod wedi dweud wrth Mrs Llwyd am Caleb a Loti, ac y bydden nhw wedi stopio. Ond dyw ein hysgol ni ddim yn gweithio fel 'na. Does dim byd yn gweithio fel mae'r athrawon yn dweud ei fod e. Fel pan ddywedodd Mr Jackson yn hwyrach yn y wers taw dim ond deg y cant o'n hymennydd rydyn ni, fodau dynol, yn ei ddefnyddio. Ond dyw hynny ddim yn wir. Mae'r ymennydd dynol i gyd, bron, yn effro ac yn gweithio drwy'r amser. Ond yn achos Caleb, falle fod Mr Jackson yn iawn.

Ar y ffordd at y bws ar ôl ysgol, aeth grŵp o ddisgyblion Blwyddyn 11 heibio. Caeodd un ohonyn nhw ei lygaid ac ymestyn ei freichiau o'i flaen.

'Alla i ddim gweld!' gwaeddodd. 'Mae eclips ar yr haul! O na, aros funud. Y ferch o'r Clwb Plant Tew sy'n cuddio'r haul.'

Ac roedden nhw i gyd yn edrych arna i felly roedd rhaid i fi esgus chwerthin. 'Dwyt ti ddim yn ddoniol,' gwaeddodd Miki ar ei ôl, cyn troi ata i'n dawel, 'Wyt ti'n iawn? Wna i roi crasfa iddyn nhw, os licet ti.' Roedd rhaid i fi chwerthin wrth glywed hynny.

'Mae'n iawn,' atebais, gan lyncu'r lwmp yn fy llwnc. 'Dwi ddim yn mynd i wrando ar neb sy ddim yn gwybod na fydd eclips llwyr arall tan 2090.'

Gwenodd Miki a cherdded tuag at ei fws. Cerddais at fy mws innau, gan obeithio y byddai sedd ddwbl wag yno ac y byddai'r dagrau oedd yn dechrau rholio i lawr fy mochau yn diflannu cyn i fi gyrraedd y drysau.

Yr holl ffordd adre, meddyliais am brawf *Brainiacs* fore trannoeth gan ddifaru f'enaid 'mod i wedi addo i Mr Nelson y byddwn i'n cofrestru.

14

POPETH I'W WNEUD
Â PHOPETH

Pan gyrhaeddais i'n ôl o'r ysgol, roeddwn i'n gwybod ar unwaith fod Dad wedi gweld erthygl *Clecs Cil-y-cregyn* achos bod rhyw olwg yn ei lygaid, fel petai'n teimlo trueni drosof i.

'Ffoniodd Mam-gu,' meddai, gan fynd i eistedd ar y soffa. 'Mae'n flin 'da fi, Jem. Alla i ddim credu bod mam y ferch 'na wedi ffonio'r papur!'

'Ydy, mae'n drueni,' atebais, gan dynnu fy llyfr llyfrgell o'r bag ac eistedd. 'Ro'n i'n edrych 'mlaen at ddosbarth Gwenfair hefyd.'

Roedd golwg ddryslyd ar wyneb Dad. 'Jemeima, rwyt ti'n dal yn mynd i fynd i'r dosbarth.'

Dylwn i fod wedi gwybod na fyddai hyd yn oed y cyfryngau'n gallu newid meddwl Dad. Ochneidiais. Roedd hi'n ochenaid hir ofnadwy. 'Dad, pam na alli di fod yn grac am y peth, fel mam Freya?'

Rholiodd Dad ei lygaid. 'Dwi'n credu bod mam Freya wedi gwneud digon o ffws yn barod. Clywais i ei bod hi hyd yn oed wedi dechrau grŵp Facebook. Hei, ble mae Jasper?'

'Y Clwb Mecaneg,' atebais. 'Felly, wyt ti wedi ymuno â'r grŵp Facebook?'

'Paid â bod yn hurt. Llwyth o famau crac? Dim gobaith.' Ochneidiais yn ofnadwy o uchel eto.

Safodd Dad a chrwydro i mewn i'r gegin. 'Dylet ti ymuno â chlwb eleni, Jemeima, fel mae Jasper wedi'i wneud. Her i'r ymennydd 'na!'

'Dwi'n mynd i'r Clwb Plant Tew yn barod!' gwaeddais arno. 'Dyw hynny ddim yn ddigon i ti?'

'Paid â'i alw fe'n hynny.'

'Pam lai? Dyna mae pawb yn ei alw e,' mwmialais.

'Clwb Gwyddoniaeth neu rywbeth, dyna dwi'n feddwl. Mae digon ohonyn nhw yn yr ysgol. Dwi'n synnu does dim mwy o ddiddordeb 'da ti yn y math yna o beth.'

'Es i i'r Clwb Gwyddoniaeth y llynedd, ti'n cofio? Doedd neb hyd yn oed wedi clywed am adwaith endothermig!'

Ochneidiodd Dad. 'Ta beth, dwi'n siŵr y bydd 'da ti rywbeth arall i dy gadw di'n brysur cyn hir. Ces i alwad ffôn gan Mr Nelson gynnau.'

Clywais yr argraffydd yn mynd, a Dad yn gwthio'i ben wedyn drwy'r llenni gleiniau. 'Gofynnodd e pam rwyt ti heb roi dy enw i wneud prawf *Brainiacs* fory.'

Daeth fy nghalon i stop. Doeddwn i ddim wedi dweud wrth Dad am y prawf. Ac roeddwn i wedi gwneud i Jasper addo peidio â dweud wrtho hefyd. Achos 'mod i'n gwybod y byddai Dad yn fy ngorfodi i fynd amdani, fel Mr Nelson. Am foment fach, wrth gwrs, bues i'n meddwl o ddifri am ei wneud e. Ond, roedd yr erthygl papur newydd wedi profi 'mod i'n iawn y tro cyntaf. Roeddwn i – yn swyddogol – yn rhy dew i'r ysgol a doeddwn i ddim eisiau i *Brainiacs* ddangos hynny i'r byd a'r betws. Allwn i 'mo'i wneud e – ddim o gwbl.

Daeth Dad i mewn i'r stafell fyw yn dal beth bynnag roedd e newydd ei argraffu. Erthygl *Clecs Cil-y-cregyn*, siŵr o fod. Efallai ei fod e'n bwriadu ei rhoi ar yr oergell ar bwys llythyr y trip gwersylla a phopeth arall oedd yn sarnu 'mywyd ar hyn o bryd.

'Alla i ddim credu dy fod ti heb ddweud wrtha i!' meddai Dad. '*Brainiacs*, Jem. *Brainiacs*! Ry'n ni'n gwylio'r rhaglen bob blwyddyn! Rwyt ti mor dda yn ei wneud e! A nawr mae siawns dda 'da ti o fod ar y rhaglen.'

Codais f'ysgwyddau.

'Jemeima, dwyt ti ddim wedi anghofio?'

Dechreuais fyseddu gorchudd plastig fy llyfr yn nerfus. 'Dwi ddim am wneud y prawf, Dad,' atebais yn dawel. 'Dwi ddim eisie bod ar *Brainiacs*.'

'Jemeima! Sawl gwaith ry'n ni wedi eistedd ar y soffa dros y Nadolig gyda ti, yn ateb yr holl gwestiynau amhosib 'na–'

'Ddim dyna yw e, Dad. Dwi ddim eisie mynd ar y teledu. Ddim fel hyn, fel ydw i nawr.'

Edrychodd Dad arna i, yn ddryslyd ac yn siomedig, fel petawn i wedi rhoi'r ateb hollol anghywir. Eisteddodd ar y soffa gyferbyn â fi a rhwbio'i farf. 'Alla i ddim credu taw fel hyn rwyt ti'n teimlo,' meddai'n dyner. Fel petawn i wedi bod yn cuddio 'nheimladau i oddi wrtho.

Rholiais fy llygaid, cyn rhoi 'nwylo drostyn nhw rhag ofn i fi ddechrau llefain.

'Doeddet ti ddim yn arfer becso am y peth. Wyt ti'n cofio'r ornest sillafu enillaist ti! Roedd honno yn y paladiwm o flaen llwyth o bobl!'

'Dad, ro'n i yn yr ysgol gynradd. A doedd hi ddim ar raglen deledu. Ta beth, rhoddodd Miss Reed dipyn o bwysau arna i i wneud y gystadleuaeth.'

'Dim ond dweud rydw i, byddai'n drueni i ti beidio â thrio *Brainiacs* achos dy bwysau di. Does 'da dy bwysau di ddim i'w wneud â'r gystadleuaeth!'

Ond roedd Dad yn anghywir. Roedd gyda 'mhwysau i bopeth i'w wneud â'r peth. Roedd popeth 'da fe i'w wneud â phopeth. Dyna'r rheswm y byddai pobl fwy na thebyg yn chwerthin petawn i'n mynd i'r neuadd i wneud y prawf fory. Dyw cystadlaethau ddim i fod i bobl fel fi. Yn enwedig cystadlaethau ar y teledu.

'Dwi ddim eisie'i wneud e, Dad,' dywedais. Roedd hynny bron â bod yn gelwydd llwyr. Byddwn i wedi cofrestru ar gyfer *Brainiacs* mewn chwinciad petawn i'n Jemeima Fychan, ddim Jemeima Fawr. 'O ddifri, Dad. Pwy sy eisie gweld rhywun fel fi ar y teledu?'

Anadlodd Dad yn ddwfn a rhyddhau'r gwynt drwy'i drwyn. 'Iawn, dy benderfyniad di yw e. Alla i ddim dy orfodi di.' Edrychodd i lawr ar y ddalen o bapur roedd e wedi'i hargraffu. 'Dyna fyddai orau, siŵr o fod. Mae'r plant 'na'n ofnadwy o glyfar! Bydd angen i ti wybod pethau fel taw Monet beintiodd *Dyfalbarhad y Cof*; a bod Pompeii wedi'i dinistrio ar ôl i Fynydd Etna ffrwydro; a taw'r llewpart hela – y *cheetah* – yw'r creadur cyflymaf yn y byd; pa fetel sy'n cael ei gynrychioli gan Xe ar y tabl cyfnodol; a'r ateb i ddau ddeg pump sgwâr rhannu pedwar. Pwy ar wyneb y ddaear sy'n gwybod am ddwli fel 'na?'

'O iyffach, Dad,' atebais, gan roi fy llaw ar fy nhalcen. '*Salvador Dali* beintiodd *Dyfalbarhad y Cof.* Doedd Monet ddim hyd yn oed yn Swrrealydd! Dylet ti wybod hynny, wir, Dad, o feddwl dy fod ti wedi bod mewn coleg celf! A chafodd Pompeii 'mo'i *dinistrio*; cafodd ei gorchuddio gan lwch folcanig pan ffrwydrodd Mynydd *Vesuvius*. Mae Mynydd Etna ar Ynys Sicilia! Ac mae pawb yn meddwl taw'r *cheetah* yw'r anifail cyflymaf yn y byd, ond yr anifail cyflymaf ar dir yw e. Mae'r hebog tramor yn gallu symud dair gwaith yn gyflymach, o leia. Xe yw symbol xenon a nwy yw e, gyda llaw, nid metel.' Rholiais fy llygaid. 'A dau ddeg pump sgwâr yw ... chwe chant dau ddeg pump. Wedyn, wedi'i rannu â phedwar yw ...' caeais fy llygaid i'w gyfrifo. '156.25? Dwi'n credu.' Estynnais am fy ffôn a thapio'r swm i'r gyfrifiannell. 'Ie,' dywedais, ac edrych lan.

Safodd Dad, gan wenu arna i. Gwên o glust i glust.

'Beth?'

Daliodd y ddalen oedd yn ei law. Roedd yn dweud: *Allech chi fod yn bencampwr nesaf BRAINIACS?*

'Mae hwn yn dod o'u gwefan nhw. O fanna ces i'r cwestiynau. Os wyt ti'n gwybod yr atebion, mae'n dweud y dylet ti wneud y prawf.' Edrychodd arna i'n dreiddgar, fel y bydd Lleuwen yn ei wneud wrth ddweud fy ffortiwn. 'Pwy fyddai eisie gweld rhywun fel ti ar y teledu? Fi! Dyna pwy.'

Mae Dad yn ocê weithiau.

15

TÂN

Pan gyrhaeddais i'r neuadd amser cinio drannoeth, roedd rhes o bobl yn sefyll wrth y fynedfa. Roedd dwy fenyw yn eistedd y tu ôl i ddesg yn gwisgo crysau T melyn llachar oedd yn dweud *Brainiacs!* mewn swigen bigog fel ffrwydrad llyfr comics. Ymunais â'r rhes a'u gwylio'n ticio enwau oddi ar y clipfwrdd, ond allwn i ddim peidio â sylwi ar fy nghysgod ar y llawr pren. Plethais fy mreichiau ar draws fy mola a thrio newid ongl fy nghorff er mwyn iddo beidio ag edrych mor fawr o'i gymharu â chysgodion pawb arall.

'Beth yw dy enw di, cariad?' holodd un o'r menywod y tu ôl i'r ddesg pan ddaeth fy nhro i.

'Jemeima Fychan.' Edrychais ar y rhestr wrth iddi roi tic wrth fy enw, gan drio anwybyddu'r don o embaras oedd yn ffrwydro yn f'ymennydd bob tro y byddwn i'n dweud fy nghyfenw.

'Paid â bod yn nerfus, Jemeima,' meddai hi, gan roi cylch allweddi siâp mellten i fi, a beiro *Brainiacs*. 'Wnaiff hynny ddim helpu d'ymennydd di o gwbl!' Gwenodd, cyn mynd yn ei blaen at yr un y tu ôl i fi.

Dewisais ddesg yng nghefn y neuadd. Un o'r rhai sengl roedden nhw'n ei defnyddio mewn arholiadau oedd hi, felly allwn i ddim ffitio fy hun oddi tani'n gyfforddus iawn. Gwyliais bobl eraill yn cerdded i mewn. Roedd pob un ohonyn nhw'n llai na fi. Roedd fy nghroen yn teimlo'n boeth, fel petai'n mynd trwy ryw fath o adwaith thermogemegol. Triais i feddwl am eiriau Dad, pan fynnodd e nad oedd ots am fy mhwysau. Ond wrth eistedd yn y neuadd, yn gwylio'r holl ddisgyblion o faint normal yn mynd i'w seddi, roedd yn anodd peidio â theimlo ddylwn i ddim bod yno.

A dyna pryd y cerddodd y fenyw mewn jympsiwt las i mewn. Roedd ei gwallt wedi'i eillio ar y ddwy ochr, ac yn uchel ar dop ei phen roedd llwyth o blethau bach wedi'u clymu'n un blethen fawr. Camodd heibio'r desgiau, sboncio lan y grisiau i'r llwyfan, fflachio gwên ar Mrs Llwyd cyn mynd i sefyll yn dalsyth ar flaen y llwyfan, yn gwbl hyderus. Doedd dim ots 'da hi fod pobl yn edrych arni hi. Er ei bod hi'n fawr fel fi.

Rhoddodd Mrs Llwyd feicroffon iddi a wnaeth hi ddim rhoi ei braich ar draws ei stumog, a doedd dim ots ganddi fod heulwen yn pelydru drwy'r ffenestri ac yn goleuo'i chorff. Doedd hi ddim fel petai'n meddwl am y peth. Ddim yn sylwi. Ddim eisiau cuddio. Roedd hi'n f'atgoffa i o'r

Uchel Offeiriades sydd ar gardiau tarot Anti Lleuwen. Yn anhygoel o bwerus. Yn anhygoel o falch. A'r union fath o berson roedd angen i fi ei weld ar hyn o bryd.

Mae cerdyn yr Uchel Offeiriades yn golygu y dylet ti ymddiried yn dy reddf. Edrychais i lawr ar y papur o 'mlaen i. *Prawf Rhagbrofol Brainiacs: Posau Chwalu Pen.* Roedd fy mola'n troi, ond roedd llais bach yng nghefn fy mhen yn sibrwd, *Jemeima Fychan, os wyt ti'n gallu gwneud un peth yn dda yn y bydysawd 'ma, wel Pos Chwalu Pen yw hwnna.*

'Prynhawn da, bawb!' meddai'r fenyw yn y jympsiwt las. 'Iolanda ydw i, un o gynhyrchwyr *Brainiacs*, a dwi'n falch iawn o weld cymaint ohonoch chi yma heddiw. Mae pawb sy'n ymgeisio eleni yn sefyll y prawf rhagbrofol heddiw. Mae'r cwestiynau'n eitha anodd, felly peidiwch â phoeni os ydych chi'n methu eu hateb nhw i gyd. Gwnewch eich gorau glas. Bydd y rheini ohonoch chi sy'n ennill y marciau ucha yn cael gwahoddiad i'n Diwrnod Dethol yn Llundain ymhen ychydig dros bum wythnos.' Nodiodd Iolanda ar Mrs Llwyd, a oedd yn arwydd iddi hi wasgu botwm. Ymddangosodd amserydd ar y sgrin y tu ôl iddyn nhw. 'Mae tri deg munud 'da chi i ateb pum deg cwestiwn.' Safodd y menywod wrth y ddesg a chau drysau'r neuadd. Gwenodd Iolanda. 'Bydded i'ch doethineb fod gyda chi!'

Dechreuodd yr amserydd gyfri i lawr. Llenwodd y neuadd â sŵn pobl yn agor eu papurau prawf, ond y cyfan a glywn i oedd pob eiliad yn tician. Pum deg cwestiwn. Roedd fy nwylo'n crynu wrth i fi droi'r dudalen i ddarllen y cwestiwn cyntaf. Dilyniant cwadratig.

Falle achos 'mod i'n dwli ar ddilyniannau cwadratig. Neu falle achos bod yr heulwen yn tywynnu ar fy nghroen drwy'r ffenestri. Ond yn sydyn, teimlais belen o dân yn fy stumog. Pum deg o bosau chwalu pen mewn tri deg munud. Edrychais lan ar yr amserydd. Dau ddeg naw munud ac un deg pedwar eiliad a bod yn fanwl gywir. Cymerais anadl ddofn a chodi 'meiro.

Ar ôl y cwestiwn Mathemateg, roedd posau wedi'u ffurfio o groesau a chylchoedd a thrionglau. Roedd anagramau; siapiau 3D i'w paru; cwestiynau lle roedd rhaid dewis y sillafiad cywir o'r rhestr; cyfrifiadau o'r tabl cyfnodol. Yr adran a gymerodd y mwyaf o amser i'w chwblhau oedd yr adran olaf. Ddim achos bod y cwestiynau'n anodd. Ond achos y ffordd roedden nhw wedi'u geirio: *Beth yw un rhan o bump o un rhan o ddeg o hanner 600?* Y math o gwestiynau sy'n rhoi 'brêns tost' i ti, fel buasai Miki'n ddweud.

Ar ôl i fi wirio fy atebion i gyd yn fanwl, rhoddais fy meiro i lawr ac edrych lan. Roedd y rhan fwyaf o bobl yn dal i sgrifennu. Roedd pedair munud ar ôl ar y cloc. Aeth yr amser mor gyflym. Yn ystod y munudau hynny pan oeddwn i'n ateb y cwestiynau, doedd dim ots o gwbl am fod yn y categori 'Dros ei phwysau'n sylweddol'. Fel petai'r groes goch oedd yn fy nghynrychioli ar y graff yn hollol amherthnasol. Fel petai hi ddim hyd yn oed yn bodoli.

Daliodd Mrs Llwyd fy llygaid a gwenu. Rhoddodd bwniad bach i Iolanda, pwyntiodd at rywbeth ar ei chlipfwrdd a dywedodd rywbeth roeddwn i'n methu ei glywed yn iawn. Yna, gwenodd y ddwy arna i. Roedd gwên

Mrs Llwyd yn edrych yn llai sinistr nag arfer. Doedd dim pwerau seicig 'da fi, ond rywsut roeddwn i'n gwybod beth roedd Mrs Llwyd yn ei feddwl. Roedd hi'n meddwl bod siawns 'da fi o fynd trwodd.

Wrth i fi gau 'mhapur prawf i a sgrifennu fy enw ar y ddalen flaen, roeddwn i'n teimlo'n hapus ac yn ofnus yn union yr un pryd. Roedd yn debyg i'r teimlad gawn i pan oeddwn i'n iau, pan oeddwn i'n mynd ar y reid trên sgrech wrth y pier. Byddet ti'n clywed sŵn clac-clac-clac y ceir ar y cledrau wrth iddo fynd â ti i'r copa. Wel, roedd eistedd yn y neuadd ar ôl cwblhau prawf *Brainiacs* yn debyg i eistedd yn y trên sgrech. Roeddwn i'n gwybod 'mod i wedi ateb pob un cwestiwn. Roeddwn i hefyd yn weddol sicr 'mod i wedi'u hateb nhw'n gywir. Yn teimlo fel petawn i ar y dibyn, ar fin cael fy hyrddio i fyd dieithr a doedd dim troi'n ôl. Doedd dim ffordd i fi gamu oddi ar y cledrau. Ac roedd hynny'n deimlad braf, a bod yn onest.

16

FFORTIWN

Anfonodd Lleuwen neges ata i pan oeddwn i ar fy ffordd adre o'r ysgol, yn gofyn i fi alw i'w gweld hi ar frys. Roedd hi eisiau dweud fy ffortiwn. Roeddwn i'n gwybod hynny achos bod emoji pelen grisial yn ei neges. Roeddwn i newydd wneud prawf *Brainiacs* ac roedd y Clwb Plant Tew cyntaf fore trannoeth, felly falle doedd hi ddim yn syniad rhy ddrwg i Lleuwen ddweud fy ffortiwn. Byddai dianc rhag realiti am funud fach yn beth da.

Roedd y llenni ar gau, a goleuadau tylwyth teg yn pefrio yng nghaban Lleuwen.

'Jemeima,' meddai hi, wrth i fi fynd i mewn. Roedd rhubanau o *eyeliner* aur yn fframio'i llygaid, a gemau lliwgar wedi'u gludo ar hyd ei haeliau. Dyna'i gwisg arbennig pan mae hi'n dweud ffortiwn pobl. 'Galla i deimlo bod newid ar fin digwydd. Egni benywaidd! Dwi wedi cael gweledigaeth.'

Byddai Lleuwen yn cael rhagfynegiadau weithiau, sef cipolwg ar y dyfodol. Ddim fel y bydd meteorolegwyr yn rhoi rhagolygon y tywydd, neu seismolegyddion yn rhagweld daeargrynfeydd. Maen nhw'n defnyddio gwyddoniaeth go iawn. Roedd rhagfynegiadau Lleuwen yn seiliedig ar gyfathrebu â duwiesau'r ddaear. A dyna pam doeddwn i ddim yn eu credu nhw'n llwyr.

Ymddangosodd cardiau tarot gwyrdd emrallt o rywle, a dechreuodd Lleuwen eu siyfflo. Yna, taenodd y cardiau mewn hanner cylch ar y bwrdd a dweud wrtha i am ddewis pump ohonyn nhw.

Roeddwn i'n gwybod bod fy nghardiau yn methu rhagweld fy nyfodol, a'u bod nhw'n methu gweld y tu mewn i 'mhen i na 'nghalon i chwaith. Ond dyna sut mae Anti Lleuwen. Weithiau, mae hi'n gwneud i ti anghofio'r pethau rwyt ti wedi'u dysgu mewn gwersi gwyddoniaeth. Dewisais fy nghardiau, ac yn araf bach, rhoddodd Lleuwen nhw i lawr mewn siâp croes, â'u hwyneb i lawr. Wedyn, cododd hi'r cerdyn ar f'ochr chwith.

'Mae'r cerdyn yma'n dangos sut rwyt ti'n dy weld dy hun,' meddai Lleuwen wrth ei droi drosodd. 'Deg Hudlath.'

Arno, roedd llun menyw'n sownd o dan bentwr o ffyn pren, a dafad farw ar y gwair wrth ei hochr.

'Gwych,' atebais.

Gwenodd Lleuwen. 'Mae hwn *yn* gerdyn da iawn!'

'Lleuwen, mae llun dafad farw arno fe.'

'Y peth yw, mae'n beth da ein bod ni'n ei weld e *nawr*. Mae'r cerdyn yma'n dweud wrtha i bod llawer o bryderon 'da ti, rwyt ti dan lawer o bwysau ac mae'n anodd i ti weld ffordd ymlaen.' Twt-twtiodd am ychydig. 'Mae hefyd yn dweud wrtha i nad nawr yw'r amser gorau i wneud y ddefod iacháu roeddwn i wedi bwriadu ei gwneud gyda ti y penwythnos yma.'

Siglais fy mhen. 'Trueni.'

Gwenodd Lleuwen a throi'r cerdyn nesaf drosodd. 'Mae hwn yn cynrychioli dy botensial di. Y Tŵr.'

Efallai fod y Tŵr yn swnio fel symbol o botensial i ti, ond roedd mellten yn taro'r tŵr yma, a choron enfawr yn cwympo drwy'r ffenest uchaf. Ar ben hynny, roedd fflamau'n llarpio'r holl beth.

Fflachiodd llygaid llwydlas Lleuwen. 'Felly, mae'r cerdyn hwn yn golygu bod dy fywyd yn–'

'... drychineb llwyr?'

'Nac ydy!' chwarddodd Lleuwen. 'Falle fod y cerdyn yma'n edrych braidd yn ... frawychus, ond mae'n arwydd o newid sydyn. Mae angen i ti feddwl am y fellten yma fel petai'n fflach o ysbrydoliaeth. Mae sylfeini'r tŵr yn dymchwel wrth i wirionedd newydd gymryd eu lle. Gwybodaeth newydd ...'

'Iawn,' ochneidiais, gan roi'r gorau i wrando.

Pa gerdyn bynnag y byddi di'n ei ddewis, bydd Lleuwen wastad yn gwneud iddo swnio'n dda. A dyna pam, mae'n debyg, mae hi mor boblogaidd yn y ffeiriau seicig mae hi'n mynd iddyn nhw. Eisteddais ac edrych ar fy adlewyrchiad yn nrych ei bwrdd gwisgo. Doedd dim rhyfedd taw tŵr trychinebus o fflamau a dafad farw oedd fy ffortiwn i.

Edrychais ar freichledi a chrisialau disglair Lleuwen, a'i photiau bach o golur pefriog. O, roeddwn i'n ysu am gael bod yn debyg iddi hi. Ond pryd bynnag y byddwn i'n dweud unrhyw beth wrth Lleuwen am deimlo'n hyll neu'n dew, byddai hi'n fy ngorfodi i wrando ar ei cherddoriaeth clychau ac yn rhoi cerrig swyn yn fy mhocedi.

Roedd hi ar ganol dweud rhywbeth am drefn a harmoni pan sylwais ar ei phensil *eyeliner* aur ar y llawr. Dyna'n union roedd ei angen arna i. Hyd yn oed petai ond yn gwneud i fi edrych un y cant yn well ar gyfer y Clwb Plant Tew drannoeth, byddai hynny'n rhywbeth. Gwnes i'n siŵr nad oedd Lleuwen yn edrych, cyn estyn i lawr yn araf a rhoi'r pensil yn fy mhoced. Tybed a fyddai Dad yn sylwi petawn i'n gwisgo colur i'r ysgol? A dyna pryd y trodd Lleuwen y cerdyn nesaf.

Llun menyw'n eistedd mewn coedwig oedd ar hwn. Roedd hi'n gwisgo ffrog hir wen a choron o sêr ar ei phen, a'i gwallt gloyw'n felyn fel mêl.

'Beth yw ystyr hwnna?' holais, ond roeddwn i'n gwybod yr ateb yn barod. Roedd ymerodres â choron o sêr ar ei phen a gwallt lliw mêl yn methu bod yn ddrwg, nag oedd?

'Yr Ymerodres.' Gwenodd Lleuwen arna i. Roedd cael gwên gan Lleuwen yn deimlad tebyg i weld enfys. Rwyt ti'n gwybod taw peth hollol gyffredin a normal yw enfys, ond mae'n hollol ryfeddol er hynny. 'Merch y nefoedd a'r ddaear!' llefodd Lleuwen, gan godi'i breichiau'n ddramatig. Buodd bron iddi fwrw grisial enfawr i'r llawr. 'Symbol pŵer benywaidd!'

Mae'n rhaid bod hyn yn newyddion da o ran yr eyeliner! meddyliais.

Daliodd Lleuwen fy nwylo'n dynn. 'Mae'r cerdyn yma'n argoeli'n dda, Jem fach. Neges oddi wrth y Fam Ddaear!'

Roeddwn i'n mawr obeithio doedd hynny ddim yn golygu bod rhaid i fi rwbio olew persawrus dros fy nghroen i eto. Syllodd Lleuwen arna i. Roedd ei llygaid treiddgar fel petaen nhw'n gweld i mewn i fy enaid. Fel petai hi'n gallu gweld pa mor bryderus roeddwn i ynglŷn â dechrau dosbarth Gwenfair, ac fel petai hi'n gallu gweld y twll siâp Mam yn fy nghalon. Fel petai hi'n deall cymaint roeddwn i eisiau mynd ar *Brainiacs,* a chymaint roeddwn i eisiau bod yn debyg i rywun arall yn gyfan gwbl. Roedd fel petai hi'n gallu gweld holl donnau f'ymennydd a theimlo holl guriadau 'nghalon i.

'Jemeima,' meddai hi, gan gadw ei llygaid arna i. 'Mae duwies gref yn byw ynot ti.'

Ond roedd Lleuwen wastad yn dweud hynny. Edrychais ar gerdyn yr Ymerodres, ac yna'n ôl ar fy adlewyrchiad yn y drych. *Os yw hynny'n wir,* meddyliais, *mae hi'n un dda am guddio.*

17

BLYNYDDOEDD GOLAU

Fore trannoeth, roedd hi'n union 73 diwrnod nes y byddai NASA yn anfon ei llong ofod ddiweddaraf drwy atmosffer y Blaned Mawrth; 45 diwrnod tan y trip gwersylla 'mae hypothermia yn hwyl!'; 30 diwrnod tan fy mhen-blwydd yn dair ar ddeg, a dim un diwrnod tan fy Nghlwb Plant Tew cyntaf.

Wrth i fi wisgo amdanaf, dychmygais dorfeydd o bobl y tu fas i'r neuadd chwaraeon amser cinio, yn taflu llysiau wedi pydru arnon ni, fel roedden nhw'n ei wneud i droseddwyr yn yr Oesoedd Canol. Yn ôl Mrs Llwyd, doedd dosbarth Gwenfair ddim yn gosb, ond wrth baratoi i fynd i'r ysgol y diwrnod hwnnw, roedd yn sicr yn teimlo fel cosb. Ac roedd rhaid i fi adael y tŷ heb i Dad weld fy wyneb i.

'Wyt ti'n teimlo'n iawn y bore 'ma, Jem?' holodd Dad.

'Ydw,' atebais, gan roi 'mhen i mor bell ag y gallwn i mewn i'r rycsac.

'Bydd e'n iawn,' meddai Dad, gan bwyso yn erbyn y rheilen a llyncu cegaid o goffi. 'Paid â phoeni.'

'Diolch, Dad.' Caeais fy mag a sylwi ar restr ar y cwpwrdd, yn llawysgrifen Dad. Rhestr o offer ar gyfer trip gwersylla'r ysgol. Edrychais yn agosach. Byddwn i'n cysgu mewn cae mwdlyd mewn tywydd rhewllyd o oer. Ar ben hynny, byddwn i'n eithaf agos at Loti Freeman felly byddai angen ... *chwiban argyfwng* arna i? Roedd pethau'n mynd o ddrwg i waeth. Cadwais fy nghefn at Dad wrth wisgo 'mlaser i.

'Mae Jemeima yn gwisgo *eyeliner*,' cyhoeddodd Jasper wrth gerdded i lawr y staer.

'Diolch, Jasper,' dywedais, gan fwrw fy rycsac yn ei erbyn yn ddamweiniol wrth ei roi ar f'ysgwydd.

'Jemeima!' meddai Dad. 'Rwyt ti'n gwybod beth yw rheolau'r ysgol ynglŷn â cholur. Gwell i ti ei olchi e bant. Glou.'

Doedd dim bwriad 'da fi i'w olchi e bant. Byddai pawb yn sôn am y Clwb Plant Tew heddiw. Byddai pawb yn edrych arna i. Roedd yn rhaid i fi edrych ychydig yn well na'r arfer. Neu un y cant yn llai ffiaidd. 'Dad, mae pawb yn yr ysgol yn gwisgo colur.'

'Dwi ddim,' atebodd Jasper, a chododd Dad ei aeliau arna i fel petai hynny wedi 'mhrofi i'n anghywir.

'Jemeima, dim ond deuddeg oed wyt ti. Does dim angen i ti wisgo colur. Ac yn bendant, ddim i'r ysgol.'

'*Dim ond deuddeg?* Dwi bron yn dair ar ddeg. Sy'n ddigon hen i wneud penderfyniadau am fy wyneb fy hun. A ta beth, mae *eyeliner* yn rhatach na chael llawdriniaeth ar fy wyneb i.'

Ochneidiodd Dad. 'Jemeima, does dim angen i ti gael unrhyw fath o lawdriniaeth a dwyt ti ddim, yn bendant, yn cael gwisgo colur i'r ysgol. Dyna ddiwedd arni. Rwyt ti'n edrych yn hollol iawn fel rwyt ti.'

Mae rhieni i fod i feddwl fod eu plant yn brydferth. Roedd Dad yn meddwl 'mod i'n edrych yn 'iawn'. Craffais ar fy wyneb yn y drych ac ochneidio'n hir, nes bod yr holl wynt wedi'i ollwng o f'ysgyfaint.

Broliodd Jasper am ei dric hud diweddaraf wrth glymu ei lasys. 'Mae e mor cŵl, Dad. Galla i droi dŵr yn iâ, o flaen dy lygaid di!' Chwifiodd Jasper ei ddwylo yn y ffordd hurt 'na sy 'da fe, pan mae e'n trio bod yn gonsuriwr. 'Waw!' ebychodd Dad. Roedd hi mor amlwg taw Jasper oedd ei ffefryn.

'Dyw troi dŵr yn iâ ddim yn hud a lledrith, Jasper,' dywedais. 'Ffiseg yw hynny.'

'Iawn,' atebodd Jasper, gan rochian yn ddiamynedd. 'Felly ydy ffiseg yn gallu trawsffurfio dŵr yn iâ mewn ychydig eiliadau?'

'Ydy, os gwnei di ddefnyddio carbon deuocsid sydd wedi rhewi.'

Rholiodd Jasper ei lygaid. 'Wel, all ffiseg wneud hyn?'

Yn sydyn, diflannodd fy ffôn o fy llaw cyn dod i'r golwg eto yn un o dreinyrs Dad. Tric consurio oedd e. Neu falle taw dim ond un o driciau bach slei Jasper oedd e.

'Ych a fi, Jasper,' ebychais, gan estyn hances bapur o boced flaen fy rycsac a sychu fy ffôn. Roedd angen hances – a *gel* gwrthfacteria – pryd bynnag roedd fy mrawd o gwmpas y lle.

'Os wyt ti wedi gorffen, galli di olchi'r colur 'na bant, plis,' meddai Dad.

'Mae colur yn ffordd i fi fynegi fy hunan, Dad. Os na wnei di adael i fi fynegi fy hunan yn llawn, byddi di'n gwneud niwed parhaol i fy hunaniaeth i.'

Anadlodd Dad yn ddwfn. 'Does dim amser 'da fi i hyn, Jemeima. Dwi'n dechrau swydd bwysig yn y gwesty newydd 'na bore 'ma. Cer i'w olchi e bant. Nawr.'

Meddyliais am bawb yn yr ysgol yn chwerthin ar fy mhen a dechreuodd fy nghalon guro fel petai ar fin chwalu fy asennau. 'Iawn. Felly, does dim gobaith i fi ffitio i mewn gyda gweddill cymdeithas, Dad,' dywedais. 'Bydda i fel un o'r *Freak Shows* oedd 'da nhw yn Oes Fictoria. *Dewch ynghyd! Dewch i weld Ffric Cil-y-cregyn! Y ferch sydd ddim yn cael gwisgo TAMAID PITW BACH o eyeliner er ei bod hi fwy neu lai'n oedolyn!*'

Chwarddodd Jasper a dweud, '*Drama queen.*' Fel petai perfformio sioe hud a lledrith ddim yn ddramatig.

Yna, chwarddodd Dad hefyd. 'Paid â bod yn rhy gas am y sioeau 'na, Jemeima!' atebodd. 'Gwnaeth rhai o'n cyndeidiau ni dipyn o arian ohonyn nhw. Roedd y teulu Fychan yn enwog ledled y wlad o achos Anti Lilian oedd yn siarad trwy ei barf.'

Rhochiodd Jasper eto.

'Mae'r teulu 'ma mor rhyfedd,' ochneidiais.

'Dwi o ddifri!' meddai Dad. 'Roedd ei barf yn dweud ffortiwn pobl! Ac a dweud y gwir, dwi'n eitha siŵr bod llun ohoni hi yn yr hen dun 'na ffeindiaist ti yn y garej. Nawr, ble rois i hwnna?' Agorodd Dad ddrôr y cwpwrdd.

'Gwych. Felly, diolch i dy enynnau di, Dad, dwi'n mynd i dyfu barf, siŵr o fod.'

Ac yna, edrychodd Dad ar Jasper. Gwenodd y ddau ar ei gilydd, fel petai rhyw ddealltwriaeth arbennig 'da nhw ynglŷn â pha mor hyll oeddwn i neu rywbeth. A dyna pryd ddaeth y geiriau mas. Achos 'mod i'n teimlo'n unig, ac mor wahanol i'r ddau ohonyn nhw. Ac achos bod dagrau'n llosgi fy llygaid.

'Byddwn i wir yn hoffi cael Mam 'ma. Byddai hi'n gadael i fi wisgo *eyeliner*. Fyddai hi ddim yn gwneud i fi fyw dan y drefn ofnadwy 'ma.'

Caeodd Dad ei geg yn dynn.

Paratoais fy hun am *ARMAGEDON TEULUOL: LEFELAU STRAEN DAD YN MYND TRWY'R TO!*

Ond yn lle ffrwydro, dyma fe'n dweud, 'A bod yn onest, fyddai dy fam byth yn gwisgo llawer o golur.'

Dylwn i fod wedi stopio siarad ar ôl hynny. Ond roedd fy nghalon yn curo'n ofnadwy o gyflym a 'mochau i'n dwym, ac roedd dagrau'n bygwth llifo unrhyw eiliad. Doedd dim stop ar fy ngheg i. Fel Myrddin, y robot dweud ffortiwn ar y pier sy'n dal i siarad hyd yn oed ar ôl i dy arian ddod i ben. 'Falle fod Mam ddim yn gwisgo colur pan oedd hi'n briod â ti, ond dwi'n siŵr ei bod hi'n gwisgo colur nawr. Fyddet ti ddim yn gwybod – dwyt ti ddim hyd yn oed yn gwybod ble mae hi! Does dim rhyfedd iddi hi benderfynu ... *dianc* rhag y teulu 'ma.' Roeddwn i'n difaru dweud hynny'n syth ar ôl i'r geiriau ddod mas. Roeddwn i wir eisiau cydio yn y geiriau a'u rhoi nhw'n ôl yn fy ngheg. Ond roedd hi'n rhy hwyr.

'Reit, dyna ddigon, Jemeima!' gwaeddodd Dad, gan gau drysau'r cwpwrdd yn glep, nes bod y gwydrau i gyd yn tincial. 'Rwyt ti wedi mynd yn rhy bell nawr. Cer lan lofft a dere lawr pan fyddi di wedi dysgu sut i fihafio a sut i barchu pobl eraill!'

'Bydd hi lan lofft am sbel, 'te,' meddai Jasper dan ei anadl. Rhythodd Dad arno'n grac, felly ychwanegodd, 'Sori.'

'Iawn!' atebais, gan sniffian i ddal y dagrau'n ôl. 'Dim ysgol i fi, 'te.' Troais yn herfeiddiol, ond aeth un o strapiau'r rycsac yn sownd yng ngwaelod y canllaw a chymerodd hi ddeg munud – o leiaf – i'w gael e'n rhydd.

'Er mwyn dyn, Jemeima!' ebychodd Dad. Rhedais lan lofft. Pan gyrhaeddais i'r top, gwaeddodd, 'Mae tair munud 'da ti!'

Gwaeddais i lawr, 'Does neb yn gallu dysgu sut i fihafio a pharchu pobl mewn tair munud!' Rhedais yn gyflym i mewn i'r stafell 'molchi a chloi'r drws. Llifodd dagrau twym i lawr fy mochau. Dechreuais dasgu dŵr oer ar fy wyneb a rhwbio fy llygaid, nes bod streipiau brown euraidd o gliter ar y tywel lliw hufen. Byddai Dad yn siŵr o roi stŵr i fi am hynny'n ddiweddarach.

Roeddwn i eisiau mynd i lawr staer i ymddiheuro, ond roedd y teimlad 'na ges i wrth wneud prawf *Brainiacs* y diwrnod cynt – y belen o dân yn fy stumog – wedi diflannu. Allwn i ddim hyd yn oed teimlo gwreichionen fach.

Drwy'r ffenest, roedd golwg ryfedd ar y cymylau drwy'r gwydr patrymog. Roeddwn i'n gwybod bod y sêr y tu hwnt iddyn nhw. Erfyniais ar y sêr – dymuno a dymuno am ddiwrnod cyntaf da yn y Clwb Plant Tew. Ond yn y diwedd, roeddwn i'n gwybod taw dim ond peli o nwy oedden nhw, a bod dim ots 'da nhw o gwbl am fy nymuniadau i. Weithiau, roedd fy holl wybodaeth am y gofod yn dipyn o niwsans.

18

CLWB PLANT TEW

'Jemeima!' sibrydodd Loti am y milfed tro yn ein gwers Ffrangeg. 'Wyt ti'n rhydd amser cinio? O, nac wyt, sori. Mae 'da ti'r Clwb Plant Tew!' Gwnaeth wyneb trist wrth ddweud hynny. 'Cwyd dy galon. Pan weliff yr athrawes ti ... bydd hi eisie dy wneud di'n gapten!'

Ochneidiais. Dylai eistedd o fewn dau fetr i Loti Freeman fod yn drosedd yn erbyn hawliau dynol.

'Gad lonydd iddi hi, Loti,' meddai Miki. 'Dylet ti fynd i'r Clwb Dim Personoliaeth.'

'O, paid â dweud hynny, Miki!' meddai Loti. 'Ddim a ninnau ar fin serennu gyda'n gilydd yn y cynhyrchiad!' Gwenodd yn slei.

'Beth?' meddai Miki.

'Est ti ddim i'r stiwdio ddrama amser egwyl? Mae Miss Nisha wedi rhoi'r rhestr ar y wal. Ti yw Bert!'

'FI YW BERT?' gwaeddodd Miki. 'O iyffach!'

'Bydd dawel, Miki!' meddai Mr Picard. 'Ac os oes rhaid i ti siarad, trïa wneud hynny yn Ffrangeg, o leia.'

'Ffantastig!' sibrydais.

Rhythodd Mr Picard arna i felly dywedais, mewn acen Ffrengig, '*Fantastique!*'

Rholiodd ei lygaid. Nid fy mai i oedd e taw *fantastique* yw 'ffantastig' yn Ffrangeg. Trodd y ffordd arall, ac aeth yn ôl i helpu Caleb, oedd yn fwriadol yn siarad Cymraeg ag acen Ffrangeg.

'Gyda llaw, fi yw Mary Poppins!' sibrydodd Loti'n serchus dros y ddesg, gan edrych i fyw fy llygaid yn hollol fwriadol. 'Felly, Bert, ry'n ni nawr yn ffrindiau gorau!'

Edrychodd Miki arna i, ac yna'n ôl ar Loti. 'Dim ond yn y cynhyrchiad, Loti.' Sibrydodd yn fy nghlust, 'Dyna lwcus 'mod i'n actor da.'

Roedd llygaid Loti'n culhau. 'Trueni na alli di fod yn y cynhyrchiad hefyd, Jemeima. Ond, dwi'n deall bod blaenoriaethau eraill 'da ti.'

Allwn i ddim meddwl am ateb i hynny, felly troais at fy ngwerslyfr a dechrau copïo ymadroddion berfol. Beth gallwn i ddweud? Yn dechnegol, roedd Loti yn dweud y gwir. A ta beth, roedd Dad eisoes wedi 'ngwahardd i rhag rhegi mewn ieithoedd tramor.

Tynnodd Miki lun llygoden fawr yng nghornel fy nhudalen. 'Hei,' sibrydodd. 'Paid â gwrando ar Loti. Mae pawb yn gwybod ei bod hi'n llygoden fawr ddrewllyd.'

Pan gyrhaeddais i'r neuadd chwaraeon amser cinio, roedd y nerfau'n byrlymu drwy 'nghorff i fel petaen nhw'n sownd wrth gelloedd fy ngwaed. Roedd rhai bechgyn yn cicio pêl droed yn erbyn y wal, a grŵp o blant Blwyddyn 10 yn sefyll o gwmpas mainc gyferbyn â ni, yn edrych ar eu ffonau. Edrychodd ambell un arna i wrth i fi gerdded lan y llwybr at y fynedfa. Roeddwn i'n gwingo, yn disgwyl i rywun weiddi rhywbeth, ond ymddangosodd un o'r athrawon Ymarfer Corff a dechrau cicio pêl gyda'r bechgyn. Rhoddais fy llaw ar ddrws y neuadd chwaraeon. Anadlais yn ddwfn a mynd i mewn.

Y peth cyntaf welais i oedd fflach o wallt melyn gloyw. Roedd e wedi'i glymu'n ôl â band llydan du, â sêr arno. Cofiais am gerdyn yr Ymerodres ges i o becyn tarot Lleuwen y noson gynt. Caeais y drws y tu ôl i fi, a throi. Gwenfair Rhydderch-Prys oedd hi. Roedd patrwm mellt bach yn gorchuddio'i legins chwaraeon, yn union fel y rhai ar gerdyn y Tŵr. Dechreuais deimlo'n eithaf rhyfedd. Fel arfer, roedd gweledigaethau Lleuwen yn hollol anghywir.

'Croeso!' meddai Gwenfair â gwên eithriadol o lydan. 'Jemeima?'

Nodiais a lledaenodd ei gwên hyd yn oed yn fwy, nes ei bod yn gorchuddio tua saith deg y cant o'i hwyneb. Petai hi'n gwenu'n lletach, byddai hi'n siŵr o anafu ei hunan. Doeddwn i ddim yn siŵr pam roedd hi mor falch ynglŷn â rhedeg y Clwb Plant Tew. Falle'i bod hi'n mwynhau codi cywilydd ar bobl.

'Shwmae! Gwenfair ydw i. Dere i mewn!'

Roedd Heidi, Harri a Brandon yn gosod cadeiriau mewn cylch. Roeddwn i'n adnabod dau arall o'r cyfarfod gawson ni am erthygl y papur newydd. Roedden nhw'n edrych fel petaen nhw ym Mlwyddyn 10 neu 11.

'Ti yw'r un olaf,' meddai Gwenfair. 'Eistedda!'

'Yr un olaf?' holais. 'Dim ond chwech ohonon ni sy 'ma.'

Doedd ei gwên ddim mor llydan nawr. 'Does dim rhagor i ddod, mae arna i ofn.' Edrychodd o'i chwmpas yn lletchwith wrth i Brandon bentyrru rhai o'r cadeiriau ar ochr y neuadd. 'Ar ôl darllen yr erthygl yn y papur newydd, penderfynodd rhai o'r rhieni ddechrau grŵp. Roedden nhw'n rhoi'r argraff fod fy nosbarth i'n ... wel, doedd y rhan fwyaf o bobl ddim yn cytuno y dylai'u plant gymryd rhan ynddo fe.' Curodd Gwenfair ei dwylo fel petai hi'n torri swyn. 'Beth bynnag! Y peth pwysig yw eich bod chi i gyd yma! A dwi mor falch eich bod chi yma! A dwi'n teimlo'n gyffrous iawn wrth ddechrau fy rhaglen bywyd iach gyda chi!' Curodd ei dwylo eto a gwenu'r wên fwyaf welais i erioed. Roedd yn tywynnu o'i hwyneb, fel petai hi'n gwenu o'i chorun i'w sawdl. Fel petai duwies go iawn yn sefyll o 'mlaen i, yn pelydru ei daioni drosta i.

Roedd yn deimlad eithaf lletchwith. Roedd yn anodd iawn peidio â'i hoffi hi.

Esboniodd Gwenfair doedden ni ddim yno i gael ein cosbi. Celwydd oedd hynny, a dweud y gwir, am ei bod hi wedi'n cadw ni i mewn amser cinio. Ond gwnes i'r penderfyniad aeddfed i beidio â dweud dim. Yn fwy na dim, achos bod Dad wedi mynd â'r *eyeliner* oddi arna i cyn i fi adael y tŷ y bore hwnnw. Ces i gyfarwyddyd pendant i beidio â sôn am y canlynol, neu byddai'n rhaid i fi lanhau ei fan:

1. Cosbau (gan gynnwys technegau arteithio canoloesol)
2. Fy hawliau dynol
3. Gor-ddweud neu gelwyddau
4. Unrhyw beth roedd Lleuwen erioed wedi'i ddweud wrtha i.

Doedd hynny ddim yn gadael llawer. Heblaw am y ffaith fod Dad yn unben creulon.

Dechreuodd Gwenfair drwy ddweud na ddylen ni deimlo ein bod ni wedi gwneud dim byd o'i le. Ond roedd y dosbarth yn teimlo'n union fel cosb, felly doeddwn i ddim yn ei chredu hi'n llwyr. 'Nawr, beth am ddechrau drwy chwarae gêm fach i ddod i adnabod ein gilydd?'

Dwi ddim yn seicig, ond roedd teimlad 'da fi y byddai hi'n gwneud rhywbeth fel hyn. Suddais i mewn i 'nghadair i.

'Dwi eisie i chi i gyd ddweud eich enw a rhywbeth hollol *anhygoel* amdanoch chi'ch hun. Fe ddechreua i. Gwenfair ydw i, ac ro'n i'n arfer bod yn un o hyfforddwyr y tîm Paralympaidd!'

Pendronais tybed beth aeth o'i le yn ei bywyd. Sut aeth hi o fod yn hyfforddwraig gyda'r tîm Paralympaidd i weithio fan hyn, yng Nghil-y-cregyn?

Edrychodd ar ei chlipfwrdd. 'Ble mae Nathaniel Jackson? Gan dy fod ti ym Mlwyddyn 11, beth am ddechrau gyda ti?'

Cododd bachgen ei law. Roedd yn eistedd gyferbyn â Gwenfair. 'Shwmae. Mae pawb yn fy ngalw i'n Nate, ddim Nathaniel.'

Edrychais ar y rhes o fathodynnau ar goler blaser Nate. Bathodyn y Cyngor Eco, bathodyn Swyddog, bathodyn y clwb ffotograffiaeth, baner Nigeria (fach iawn), a bathodyn ar y gwaelod yn dweud dim ond *Seren*. Roedd digon o bethau iddo fe sôn amdanyn nhw.

'Wel,' meddai Nate, 'Cwrddais i â Jesse Lingard dros yr haf.'

'Waw!' meddai Gwenfair, yn union yr un pryd â phawb arall.

Gwnes nodyn yn fy meddwl. Roedd angen i fi gael gwybod pwy oedd Jesse Lingard ar ôl y wers. Erbyn i Gwenfair fy nghyrraedd i, roeddwn i wedi dysgu bod y ferch ym Mlwyddyn 10, Maya, newydd basio'i harholiad Gradd Pedwar ar y ffliwt, roedd Harri wedi darllen deg llyfr dros wyliau'r haf, roedd Heidi wedi dechrau sgrifennu llyfr o'r enw *Eneidiau'r Goedwig*, ac roedd hi ar bennod naw yn barod. A Brandon Taylor oedd pencampwr reslo braich (answyddogol) Blwyddyn 10.

Felly, pan ddywedodd Gwenfair fy enw i, allwn i ddim meddwl am ddim byd.

'O, dere 'mlaen, Jemeima!' meddai Gwenfair. 'Dwi'n siŵr bod llwythi o bethau an-hyg-oel amdanat ti!'

'Dwi ddim yn credu,' atebais. Yr unig beth ddaeth i fy meddwl i oedd y gystadleuaeth sillafu enillais i ym Mlwyddyn 5, oedd yn swnio'n hurt.

Suddodd wyneb Gwenfair, fel petai hi'n ofnadwy o siomedig 'mod i ddim yn ymuno yn yr hwyl.

Paid â theimlo trueni dros Gwenfair, dywedais wrtha i fy hunan. *Hi yw'r rheswm bod y dosbarth twp 'ma'n bodoli.*

'Dim ti enillodd y Wobr Wyddoniaeth llynedd, Jemeima?' holodd Heidi. 'A'r wobr Fathemateg?'

'Ie, a'r Her Ddarllen!' ychwanegodd Harri. 'Darllenodd hi ddau lyfr yn fwy na fi!'

Gwenodd Gwenfair o glust i glust. 'Diolch, Heidi a Harri. Waw, Jemeima! Mae hynna'n swnio'n eitha anhygoel i fi!'

Teimlais fy mochau'n twymo. 'O, ie.' Mae'n rhyfedd sut galli di deimlo'n hollol dwp, hyd yn oed ar ôl i bobl restru dy holl lwyddiannau di.

'Ffantastig! Diolch, bawb!' meddai Gwenfair, gan guro'i dwylo. 'Am gêm wych!' Efallai y dylai hi edrych ar ddiffiniad y geiriau 'anhygoel' a 'gêm'. 'Dwi'n teimlo mor gyffrous wrth ddechrau gweithio gyda chi i gyd!' Roedd pob un o'i brawddegau'n diweddu mewn ebychnod. Roedd ein hathro Saesneg, Mr Jackson, wastad yn dweud wrthon ni am beidio â gwneud hynny. 'Felly, mae fy rhaglen i wedi'i chynllunio i'ch helpu chi i fyw yn y ffordd fwya iach ...'

Dechreuodd Gwenfair barablu wedyn am yr holl bethau y byddai hi'n eu dysgu i ni'r tymor hwn. Stopiais i wrando, ac edrych ar y llinellau oedd yn marcio'r cyrtiau pêl-fasged. Roedden nhw yn f'atgoffa i o'r llynedd. Byddwn i'n syllu arnyn nhw wrth i bawb arall gael eu dewis o 'mlaen i. Dyna mae pobl yn ei wneud pan mae XL ar label dy ddillad ymarfer corff.

Does dim ots 'da nhw dy fod wedi begian ar dy dad i gael treinyrs newydd â phatrwm arbennig ar y gwadnau achos dy fod ti eisiau gwneud ymdrech arbennig yng ngwersi ymarfer corff yr ysgol uwchradd. Does dim ots 'da nhw bod cylch pêl-fasged ar dy ddreif ers oesoedd a dy fod ti'n gallu saethu'n eithaf cywir, a dweud y gwir. Dydyn nhw ddim yn gwybod taw dyna'r unig fath o chwaraeon rwyt ti'n ei fwynhau. Y cyfan maen nhw'n ei weld yw dy gorff yn camu'n ôl. Maen nhw'n clywed dy lais yn dweud wrth Mrs Newton dy fod ti'n teimlo'n dost, fel bod dim rhaid i ti orfod gweld eu hwynebau siomedig pan wyt ti'n cael dy roi ar eu tîm nhw. Wedyn rwyt ti'n eistedd ar y fainc â hŵd dros dy ben, yn trio peidio â gwylio'r gêm. Yn trio peidio â dangos diddordeb. Achos pam byddet ti eisiau trio ennill mewn tîm doedd 'mo dy eisiau di yn y lle cyntaf?

'Felly!' aeth Gwenfair yn ei blaen. 'Ro'n i'n meddwl y byddai'n dda i ni gael picnic bach a dod i nabod ein gilydd yn y dosbarth cynta 'ma.'

Edrychon ni i gyd ar Gwenfair mewn tawelwch wrth iddi sefyll ar ei thraed a llusgo oergell fach i ganol y cylch. Rhoddodd blatiau papur a ffyrc i ni i gyd, cyn dechrau estyn bocsys bwyd bach.

'Dewch 'mlaen, bawb! Ewch amdani!'

Ond symudodd neb. Roedd yn deimlad rhyfedd, ac yn eithaf tebyg i'r teimlad pan mae Jasper yn neis i fi. Doeddwn i byth yn siŵr a oedd e'n cynllunio rhywbeth drwg, yn dawel bach.

Fel y tro 'na, sbel yn ôl, pan ddywedodd ei fod e wedi cael anrheg i fi. Gofynnodd i fi gau fy llygaid a dal fy nwylo mas. Dim ond pan agorais i nhw sylweddolais i fod ei darantwla anwes, Taran, ar fin cropian lan fy mraich. Rhewais. Dyna'r tro cyntaf erioed i fi ddal tarantwla. Dywedodd Jasper wrtha i wedyn ei fod e'n beth da 'mod i wedi rhewi, gan iddo fe glywed wedyn fod tarantwlas yn gallu marw ar ôl cael eu gollwng. Yn ffodus i Taran, roeddwn i'n gwybod hynny'n barod. Mae'u sgerbwd allanol nhw'n fregus iawn. Felly, methiant llwyr oedd tric hurt Jasper i godi ofna arna i. Rhewais achos 'mod i hefyd yn gwybod fod tarantwlas yn greaduriaid digon nerfus. A phan maen nhw'n nerfus, maen nhw'n fflicio blew eu penolau atat ti.

Edrychais o gwmpas y cylch. Doedd neb yn bwyta.

'Iawn,' meddai Gwenfair. 'Gadewch i fi ddangos i chi beth sy 'da fi, a falle gallwch chi i gyd drio tamaid bach.' Cododd focs bach a dweud yn falch, 'Quinoa yw hwn! Dwi ddim yn credu y byddwch chi wedi clywed amdano fe ond—'

'Hadau bwytadwy o blanhigyn llysieuol yw e,' dywedais, bron yn ddamweiniol. 'Roedd pobloedd hynafol De America yn arfer ei fwyta a ...' Stopiais siarad gan fod pawb yn y cylch yn rhythu arna i. 'Mae fy modryb i'n fegan,' esboniais. 'Mae'n rhaid i chi fwyta pethau fel 'na os ydych chi'n fegan.' Ddywedais i ddim byd wrthyn nhw am y ffaith bod y Cenhedloedd Unedig wedi cyhoeddi taw 2013 oedd Blwyddyn Ryngwladol y Quinoa. Soniais i ddim chwaith fod quinoa wedi bod ar deithiau hir i'r gofod pell achos ei fod e'n cadw am oesoedd. Roeddwn i wedi dysgu'n barod, ers fy nghyflwyniad am y pwnc y llynedd, doedd neb eisiau gwers am hanes quinoa.

'Gwych, Jemeima!' gwenodd Gwenfair o glust i glust. 'Ac mae quinoa'n isel iawn mewn braster ac yn uchel mewn mwynau hanfodol fel haearn, potasiwm, calsiwm a magnesiwm, felly mae e–'

'Fel bwyta'r tabl cyfnodol,' meddai Nate.

'Rhywbeth tebyg i hynny!' chwarddodd Gwenfair. 'Ond mae'n flasus iawn!' Aeth o gwmpas y cylch, gan roi llwyaid ohono ar bob plât.

Cododd Harri'r plât at ei drwyn a sniffian. Estynnodd Gwenfair ragor o focsys bwyd a phentyrru gwahanol bethau ar ein platiau nes bod salad corbys, llysiau, ffa du, cylchoedd grawn, myffins sbigoglys bach a chreision betys arnyn nhw. Roedd e fel cael cinio gyda Willy Wonka. Petai Willy Wonka yn tyfu llysiau yn lle rhedeg ffatri siocled, hynny yw.

Wrth i Gwenfair ddweud wrthon ni am y dosbarth, ac addo na fydden ni'n gorfod rhedeg o gwmpas y cae, llyncais gegaid o'r corbys. Roedden nhw'n blasu'n weddol, a dweud y gwir, fel y math o stwff y bydd Lleuwen yn ei goginio. Bwyd rhechu yw enw Jasper arno. Felly wnes i ddim bwyta gormod ohono. Y peth diwetha roeddwn i eisiau ar ddiwrnod cynta'r Clwb Plant Tew oedd gwynt.

'Gan ein bod ni'n grŵp mor fach,' meddai Gwenfair, 'falle yr hoffech chi rannu eich teimladau chi ynglŷn â chael eich dethol ar gyfer fy nosbarth i.'

'Dethol?' meddai Maya. 'Mae *dethol* yn gwneud iddo swnio'n dda. Mae pobl yn cael eu dethol ar gyfer timau chwaraeon. Dyw cael dy ddethol ar gyfer dosbarth achos dy fod ti'n dew ddim yn beth da.'

Edrychodd Gwenfair ar Maya yn llawn cydymdeimlad, ond ddywedodd hi ddim byd. Falle achos bod dim byd y gallai hi ddweud. Roedd Maya yn iawn. Roedd cael dy ddethol ar gyfer dosbarth Gwenfair yn beth digon drwg i fod ar dudalen flaen papur newydd.

'Mae Mam yn grac ofnadwy am y peth,' aeth Maya yn ei blaen. 'Dywedodd hi fod rhaid i fi golli pwysau yn y dosbarth yma, neu falle byddwn ni ddim yn mynd ar wyliau'r flwyddyn nesa.' Roedd mam Maya yn swnio hyd yn oed yn waeth na Dad. Doeddwn i ddim yn credu bod hynny'n bosib.

'Ro'n ni eisie bod yn y cynhyrchiad Nadolig,' meddai Harri. 'Ond roedd Mam yn meddwl bod hyn yn bwysicach.'

'Oedd,' meddai Heidi, gan roi ei phlât gwag ar y llawr. 'Dyw hi ddim eisie i ni fod fel hi. Mae ... pengliniau gwael 'da hi.'

Roedd golwg drist yn llygaid Gwenfair ac roedd ei gwên wedi diflannu'n llwyr erbyn hyn.

Cododd Brandon ei ysgwyddau. 'Mae Mam yn credu bod mwy ohona i i'w garu nawr!'

Roeddwn i'n casáu Brandon, ond allwn i ddim peidio â gwenu. Dyna'r math o beth byddai Mam wedi'i ddweud petai hi'n dal i fod o gwmpas, siŵr o fod. Sef y gwrthwyneb llwyr i'r pethau roedd Dad yn eu dweud.

'Jemeima?' meddai Gwenfair. 'Beth ddywedodd dy fam di?'

Ac roeddwn i eisiau claddu 'mhen i yn y twb quinoa. Edrychodd Brandon arna i. Dwi'n credu taw fe oedd yr unig un oedd yn gwybod am Mam. Roedd e'n dal i fod yn ffrindiau gyda Jasper pan adawodd hi.

'Mae Jemeima yn byw gyda'i thad,' meddai Brandon. Gwenodd arna i, oedd yn beth rhyfedd ofnadwy o ystyried yr holl weithiau wnaeth e 'ngalw i'n 'Caca' yn yr ysgol.

'Mae'n ddrwg gen i, Jemeima!' meddai Gwenfair.

Siglais fy mhen, fel petai hynny ddim o bwys o gwbl.

'Felly, beth ddywedodd dy dad?'

Rhoddais fy fforc i lawr a meddyliais am funud. Ond pryd bynnag y byddai rhywun yn crybwyll Mam yn annisgwyl, byddai'r gwagle yn fy nghalon yn rhoi dolur i fi. Ac roedd hi'n anodd meddwl yn iawn. Felly dyma fi'n dweud, 'Mae Dad yn unben, a dweud y gwir, felly mae e'n gwrthod fy ngadael i mas ac wedi mynd â rhai o 'mhethau i.'

'Beth?' meddai Gwenfair, a'i llygaid yn agor led y pen. 'Achos y dosbarth yma?'

'Ie, roedd rhaid i fi lanhau'r garej a phopeth. Byddai'n gwneud lles i fi wneud tipyn o waith corfforol, meddai fe.' Doedd hynny ddim yn gelwydd llwyr.

'O'r mawredd!' meddai Gwenfair. Rhythodd pawb arna i fel petawn i wedi ennill y wobr gyntaf am Riant Gwaetha'r Clwb Plant Tew.

Codais f'ysgwyddau. 'Dyn fel'na yw Dad.'

Edrychodd Brandon yn syn arna i, ond beth roedd e'n ei wybod? Doedd e ddim wedi gweld Dad ers blynyddoedd. Fe allai fod wedi troi'n unben ofnadwy yn y cyfamser.

'Mae'n ddrwg iawn gen i glywed hynny, Jemeima,' meddai Gwenfair. 'Mae'n ddrwg gen i glywed popeth ry'ch chi i gyd wedi'i ddweud. Doedd y llythyrau 'na ddim i fod i achosi trafferth i chi. Y gwrthwyneb oedd y bwriad, a dweud y gwir. Nod y dosbarth yma yw rhoi nerth i chi, i bob un ohonoch chi, i wneud penderfyniadau da ar gyfer eich bywydau a'ch cyrff. Dwi'n credu'n gryf taw'r allwedd i wneud hynny yw gwerthfawrogi pa mor *anhygoel* rydych chi. Dwi wedi gweithio gyda phob math o bobl, gyda phob math o gyrff, o athletwyr o'r safon uchaf i blant ysgol gynradd. A dwi erioed wedi methu. Erioed. Efallai, ar hyn o bryd, eich bod chi'n teimlo fel petaech chi wedi methu. Ond dwi'n addo, ar ôl ychydig wythnosau, y byddwch chi'n teimlo'n gryfach ac yn iachach ac yn hapusach nag erioed o'r blaen.' Wedyn, curodd ei dwylo. 'Dyna yw effaith GRhP!' Safodd a phwyntio ar gefn ei chrys T. 'Chi'n gweld?' Roedd llun o faner Prydain a logo'r Gemau Olympaidd arno. O dan hynny, roedd *Tîm GRhP* mewn llythrennau du.

'Mae e'n anghywir, Gwenfair,' dywedais. 'PF am Prydain Fawr yw e i fod, ie?'

'Ha!' meddai. 'Nage, GRhP yw e! Gwenfair Rhydderch-Prys! Rwyt ti ar fy nhîm i nawr!' Lledodd gwên enfawr arall ar draws ei hwyneb.

Ac er i fi drio'n galed i beidio, roedd rhaid i fi wenu hefyd. Roedd hi fel petai wedi rhoi swyn droson ni, oedd yn gwneud i grys T â llythrennau ei henw ar y cefn i fod yn beth cwbl normal.

'O! Buodd bron i fi anghofio!' Cododd fflasg fetel ac arllwys hylif gwyrdd tywyll i'n cwpanau papur. 'Bydda i hefyd yn eich dysgu chi am wahanol fathau o ddiodydd maethlon, gan gynnwys llaeth planhigion.'

Crafodd Brandon ei ben. 'Llaeth planhigion? Sut rydych chi'n godro planhigyn?'

Syllodd Gwenfair arno a blincio unwaith neu ddwy. 'Beth am i ti edrych ar YouTube wedyn, Brandon? Nawr, mae cwpanaid bach o sudd gwair gwenith yn gwneud gwyrthiau i'r corff a'r meddwl! Ac, ar ben hynny, mae'n blasu'n fendigedig!'

Daliais fy nghwpan at y golau. Roedd yn debyg i ddŵr pwll hwyaid. Petawn i'n cael dysentri ar ôl ei yfed e, byddai'n rhaid i fi fynd â'r ysgol i gyfraith. Taflodd Gwenfair ei phen yn ôl a llowcio'r ddiod ar unwaith.

'Bendigedig! Gwair gwenith yw un o'r hylifau mwyaf maethlon ar y blaned. Bydd yn gwneud i chi deimlo'n fodlon ar unwaith.'

Gwyliais Maya a Heidi, oedd yn llygadu eu cwpanau'n amheus. Edrychais i mewn i 'nghwpan i. Fyddai cwpanaid o wair gwenith wir yn gallu gwneud i fi deimlo'n well amdana i fy hunan? Anadlais yn ddwfn ac arllwys llond cwpanaid i lawr fy llwnc.

Ar yr union eiliad honno, daeth atgof i fy meddwl i – o'r diwrnod aeth Dad â Jasper a fi i fferm ymwelwyr, oesoedd yn ôl. Daeth Brandon ac Alina gyda ni. Cawson ni i gyd dro ar odro buwch enfawr, â phwrs oedd wedi chwyddo'n enfawr. Roedd yn frawychus. A doedd dim ots 'da neb am hylendid chwaith. Roedd Brandon yn fy ngwthio i bob munud, nes 'mod i reit yn erbyn y fuwch. Yn sydyn, camodd y fuwch i'r ochr a chlywais sŵn uchel, rhechlyd. Y peth nesaf sylweddolais i oedd bod caca'r fuwch dros fy nghoesau i gyd. Gallwn i deimlo'i wres ffiaidd yn treiddio drwy fy sanau. Bues i'n crio weddill y dydd, a buodd rhaid i Dad lanhau fy welis â pheipen ddŵr. Ar ôl hynny, dechreuodd Brandon fy ngalw i'n 'Caca' bron bob dydd yn yr ysgol gynradd. Dwi'n cofio anadl dwym y fuwch a'r arogl gwair arni, a'r poer yn diferu o'i cheg, a drewdod cas y caca ffres ar fy nhraed.

Dyna'n union sut flas oedd ar ddiod Gwenfair. Fel cael buwch yn anadlu ac yn cachu arna i, yr un pryd.

Daliodd Brandon y cwpan at ei wefusau. 'Sut flas sy arni, Jemeima?'

Edrychais arno fe am eiliad, cyn gwenu'n gyfeillgar arno. Triais ymestyn fy ngwên mor fawr â phosib, fel gwên Gwenfair. Wedyn, atebais: 'Bendigedig!'

19

FY HEN HEN
FODRYB LILIAN

Wrth gwrs, es i adre'r diwrnod hwnnw a dweud celwydd wrth Dad am beth ddigwyddodd yn nosbarth Gwenfair. Doedd dim pwynt i fi fynd i'r Clwb Plant Tew os oeddwn i'n methu cael rhywfaint o gydymdeimlad am wneud.

'Fe wnaeth hi eich gorfodi chi i redeg o gwmpas y maes hoci?' Holodd Dad, yn gegagored. 'Sawl gwaith?'

'Tri deg!' atebais. Roeddwn i'n gwybod bod hynny'n swnio fel lot o redeg. Mae'n rhaid taw tua tri chan medr yw perimedr y maes hoci. Ac roedd hynny'n golygu 'mod i newydd ddweud wrth Dad bod Gwenfair wedi'n gorfodi ni i redeg dros bum milltir a hanner. Edrychais ar wyneb Dad. Roeddwn i'n eitha siŵr nad oedd e'n gwybod dim byd am y dosbarth. Beth bynnag, fyddai e byth yn teimlo trueni drosta i oni bai bod y dosbarth yn hollol ofnadwy.

'Tri deg! Mawredd!' siglodd ei ben yn ddig.

Roedd hyn yn mynd mor dda, dyma fi'n meddwl – falle – y byddai Dad yn gadael i fi adael dosbarth Gwenfair yn gyfan gwbl. Wedyn, gallwn i wylio ymarferion Miki amser cinio dydd Gwener, fel person normal.

'Ac fe wnaeth hi i ni godi pwysau!' ebychais. 'A *press-ups*.'

'I gyd mewn un amser cinio?' twt-twtiodd Dad. 'Mae'n syndod dy fod ti'n dal i sefyll!' Sylwais ar arlliw o wên yn fflachio dros gorneli ei geg. Roedd angen i fi wneud iddo swnio'n waeth o lawer.

'Mae 'nghoesau i'n eithaf poenus.' Rhwbiais gyhyrau gwaelod fy nghoesau. 'Roedd e fel *boot camp*. Wnaeth hi ddim gadael i ni gael egwyl, na dŵr.'

Roedd ceg Dad ar agor led y pen nawr. 'Naddo!'

'Ddywedais i wrthot ti fod y dosbarth yn anghyfreithlon, Dad. Ddylet ti fod wedi gwrando arna i.'

'Ie, falle y dylwn i fod wedi gwrando. Mae'n swnio fel petai'r dosbarth 'na'n mynd yn erbyn dy hawliau dynol di, a dweud y gwir.'

'Ydy, dwi'n gwybod!' Gwenais. Am unwaith, roedd Dad yn cytuno â fi am fy hawliau dynol! Neu falle'i fod e'n trio bod yn garedig ar ôl gweiddi arna i'r bore 'ma. 'Dwi'n synnu 'mod i ddim yn yr ysbyty'n dioddef o syched difrifol ar ôl hynny i gyd.' Tynnais fy rycsac a mynd i orwedd ar y soffa, gan drio edrych mor wan a sychedig â phosib. 'Fe wnes i dy rybuddio di am Gwenfair, Dad. Ond mae'n iawn. Galli di anfon e-bost at Mrs Llwyd i ddweud dwyt ti ddim eisie i fi fynd i'r dosbarth rhagor a gallwn ni'n dau anghofio am y peth.'

Gwenodd Dad. 'Mae'n swnio'n–'

'Arteithiol!' ebychais, gan roi 'nhraed lan. 'Yn union fel ro'n i'n gwybod y bydde fe.'

'*Arteithiol*, yn union!' meddai Dad, gan bwyso ymlaen. 'A dweud y gwir, fyddai hyd yn oed carcharor ddim yn cael ei drin fel 'na. A, gan 'mod i'n dy gadw di'n gaeth yn y tŷ achos y dosbarth, ac yn dy orfodi i lanhau'r garej, ac wedi mynd â dy bethau di, mae'n rhaid bod hynny'n gwneud pethau hyd yn oed yn waeth.' Pwysodd Dad yn ôl a phlethu ei freichiau.

Suddodd fy nghalon. Ddylwn i fod wedi sylweddoli nad oedd e wir yn cydymdeimlo â fi. Cododd ei aeliau fel petai'n disgwyl ateb. Ond ddywedais i ddim byd. 'Yr hawl i aros yn dawel' yw'r enw ar hynny.

'A dwi'n gwybod hynny i gyd, Jemeima. Ti'n gweld, ffoniodd Gwenfair ar ôl y dosbarth.'

'Beth?' ochneidiais yn uchel ofnadwy. 'Bydd yr ysgol, yn llythrennol, yn dy ffonio di am sgwrs FaceTime cyn bo hir.'

'A beth ddywedodd Gwenfair wrtha i? O ie, roedd hi'n pryderu dy fod ti'n cael dy gosbi achos y dosbarth.'

Gwgais. 'Dwi wir ddim yn gwybod o ble cafodd hi'r syniad yna.'

Cymerodd Dad anadl ddofn. 'Ti roddodd y syniad yna iddi hi, Jemeima. Dywedodd hi dy fod ti'n gwneud i fi swnio fel teyrn ofnadwy!'

'Wel, mae hi'n dweud celwydd.'

Ochneidiodd Dad yn swnllyd. 'Iawn, mae cyn-hyfforddwraig gyda thîm Paralympaidd Prydain yn dweud celwydd.'

Meddyliais am funud. 'Falle'i bod hi'n dweud celwydd am hynny hefyd.'

'Jemeima!' Siglodd Dad ei ben yn wyllt, wrth i'w ysgwyddau ddechrau crynu. Roedd e'n chwerthin. 'O, beth wna i â ti, dwed?' Roedd e mewn hwyliau da iawn. Oedd yn beth rhyfedd dros ben. 'Ta beth, ges i sgwrs dda gyda Gwenfair! Mae hi'n swnio'n grêt! Fe wnest ti'n dda iawn heddiw, yn ôl yr hyn ddywedodd hi!' Edrychais arno'n amheus. 'Gwranda, mae'n ddrwg 'da fi am weiddi bore 'ma. Ddylwn i fod wedi sylweddoli y byddet ti'n becso am y dosbarth. O, a'r peth am yr *eyeliner*.' Estynnodd Dad ei law a gollwng *eyeliner* aur Lleuwen ar fy nghôl. 'Os wyt ti eisie gwisgo tamaid bach o golur bob hyn a hyn – ddim i'r ysgol, ac nid achos 'mod i'n meddwl bod angen i ti wisgo colur – mae hynny'n iawn 'da fi.' Mae'n rhaid bod rhywun wedi rhoi cnoc i'w ben yn y gwaith neu rywbeth.

'Diolch, Dad!' atebais, gan godi'r pensil aur. 'Byddai'n well i fi ofyn i Lleuwen am gael benthyg hwn, 'te.'

Rholiodd Dad ei lygaid. 'Jemeima! Byddai, byddai'n well i ti wneud hynny nawr!'

'Pam gwnest ti newid dy feddwl?'

'Y cyfan dyweda i yw bod Gwenfair Rhydderch-Prys, falle, yn rhannu rhai o dy syniadau di am hunanfynegiant. Ac mae hynny'n f'atgoffa i ...' Tynnodd Dad hen lun mas o'i boced a'i roi i fi. 'Cafodd hwn ei dynnu yn 1908.'

144

A dyna hi. Fy hen hen fodryb Lilian, y fenyw dweud ffortiwn enwog. Roedd hi'n gwisgo ffrog enfawr â blodau o gwmpas y goler, fel gwn nos hen ffasiwn. Roedd hi'n syllu'n syth i mewn i'r camera â'i llygaid oeraidd, a'i gwallt wedi'i godi'n uchel ar ei phen. Roedd ganddi farf drwchus.

Craffais ar y llun. 'Wedi gludo'r farf mae hi!'

'Ddim yn ôl Mam-gu. A ta beth, byddwn ni'n ei gweld hi fory, felly cei di gyfle i'w holi hi amdani hi.'

'Gwych, felly dwi wedi etifeddu ymennydd Mam a chorff mawr fel fy hen hen fodryb Lilian.' Byseddais fy ngên. 'Falle dylwn i ddechrau siafio.'

Chwarddodd Dad a throi am y gegin. 'Ti'n gwybod, Jemeima, roedd dy Fodryb Lilian yn enwog iawn yn ei dydd. Roedd hi'n fenyw fusnes graff iawn, ac fe deithiodd hi'r wlad â'i barf dweud ffortiwn. Cafodd hi sawl cynnig i briodi – rhyw ugain, o leia!' Gwthiodd ei ben drwy'r llenni gleiniau. 'Roedd hi'n fenyw glyfar, gryf, a fyddai hi ddim yn beth ffôl i ti gael tipyn o'i gwaed hi'n llifo drwy dy wythiennau.'

'Dim ei gwaed hi, Dad,' galwais. 'Nid dyna sut mae geneteg yn gweithio!' Astudiais y llun o Fodryb Lilian. Roedd ei llygaid tywyll fel petaen nhw'n syllu i ddyfnder fy enaid. 'Ond,' sibrydais wrth fy hunan, 'falle fod 'da fi rywfaint o'i DNA hi.'

Fore trannoeth aethon ni i ymweld â Mam-gu. Mae hi'n byw mewn pentref arbennig i hen bobl, ryw ddeg milltir o

Gil-y-cregyn. Gorwelion yw enw'r lle. Does dim modd gweld y gorwel yn dda iawn, ond dywedodd Dad fod y gofalwyr yn credu, siŵr o fod, y byddai Gorwelion yn swnio'n well na Golwg y Wal neu Creigiau Geirwon. Mae gwallt gwyn 'da phawb sy'n byw yno, heblaw am Mam-gu. Melyn euraidd yw ei gwallt hi ac mae bynsen daclus 'da hi ar dop ei phen. Mae hi wastad yn gwisgo sbectol haul, hyd yn oed yn y gaeaf. Ar ei garddwrn mae tatŵ o law â llygad yn y canol, ac mae rhai o'i dannedd ôl yn rhai aur.

Pan gyrhaeddon ni, dywedodd Mam-gu ei bod hi eisiau ychydig o awyr iach, felly helpais i hi i mewn i'w chadair olwyn a rhoi blanced drosti. Gwthiodd Dad y gadair olwyn drwy'r buarth a thros y bont fach ar bwys y llyn. Stopion ni wrth ei hoff le, ar bwys y coed helyg. Dywedodd Mam-gu fod y dail yn troi'n frown, oedd yn dangos ei bod hi'n amser myfyrio a thawelu. Dywedais i fod dail brown yn dangos bod eu cloroffyl yn torri i lawr, ond rhoddodd Dad Yr Edrychiad i fi felly stopiais siarad.

Roedd Jasper yn mynd o gwmpas y llyn gyda chwch bach roedd e wedi'i wneud o hen gan Coke. Roedd e wedi 'ngalw i'n Fodryb Lilian o leiaf ugain o weithiau'r bore hwnnw, a dywedodd ei fod e'n gallu gweld blewiach ar fy ngên. Gwyliais e'n goleuo cannwyll ar y cwch a'i osod yn y dŵr. Yn dawel bach, roeddwn i'n gobeithio y byddai'n suddo. Eisteddais ar y fainc ar bwys cadair Mam-gu ac estyn yr hen dun lluniau o 'mag i.

'Mawredd mawr!' meddai Mam-gu. 'O ble gest ti'r rhain?'

'Gorfododd Dad fi i glirio'r garej achos damwain.'

Twt-twtiodd Mam-gu. 'Mae e'n waeth na dy dad-cu.'

Agorais y tun a'i roi ar ei chôl. Cododd lun o'i mam, fy hen fam-gu. Hi oedd â'r gwallt mwyaf welais i erioed, fel petai hi wedi stwffio'i phen i mewn i gwch gwenyn.

Edrychodd Mam-gu ar y llun am funud, cyn ei wasgu at ei chalon. 'O diar, mae henaint yn hela dyn yn hurt!' meddai, gan sychu ei llygaid â'i hances. 'Nawr, mae dy dad yn dweud wrtha i dy fod ti wedi sefyll arholiad arbennig ar gyfer rhaglen deledu!'

'Ydw, *Brainiacs*. Bydda i'n cael gwybod cyn bo hir a ydw i wedi mynd trwodd i'r Diwrnod Dethol. Gwylion ni'r rhaglen y Nadolig diwetha. Chi'n cofio?'

Meddyliodd Mam-gu am eiliad. 'Ai dyna'r un â'r fenyw neis sy'n dewis y llythrennau?'

Gwenais. 'Nage, Mam-gu. *Countdown* yw hwnnw.'

'O, falle 'mod i'n gorffwys fy llygaid pan oedd *Brainiacs* arno,' meddai hi.

A dweud y gwir, galla i ei chofio hi'n chwyrnu yn ystod y rownd fathemateg.

Edrychon ni ar yr hen luniau a gwyliodd Jasper ei gwch yn hwylio dros y llyn. Roedd Dad yn sefyll ar y bont, yn hanner gwylio ac yn hanner edrych ar ei ffôn.

'Nawr, edrycha arni hi!' meddai Mam-gu, gan godi llun arall.

Edrychais arno'n ofalus. Fy hen hen fodryb Lilian oedd hi, heb ei barf. Roeddwn i'n adnabod y llygaid oeraidd. 'Ti'n gweld, Dad! Roedd hi wedi gludo'r barf ar ei hwyneb!'

'O na, cariad,' meddai Mam-gu. 'Nid Lilian yw hi. Dyna'i gefaill hi, Mabel.'

Edrychais ar Mam-gu.

'Dwi'n dweud y gwir, groten!'

Anghofiais i fod Mam-gu yn arfer cael ei thalu am ddarllen meddyliau pobl. 'Felly, doedd 'da Anti Mabel ddim barf dweud ffortiwn hefyd?' holais.

'O na,' meddai Mam-gu, gan roi losinen feddal yn ei cheg. 'Paffio roedd hi'n wneud, gyda dim ond ei dyrnau, heb fenig.'

Safai Dad ar y bont o hyd, yn teipio ar ei ffôn, wrth i Mam-gu adrodd hanesion am fy hen hen fodrybedd oedd yn rhyfeddach na dim byd roeddwn i wedi'i ddarllen mewn llyfr ffuglen.

'O, edrycha ar hwn, Neifion! Llun o dy ben-blwydd di! Rwyt ti'n edrych yn union fel Jasper. Diolch byth bod wynebau'r ddau ohonoch chi wedi tyfu i ffitio'ch clustiau chi!'

Roedd golwg mor grac ar Jasper fel ei bod hi'n anodd peidio â chwerthin.

'Diolch!' Cerddodd Dad draw i gael golwg ar y llun yn llaw Mam-gu. 'Dwi'n credu taw ti dorrodd fy ngwallt i'r flwyddyn yna hefyd. Iyffach, edrycha ar faint y gacen 'na!' Twt-twtiodd a gollwng y llun yn ôl i'r tun. 'Mae hi bron yn bryd i ni ddechrau meddwl am dy ben-blwydd di, Jemeima! Dwi'n siŵr y gallu di ddweud wrthon ni'n union sawl

diwrnod sydd 'na nes y byddi di'n cyrraedd dy arddegau ...
a throi'n *teenager* crac!'

'Doniol iawn,' atebais. 'Dau ddeg naw.'

Eisteddodd Dad a mwytho f'ysgwyddau. 'Cyffrous
iawn, yntefe? Cael dy ben-blwydd yn dair ar ddeg, y
dosbarth arbennig 'ma gyda Gwenfair–'

Plethais fy mreichiau. 'Nid dyna'r ansoddair byddwn i'n
ei ddewis.'

'A dwi'n siŵr ei di drwodd i rownd nesaf *Brainiacs*.'

'Ie, wel, falle na fyddai hi'n beth drwg i fi beidio.'

'Pam ar wyneb y ddaear rwyt ti'n dweud hynny, bach?'
holodd Mam-gu, gan bwyso dros y lluniau er mwyn edrych
i fyw fy llygaid. Un o'r pethau mae hi'n gwneud i ddarllen
dy feddwl yw hynny. Fel petai'n rhaid i dy lygaid gyffwrdd
â'i llygaid hi, fwy neu lai, cyn iddi gredu gair rwyt ti'n ei
ddweud.

Codais f'ysgwyddau. Roedd hi'n amhosib dweud
celwydd wrth Mam-gu, ond weithiau roedd hi'n amhosib
dweud y gwir wrthi hi hefyd.

Gwaeddodd Jasper o ben pella'r llyn, 'Mae hi'n meddwl
ei bod hi'n rhy dew i fynd ar y teledu!'

'Jasper!' gwaeddodd Dad yn ôl. 'Beth buon ni'n 'i drafod
y bore 'ma?'

Felly, nawr roeddwn i'n gwybod eu bod nhw wedi bod
yn sôn amdana i, yn gyfrinachol.

'Do'n i ddim yn ei *galw* hi'n dew.'

'O, cariad bach,' meddai Mam-gu, gan wasgu 'mraich.
'Cymera losinen.'

Y diwrnod hwnnw, roeddwn i'n credu taw'r peth gwaethaf posib oedd bod yn rhan o deulu lle doedd neb yn deall sut roeddet ti'n teimlo. Ond dyw hynny ddim yn wir. Mae rhai pethau'n rhoi hyd yn oed mwy o loes na hynny.

20

FEL PLUEN

Ddydd Llun yn y dosbarth cofrestru, atgoffodd Mr Nelson ni am y trip gwersylla, a darllen rhestr o bobl a oedd yn dal heb ddychwelyd eu slipiau caniatâd, er bod chwe wythnos i fynd tan hynny. Codais fy llaw a gofyn sut mae hi'n gyfreithlon i ni gysgu y tu fas mewn pebyll ddiwedd mis Hydref. Dywedodd wrtha i fod croeso i fi ddod 'nôl amser cinio i ddarllen Polisi Iechyd a Diogelwch yr ysgol – 250 tudalen – a oedd yn esbonio'r ateb. Chwarddodd Miki wrth i fi ysgwyd fy mhen i.

Wedyn, dangosodd Mr Nelson luniau o'r gwersyll i ni. Roedd yn debyg i set ffilm arswyd. Gwnaeth Afzal jôc am fleiddiaid, a gofynnodd Loti – yn hollol ddiniwed – am Bigfoot. Dywedodd Mr Nelson taw chwedl o America oedd hynny. Wedyn, trodd Loti i edrych arna i a sibrwd 'Bigfoot' yn dawel bach.

Efallai taw cael fy nghymharu ag epa chwedlonol o fforestydd Gogledd America oedd yn gyfrifol am y peth, ond treuliais weddill y diwrnod yn gobeithio y byddwn i'n torri 'nghoes i dros hanner tymor fel na fyddai'n rhaid i fi wersylla gyda Loti Freeman.

Weddill yr wythnos, pan fyddai pobl ddim yn sôn am y trip gwersylla a pha mor ddoniol fyddai cwympo i mewn i'r dŵr rhewllyd, fel petaen nhw erioed wedi clywed am hypothermia, bydden nhw'n sôn am *Brainiacs*. Roedd pawb oedd wedi cymryd y prawf wedi rhoi'r cylchoedd allweddi siâp mellten ar eu casys pensiliau neu fagiau ac yn defnyddio'u beiros melyn arbennig yn y dosbarth. Cadwais f'un i yn fy nghas pensiliau. Byddai Miki yn trio codi 'nghalon i drwy ganu caneuon *Mary Poppins*, a bob amser cinio bydden ni'n ymarfer ei linellau. Erbyn diwedd yr wythnos, roeddwn i'n gwybod ei ran cystal fel y gallwn i fod yn eilydd iddo fe yn y sioe – heb amheuaeth.

Ar y bore dydd Gwener, roedd Erin yn eistedd ar fy mhwys i yn y wers Fathemateg, yn sôn am ba mor anodd roedd cwestiynau *Brainiacs*, ac yn chwarae clipiau o sioe y llynedd ar ei ffôn cyn i Mrs Lee gyrraedd.

'Byddai mor cŵl bod arno fe!' meddai Erin. 'Dwi 'di clywed fod Mrs Llwyd yn mynd i gyhoeddi pwy sydd wedi mynd trwodd yn y gwasanaeth ddydd Llun. Alla i ddim aros! Does dim siawns 'da fi. Allwn i ddim hyd yn oed ateb hanner y cwestiynau. Ond mae pawb yn meddwl y byddi di'n mynd drwodd, Jem. Rwyt ti wastad yn cael marciau llawn ym mhopeth!'

Ond roeddwn i'n teimlo'n dost wrth feddwl am y peth. Roeddwn i'n casáu'r syniad o sefyll lan yng ngwasanaeth yr Ysgol Iau, felly sut gallwn i sefyll o flaen cannoedd o ddieithriaid peniog yn y Diwrnod Dethol? Neu filiynau o bobl ar raglen deledu oedd yn cael ei dangos drwy Brydain? Dyna drueni nad oedden nhw'n recordio *Brainiacs* ar gyfer y radio.

Wrth i fi gerdded i mewn i'r neuadd chwaraeon yr amser cinio hwnnw, roedd Gwenfair yn llusgo mat o'r pentwr yn y gornel. Croesawodd fi â gwên enfawr.

'Gobeithio dy fod ti'n barod am wers i wneud i ti ymlacio!'

'Ry'n ni'n mynd i fyfyrio,' meddai Brandon, wrth i fi roi 'mag i lawr.

Roeddwn i wedi clywed Anti Lleuwen yn sôn am fyfyrio. Mae'n help i glirio dy feddwl ac yn rhoi hwb bach i dy lefelau egni. Ac weithiau, mae'n gallu gwneud i ti gwympo i gysgu. Y tro diwethaf i fi roi cynnig ar fyfyrio gyda Lleuwen, roeddwn i'n teimlo mor ddiflas, dechreuais i ymarfer tabl dau ddeg chwech yn fy mhen. Doedd e ddim yn fyfyrio go iawn – roedd e'n debycach i waith cartref.

Helpais Gwenfair i lusgo mat gwyrdd i fwlch ar bwys Heidi. Gorweddais ar y mat, a rhoi 'mreichiau wrth f'ochrau.

'Yn gyntaf, dwi eisie i chi anadlu,' meddai Gwenfair.

Rholiais fy llygaid. On'd oeddwn i'n gwneud hynny'n barod?

'Cymerwch anadl ddofn i mewn, ac anadlwch mas yn hir. Rhowch eich dwylo ar eich bola a theimlwch e'n llenwi ac yn tyfu mor fawr â phosib.'

Roeddwn i eisiau dweud wrth Gwenfair taw'r diaffram sy'n llenwi ag aer, nid y bola, ond dwyt ti ddim i fod i siarad wrth fyfyrio. Gallwn i glywed Heidi yn anadlu'n araf, mewn a mas. Roedd ei llygaid ar gau a'i bola hi'n mynd lan a lawr. Edrychais y ffordd arall a gweld traed Brandon yn gwingo. Roedd un o fysedd ei draed yn sticio mas o dwll yn ei hosan. Yr unig beth da am ddosbarth Gwenfair oedd 'mod i'r un maint â phawb arall. Am unwaith, doeddwn i ddim yn poeni am faint fy mola, na faint o le roeddwn i'n ei gymryd.

'Ymlacia, Jemeima,' meddai Gwenfair. 'Caea dy lygaid.'

Anadlais yn ddwfn a rhoi 'nwylo dros fy llygaid. 'Dychmygwch eich bod chi'n gorwedd ar gwmwl meddal ...'

Ceisiais anwybyddu llais Gwenfair ac ymarfer tabl pum deg tri, ond roedd yn amhosib. Mae gan Gwenfair lais meddal ac eithaf hudolus. Mae'n drueni bod pobl yn methu cau eu clustiau, fel crocodeilod.

'Rydych chi'n arnofio ar gwmwl ...'

Dychmygais gwmwl cwmwlws. Rheini fyddai'r rhai mwyaf cyfforddus, fwy na thebyg. Anadlais yn ddwfn a gadael i 'nwylo gwympo i lawr wrth f'ochrau.

'Ry'ch chi'n gallu teimlo awel gynnes, fwyn, a heulwen ar eich wyneb. Gadewch i bob rhan o'ch corff ymlacio'n llwyr i mewn i'r cwmwl. Ry'ch chi'n teimlo'n heddychlon. Ry'ch chi'n teimlo'n ddiogel. Ry'ch chi'n teimlo'n gyfforddus yn eich corff ...'

Dwi ddim yn gwybod beth ddigwyddodd wedyn, yn union. Mae'n rhaid bod Gwenfair yn meddu ar ddoniau seicig, fel Lleuwen a Mam-gu. Roeddwn i'n gorwedd ar fat yn y neuadd chwaraeon, mewn corff sydd fel arfer yn teimlo'n drymach na'r Blaned Iau. Ond roeddwn i'n teimlo fel petawn i'n arnofio. Heibio'r cymylau, at ymyl atmosffer y ddaear ac yna at linell Karma, ble mae'r gofod yn dechrau. Roeddwn i'n teimlo fel petawn i'n ymdrochi mewn heulwen. Ac roedd pob cell yn fy nghorff yn teimlo'n braf. Dyma sut roedd pethau i fod. Roedd popeth yn iawn.

Cyfrodd Gwenfair ni'n ôl i lawr i'r ddaear, a chodais ar fy eistedd. Rhwbiais fy llygaid i'w cadw nhw ar agor. Dywedodd Gwenfair fod myfyrio'n rhoi hwb i'n lefelau egni, ond roeddwn i eisiau cysgu.

'Nawr,' meddai Gwenfair. 'Mae gwaith cartref 'da fi i chi.'

Ochneidiodd Brandon, cyn ymddiheuro ar unwaith wrth i Gwenfair droi i edrych arno.

'Yn gyntaf, hoffwn i chi fynd am dro am hanner awr. Ewch i gael awyr iach! Ewch gyda ffrind neu aelod o'ch teulu – ar lan y môr, falle. Ydy pawb yn meddwl y gallan nhw wneud hynny?'

Nodiais a thynnu fy amserlen gwaith cartref o fy rycsac.

'Ac yn ail' – rhoddodd Gwenfair lyfr nodiadau bach coch i bob un ohonon ni – 'dros yr wythnos nesaf, pan fydd unrhyw syniadau negyddol am eich corff yn dod i'ch meddwl chi, dwi eisie i chi eu sgrifennu nhw fan hyn.'

'Fel rhestr?' holodd Maya, gan sgrifennu ei henw mewn llythrennau mawr troellog ar flaen y llyfr nodiadau.

'Ie, rhestr neu ddyddiadur. Chi sydd i benderfynu. Os clywch chi bobl yn gwneud sylwadau negyddol am eich corff, dwi eisie i chi eu sgrifennu nhw hefyd.'

Edrychais ar dudalennau gwag fy llyfr nodiadau, gan bendroni tybed a fyddai digon o le ynddo.

'Ond wnaiff hynny ddim gwneud i ni deimlo'n waeth?' holodd Nate. 'Dych chi ddim yn meddwl y byddwn ni'n teimlo'n ofnadwy ar ôl sgrifennu'r holl bethau drwg 'na?'

'Dwi'n gobeithio gwnaiff e i chi deimlo'n well.' Gwenodd Gwenfair. 'Credwch chi fi.'

Safodd Maya. 'Wel, fe ddechreua i gyda'r holl bethau mae Mam yn eu dweud!' Roedd hi'n chwerthin, ond yn y ffordd fyddi di'n chwerthin pan wyt ti wir eisiau crio.

'Fel beth, Maya?' holodd Gwenfair.

Eisteddodd Maya eto a gollwng ei bag i'r llawr. 'Mae hi wedi rhoi'r ddwy ohonon ni ar y deiet 'ma. Dim ond dail gwyrdd a llysiau amrwd ry'n ni'n cael eu bwyta. Pan dwi'n dweud 'mod i'n teimlo'n llwglyd, mae hi'n gwneud i fi yfed diod arbennig ac yn dweud wrtha i am ganolbwyntio ar sut hoffwn i newid siâp fy nghorff.'

Agorodd Gwenfair ei llygaid led y pen. 'Iawn, falle ei bod hi wedi 'nghamddeall i pan siaradon ni'r wythnos diwetha. Ffonia i hi'r prynhawn 'ma, iawn? Nawr gwranda, dwi eisie pwysleisio hyn: does dim angen i neb yn y stafell 'ma fynd ar ddiet. Mae hynny'n mynd yn erbyn popeth dwi'n credu ynddo. A phwy sydd eisie bwyta dim ond dail gwyrdd a llysiau amrwd ta beth?'

'Crwban?' gofynnais.

'Yn union!' Gwenodd Gwenfair eto, a'r tro hwn roedd y wên yn ymestyn dros dri chwarter ei wyneb. 'Mae'n rhaid eich bod chi ar lwgu.' Aeth hi draw at y bwrdd wrth y wal. 'Edrychwch, bawb. Nod y dosbarth yma yw byw bywyd *iach*. Does dim byd iach ynglŷn â thorri grwpiau bwyd hanfodol o'ch diet! 'Co chi.' Cydiodd mewn twb mawr o *brownies*. 'Helpwch eich hunain! Trît bach gan Gwenfair Rhydderch-Prys am fod yn grŵp bach mor *anhygoel*!'

'Diolch, Gwenfair!' meddai Brandon, gan roi *brownie* ym mhob llaw. Cymerodd hansh o un ohonyn nhw a dweud, 'Mmm mmm!' cyn stwffio'r gweddill i'w geg.

Cymerais hansh o f'un i. Roedd yn iawn, ond doedd dim llawer o flas siocled arni ac roedd braidd yn lympiog. Efallai fod Gwenfair heb gymysgu'r cynhwysion yn dda iawn. Roedd tameidiau bach yn sownd yn fy nannedd hefyd.

'Mae pawb yn haeddu trît nawr ac yn y man!' meddai Gwenfair, gan estyn am *brownie* iddi hi ei hun. 'Mae pawb yn dwli ar datws melys, on'd dy'n nhw?'

21

Y GOLEUDY

Y penwythnos hwnnw, roedd Miki yn aros gyda'i dad yng Nghaerdydd, felly ar y dydd Sul rhoddais lyfr nodiadau Gwenfair a'r beiro *Brainiacs* ym mhoced fy nghot. Yna, dechreuais yr amserydd ar fy ffôn a bant â fi am y môr.

Camais mas i'r promenâd a cherdded lan y rhiw tuag at y goleudy. Es heibio'r cytiau glan y môr amryliw, yr harbwr lle byddai cwch stêm yn aros i godi twristiaid, rhes fechan o siopau, ac yna lan y grisiau concrid sydd bob amser wedi'u gorchuddio â cherrig o'r traeth. Tynnais fy ffôn o 'mhoced i a phwyso stop ar yr amserydd. Tri deg wyth munud. Sychais sedd y fainc y tu ôl i fi ac eistedd. Petawn i'n cymryd yr un faint o amser i gerdded yn ôl, byddwn i wedi gwneud 153 y cant yn fwy o gerdded nag roedd Gwenfair wedi gofyn i ni ei wneud. Roedd Dad yn methu dweud 'mod i ddim yn gwneud ymdrech nawr. Fi oedd ei disgybl gorau, siŵr o fod.

Roedd digon o waith cartref 'da fi i'w wneud yn barod. Roeddwn i'n ysgrifennu traethawd hir ar blygiant a gwasgariad golau i Mr Shaw, ac roedd Mrs Lee wedi rhoi ychydig gwestiynau algebra Lefel A i fi eu trio, yn ogystal â'r gwaith arferol. Dim ond sgrifennu syniadau a theimladau oedd gwaith cartref Gwenfair i fi. Ac roedd hi wedi rhoi wythnos gyfan i ni i'w wneud e – hawdd! Ond roedd yn teimlo'n anoddach na dim byd arall. Syllais ar y dudalen wag, yn teimlo fel petai unrhyw beth y byddwn i'n ei sgrifennu yn swnio'n hurt.

Cydiais yn fy ffôn ac anfon neges at Heidi:

Haia, ti 'di dechrau GC Gwenfair eto?

Atebodd Heidi:

Ydw 🙂 wedi dechrau ar ôl cyrraedd adre nos Wener.

Ychydig funudau wedyn, pingiodd fy ffôn ac ymddangosodd llun ar y sgrin. Rhestr Heidi oedd e. Ond roedd yn edrych yn debycach i draethawd. Wrth i fi ddechrau darllen, aeth teimlad ofnadwy o 'mola i 'nghalon i.

1. Dywedodd bachgen o Flwyddyn 9, 'Cau dy ben, hwch dew' wrtha i ar y bws, a doeddwn i ddim hyd yn oed yn siarad ag e.

2. Dywedodd ffrind Harri, 'Wow nawr, paid â 'ngwasgu i!' wrth i'r bws fynd rownd y gornel. Falle fod hynny ddim yn cyfrif achos taw siarad â Harri oedd e, nid fi, ond roeddwn i'n dal i deimlo'n ofnadwy. Mae ei ffrindiau fe wastad yn dweud pethau fel hyn wrtho fe a dwi'n teimlo'u bod nhw'n siarad â fi hefyd, er bod Harri'n dweud taw dim ond wrtho fe maen nhw'n dweud y pethau 'ma.

3.   Roedd parti pen-blwydd fy nghefnder y penwythnos diwethaf a phan oedd hi'n bryd cael y gacen, edrychodd fy ewythr ar Mam fel petai e'n credu na ddylwn i gael darn ohoni. Roedd y sefyllfa'n lletchwith iawn felly dywedais i 'mod i ddim eisiau darn. Roeddwn i'n teimlo fel petawn i'n cael fy nghau mas o'r holl beth ac yn hollol *embarrassed*. Roeddwn i wir eisiau mynd adre.

4.   Wrth i ni adael, dywedodd fy ewythr, 'Y tro nesaf y gwelwn ni di, gobeithio fyddwn ni ddim yn dy adnabod di!' Roeddwn i eisiau llefain ar ôl iddo fe ddweud hynny.

5.   Anfonodd Mam-gu neges ataf i, yn dweud ei bod hi'n falch iawn ohona i am beidio â chael darn o gacen yn y parti ac y byddai hi'n rhoi punt i fi am bob pwys y bydda i'n ei golli. Dim ond trio fy annog i oedd hi meddai Mam, ond dwi'n teimlo fel petai hi'n meddwl bod rhywbeth mawr o'i le arna i a'i bod hi ddim yn falch ohona i fel ydw i nawr.

Blinciais unwaith neu ddwy, a chwythodd yr awel un o'r dagrau ar draws fy wyneb. Dyw geiriau sy'n cael eu dweud yn uchel yn ddim ond dirgryniadau sain sy'n teithio drwy'r aer. Tameidiau o egni sy'n dod i ben yn y diwedd. Fel rhywun yn gweiddi 'Daeargryn!' arnat ti o ben arall y maes parcio. Ar y llaw arall, pethau parhaol yw geiriau ysgrifenedig. Alli di ddim ymddwyn fel petaet ti heb eu clywed nhw, nac esgus eu bod nhw ddim yn bodoli. A'r peth gwaethaf am ddarllen rhestr Heidi oedd: roeddwn i'n gwybod yn iawn pa mor boenus roedd y geiriau hynny.

Sychais ddeigryn arall o fy llygaid a rhoi 'meiro ar y papur. Doedd hi ddim yn anodd gwybod beth i'w sgrifennu. Y peth anodd oedd gwybod ble i ddechrau.

Pan gyrhaeddais i gartref, roeddwn i'n gallu clywed sŵn morthwylio'n dod o'r garej, felly mae'n rhaid bod Dad yno. Es i'n syth lan lofft i fy stafell, tynnu fy nghardigan a chau'r drws. Dwi ddim yn gwybod am faint arhosais i fel 'na. Yn eistedd yn erbyn y drws a 'nghardigan i wrth fy nhraed. Ond roedd yn amser hir iawn dwi'n credu. Gallwn glywed Jasper yn ymarfer ei sioe hud, gannoedd o weithiau. Syniad hurt oedd sgrifennu'r rhestr 'na wrth y goleudy. Cerddais yr holl ffordd yn ôl â 'mhen i lawr, fel na fyddai neb yn gweld y dagrau oedd yn llifo'n ddi-baid i lawr fy mochau.

Clywais Dad yn dod i mewn, a Jasper yn rhedeg i lawr y staer. Sychais fy llygaid â fy llawes ac edrych ar fy ffôn. Roedd neges gan Heidi ar y sgrin.

Hei, mae 'nghyfnither i newydd hela hwn ata i.

Dyfyniad gan JK Rowling:

Ai bod yn dew yw'r peth gwaethaf i fod dynol? A yw bod yn dew yn waeth na bod yn ddialgar, yn genfigennus, yn arwynebol, yn falch, yn ddiflas neu'n greulon? 🙂

Dim ond geiriau ar sgrin roedden nhw. Ond roedden nhw'n teimlo fel hud a lledrith. Falle achos taw JK Rowling ddywedodd y geiriau. Neu falle achos bod cerddoriaeth sioe hud Jasper yn dal i chwarae yn y cefndir. Neu falle fod cael ffrind fel Heidi oedd yn deall sut deimlad oedd clywed rhywun yn dweud y geiriau oedd yn fy llyfr nodiadau. Amser maith yn ôl, soniodd Lleuwen am y teimlad mae hi'n ei gael weithiau wrth ddweud ffortiwn rhywun. Yn ôl Lleuwen, mae'n teimlo fel petai ei henaid hi'n gwenu. Wel, doeddwn i ddim yn siŵr o hyd ym mha ran o 'nghorff i roedd fy enaid i, ond ble bynnag roedd e, roeddwn i'n gallu ei deimlo'n gwenu.

Fflachiodd enw Heidi ar fy ffôn unwaith eto, cyn i logo mellten *Brainiacs* ymddangos ar y sgrin.

Croesi bysedd drosot ti fory xHx

Roedd fy llygaid yn niwlog eto wrth i fi edrych i lawr ar fy nghoesau, oedd wedi'u gwasgu yn erbyn y carped. Meddyliais am yr ysgol fore trannoeth. Yn y gwasanaeth, byddai Mrs Llwyd yn cyhoeddi pwy oedd trwodd i'r Diwrnod Dethol. Beth fyddai'n digwydd petai hi'n galw fy enw i? Byddai'n rhaid i fi sefyll o flaen pawb. Byddai pobl yn rhythu arna i. A falle y bydden nhw'n chwerthin. Bydden nhw'n pendroni, siŵr o fod, sut gallai rhywun fel fi fod yn ddigon clyfar i fod ar *Brainiacs*, neu pam gwnes i fynd amdani yn y lle cyntaf.

Ond wedyn, roedd rhan fach ohona i – falle dim ond un o'r 37.2 triliwn o gelloedd yn fy nghorff – yn gobeithio na fyddai hi'n galw fy enw. A phetai hi'n gwneud hynny, falle na fyddwn i'n teimlo fel y math gwaethaf un o fod dynol.

22

MILOEDD O FEDDYLIAU

Yn y gwasanaeth fore trannoeth, roedd Mrs Llwyd yn sefyll ym mlaen y neuadd â'i bys ar ei gwefusau, yn aros am dawelwch llwyr. Roeddwn i'n eistedd yng nghanol rhes, ar flaenau 'nhraed gan ddal fy nghluniau at ei gilydd rhag ofn i fi bwyso'n ormodol yn erbyn Miki ac Erin. Roeddwn i'n gwybod na fyddai ots gyda Miki a fyddai Erin byth yn dweud dim byd cas wrtha i. Ond roedd eistedd fel yna wedi dod yn dipyn o arferiad. Trio cymryd llai o le.

'Bore da, Ysgol Iau!' atseiniodd llais Mrs Llwyd o gwmpas y neuadd. 'Mae gen i gyhoeddiad arbennig iawn i chi'r bore 'ma! Y newyddion y mae pob un ohonoch chi wedi bod yn aros amdano. Tybed a oes unrhyw un o Academi Cil-y-cregyn wedi mynd trwodd i gam nesaf cystadleuaeth *Brainiacs*?'

Lledaenodd murmur drwy'r neuadd a gwasgodd Miki fy mraich. 'Ti 'di mynd drwodd, dim problem.'

Roedd fy nghalon yn curo'n gyflym, fel petai hi ar fin ffrwydro drwy fy mrest. Byddai hynny'n ofnadwy o *embarrassing* o flaen pawb yn y gwasanaeth.

'Mae'r llefydd ar gyfer Diwrnod Dethol *Brainiacs* yn cael eu cadw ar gyfer y bobl a gafodd y ganran uchaf un yn y prawf rhagbrofol.' Gwenodd Mrs Llwyd o glust i glust. 'Felly, heb oedi ymhellach, mae'n bleser gen i gyhoeddi bod *tri* o ddisgyblion rhagorol Academi Cil-y-cregyn ar y rhestr honno!'

Torrodd cymeradwyaeth frwd ar draws Mrs Llwyd a bu'n rhaid iddi aros am oesoedd i bawb dawelu eto. Anadlais yn ddwfn a rhwbio 'nghledrau chwyslyd i ar fy sgert.

'Bydd tri o'n disgyblion yn ymuno â thros ddau gant o blant eraill o bob rhan o Brydain i gymryd rhan mewn diwrnod arbennig o heriau ymenyddol yn Llundain, cyn pen dim ond pedair wythnos. Dim ond un disgybl o bob ysgol gaiff fynd trwodd i'r rhaglen, felly, nid yn unig y bydd ein tri disgybl yn cystadlu yn erbyn ysgolion eraill, byddan nhw hefyd yn cystadlu yn erbyn ei gilydd! Byddwn ni, wrth gwrs, yn cefnogi pob un ohonyn nhw. Felly, pwy ydyn nhw?'

Roedd cynnwrf yn byrlymu drwy'r neuadd. Gwasgodd Miki fy mraich hyd yn oed yn galetach. Pwniodd fy nghalon yn erbyn fy asennau. Roeddwn i eisiau clywed fy enw, ond roedd fy mochau'n cochi yn barod wrth feddwl am sefyll ar fy nhraed o flaen pawb.

'Os bydda i'n galw eich enw, dewch i lawr i'r tu blaen er mwyn i chi gael cymeradwyaeth arbennig Academi Cil-y-cregyn!' Chwifiodd Mrs Llwyd ar y technegydd. 'Bydd angen llun ar gyfer gwefan yr ysgol!'

Roedd cledrau 'nwylo i'n dal i fod yn chwyslyd er 'mod i wedi'u sychu nhw gannoedd o weithiau. Petai Mrs Llwyd yn galw fy enw i, roeddwn i'n gwybod y byddai rhywun yn sibrwd 'Fawr'. Roeddwn i'n gwybod y gwelwn i lygaid pobl yn edrych arna i, o 'nghorun i fy sawdl, fel pan wnes i gasglu fy nhystysgrifau a fy ngwobrau i ar ddiwedd y flwyddyn. Fel petaen nhw'n barnu bob cilogram. Maen nhw'n dweud na alli di byth wybod beth mae rhywun yn ei feddwl, ond dyw hynny ddim yn wir. Does dim ond rhaid i ti edrych ar eu hwynebau nhw, a galli di eu clywed. Miloedd o leisiau, a phob un yn dweud yr un peth: *Jemeima Fawr.*

'Jemeima Fychan!'

Dechreuodd pobl glapio ac roedd popeth fel petai'n arafu, fel petawn i wedi cwympo i fortecs amser-gofod. Suddodd fy stumog a dechreuodd fy mhen droi, a buodd rhaid i Miki 'ngwthio i mas o'r sedd, fwy neu lai. Yn ofalus, symudais i ben y rhes gul, gan wneud fy ngorau i beidio â sefyll ar draed pobl na tharo yn erbyn eu coesau, ond roedd hynny'n amhosib. Gallwn deimlo 'mochau'n fflamio a 'nghalon i'n carlamu'n ofnus. Roedd fy nwylo'n gryndod i gyd. Ond yng nghanol hynny i gyd, ym mêr fy esgyrn, roedd gwreichionen fach o gynnwrf.

Ond, ychydig funudau'n ddiweddarach, wrth i fi sefyll ar y llwyfan ar bwys dau berson arall oedd yn llwyddiannus, doeddwn i ddim yn teimlo'n hapus nac yn falch fel y dywedodd Mrs Llwyd. Prin y gallwn i glywed ei pharablu am yr astudio ychwanegol y bydden ni'n ei wneud ar ôl ysgol, na'i gorchymyn i fi sefyll yn syth ar gyfer y ffotograffydd. Doedd dim ots 'da fi, chwaith, beth oedd barn y gynulleidfa amdana i.

Pwy oedd yn sefyll wrth fy ochr, yn gwenu fel petai hi wedi ennill gwobr Nobel, ond Loti Llygoden Fawr Freeman.

Pan gyrhaeddais i adre, roedd Dad yn rhoi cwyr ar fwrdd syrffio ar fwrdd y gegin.

'Haia,' dywedais, a buodd bron iddo fe neidio o'i groen.

'Jemeima!' meddai, gan roi ei law ar ei frest. 'Chlywais i 'monot ti'n dod mewn! Ydy hi'n bedwar o'r gloch yn barod?'

'Beth wyt ti'n wneud?'

'Ro'n i'n meddwl mynd i syrffio'r penwythnos 'ma!' meddai. 'Dwi heb fod ers blynyddoedd! Gan ein bod ni'n trio byw'n iàch nawr, a'r tywydd mor fwyn, meddyliais i am fynd i Fae'r Dolffin ... i weld ydw i'n dal i allu ei neud e, ti'n deall?' Plygodd ei goesau ac esgus symud fel syrffiwr. 'Ble mae Jasper?'

'Daliodd e fws gwahanol. Roedd e eisie rhywbeth ar gyfer ei sioe hud o'r siop Hocus Pocus 'na ar y pier. Roedd e am hela neges atat ti. Ydy syrffio'n syniad da i rywun dy oedran di?'

Stopiodd Dad y cwyro, codi'i ffôn, ac edrych arna i. 'Beth wyt ti'n feddwl, "dy oedran di"? Dim ond pedwar deg chwech ydw i! Dwi ddim yn barod am gartre'r henoed eto.'

'Iyffach, Dad. Pedwar deg chwech? Ti'n hen ddyn! Dyna pam rwyt ti'n *stressed* drwy'r amser.'

'Jemeima, dwi ddim yn hen ddyn. Mae Mam-gu yn hen. A dwi ddim yn *stressed* drwy'r amser chwaith, diolch yn fawr! Sy'n wyrth, o ystyried.' Pwysodd y bwrdd syrffio yn erbyn y wal, golchi ei ddwylo, cyn estyn melon dŵr enfawr fel pêl lan môr o'r oergell. 'Awgrymodd Gwenfair y dylen ni drio ffrwythau a llysiau gwahanol yr wythnos hon, felly ...'

'Gwenfair?' ebychais. 'Siaradaist ti 'da hi 'to?' Rhoddais y clwtyn yn ôl ar y bwrdd a gosod y bowlen ffrwythau – a oedd newydd ei llenwi – yng nghanol y bwrdd.

Trodd bochau Dad yn binc. 'Ro'n i eisie chydig bach o gyngor.'

Rhythais arno. '*Ti* wnaeth ei ffonio *hi*?'

'Dywedodd hi wrtha i am ffonio petai unrhyw gwestiynau 'da fi!' Gwenodd Dad yn lletchwith. 'Dwi eisie gwneud hyn i gyd yn iawn.'

'Iawn, wel yn y lle cynta, paid â ffonio fy athrawon.' Rhoddodd blât yn fy llaw, ac arno ddwy sleisen fach denau o felon dŵr. 'Ac yn ail, paid â fy llwgu i farwolaeth.'

'Ha! Iawn, na, wrth gwrs. Sori. 'Co ti.' Torrodd sleisen fach arall o'r melon a'i rhoi i fi.

'Diolch,' dywedais, gan eistedd. 'Mae naw deg dau y cant o felon dŵr yn ddŵr. O't ti'n gwybod hynny?'

'Pwy sy'n llwgu i farwolaeth?' Ymddangosodd Jasper drwy'r llenni gleiniau. Roedd ei wisg ysgol yn edrych mor berffaith ag yr oedd yn y bore. Mae'n rhaid ei fod e'n smwddio'n ddillad yn yr ysgol, yn gyfrinachol, neu rywbeth.

'Mae Dad yn trio fy llwgu i farwolaeth,' dywedais, gan bwyntio at fy mhlât.

'Jemeima, dyna'r peth ola dwi'n trio'i wneud.' Pasiodd Dad blât i Jasper â dwy sleisen fach denau o felon dŵr. Falle fod melon dŵr yn ofnadwy o ddrud.

'Bydd hynny'n cymryd amser hir iawn,' sibrydodd Jasper, cyn chwibanu wrth weld y bwrdd syrffio. 'Hei, rwyt ti 'di nôl dy fwrdd syrffio!'

'Dad, glywaist ti hynny? Galwodd Jasper fi'n dew.'

'Wnes i ddim.'

Ochneidiodd Dad. 'Jasper, dwi ddim yn cofio sawl gwaith ry'n ni wedi cael y sgwrs 'ma. Gad lonydd i dy chwaer. Mae hi'n mynd trwy gyfnod sensitif.'

'*Ti* sy'n mynd trwy gyfnod sensitif,' mwmialais.

Gwenodd Dad yn anesmwyth. Roedd e'n trio cuddio'i straen, am ei fod e newydd ddweud nad oedd e'n *stressed*. 'Iawn te, wel ... ro'n i'n meddwl y gallen ni fynd i'r traeth dros y Sul.' Dywedodd wedyn, yn dawel bach, 'Bydd yn garedig wrth dy chwaer, iawn?'

'Iawn, Dad,' meddai Jasper, yn llyfu tin fel y llyfwr tin mwyaf erioed. Eisteddodd gyferbyn â fi, estyn ei law at fy llaw, a'i thapio hi'n ysgafn. 'Sori, annwyl chwaer.'

'Da iawn!' meddai Dad. 'Nawr, beth am i bawb eistedd yn deidi a bwyta'r melon 'ma 'da'n gilydd fel teulu normal?'

'Ces i gant y cant yn fy mhrawf Ffrangeg heddiw, Dad,' meddai Jasper, gan godi ei aeliau arna i. 'Mae Mr Picard yn meddwl y galla i wneud TGAU Ffrangeg eleni, os dwi eisie.'

'Waw, Jasper! Arbennig! Neu, ddylwn i ddweud, *très bien?*'

Chwarddodd Jasper yn uchel iawn, am oesoedd. Arhosais iddo ddweud wedyn amdana i'n cael fy newis ar gyfer *Brainiacs* – gyda rhyw sylwadau sarcastig – ond aeth e ymlaen ac ymlaen am ei holl lwyddiant yn y gwersi Ffrangeg, fel petai pasio prawf am redeg berfau yn golygu ei fod e cystal Ffrancwr â Napoleon. Wedyn, sylweddolais i. Dim ond yn yr Ysgol Iau y gwnaeth Mrs Llwyd y cyhoeddiad am *Brainiacs*. Doedd 'da Jasper ddim syniad 'mod i drwodd.

Ar ôl iddo fe stopio siarad – o'r diwedd – dywedais, 'Da iawn, frawd. Llwyddiant rhagorol,' ac estyn fy llaw i i dapio ei law yntau yn ysgafn. 'Gyda llaw, dwi newydd fynd trwodd i Ddiwrnod Dethol y rhaglen deledu boblogaidd, *Brainiacs*.'

Buodd bron i Dad dagu ar ei felon. 'Jemeima! Mae hynny'n wych!' Neidiodd ar ei draed a rhoi cwtsh enfawr i fi. Wedyn, galwodd ar Lleuwen i ddod aton ni. Cydiodd yn ei iPad a symud ei gadair ata i, wrth edrych ar wefan *Brainiacs* i weld sut beth byddai'r Diwrnod Dethol. Bwciodd docynnau trên i ni, gan ddweud 'mod i wedi gwneud yn wych. Fyddai dim rhaid i fi wneud unrhyw waith tŷ tra oeddwn i'n adolygu ar gyfer y Diwrnod Dethol. Dywedodd – o leiaf un deg chwech o weithiau – pa mor falch roedd e ohona i.

Rhythodd Jasper arna i dros ei dameidiau o felon dŵr. Roedd e'n sylweddoli, o'r diwedd, nad fe oedd y person mwyaf clyfar yn ein teulu ni. Er 'mod i wedi bod yn dweud hynny wrtho fe ers oesoedd.

23

BILIWN O FLYNYDDOEDD YN ÔL

Fore trannoeth yn yr ysgol, roeddwn i'n methu stopio dylyfu gên. Roeddwn i lan yn hwyr y noson gynt, yn amseru fy hunan yn gwneud hafaliadau. Roedd mynd trwodd i Ddiwrnod Dethol *Brainiacs* yn anhygoel, ond roedd hefyd fel cael llwyth o waith cartref ychwanegol.

Roedd Miki a fi wedi bod yn gweithio ar gyflwyniad yn ystod y gwersi Daearyddiaeth diwethaf. Roeddwn i wrth fy modd yn ymchwilio i bethau, ond roedd yn gas 'da fi gyflwyno mewn gwersi. Pan wyt ti'n debyg i fi, nid dim ond sleidiau'r cyflwyniad sy'n mynd â sylw pobl. Roedd pawb wedi dewis lle 'diddorol yn ddaearyddol' i'w gyflwyno. Roedd modd dewis unrhyw le yn y byd, cyn belled â'i fod e'n un o'r lleoedd 'diddorol yn ddaearyddol' roedd Mr Kelly wedi'u rhoi ar y bwrdd. Dewison ni Lyn Superior. Hen, hen lyn yw e, sy'n ymestyn ar draws Canada a Gogledd America,

171

lle mae dros chwe mil o gychod wedi suddo. Roeddwn i'n meddwl ei fod e'n swnio'n ddiddorol, ac roedd hynny'n beth da achos bod Mr Kelly heb adael i ni ddewis tan y diwedd, pan nad oedd unrhyw le arall ar ôl.

Ymchwiliais ar yr iPad wrth i Miki dynnu llun perffaith o'r llyn o'r awyr ar gyfer ein poster. Ychwanegodd greigiau, cychod pysgota, eogiaid, adar ysglyfaethus, goleudy a hyd yn oed longddrylliad ar y gwaelod. Gwnaeth Mr Kelly iddo ddileu lluniau'r môr-forynion.

'Dwi mor gyffrous dy fod ti'n mynd i fod ar *Brainiacs*!' meddai Miki, wrth ludo trionglau o bapur glas ar y llun er mwyn iddyn nhw fod yn debyg i esgyll siarcod.

'Dim ond y Diwrnod Dethol yw e,' atebais. 'Dwi ddim yn credu af i drwodd i'r sioe ei hunan.'

'Ei di ddim *drwy'r drws*, ti'n feddwl,' sibrydodd Loti, gan gipio'r glud o'n bwrdd ni a sgrialu'n ôl at ei desg.

'O Dduw Mawr, mae'n *rhaid* i ti wneud yn well na'r Llygoden Fawr,' meddai Miki. Stopiodd arlunio a goleuodd ei lygaid. 'Ond rhag ofn na wnei di ... mae syniad 'da fi.'

'Beth?' Gwenodd arna i. 'Miki, paid â gwneud dim byd dwl. Paid â mynd i drafferth o achos Loti.'

'Wna i ddim! Nawr, o't ti o ddifri ynglŷn â thynnu llun sarff fôr? Doedd Mr Kelly ddim yn hoffi fy môr-forynion o gwbl.'

Nodiais. 'Yn ôl y chwedl, neu yn yr achos yma, Wicipedia, mae ysbryd anifail hynafol o'r enw Mishipeshu yn byw yn Llyn Superior. Fel anghenfil Loch Ness. Ond yn fwy brawychus. Edrycha.' Troais yr iPad i ddangos llun o neidr ddulas ag wyneb lyncs. Roedd ganddi ddannedd miniog, pigau coch enfawr ar ei chefn a chyrn hir, troellog lliw efydd.

'Mishi-beth?' meddai Miki, a'i lygaid yn agored led y pen. 'Loti ar ddiwrnod da yw honna.' Cododd bensil glas. 'Os na fydd Mr Kelly yn credu bod ein cyflwyniad yn anhygoel, mae rhywbeth yn bod arno.'

Buon ni'n ymarfer y cyflwyniad bob amser cinio yr wythnos honno, a threuliais bob noson yn astudio geiriau anodd eu sillafu, darganfyddiadau gwyddonol, athronwyr, beirdd. Fe wnes i hyd yn oed ddysgu bod tri y cant o fynyddoedd iâ Antartica wedi'u ffurfio o biso pengwinod. Doeddwn i ddim yn credu y byddai'r cwestiwn yna'n codi yn Niwrnod Dethol *Brainiacs*, ond dyna'r math o beth sy'n digwydd pan wyt ti'n clicio ar ddolen mae Jasper yn ei hanfon atat ti.

Ar ddiwrnod ein cyflwyniad, roedd Miki wedi cyffroi hyd yn oed yn fwy nag arfer, ond roedd cledrau 'nwylo i'n chwysu cyn i'r gloch ganu, hyd yn oed. Yr unig beth da oedd bod ein poster mor enfawr yn y pen draw, roeddwn i bron yn gallu cuddio y tu ôl iddo. Pan alwodd Mr Kelly arnon ni, sibrydodd Miki, 'Galwa ar ysbryd Mishipisho.' Ac, yn rhyfedd iawn, roedd trio peidio â chwerthin yn ffordd dda iawn o dawelu fy nerfau.

Roedd fy nwylo'n crynu ychydig ar y dechrau, ond cyn gynted ag y dechreuais i sôn am sut ffurfiodd y llyn, dros biliwn o flynyddoedd yn ôl, roedd y dosbarth fel petaen nhw'n dangos gwir ddiddordeb ym maint Llyn Superior, yn hytrach na fy maint i. Hynny yw, pawb ond Loti, oedd yn eistedd yno'n chwythu gwynt i'w bochau.

'Cyflwyniad ardderchog!' meddai Mr Kelly wrth i ni ymgrymu ar y diwedd (syniad Miki). 'Un o'r cyflwyniadau gorau hyd yn hyn! Ga i ofyn, beth yw hwnna?' Pwyntiodd at ddarn o bapur wedi'i blygu, oedd yn sownd wrth y poster.

'O, anghofiais i,' dywedais, gan agor y papur. 'Dyma lun o Lyn Superior o'r gofod.'

Gwenodd Mr Kelly. 'Wrth gwrs, diolch Jemeima. Nawr, mae Alina'n absennol heddiw Loti, felly hoffet ti aros tan y wers nesaf?'

Llamodd Loti o'i sedd. 'Na, galla i wneud hwn fy hunan.'

Estynnais am fy nghadair yn union wrth i Loti drio cerdded heibio.

Arhosodd a sibrwd, 'Y llyn mwyaf yn y byd gan y ferch fwyaf yn y byd.'

Roedd fy mrest yn dynn wrth i fi eistedd. Yn fwy na dim, achos ei fod e'n beth mor dwp i'w ddweud. Llyn Superior yw'r llyn dŵr croyw mwyaf yn y byd. Mae Môr Caspia bron i bum gwaith yn fwy. Doedd Loti wir ddim yn gwybod ei stwff.

Sibrydais wrth Miki, 'Dwi wir yn gobeithio gwnaiff hi golli yn y Diwrnod Dethol.'

Gwenodd Miki. 'Paid â phoeni. Bydd hi wedi colli sbel cyn hynny!'

Arhosodd Loti i bawb dawelu. Yna, tynnodd ei llaw o boced ei blaser, troelli a thaflu gliter aur i'r awyr.

Ebychodd un neu ddau.

Dywedodd Mr Kelly, 'Bydd rhaid i ti lanhau hwnna dy hunan ar y diwedd.'

'Mae 'nghyflwyniad i ynglŷn ag Ogof y Grisialau ym Mecsico,' meddai Loti. 'Neu, i roi'r enw cywir, *La Cueva de los Cristales!*

Roedd rhaid i fi drio'n galed iawn i beidio â rholio fy llygaid.

Esboniodd Loti fod gwahanol siambrau yn yr ogof, a bod rhai o'r grisialau'n un ar ddeg metr o hyd. Roedd yn swnio'n ddiddorol iawn, a dweud y gwir. Byddai Anti Lleuwen yn hoffi'r lle, yn bendant. A'i ffrind, Gwydion. Lle da i gael rhagor o grisialau i'w siop. Dechreuodd Loti sôn am y grisial mwyaf erioed, pan ddaeth sŵn uchel o rywle. Sŵn rhech uchel. Roedd bochau Loti'n goch llachar. Dechreuodd pawb chwerthin.

Gwaeddodd Caleb, 'Mae hi'n rhechu fel buwch!'

Dywedodd Mr Kelly wrtho am fod yn dawel, ac aeth Loti yn ei blaen. Wedyn, tua hanner munud yn ddiweddarach, rhechodd eto. Ac eto.

Gwaeddodd Caleb eto, 'Loti Lot-o-rechu!' a ffrwydrodd y dosbarth i gyd i chwerthin yn afreolus.

Safodd Mr Kelly a'n rhybuddio ni i gyd i dawelu, neu byddai'n rhaid cosbi'r dosbarth cyfan. Allwn i ddim peidio â chwerthin ychydig bach, ond roeddwn i'n dal i deimlo trueni dros Loti. Doedd hi ddim yn hawdd iddi ddisgrifio proses fetamorffig grisialau a hithau'n dioddef o wynt difrifol.

Rhuthrodd drwy weddill ei llinellau, cyn rhechu eto wrth wneud cyrtsi ar y diwedd. 'Ddim fi sy'n neud e!'

bloeddiodd dros sŵn chwerthin y dosbarth. 'CAEWCH EICH PENNAU, bawb!'

'Well i ti beidio â dod i 'mhabell i pan fyddwn ni'n gwersylla!' gwaeddodd Caleb. 'Loti Lot-o-rechu!'

'Dyna'ch rhybudd olaf chi!' meddai Mr Kelly. Tawelodd pawb. 'Nawr, Loti, oes angen i ti fynd i'r tŷ bach?'

Dechreuodd pawb chwerthin eto, hyd yn oed yn uwch.

Ar ddiwedd y wers, dywedodd Miki ei fod wedi gollwng rhywbeth pan oedden ni'n gwneud ein cyflwyniad, felly arhosais amdano fe tu fas.

'Dere, Miki!' galwais i mewn i'r stafell ddosbarth. 'Byddwn ni'n hwyr i'n gwers Ffrangeg!'

'Wedi'i gael e!' meddai, gan redeg draw ata i. Yn ei law, roedd blwch bach petryal, a rhyw fath o declyn rheoli â botymau coch. Gwnaeth yn siŵr bod neb yn gwrando, ac yna, yn wên o glust i glust, dywedodd, 'Peiriant rhechu.'

24

ESBLYGIAD

Amser cinio dydd Gwener oedd hi, wythnos ar ôl i Gwenfair ofyn i ni sgrifennu ein rhestri, ac roedd hi wrthi'n glynu darn enfawr o bapur wrth wal y neuadd chwaraeon. Roedd mellt arian ar ei threinyrs gwyn, ac roedd hi'n gwenu, wrth gwrs. Daliais fy llyfr nodiadau ar fy nghôl gan drio anwybyddu'r pilipalod yn fy mola.

'Felly,' meddai Gwenfair, 'pwy lwyddodd i gerdded am dri deg munud?'

Cododd pawb eu dwylo.

'Ardderchog! A chadwch eich dwylo lan os gwnaethoch chi fwynhau'r cerdded!'

Fi oedd yr unig berson i roi fy llaw i lawr, felly ochneidiais a chodi fy llaw unwaith eto.

Dywedodd Nate ei fod e wedi chwarae pêl-droed pump-bob-ochr ar ôl ysgol ddydd Mawrth, a dywedodd Maya ei bod hi wedi gwneud DVD ioga gyda'i mam.

'Ffantastig!' ebychodd Gwenfair. Roedd hi bron â ffrwydro yn ei chyffro. 'Felly, fe wnawn ni'r un gwaith cartref yr wythnos nesaf. Tri deg munud o ymarfer corff ysgafn. Mynd am dro unwaith eto, neu gallwch chi wneud rhywbeth arall rydych chi'n ei fwynhau. Nawr, cyn i ni ddechrau edrych ar eich llyfrau nodiadau, hoffwn eich atgoffa chi fod popeth sy'n cael ei ddweud yma'n hollol gyfrinachol. Dwi'n siŵr y gallwn ni drystio'n gilydd, iawn?' Roedd gwên yn tywynnu o'i hwyneb, mor danbaid â'r haul. 'Hoffai un ohonoch chi fynd yn gyntaf?' Edrychodd yn obeithiol o gwmpas yr hanner cylch o wynebau. 'Unrhyw un?'

Y peth olaf roeddwn i eisiau ei wneud oedd rhannu fy rhestr o brofiadau codi cywilydd gyda Gwenfair. Roedd pob atom yn fy nghorff yn dweud wrtha i am beidio â chodi fy llaw. Ond roedd golwg braidd yn siomedig arni hi. A hyd yn hyn, doedd hi ddim yn ymddangos yn *hollol* wallgof. Codais fy llaw.

'Jemeima! Diolch!' Curodd Gwenfair ei dwylo, ac amneidio ar y lleill i gymeradwyo hefyd. Daliodd ei phen inc yn erbyn y papur ar y wal, a dweud, 'Dwi'n barod pryd bynnag rwyt ti'n barod.' Roedd ei llygaid yn disgleirio, fel petai Galaeth Andromeda ynddyn nhw.

Anadlais yn ddwfn. 'Tew, yn amlwg,' dywedais, gan deimlo'n dwp am drafferthu sgrifennu hynny yn fy llyfr. 'Morfil. Grotesg. Jemeima Fawr.' Edrychais ar Gwenfair yn sgrifennu'r geiriau ar ei dalen o bapur. 'Pobl yn dweud, cer ar ddiet. Yn dweud bod 'da fi glefyd y siwgwr, ac y bydda i'n achosi daeargryn. 'Mod i'n cuddio'r haul. 'Mod i'n ffiaidd. Y ferch fwyaf yn y byd.' Es ymlaen nes i fi gyrraedd y peth olaf ar fy rhestr. 'A ... dwi ddim eisie mynd i Ddiwrnod Dethol *Brainiacs* achos bod dau gant a hanner o bobl yn mynd i fod yno. Yn ogystal â rhieni pawb, a byddan nhw'n siŵr o feddwl yr holl bethau dwi newydd eu dweud wrthoch chi.' Caeais fy llygaid. 'Dyna ni.'

Roedd dagrau'n cronni yn llygaid Gwenfair. Edrychais i ddim ar neb arall achos bod dagrau'n cronni yn fy llygaid innau hefyd.

'Mae hynny'n ofnadwy, Jemeima. Mae'n ddrwg iawn gen i glywed dy fod ti wedi gorfod clywed hynny i gyd. Da iawn ti am rannu popeth â ni.'

Cododd Brandon ei law. 'Af i nesa. Dyw pobl ddim fel arfer yn dweud llawer wrtha i yn yr ysgol.'

Rhochiodd Nate. Roedden ni i gyd yn gwybod bod Brandon yn fwy o fwli na neb oedd yn dweud pethau cas wrthon ni.

'Ond sgrifennais i, 'pobl yn syllu arna i', ac mae Tad-cu wastad yn fy ngalw i'n 'gwlffyn'. Ond dwi'n gwybod bod hynny ddim yn rhy ddrwg.'

'Mae'n beth drwg os yw e'n gwneud i ti deimlo'n anhapus, Brandon,' meddai Gwenfair.

'A dywedodd bachgen yn fy nosbarth wrtha i am dynnu fy siwt dew,' meddai Brandon. 'Dyna pam ges i 'niarddel.'

Agorodd llygaid Gwenfair led y pen. 'Dywedodd e hynny, ac fe gest *ti* dy ddiarddel?'

Gwenodd Brandon. 'Wnes i ymateb yn wael.'

Tro Nate oedd nesa ar ôl Brandon, wedyn Maya, wedyn Heidi a Harri. Ar ôl i ni i gyd ddarllen ein rhestri, roedd y papur mor llawn roedd yn rhaid i Gwenfair sgrifennu'r geiriau olaf i lawr yr ochr. Roedd hi'n anodd hyd yn oed edrych arno.

'Iawn,' meddai Gwenfair, gan garthu ei llwnc. 'Ry'ch chi i gyd wedi bod yn ofnadwy o ddewr yn rhannu hyn i gyd. Roedd yn boenus gwrando ar y sylwadau, a doedden nhw ddim hyd yn oed amdana i. Edrychwch ar y geiriau hyn. Edrychwch arnyn nhw'n iawn. Does dim un ohonyn nhw'n wir.'

'Ydych chi'n meddwl ein bod ni'n dweud celwydd?' meddai Brandon.

'Nac ydw, Brandon. Dwi'n gwybod bod neb yn dweud celwydd. Ond dyw'r geiriau sydd ar y papur yma ddim yn cynrychioli'r gwirionedd amdanoch chi, o gwbl. Dim un ohonoch chi. Does dim un o'r geiriau hyn yn disgrifio'r unigolion caredig, penderfynol, doniol, clyfar, dewr, *anhygoel* sy'n eistedd o 'mlaen i ar hyn o bryd. Y peth diwetha dylech chi ei wneud â'r geiriau hyn yw eu credu nhw.'

Dywedodd Gwenfair wrthon ni am ddychmygu bod y geiriau'n diflannu i'r awyr, a gollwng gafael ar y cywilydd oedd yn gysylltiedig â nhw hefyd. Yn ôl Gwenfair, roedd dychmygu bod geiriau negyddol pobl yn diflannu yn helpu'r boen i ddiflannu hefyd. Ond doedd hi ddim mor hawdd â hynny. Yn fy meddwl, roeddwn i'n gallu gweld pecyn cyfan o gardiau – sef pum deg dau ohonyn nhw – a'r tabl cyfnodol i gyd hefyd. Roedd y geiriau yn fy llyfr nodiadau yn hollol sownd yn f'ymennydd, yn llabed yr arlais, fel petai glud cryf yn eu dal nhw yno. Waeth faint roeddwn i'n dychmygu, roedden nhw yno o hyd.

'Felly, o hyn ymlaen, pryd bynnag y byddwch chi'n clywed rhywbeth fel hyn,' meddai Gwenfair, 'dwi eisie i chi ddweud rhywbeth da amdanoch chi'ch hun yn uchel, fel: "ro'n i'n garedig iawn wrth rywun yn fy nosbarth", neu "gwrandawais ar fy ffrind", neu "bues i'n gweithio'n galed heddiw" neu "dwi'n anhygoel!" Dychmygwch fod pob sarhad yn saeth, a phob neges gadarnhaol yn darian o'ch cwmpas chi. Bob tro y byddwch chi'n meddwl rhywbeth cadarnhaol amdanoch chi'ch hun, bydd y darian yna'n tyfu ac yn cryfhau. Nawr,' meddai, gan dynnu'r papur oddi ar y wal, 'gadewch i ni rwygo'r geiriau hyn yn rhacs!'

Roedden ni i gyd yn gegrwth wrth ei gwylio hi'n rhwygo'r papur a rhoi darn ohono i bob un ohonon ni.

'Dyna ni! Rhwygwch nhw i gyd! A'ch llyfrau nodiadau.'

Chwarddodd Brandon a rhwygo'i ddarn o bapur yn hanner, cyn rhwygo'r clawr oddi ar ei lyfr nodiadau.

Sibrydodd Heidi, 'Ydy hi wir eisie i ni wneud hyn?'

'Gobeithio.' Rhwygais y tudalennau o fy llyfr nodiadau a'u torri nhw'n ddarnau pitw bach.

Erbyn i ni orffen, roedd tameidiau bach o bapur yn gorchuddio'r llawr, fel conffeti o sarhad.

'Fel arfer, byddwn i'n llosgi'r rhain,' meddai Gwenfair, gan sgubo'r darnau i'r bin. 'Ond, fyddai Mrs Llwyd ddim yn cytuno â hynny. Mae system larwm tân soffistigedig iawn yn y neuadd chwaraeon, yn ôl pob tebyg. Felly bydd rhaid i'r bin 'ma wneud y tro! Beth am ddychmygu eu bod nhw i gyd wedi llosgi'n ulw, a bod yr holl bethau da ry'ch chi'n eu gwybod amdanoch chi'ch hun wedi cymryd eu lle?'

Ac wrth i ni daflu'r tameidiau olaf i'r bin, dechreuodd Gwenfair adrodd yr holl bethau *anhygoel* dywedon ni wrthi hi yn y wers gyntaf 'na. Mae'n rhaid bod cof da iawn 'da hi.

Roedd yn dda gwrando ar bethau da pawb unwaith eto. Ond os oedd unrhyw un yn meddwl bod y geiriau negyddol wedi diflannu achos eu bod nhw yn y bin, roedden nhw'n anghywir. Hyd yn oed petai Gwenfair wedi'u llosgi nhw, bydden nhw wedi troi'n ronynnau carbon ac anwedd dŵr, felly, yn dechnegol, roedden nhw'n dal i fodoli. Gall pethau newid i fod yn bethau eraill, ond allan nhw ddim diflannu'n gyfan gwbl.

Rhoddais fy rycsac ar f'ysgwyddau a gwthio'r drysau dwbl yn agored, gan gau fy llygaid wrth weld golau'r haul. Roedden i'n gwybod bod y geiriau heb ddiflannu, ond roedd fy rycsac yn teimlo'n ysgafnach hebddyn nhw, rywsut. Dyna drueni bod fy rhinweddau – yr holl bethau da amdana i – y tu mewn i fi. Byddai hi gymaint yn well fel arall. Byddai'n llawer gwell cael breichiau caredig, neu goesau deallus, neu gorff ffyddlon, neu wallt â synnwyr digrifwch da. Pam roedd rhaid i'n rhinweddau ni fod mor anweledig i bawb? Roedd gwall mawr yng nghynllun esblygiad.

25

ALOI COPR

Yn y wers wyddoniaeth y prynhawn hwnnw, roedd Mr
Shaw yn dangos sut roedd ffotosynthesis yn gweithio
gan ddefnyddio tortsh, can dyfrio bach a phlanhigyn mewn
pot pan gurodd derbynnydd yr ysgol ar y drws.

'Ydy Loti Freeman a Jemeima Fychan yn y stafell 'ma?'
Roedd hi'n dal dwy amlen felen maint A4. 'Rhywbeth
arbennig oddi wrth *Brainiacs*! Ro'n i'n meddwl falle y
byddech chi eisie'r rhain dros y penwythnos. Dwi'n siŵr
fod gennych chi dipyn o adolygu i'w wneud!'

'Oes wir!' meddai Mr Shaw. 'Ardderchog! Dewch yma,
ferched!'

Suddodd fy nghalon ar unwaith. Roedd sefyll o flaen y
dosbarth yn ddigon drwg, ond byddai sefyll ar bwys Loti,
sy'n pwyso tua phum mil y cant yn llai na fi, yn annioddefol.
Llithrais oddi ar fy stôl a mynd i sefyll mor agos â phosib at
ddesg Mr Shaw, gan deimlo'i hymylon yn gwasgu fy ochr.

'Llongyfarchiadau!' meddai Mr Shaw, gan ddweud wrth bawb am roi cymeradwyaeth i ni.

Gwaeddodd Miki a chwibanu y tu ôl i'w werslyfr.

'Pob dymuniad da i chi! Dwi'n cymryd bod ychydig o wythnosau ar ôl i adolygu, oes?'

'Oes, Mr Shaw. Pob dymuniad da i ti hefyd, Jemeima!' meddai Loti, cyn sibrwd wrth i ni fynd i eistedd, 'Gobeithio wnei di ddim mynd trwodd a chodi cywilydd ar yr ysgol.'

Roeddwn i'n trio dilyn cyngor Gwenfair drwy feddwl am rywbeth positif amdana i fy hun, fel tarian i atal sarhad Loti. Ond allwn i ddim meddwl am ddim byd heblaw am y ffaith 'mod i'n deall ffotosynthesis yn barod. Tarian ddigon gwan oedd honno, felly.

Ar ddiwedd y wers, wrth i bawb dacluso'r offer, sibrydodd Miki, 'Hei, mae Mam newydd anfon hwn ata i. Drycha, rwyt ti ar wefan yr ysgol.' Pasiodd ei ffôn i fi.

Y llun dynnon nhw yn y gwasanaeth ddydd Llun oedd e. Roeddwn i'n sefyll rhwng Loti a Noah Chamberlain, y bachgen o Flwyddyn 7 oedd wedi mynd trwodd. Safai Mrs Llwyd y tu ôl i ni, yn gwenu'n falch. Roeddwn i'n teimlo'n dost wrth edrych arno. Chwyddais y llun i weld corff Loti yn well, a'i gwallt wedi'i lapio mewn bynsen berffaith. Petai Mrs Llwyd yn dewis rhywun i gynrychioli ein hysgol ar *Brainiacs*, Loti fyddai'r dewis cyntaf. Doedd dim byd o'i le ar Noah Chamberlain, ond doedd e ddim hyd yn oed yn gwenu. Nid 'mod i'n fawr gwell. Roedd pobl yn dweud pethau gwael iawn amdana i, wrth gwrs – pethau roedd angen eu rhoi yn y bin.

'Hei, *darllena* fe!' meddai Miki, gan roi pwniad i fi gyda'i benelin.

Rhoddais y llun yn ôl i'w faint arferol, a sgrolio i lawr.

A hithau'n gyn-bencampwraig Gornest Sillafu Cil-y-cregyn ac yn enillydd Gwobr Wyddoniaeth Ysgol Iau Academi Cil-y-cregyn a'r Wobr Fathemateg, nid ar chwarae bach y mae curo Jemeima Fychan o Flwyddyn 8 (Dosbarth 8N)! Yn ôl Mr Nelson, Pennaeth yr Adran Hanes, bydd yn 'anodd iawn trechu Jemeima'.

Anadlais yn ddwfn. Roedd fy llygaid yn niwlog am eu bod nhw'n llawn dagrau a doeddwn i ddim eisiau tynnu sylw ata i fy hunan mewn gwers Wyddoniaeth unwaith eto'r tymor hwn.

Rhoddais ffôn Miki yn ôl iddo a dweud, 'Diolch.' O'r tu fas, roeddwn i'n tacluso'r offer fel pawb arall. Ond dan yr wyneb, roedd fy nghalon yn teimlo fel petai'r haul yn tywynnu arni.

Meddyliais am yr hyn ddywedodd Mr Nelson wrtha i'r diwrnod hwnnw yn y llyfrgell. Sut roedd e wedi ffonio Dad i wneud yn siŵr y byddwn i'n gwneud prawf *Brainiacs*. Roedd Mr Nelson yn credu y gallwn i fynd trwodd i'r rhaglen. Ond yn fwy na hynny, roedd fel petai e wirioneddol *eisiau* i fi wneud y rhaglen. Wrth i fi gasglu'r gwerslyfrau oddi ar ein mainc, sylwais fod Loti yn eistedd wrth i Alina a gweddill ei grŵp roi'r offer i gadw. Ac wrth i fi feddwl am hynny, sylweddolais oni bai fod Mr Nelson yn hollol wallgo (a doedd hynny ddim yn amhosib o ystyried ei ddynwarediad o Yoda yn y wers y bore hwnnw), doedd e ddim yn meddwl y byddwn i'n codi cywilydd ar yr ysgol o gwbl.

Y penwythnos hwnnw, roeddwn i yn fy stafell wely, yn trio cofio chwe deg cerdyn mewn rhes, pan ges i neges oddi wrth Heidi:

Amser egwyl! Stopia astudio am funud fach. Wyt ti wedi clywed amdani hi?

Tapiais y ddolen ac agorodd YouTube. Ar y sgrin, ymddangosodd menyw â gwallt oren llachar a thatŵs dros ei breichiau. Roedd ei chorff yn fawr, yn llawer mwy na 'nghorff i. A chyrff Heidi a Maya. Ei henw hi oedd Tabitha Hendrix ac roedd hi'n defnyddio geiriau fel *tew* a *mawr* mewn ffordd bositif. Do'n nhw ddim yn eiriau cas iddi hi, ac yn ddim ond ansoddeiriau fel *cryf, tal, swnllyd, pert.* Roedd ei bicini fflamgoch yn cyd-fynd yn berffaith â'i gwallt ac roedd hi'n dangos ei chorff i'r camera, gan dynnu sylw at y lympiau a'r pantiau a'r rholiau o gnawd fel petai hi'n falch ohonyn nhw. Fel petai dim ots gyda hi 'mod i'n ei gweld hi. Sgroliais i lawr. *490K o wylwyr!* Doedd dim ots gyda hi bod *pawb* yn ei gweld hi.

A gallwn i weld pam. Doedd hi ddim yn edrych yn rhy fawr. Fel petai hi ar fin achosi daeargryn. Na chwaith fel petai hi'n cuddio'r haul. Roedd ei chroen yn ddisglair, fel petai gronynnau o heulwen dros bob tamaid ohono. Roedd hi'n debyg i Eos, Duwies y Wawr. Fel rhywun a allai fod ar glawr cylchgrawn. Neu ar raglen deledu.

Edrychais yn y drych a chodi 'ngwallt i un ochr. Doeddwn i ddim yn debyg i Tabitha Hendrix. Yn sicr, ddim mewn legins llwyd a hwdi â llun o'r tabl cyfnodol arno, sef anrheg pen-blwydd Jasper i fi y llynedd. Mae'n defnyddio symbolau nitrogen, erbiwm a dysprosiwm i sillafu NErDy. Gwisgais yr hwdi i'r ysgol ar ddiwrnod dim-gwisg-ysgol y llynedd. Sef y diwrnod y sylweddolais i nad oedd gwisgo dillad â jôcs gwyddonol arnyn nhw i'r ysgol yn syniad da. Treuliais i'r diwrnod i gyd yn esbonio ystyr y jôc. A'r ffaith dy fod ti'n methu sillafu'r gair *tew* gan ddefnyddio symbolau cemegol. Ar ôl hynny, stopiodd Alina fod yn ffrind i fi. Ond dwi'n dal i hoffi'r hwdi. Dyma'r peth gorau i Jasper ei gael i fi erioed. Y Nadolig diwetha, prynodd e ges ffôn siâp chwilen enfawr i fi. Doedd mynd â hwnnw i'r ysgol ddim yn help i wneud ffrindiau newydd, a dweud y lleiaf.

Doeddwn i ddim yn debyg i rywun ar YouTube. A doeddwn i'n bendant ddim eisiau i hanner miliwn o bobl fy ngweld i mewn gwisg nofio. Ond wrth edrych yn y drych y noson honno, roedd rhywbeth yn teimlo'n wahanol. Oherwydd am y tro cyntaf yn hanes y bydysawd, fe welais i lawer mwy na dim ond pethau negyddol.

Tynnais *eyeliner* Lleuwen o ddrôr fy nesg a'i ddefnyddio i sgrifennu ar fy nrych. Sbel fach yn ôl, dywedodd Mr Nelson wrthon ni am fyddin Rufeinig oedd yn defnyddio aloi copr i gryfhau eu tariannau cyn iddyn nhw fynd i frwydr. Mae'n beth da i atal cyrydu.

Wel, pan edrychais ar fy hunan yn y drych ar bwys y dyfyniad gan Mr Nelson, roedd yn teimlo fel petawn i newydd greu fy nhamaid cyntaf o gopr aloi.

Jemeima Fychan: Anodd ei threchu

26

TYNGED

Wythnos gyntaf mis Hydref oedd hi. Roeddwn i wedi aros ar ôl ysgol i gael ychydig o ymarfer Mathemateg ychwanegol gyda Mrs Lee, oherwydd taw dim ond tair wythnos oedd tan Ddiwrnod Dethol *Brainiacs*. Byddai hynny'n hollol iawn, petai Loti ddim yno hefyd. Pryd bynnag y byddai Mrs Lee yn esbonio rhywbeth, byddai hi'n llenwi un o'i bochau ag aer, ac yna'n symud y gwynt yn ôl ac ymlaen o ddwy ochr ei cheg, fel rhyw fath o fochyn cwta anghymesur. Felly, allwn i ddim peidio â gwenu pan fyddai hi'n cael cwestiynau rhwydd yn anghywir, fel 189×48.

Doedd hi ddim yn oer, ond dechreuodd hi fwrw ar y ffordd adre a doeddwn i ddim wedi dod â 'nghot i, felly roeddwn i'n wlyb diferu erbyn i fi gyrraedd y tŷ. Pan gerddais i mewn, ysgydwais y glaw oddi ar fy mlaser a sylwi bod Jasper yn sefyll yn y lolfa yn gwisgo clogyn.

'On'd yw e'n edrych yn ffantastig?' meddai Lleuwen gan wenu. 'Hen glogyn Tad-cu yw e!' Torrodd edefyn o'r hem a safodd yn ôl i edrych arno. 'Dyna ni. Fel newydd.'

Mae Lleuwen yn wych am wneud dillad. Dyw hi ddim yn hoffi siopa ar y we a'r unig ddillad sydd ar werth yn siopau Cil-y-cregyn yw dillad hen fenywod. Dyw hyd yn oed Mam-gu ddim eisiau gwisgo'r dillad yna, ac mae hi'n hen fenyw hen iawn.

'Diolch, Lleuwen!' meddai Jasper, gan edmygu ei hunan yn y drych. Safodd ar un droed i ymarfer y tric pan fydd e'n esgyn i'r awyr, a buodd bron iddo fwrw Dad i'r llawr wrth i hwnnw ddod i mewn.

Sylwodd Lleuwen 'mod i'n cael trafferth peidio â chwerthin. 'Mae Jasper yn dilyn y llinach hir o gonsuriwyr a phobl seicig yn ein teulu ni. Mae dy frawd, yn ddewr iawn, yn dilyn ei dynged.'

Bydda i wastad yn ddiolchgar nad fy nhynged i yw gwisgo clogyn ein diweddar dad-cu.

Edrychodd Lleuwen arna i fel petai hi wedi darllen fy meddwl.

'Mae'n edrych yn wych, Jasper. Yn ... llawn hud a lledrith,' atebais yn gyflym, cyn mynd i eistedd ar y soffa. Eisteddodd Lleuwen ar fy mhwys i, a rhoi ei braich drwy 'mraich i.

'Iawn, dwi'n barod.' Tapiodd Jasper ei ffôn a ffrwydrodd cerddoriaeth uchel o'r seinyddion. 'Dad!'

'Iawn!' cwpanodd Dad ei ddwylo o gwmpas ei geg er mwyn taflu ei lais o gwmpas y stafell fyw. 'Rhowch groeso cynnes i'r llwyfan i'r ANHYGOEL—'

'Rhyfeddol!' sibrydodd Jasper.

'Iawn, sori. Y lledrithiwr RHYFEDDOL, Jaaspeer Fychan!'

'Llywelyn!'

'Be?' disgynnodd dwylo Dad o'i geg. 'Llywelyn?'

Teimlais Lleuwen yn gwingo. Ei chyfenw hi yw Llywelyn. Cyfenw Wncwl Alffi yw e. Doedd hi ddim eisiau newid ei chyfenw yn ôl i Fychan er i Alffi dorri ei chalon yn deilchion a gwagio'i chyfrif banc. Dyna pa mor wael yw'n cyfenw ni.

'Mae'n ddrwg 'da fi, Lleuwen,' meddai Jasper. 'Mae Jasper Llywelyn yn swnio gymaint yn well. Galla i ei newid e os wyt ti eisie.'

'Na, paid â bod yn ddwl! Mae'n iawn.' Daliodd Lleuwen lygad Dad. Am eiliad, roedd hi fel petaen nhw'n cyfathrebu drwy delepathi. 'Mae'n *iawn*. Mae Jasper Llywelyn yn swnio ... yn anhygoel. Beth am weld tamaid bach o hud?' Tarodd y soffa'n ysgafn ac eisteddodd Dad.

Troellodd Jasper â'r clogyn porffor yn chwifio y tu ôl iddo. Falle doedd e ddim mor drawiadol â'r Apolo Anhygoel, ond roedd e'n edrych yn wych. Tynnodd hances liw aur o'i boced. Pwysais yn ôl yn fy sedd. Roeddwn i wedi gweld y tric yma filiynau o weithiau. Symudodd Jasper yr hances drwy ei fysedd cyn ei thaflu i'r awyr. Arhosais iddi ddiflannu. Ond yn sydyn, trodd yr hances yn belen o dân. Roeddwn i'n methu credu fy llygaid. Roedd tric Jasper yn dda iawn, a dweud y gwir. Mae'n rhaid ei fod e wedi bod yn ymarfer am oriau.

'JASPER!' gwaeddodd Dad, gan lamu o'r soffa. Dechreuodd daclo'r fflamau â'i ddwylo noeth, ond roedden nhw wedi diflannu'n barod. Wedyn, canodd y larwm tân. 'Beth ar wyneb y DDAEAR ddaeth dros dy ben di?' gwaeddodd Dad, gan agor ffenestri'r stafell fyw a chwifio lliain sychu llestri dan y larwm.

Diffoddodd Jasper y gerddoriaeth a chwerthin. 'Hud yw e, Dad! Ti'n gweld? Mae'n troi i mewn i hwn.' Roedd pelen aur sgleiniog yn ei law.

'Nid hud a lledrith yw llosgi'r tŷ i'r llawr, Jasper!'

Gwasgais fy ngwefusau at ei gilydd. Roeddwn i bron â marw eisiau chwerthin. Triodd Jasper esbonio wrth Dad fod y belen anferth o fflamau'n ddigon diogel. Methodd e.

'Iawn, dyna ddigon o'r sioe!' meddai Dad.

Tynnodd Jasper glogyn Tad-cu a dechrau cadw ei offer.

'Ac os yw Taran y tarantwla ffiaidd 'na lawr fan hyn, cer â hi lan lofft! Nawr!'

'O, does dim eisie gwylltu, Neifl' meddai Lleuwen. 'Does dim difrod wedi'i wneud. Roedd y tric yna'n athrylithgar! Mae angen rhywfaint o anogaeth ar Jasper.' Roedd ei llygaid yn gadarn wrth syllu ar Dad. 'Os yw e eisie cael ei sioe ei hunan ryw ddydd, bydd rhaid iddo fe ymarfer!'

'Diolch, Lleuwen,' meddai Jasper, gan roi bwyell fawr i mewn i focs.

Roedd yn dipyn o ryddhad taw pelen o fflamau oedd y tric cyntaf.

'Dyw e ddim eisie ei sioe hud ei hunan!' Trodd Dad at Jasper. 'Wyt ti? Yn y paladiwm? Fel dy dad-cu?'

'Nac ydw, Dad.' meddai Jasper. 'Dwi eisiau fy sianel YouTube fy hunan.'

Gwichiodd Lleuwen yn llawn cyffro a chusanu wyneb Jasper, gan adael ôl ei lipstic ar ei foch. 'Syniad arbennig.'

Safodd Dad ar gadair i gael golwg ar y nenfwd, rhag ofn fod olion llosgi yno. 'Gwych! Felly bydd hyn yn digwydd dan fy nho i. Ardderchog. Well i fi brynu diffoddwyr tân, felly.' Camodd i lawr o'r gadair a sylwi ar fwyell Jasper yn y bocs. 'A blwch cymorth cyntaf da.'

'Y tro nesa, falle byddai'n well i ti wneud dy sioe yn yr ardd,' meddai Lleuwen, gan dapio ysgwydd Dad. 'I gadw lefelau straen dy dad dan reolaeth.'

Gollyngodd Dad anadl ddofn. 'Iawn, wel, fydd dim angen i ni wisgo'n dwym. Bydd Jasper yn ein rhoi ni i gyd ar dân!'

Chwarddodd Jasper yn uchel iawn. Roedd e'n amlwg yn gwneud ei orau i lyfu tin Dad ar ôl cael stŵr.

Tapiodd Lleuwen ap ar ei ffôn. 'O, perffaith! Drychwch, mae lleuad lawn ddydd Sul nesa. Dy ben-blwydd di, Jemeima! Gall Jasper wneud ei sioe.'

'Iawn,' meddai Jasper. 'Mae 'da fi lwyth o driciau sydd hyd yn oed yn well na'r rheina.'

'Gwych,' meddai Dad. 'Wna i roi gwybod i'r criwiau ambiwlans.'

'Gallen ni fynd i'r lle pizza 'na ar bwys y goleudy,' meddai Lleuwen. 'Ti fydd yn talu, yntefe, Neif?'

Ochneidiodd Dad. 'Iawn. Wel, dim ond unwaith rwyt ti'n dair ar ddeg.'

'Diolch, Dad!' cydiais yn fy ffôn. 'Ydy hi'n iawn i Miki ddod?'

'Iawn, pam lai? Gallwn ni ddathlu dy fod ti'n ofnadwy o glyfar hefyd. Yr wythnos wedyn byddwn ni yn Llundain!' Rhwbiodd fy mhen, ac yna rhwbiodd ben Jasper. 'Os na fydd Jasper wedi'n llosgi ni i gyd cyn hynny.'

'Fe wnaf i ffrog newydd i ti ar gyfer dy ben-blwydd, os hoffet ti?' Cydiodd Lleuwen yn fy llaw. Aeth â fi drwy'r llenni gleiniau i'r gegin a chodi iPad Dad. 'Dangosa di'r math o beth rwyt ti'n hoffi ac fe wna i un i dy ffitio di'n berffaith.'

A dyna pam mae cael modryb seicig sy'n byw yn dy ardd yn gallu bod yn anhygoel. Yn hollol anhygoel a bendigedig.

27

ADRENALIN

Fore trannoeth yn yr ysgol, daeth Miki â'i sgript *Mary Poppins* i'r ffreutur amser cinio er mwyn i fi ei helpu i ddysgu ei linellau. Doeddwn i ddim yn hoffi mynd i'r ffreutur pan oedd hi'n brysur yno. Byddai pobl yn edrych ar fy mhlât i weld beth roeddwn i wedi'i ddewis i fwyta – hyd yn oed rhai o'r menywod cinio. Byddai ambell un yn edrych arna i fel na ddylwn i fod yn bwyta o gwbl. Roedd y ffreutur yn drewi o sglodion beth bynnag. Mae'n siŵr 'mod i'n ennill calorïau dim ond wrth anadlu.

'Mae Miss Nisha yn mynd i gael sgrin ar gyfer cefn y llwyfan!' meddai Miki wrth i ni ymuno â'r ciw. 'Mae hi'n mynd i ychwanegu pethau wedi'u hanimeiddio, fel–'

Yn sydyn, gwaeddodd Dylan Taylor, 'Cadwch olwg ar eich bwyd!' o fwrdd cyfagos. 'Mae hi'n starfo!' Chwarddodd gan rochian fel mochyn nes i un o'i ffrindiau ddweud wrtho am gau ei geg.

Cydiodd Miki yn fy mraich. Roedd e'n synhwyro 'mod i ar fin cerdded mas. 'Anwybydda nhw. Mae'n rhaid i bawb fwyta.' Edrychodd arna i'n ddifrifol. 'Ac mae'n rhaid i fi fwyta *doughnuts*.'

Ar ôl i ni nôl ein bwyd, eisteddon ni ar fainc ar bwys y ffenest. Estynnodd Miki ei sgript a dechreuais ei darllen rhwng ambell gegaid o basta. Ond roedd yn amhosib. Nid oherwydd y pasta. Roedd Miki yn dechrau canu bob munud, neu'n codi ar ei draed i ddangos symudiadau'r ddawns.

'O na,' dywedais, gan edrych dros ei ysgwydd.

'Be? Dywedais i rywbeth o'i le?' holodd Miki.

Siglais fy mhen ac amneidio ar Loti ac Alina, oedd yn cerdded tuag aton ni.

'Haia, Miki!' meddai Loti.

Gwenodd Alina yn lletchwith arna i.

'O na,' meddai Miki. 'A-hem ... helô, Loti, dwi'n feddwl.'

'Ti'n dysgu dy linellau?' gofynnodd. 'Rwyt ti mor ffantastig yn actio Bert!' Canodd Loti '*Supercalifragil-isticexpialidocious!*' yn berffaith. Doedd hi ddim yn swnio'n debyg iawn i lygoden fawr.

Edrychodd Miki arna i â llygaid croes. Roedd yn anodd peidio â chwerthin. Roedd Miki wedi bod yn gofyn yn ddi-baid i fi ddod â tharantwla Jasper i'r ysgol er mwyn iddo fe godi ofn ar Loti yn yr ymarferion. Ond fyddwn i byth yn gwneud hynny. Ddim i darantwla bach diniwed.

Trodd Loti ata i. 'Fi sy'n actio Mary Poppins. Y brif ran.'

'Dwi'n gwybod, Loti,' atebais. 'Rwyt ti 'di dweud wrth bawb, o leia fil o weithiau.'

Rhygnodd ei dannedd. 'Ta beth, roedd rhai o ferched Blwyddyn 9 wedi mynd am y rhan. Ond fi oedd dewis cynta Miss Nisha.' Pwniodd Alina â'i phenelin.

'Loti sy wedi cael rhan fwya'r ddrama i gyd,' mwmialodd Alina, fel petai hi'n adrodd llinell roedd hi wedi'i dysgu ar ei chof. Doedd dim angen bod yn arbennig o glyfar i wybod pwy oedd yn ei chyfarwyddo.

Chwarddodd Loti. 'Bydd e'n gynhyrchiad MAWR iawn. Y MWYA' erioed!'

Ochneidiodd Miki a chodi ei fag. 'Dwyt ti ddim yn ddoniol, Loti. Dere, Jemeima. Gad i ni fynd i ymarfer yn y stafell gofrestru.'

Ceisiais feddwl am rywbeth i ddweud yn ôl. Ond roedd Loti'n sefyll yno â'i gwallt melyn euraidd, ei phwysau perffaith, a'r brif ran yn y cynhyrchiad Nadolig, a sgôr digonol i fynd trwodd i rownd ddethol *Brainiacs*, fraich ym mraich â fy hen ffrind gorau, ac allwn i ddim meddwl am ddim byd. Achos bod dim byd i'w ddweud. Roedd hi'n union fel *Mary Poppins*: bron yn berffaith ym mhob ffordd.

Codais fy mag, rhoi 'mhlât i ar y troli a dechrau cerdded tuag at y drws. Wedyn stopiais. *Roedd* rhywbeth yn bod arni. Dywedais wrth Miki am aros ac es i'n ôl at Loti.

'Rwyt ti'n iawn, Loti,' dywedais. 'Ti sy wedi cael prif ran y ddrama. Ond mae Mary Poppins yn enwog am fod yn garedig. Felly dwi'n gobeithio dy fod ti'n actores HOLLOL wych.' Gwenais. 'Pob lwc i ti wrth adolygu ar gyfer *Brainiacs* gyda'r holl linellau 'na i'w dysgu. A'r holl rai eraill rwyt ti'n eu sgrifennu i Alina.'

Roedd fy nwylo'n crynu, braidd. Ond dim ond f'ymennydd yn rhyddhau adrenalin i 'ngwaed i oedd hynny. Dyna pam doedd dim ots 'da fi am ofyn i'r bobl wrth y peiriant diodydd i symud, na gorfod gwasgu heibio'r pileri wrth y byrddau cefn, na chwaith fod rhai o blant Blwyddyn 7 yn rhythu arna i. Sefais ar bwys y drws a throi 'mhen i i gael pip ar Loti. Roedd hi'n gorfodi Afzal a'i ffrindiau i symud o'u bwrdd er mwyn iddi hi gael eistedd ar bwys y ffenest.

'Wyt ti'n gwybod beth, Miki?' gofynnais. 'Dwi'n mynd i *chwalu* Loti Freeman ar *Brainiacs*.'

'Da iawn ti. Cynllun da!' meddai Miki, gan roi pawen lawen i fi ar y ffordd mas.

Wrth i ni fynd i'r stafell gofrestru, meddyliais am yr holl eiriau roedd Loti wedi'u dweud wrtha i, a'r ffaith fod eu tonnau sain wedi colli'u hegni erbyn hyn. Meddyliais am yr holl bethau wnes i gofnodi yn fy llyfr nodiadau, a'r tudalennau wnes i eu rhwygo a'u taflu yn y bin. Ac yna, sylweddolais rywbeth wrth gerdded yn heulwen ffres mis Hydref, a dail cynta'r hydref wrth fy nhraed. Roedd y geiriau hynny'n dechrau pydru erbyn hyn.

28

TRICIAU DIFLANNU

Ar ôl brecwast ddydd Sadwrn, es i mas i'r ardd. Roedd Lleuwen ar ei phatio yn syllu ar ei gliniadur.

'Bore da, fy nith brydferth!' meddai, a'r heulwen yn disgleirio oddi ar ei breichledi. 'Popeth yn iawn?'

'Iawn,' atebais. 'Rwyt ti lan yn gynnar.'

'Ydw, tybed beth ddihunodd fi?' gofynnodd, wrth i Dad ddechrau ei ddril swnllyd eto.

'Gaf i wneud ychydig o ioga gyda ti heddiw? Dywedodd Gwenfair fod rhaid i ni wneud ymarfer corff eto. Dyna yw'n gwaith cartref ni.'

'Wrth gwrs! Gallwn ni ei wneud e nawr os hoffet ti.' Rhoddodd Lleuwen ei gliniadur ar y bwrdd a chlymodd ei gwallt mewn bynsen. 'Am syniad nefolaidd! Ond, gad i ni fynd i mewn i'r tŷ, i ddianc rhag y sŵn ofnadwy 'ma. O, aros funud – dwi wedi cael rhywbeth i ti.' Diflannodd i'w chaban a daeth yn ôl â chopi o'r cylchgrawn

Melys. 'Alli di ddim treulio'r penwythnos i gyd â dy ben mewn llyfr.'

'Diolch!' Yr unig gylchgronau fyddwn i'n eu darllen fel arfer oedd *Waw! Gwyddoniaeth!* neu *Ha-ha-hanes!*. Falle byddai'n dda darllen cylchgrawn oedd ddim ar gael yn llyfrgell yr ysgol. 'Wyt ti'n gweithio ar dy wefan?' holais, gan bwyntio at ei gliniadur.

'Na 'dw. Ffeindiodd dy dad focs o 'mhethau i yn y garej. Roedd 'na hen luniau ar go' bach; dim ond cael pip arnyn nhw o'n i. Mae hen rai ohona i ac Wncwl Alffi.' Trodd y sgrin tuag ata i er mwyn i fi weld. Roedd braich Alffi o gwmpas Lleuwen, a goleuadau Pier Cil-y-cregyn fel gwreichion bach yn y cefndir. 'Tynnon ni hwnna ychydig wythnosau cyn iddo fe adael.'

'Mae e'n edrych yn hapus iawn.'

Anadlodd Lleuwen yn ddwfn. 'Wel, dyw llun ddim yn dangos y stori i gyd.' Syllodd ar y sgrin. 'Pisces yw arwydd sidydd Alffi. Maen nhw'n dwli bod ar bwys y dŵr.'

'Dylai fe fod wedi aros fan hyn 'te,' atebais. 'Alli di ddim bod yn nes at y dŵr nag rwyt ti yng Nghil-y-cregyn.'

Gwenodd Lleuwen a throi ata i. Roedd ei llygaid yn pefrio fel caleidosgop ariannaidd. 'Dwi'n dy garu di'n fawr iawn, Jemeima,' meddai hi, gan wasgu fy llaw mor galed nes ei bod yn rhoi loes i fi. 'Fyddwn i byth yn gwneud dim byd i roi loes i ti. Rwyt ti'n gwybod hynny, on'd wyt ti?'

Nodiais. Ond, am ryw reswm rhyfedd, doeddwn i ddim yn gallu ei chredu hi'n llwyr.

**

Ar ôl gwneud pob math o stumiau rhyfedd â 'nghorff i – stumiau ag enwau fel 'ci ben i waered', 'y mynydd', 'planc ochr' a 'choeden', cwympais i ystum roedd Lleuwen yn ei alw'n 'ystum corff marw'. Roedd yn enw hollol addas. Roedd fy nghoesau'n llosgi â chwys yn treiddio drwy gefn fy nghrys T.

'Mae 'nghyhyrau i'n rhoi dolur,' cwynais, gan ymestyn fy mreichiau. 'Pob un ohonyn nhw.'

Rhwbiodd rywbeth oedd yn gwynto fel oren ar fy arleisiau. 'Wel, plis paid â dweud wrth yr heddlu iechyd a diogelwch.'

'Sori. Roedd e'n dda, diolch.' Edrychais yn fanwl ar fy nghluniau. 'Ond dyw e ddim wedi gwneud i fi edrych yn deneuach.'

Tynnodd Lleuwen flanced binc ac arian dros f'ysgwyddau. 'Jemeima, nid pwrpas ioga yw edrych mewn ffordd arbennig. Y nod yw teimlo'n fodlon a chysurus yn dy groen dy hunan.'

Ond roedd hynny'n iawn i Lleuwen. Roedd ei choesau'n hir ac yn denau, a do'n nhw ddim yn rhoi dolur iddi o gwbl, dwi'n siŵr. Tybed sawl sesiwn ioga fyddai'n rhaid i fi wneud i gael coesau fel hi?

'Lleuwen, ers pryd wyt ti'n gwneud ioga?'

Meddyliodd am funud fach. 'Tua deng mlynedd nawr.'

Deng mlynedd! Petawn i'n mynd drwodd i *Brainiacs* byddwn i'n recordio'r rhaglen fis nesa! Falle gallwn i wneud rhyw fersiwn ddwys o ioga.

Pan es i'n ôl lan lofft, roeddwn i'n gwybod bod Jasper wedi bod yn fy stafell. Roedd rhai o'r llyfrau ar fy nesg wedi cael eu symud.

'Jasper!' gwaeddais. 'Paid â chyffwrdd fy stwff i!'

'Dim ond helpu gyda dy waith cartref Ffrangeg o'n i!' gwaeddodd yn ôl.

Codais fy llyfr Ffrangeg. Ein gwaith cartref oedd sgrifennu dau baragraff yn disgrifio ein gwyliau delfrydol. Roedd Jasper wedi sgrifennu rhestr o eiriau Ffrangeg ar ddarn o bapur.

'O, iawn, diolch!' dywedais. 'Ond, yn amlwg, fydd dim *dodgeball* yn fy ngwyliau delfrydol i!'

Dim ond wedyn sylwais i ar rywbeth arall roedd Jasper wedi'i wneud. Ar bwys y geiriau *Jemeima Fychan: anodd ei threchu* ar fy nrych, roedd e wedi tynnu llun menyw dew yn gwisgo sbectol haul, a swigen yn dod o'i cheg yn dweud pob lwc yn Ffrangeg. Hyd yn oed pan oedd Jasper yn neis, roedd rhaid iddo fe fod yn dipyn o dwpsyn.

Y prynhawn hwnnw, es i draw i dŷ Miki. Roedd ei fam yn gwneud twmplenni llysiau a reis gludiog ac roedd arogl bendigedig drwy'r tŷ. Gwylion ni'r hen ffilm *Mary Poppins* wrth fwyta ac roedd Miki yn mynnu 'mod i'n ymuno ym mhob cân. Wedyn, dangosodd lythrennau Japaneaidd roedd ei fam wedi'u dysgu iddo fe, a rhoi prawf i fi arnyn nhw wedyn. Rhoddodd sgôr i fi gan ddefnyddio system yn seiliedig ar Mary Poppins: *practically perfect in every way.*

'*Arigatou gozaimasu,* Niko,' dywedais wrth fam Miki, wrth fynd i mewn i'w char.

Doedd hi ddim yn bell i fi fynd adre, ond byddai hi wastad yn rhoi lifft adre i fi, a byddwn i wastad yn diolch iddi yn Japaneg, sef fwy neu lai yr unig beth roedd Miki wedi 'nysgu i ddweud. Heblaw am 'rhech ola'r wenci' – doedd hyn ddim yn ddefnyddiol iawn. Yn ôl Miki, roedd e'n ddywediad enwog yn Japan, ond doeddwn i ddim yn siŵr a oedd e o ddifri ac yn sicr doeddwn i ddim yn mynd i fentro'i ddweud e o flaen ei fam. Er ei fod e wedi fy herio i wneud hynny ryw filiwn o weithiau.

'Croeso, Jemeima! A phob lwc yn dy glyweliad *Brainiacs*! Ry'n ni'n teimlo mor gyffrous drosot ti!'

'Diolch,' atebais. 'Dim ond pymtheg lle sy ar y rhaglen, felly ...' tawelodd fy llais.

'Ond mae ganddyn nhw i gyd yr un siawns â ti, on'd oes?' meddai.

'Siŵr o fod,' atebais. 'Felly, siawns fach denau.' Teimlais fy mochau'n cochi cyn gynted ag y dywedais i'r gair 'tenau' ond dwi ddim yn credu bod Niko wedi sylwi.

'Mae hi'n mynd i fynd trwodd, sdim dowt am hynny,' meddai Miki wrth gau ei wregys diogelwch. 'Mae Jemeima yn gymaint o *geek* ... a-hem, mor glyfar.'

'Ha! Dyna drueni 'mod i'n methu dweud yr un peth amdanat ti!' meddai Niko.

Gwrandawais ar Miki a'i fam yn siarad Japaneg â'i gilydd ar y ffordd adre. Doedd dim syniad 'da fi beth roedden nhw'n ei ddweud, ond roedd y geiriau'n swnio'n dyner ac yn dwym, fel cawod fach o law yn yr haf. Gwnaeth i fi feddwl sut deimlad tybed fyddai cael lifft adre gan fy mam i. A hithau'n gofyn sut roedd pethau'n mynd. Ces wared ar y syniad yna o fy meddwl a syllu ar lampau'r stryd. Roedd y siawns o hynny'n digwydd hyd yn oed yn llai na fy siawns o ymddangos ar *Brainiacs*. Ac yn sydyn, daeth cwestiwn mawr i fy meddwl. Mor fawr, roeddwn i'n methu hyd yn oed mentro ystyried yr ateb.

Ar ôl i fam Miki 'ngollwng i gartref, es lan lofft, taflu fy nghardiau adolygu *Brainiacs* ar fy nesg a churo ar ddrws Jasper. Agorodd gil y drws, dim ond digon i fi weld llygad. Llygad ffug.

'Beth wyt ti eisie?'

'Dwi eisie trafod rhywbeth 'da ti,' dywedais.

'Iawn, brysia,' agorodd Jasper y drws a'i gau'n gyflym ar fy ôl.

Roeddwn i heb fod yn stafell Jasper ers oesoedd. Roedd arogl od yn dal i fod yno. Roedd y poster o Tad-cu yn ei wisg Apolo Anhygoel yn dal i fod ar y wal. Arno, roedd y geiriau *Sioe Hudol Ryfeddol yr Apolo Anhygoel!* Roedd y corneli'n dechrau cyrlio ac roedd rhwyg yn un o'r ochrau. Fel arfer, roedd stafell Jasper yn daclus iawn – yn annaturiol o daclus. Dyna un o'i ffyrdd bach e o lyfu tin Dad. Ond heno, roedd bocsys wedi'u gwasgaru dros y carped i gyd. Cododd un ohonyn nhw ac arno'r label TRICIAU DIFLANNU a thynnu'r caead oddi arno.

'Mae cymaint o annibendod yma! Be ti'n wneud?' gofynnais.

'Dim ond chwilio am rywbeth,' meddai, gan droi'r llygad ffug ar gledr ei law.

'Ych a fi. Beth wyt ti wedi'i golli?'

Symudodd ei lygaid go iawn yn nerfus tuag at danc ei darantwla. Y tanc gwag.

'JASPER!'

'Sh! Bydd Dad yn dy glywed di!' Estynnodd hambwrdd mawr plastig oedd o dan ei wely, lle roedd e'n cadw ei holl stwff hud. Roedd popeth yn drefnus mewn bocsys, a label arbennig i bob bocs. Argraffodd e'r labeli y llynedd, o gyfrifiadur Dad. Argraffodd e label oedd yn dweud TEW hefyd, a'i osod ar fy nesg. Dyna un o'r ychydig droeon iddo fe fod mewn trwbwl go iawn.

Gosododd Jasper yr holl focsys mewn rhes ar bwys ei wely. CIWB Y CHWECHED SYNNWYR, ESGYNIAD, GRYM Y MEDDWL, HERIO DISGYRCHIANT, RHITH. Cymrodd hi tua phum eiliad i fi sylweddoli ei fod e yn eu gosod nhw yn nhrefn yr wyddor.

'Dyma'r tric ro'n i wedi bwriadu ei wneud y diwrnod o'r blaen.' Cododd y bocs TRICIAU DIFLANNU yn uchel. 'Cyn i Dad fynd dros ben llestri'n llwyr. Dwi'n eitha siŵr 'mod i wedi rhoi Taran yn ei bocs wedyn.'

'Aros funud. Wyt ti'n dweud wrtha i ei bod hi ar goll ers i ti wneud y tric pelen dân 'na?'

Llyncodd Jasper ei boer.

'Jasper! Roedd hynny bedwar diwrnod yn ôl!'

'Hisht! Dwi wedi bod yn chwilio amdani hi! Ond mae hi wedi mynd.' Agorodd a chaeodd y blwch TRICIAU

DIFLANNU sawl gwaith, fel petai'n disgwyl iddi ymddangos o rywle.

'Dwi ddim yn credu y byddai hi'n cuddio fan'na, Jasper. Dyw hi ddim yn gallu darllen.'

Eisteddodd ar y llawr yn edrych drwy'r bocsys. 'Dwi jyst ddim yn deall lle gallai hi fod.'

'Byddai hi'n mynd i rywle tywyll. A thwym.' Agorais ddrysau ei wardrob. 'Falle'i bod hi wedi dianc ar ôl cael llond bola ar wneud triciau hud diflas gyda ti.'

Ond ddywedodd Jasper ddim byd yn ôl, felly roeddwn i'n teimlo'n eitha gwael wedyn. Edrychais i mewn i'w wardrob. Falle fod rhyw fath o agoriad yn ein tŷ, a bod aelodau o'r teulu'n diflannu drwyddo. Fel yr un oedd yn arwain i Narnia. Ond doedd e'n bendant ddim yn wardrob Jasper. Dim ond pren oedd hwnnw. Roeddwn i wedi tsiecio, flynyddoedd yn ôl.

'Mae'n rhaid ei bod hi yma'n rhywle,' meddai Jasper. Tapiodd y dortsh ar ei ffôn a dechrau cropian dan y gwely.

'Dwi'n siŵr y daw hi'n ôl pan fydd eisie bwyd arni.' Teipiais i mewn i Google. 'O-o. Mae'n dweud fan hyn eu bod nhw'n gallu byw heb fwyd am *ddwy flynedd*.'

Daeth Jasper mas o dan y gwely. 'Falle gallwn i ei themtio hi â chricedyn neu ddau.'

'Ffiaidd, Jasper. Mae'n rhaid i ti ddweud wrth Dad.'

'Byth! Mae hi'n hela ofn arno fe. Os wnaiff e ffeindio mas ei bod hi ar goll, falle bydd e'n ffonio rhywun o'r cyngor i'w difa hi.' Edrychodd arna i â llygaid glas ariannaidd fel rhai Lleuwen. 'Os dywedi di wrth Dad, fe ladda i di, Jemeima.'

'Hmmm,' dywedais. 'Tybed beth byddai boi'r cyngor yn wneud? Rhyw fath o niwl thermol, siŵr o fod.'

'Beth yw hwnnw?'

'Meddylia am *Ghostbusters*, ond yn lle'r stwff proton, stwff lladd pryfed.'

'Mae hynna'n ofnadwy!'

'Wel, dyw bygwth lladd rhywun ddim yn neis iawn chwaith.'

'Sori,' meddai Jasper, gan wingo fel petai ymddiheuro'n achosi poen corfforol iddo.

'Wyt ti wedi edrych ym mhobman?' gofynnais.

'Ydw. Ar wahân i stafell Dad. 'Dyn ni ddim yn cael mynd i fan'na.'

Ochneidiais. 'Jasper, dwi ddim yn credu bod Taran yn gwybod am y rheol yna.' Es tuag at y drws. 'Wna i siarad â Dad lawr staer. Cer di i chwilio amdani.'

Gwenodd Jasper arna i. 'Diolch. Hei, am beth ro't ti eisie siarad â fi?'

'O, dim ond ...' Roeddwn i'n teimlo'n nerfus am ryw reswm. Mwy na thebyg am ein bod ni heb sôn am Mam ers oesoedd. Bydden ni'n sôn amdani'n aml pan oedden ni'n fach. Beth bydden ni'n wneud petai hi'n ffonio, neu'n anfon cerdyn aton ni, neu'n dod 'nôl i'r tŷ ryw ddiwrnod. Ond ddigwyddodd dim un o'r pethau hynny, felly ymhen amser, roedd sôn amdanyn nhw'n teimlo'n ddibwrpas. 'Ro'n i'n meddwl am Mam heddiw. Beth petawn i'n mynd trwodd i *Brainiacs*, a Mam yn gwylio'r rhaglen?'

Symudodd llygaid Jasper o gwmpas ei stafell. Roedd e'n edrych i bob cyfeiriad, heblaw am fy llygaid i. 'Dwi ddim yn gwybod.' Aeth draw at ei ddesg. ''Co – ffeindiais i'r hen luniau 'ma neithiwr pan o'n i'n chwilio am Taran. Roedd hwn dan fy nesg.' Rhoddodd lun i fi. Llun ohona i a Mam yn chwarae yn y tonnau ym Mae'r Dolffin. Tua dwy flwydd oed oeddwn i, dwi'n credu. Roedd Mam yn cydio yn fy nwylo, rhag i fi gwympo drosodd.

'Weli di'r tatŵ'na?' Pwyntiodd Jasper at arddwrn Mam. Wrth graffu, gallwn i weld cylch du, troellog. 'Mae'n f'atgoffa i o rywbeth ddywedodd hi wrtha i. Mae'n eitha twp, ond ...'

'Be?' Roedd lwmp yn fy llwnc. Edrychais ar Mam ar y traeth, yn cydio yn fy nwylo'n dynn, a 'nhraed bach i'n diflannu i mewn i'r tywod, a meddwl tybed sut deimlad fyddai ei gweld hi eto.

'Mae'n ofnadwy o dwp,' meddai Jasper. 'Felly byddi di'n ei hoffi e, fwy na thebyg.'

Gwenais yn sarcastig arno.

'Ro'n ni wedi aros yn hwyr ar y pier, ac roedd hi'n dywyll – dim tamaid o olau – wrth i ni gerdded adre. Pwyntiodd Mam at yr awyr a dweud wrtha i ...' Stopiodd, clecio'i fysedd a chodi pecyn o gardiau o'i ddesg. Dechreuodd eu siyfflo'n berffaith, ag un llaw, fel y byddai Tad-cu yn ei wneud. 'Anghofia amdano fe. Mae'n hurt.'

'Plis, Jasper. Wna i ddim meddwl ei fod e'n hurt.'

'Dywedodd hi taw sêr gwib yw ffordd y bydysawd o ddweud wrthon ni fod hud a lledrith yn bodoli. A dywedodd hi wrtha i am beidio â stopio credu mewn hud a lledrith.' Caeodd ei lygaid am funud fach. 'Ti'n gweld? Dywedais i wrthot ti. Mae e fel rhywbeth fyddai Lleuwen yn ddweud. Wnes i ddim ond cofio achos taw dyna beth yw ei thatŵ. Seren wib. Ac achos bod hi, y noson 'na, wedi cwympo mas yn ofnadwy gyda Dad. Wedyn, gadawodd hi.'

Safais wrth y drws am funud. Ddywedodd neb 'run gair. Ddywedais i ddim wrtho fe am y teimlad gwag yn fy nghalon bob tro y bydda i'n meddwl amdani. Achos 'mod i'n gwybod ei fod e'n teimlo'r un peth hefyd. Dywedodd e hynny wrtha i flynyddoedd yn ôl.

'Ta beth, anghofia'r peth,' meddai Jasper yn y diwedd. 'Dyw sêr gwib ddim hyd yn oed yn bodoli.'

Nodiais. Roedd Jasper yn iawn. Dyw sêr gwib ddim yn real. Dydyn nhw ddim hyd yn oed yn sêr go iawn. Meteorau ydyn nhw. Tameidiau o greigiau sy'n llosgi yn y gofod. Dydyn nhw ddim yn gwibio i unman, dim ond llosgi'n ulw. Ond weithiau, does dim ots gyda dy galon am bethau fel 'na. Achos dyna ble roedd dwylo Mam, yn cydio'n dynn yn fy rhai i. Yn gofalu na fyddwn i'n suddo. Yn fy amddiffyn rhag y tonnau. Ac roeddwn i eisiau'r teimlad yna eto.

Es i'n ôl lawr staer i sgwrsio â Dad, i roi cyfle i Jasper chwilio yn ei stafell, ond roedd e ar y ffôn. Roedd e'n chwerthin ac yn edrych ar ei iPad. Roedd e'n galw hynny'n 'sgrin ddwbl' ac yn rhoi stŵr i fi pryd bynnag y byddwn i'n gwneud hynny. Codais fy aeliau arno wrth iddo gerdded i ochr arall y gegin, fel 'mod i'n' methu clywed beth roedd e'n ddweud.

Eisteddais hanner ffordd lan y staer, yn pwyso yn erbyn y canllaw a Hermione yn fy nghôl, yn meddwl am Mam. A *Brainiacs*. Roedd rhan ohona i eisiau i Mam sylwi arna i. Doedd dim ots 'da fi am greu argraff arni. Roeddwn i eisiau codi llaw arni o ben arall y bydysawd er mwyn iddi hi gofio 'mod i'n bodoli. Dim byd mwy.

Y noson honno, arhosais ar fy nhraed yn hwyr yn adolygu ar gyfer y Diwrnod Dethol. Achos allwn i ddim stopio meddwl falle y byddai Mam yno. Yn aros. Â thwll enfawr yn ei chalon, fel f'un i. Os oedd Mam yn credu mewn sêr gwib a negeseuon oddi wrth y bydysawd, falle ei bod hi wedi bod yn aros am neges i ddod adre. Falle taw fy ngweld i ar *Brainiacs* fyddai'r neges honno.

A dim ond 16 diwrnod – yn union – oedd 'da fi i wneud i hynny ddigwydd.

29

RHYFEDDODAU RHYFEDD GWYDDONIAETH

Erbyn y noson ganlynol, roeddwn i wedi dysgu cymaint o ffeithiau, roedd f'ymennydd ar fin ffrwydro, felly taflais fy mhethau adolygu ar y llawr a chodi cylchgrawn *Melys*. Rhwygais y gorchudd plastig a chwympodd yr anrhegion am ddim i 'nghôl i. Cylch allweddi, eli gwefusau, sticeri cathod i'w rhoi ar fy ewinedd, a set fach o Sialciau Gwallt Egni Trydanol. Daliais un ohonyn nhw'n agos i ddarllen y print mân. *Mae'n golchi allan ar unwaith*. Agorais y caead a chydio mewn cudyn o wallt ar gefn fy mhen, lle na fyddai Dad yn sylwi. Tynnais y cudyn drwy'r sialc sawl gwaith, a gwenu wrth weld fy ngwallt yn newid lliw, o dywod mwdlyd i binc llachar, trydanol. Sticiais rai o'r wynebau cathod ar fy ewinedd a'u tynnu wedyn, cyn troi tudalennau'r cylchgrawn.

Roedd pob merch oedd yn gwenu arna i yn denau. Hyd

yn oed y rhai ar dudalen *Dewch i gwrdd â'r darllenwyr!* Falle fod rhaid bod yn debyg i fodel i ddarllen y cylchgrawn yma, hyd yn oed. Roedd troi'r tudalennau fel edrych ar ddarluniau o berffeithrwydd. Roedd bob corff filiwn o weithiau'n well na f'un i. Meddyliais tybed sut byddwn i'n edrych petawn i'n denau fel model. Doeddwn i ddim yn meddwl am bethau fel 'na wrth ddarllen *Waw! Gwyddoniaeth!* Wrth ddarllen hwnnw, y cyfan oedd ar fy meddwl oedd faint o stŵr a gawn i gan Dad am wneud rhai o'r 'arbrofion gwallgo' gartref. Wedyn, fe ges i syniad.

Dechreuais chwilota drwy fy nesg am hen lun ohona i. Torrais fy wyneb mas a'i ludo ar bapur. Wedyn, es i drwy *Melys* â chrib fân, i ddod o hyd i'r rhannau gorau. Torrais ran uchaf corff merch oedd yn hysbysebu persawr, breichiau merch oedd yn aelod o fand, coesau flogiwr a thraed rhywun oedd yn *Fodel Ffasiwn yr Wythnos.* Roeddwn i fel petawn i'n dadansoddi anatomeg y ferch berffaith. Merch y byddai pawb eisiau ei gweld ar y teledu. Codais y glud a dechrau gludo.

Roeddwn i bron â gorffen pan glywais sŵn traed Dad ar y staer. Gludais y fraich chwith yn gyflym, wrth i Dad agor y drws heb guro arno, hyd yn oed. Roedd e'n tarfu ar fy mhreifatrwydd. Dyw hynny ddim yn anghyfreithlon yn ôl y Cenhedloedd Unedig, sy'n dangos faint maen nhw'n ei wybod.

'Dwyt ti ddim yn dal i adolygu, wyt ti, Jem? Dwi'n gwybod ei fod e'n bwysig i ti, ond mae'n noson ysgol. Mae hi bron yn ddeg o'r gloch!'

Rholiais fy llygaid.

'Beth wyt ti'n wneud?'

'Dim.' Trïais guddio fy llun, ond doedd y glud ddim wedi sychu ac aeth e'n sownd ar fy mraich.

Tynnodd Dad y llun bant yn araf bach, ac edrychodd ar fy nghreadigaeth. Fi fel merch berffaith. Ond doeddwn i ddim yn edrych yn berffaith iawn. Roedd fy mreichiau i'n denau a'u siâp yn rhyfedd achos 'mod i wedi defnyddio gormod o lud, ac roedden nhw'n sticio mas ar onglau lletchwith. Roedd fy nhraed yn edrych rhyw ugain maint yn rhy fawr i 'nghoesau tenau i ac roedd golwg fel petai e wedi torri ar un o'r pigyrnau. Roedd yn frawychus. Roedd golwg waeth arna i na'r bobl ar *Llawdriniaethau Trychinebus.* Yr unig ran normal oedd fy mhen. Er 'mod i'n edrych yn foel achos 'mod i heb roi gwallt Ariana Grande arni hi eto.

'Ife ... gwaith cartref yw hwn?' gofynnodd Dad. 'Neu arbrawf gwyddonol sydd wedi mynd o chwith? Achos, mae'n flin 'da fi, Jemeima, ond rwyt ti'n debyg i anghenfil Frankenstein!'

Dechreuodd chwerthin yn afreolus wrth i'r ddau ohonon ni edrych, o ddifrif, ar y creadur rhyfedd â'r cymalau pigog. Roedd e *yn* debyg i un o greadigaethau Frankenstein. Ac roeddwn i'n gwybod sut gorffennodd y stori honno: ddim yn dda.

Symudodd Dad freichiau'r creadur, gan weiddi, 'MAE HI'N FYW! MAE HI'N FYW!'

Mewn tair eiliad, ffrwydrodd Jasper i mewn i fy stafell. 'Mae hi'n fyw?'

'Fi fach,' dywedais, gan ddal y llun o'i flaen. 'Roedd Dad yn esgus bod yn Frankenstein. Er, dyw Frankenstein ddim hyd yn oed yn dweud hynny yn y llyfr. Ei union eiriau yw–'

'Ie, diolch yn fawr, Miss Hollwybodus.' Edrychodd Dad yn graff ar Jasper. 'Am bwy ro't ti'n meddwl ro'n i'n sôn?'

Gwingodd Jasper. 'Neb! Ro'n i'n tsiecio bod Jemeima yn iawn. Buodd hi'n gwneud ioga ddoe.' Rhoddodd bwniad bach chwareus i 'mraich. 'Dwi wastad yma i ti, chwaer.'

Gwthiais e bant.

'Ioga?' meddai Dad. 'Gwych, Jemeima! Nawr, cer i gysgu. Gobeithio fydd dy greadur bach ddim yn rhoi hunllefau i ni. Dere, Jasper, gad lonydd i dy chwaer. Mae'n bryd iddi fynd i'r gwely. Mae'n rhaid i *Brainiacs* y dyfodol gael digon o gwsg. Yn ogystal â *YouTubers* y dyfodol.'

Meimiodd Jasper 'Diolch' wrth gau'r drws.

Edrychais ar y llun yn fy llaw. Yn fy mhen, hi oedd y ferch ddelfrydol. Dyna sut roeddwn i eisiau edrych. Ond, mewn gwirionedd, roedd golwg arni a oedd yn filiwn gwaith yn waeth na fi.

Roedd cefnau fy nghoesau'n dal i fod yn boenus ers y ioga ddoe wrth i fi sefyll a cherdded draw at y drych. Edrychais ar fy nghorff, gan gynnal fy mhen fel y dylwn i wneud. Roedd pythefnos i fynd tan Ddiwrnod Dethol *Brainiacs*, a blynyddoedd golau nes y byddwn i'n edrych yn debyg i'r merched yn *Melys*. Ond wrth edrych i lawr ar fy nesg, a oedd yn llawn tameidiau o freichiau a choesau a phennau wedi'u torri a sawl gwên gam, doedd hynny ddim yn beth drwg.

30

CLEISIAU

Ydiwrnod wedyn, cyrhaeddais yr ysgol wrth i Loti ac Alina gerdded drwy'r gatiau. Aeth Jasper i'w ddosbarth ac arhosais innau am Miki ar un o'r meinciau concrid, yn gwylio'r gwynt yn chwythu dail yn bentyrrau bach. Sylwais ar Loti yn edrych draw. Dywedodd rywbeth wrth Alina, ond roeddwn i'n methu clywed oherwydd y gwynt.

'Jemeima!' galwodd Loti, gan chwifio'i llaw arna i. 'Dere 'ma!' Codais oddi ar y fainc yn araf a cherdded draw atyn nhw.

'Beth yw hwnna yn dy wallt di?' crychodd Loti ei thrwyn.

I ddechrau, roeddwn i'n meddwl mai trio bod yn ddoniol oedd hi. Pan ddechreuon ni ym Mlwyddyn 7, gofynnodd hi beth oedd ar fy wyneb i, cyn dweud, 'O, dim byd! Rwyt ti jyst yn hyll.' Wnes i ddim chwerthin felly dywedodd hi wedyn, 'Dim ond jôc oedd honna, Jemeima!' Petaen nhw'n gofyn i Loti ddiffinio 'jôc' ar Ddiwrnod Dethol *Brainiacs*, byddai hi mewn tipyn o drafferth.

'Mae rhywbeth yn dy wallt di! Rhywbeth pinc. Drycha.' Tynnodd Loti gudyn o wallt o gefn fy mhen, ac fe ges i gip ar streipen binc drydanol. Y sialc gwallt. Roeddwn i wedi anghofio ei olchi.

'O, sialc gwallt,' atebais. 'Ges i fe mewn cylchgrawn.'

'Mae'n neis,' meddai Alina, gan dynnu braich Loti. 'Dere.'

Ond symudodd Loti ddim. '*Mae* e'n neis,' meddai hi. Ond fflachiodd rhyw olwg yn ei llygaid. Roeddwn i wedi gweld yr olwg honno sawl gwaith o'r blaen. Cydiodd yn fy ngwallt eto. 'Pan welais i fe gynta', ro'n i'n meddwl falle dy fod ti'n troi'n fochyn!' Rhochiodd. 'Mochyn. Mawr. Tew.'

Tynnais fy ngwallt o'i llaw a chamu'n ôl. Yna sylwais fod Brandon yn cerdded tuag aton ni.

'Paid â phoeni, Jemeima,' chwarddodd Loti. 'Dim edrych yn dda yw'r peth pwysica' bob amser.'

'L-Loti ...' mwmialodd Alina wrth i wyneb Brandon ymddangos rhwng eu hwynebau nhw. Pesychodd, cyn sefyll yno am funud fach, a'i freichiau wedi plygu, yn edrych arnyn nhw. Roedd ei wallt wedi'i siafio ar yr ochrau.

Llyncodd Loti ei phoer. Roedd pawb yn yr ysgol yn adnabod Brandon Taylor. Roeddech chi'n osgoi Brandon Taylor, bob amser. Cafodd ei ddiarddel y llynedd am roi dau ddisgybl Blwyddyn 8 yn sownd yn ei gilydd â thâp selo.

'Dwi ddim yn hoffi be welais i nawr,' meddai Brandon wrth Loti. 'Doedd e ddim yn edrych yn neis.' Pwysodd ei wyneb tuag at ei hwyneb hi. 'Well i ti adael llonydd i fy ffrind Jemeima.'

'S-sori!' pesychodd Loti, yn gyflym fel goleuni. 'Sori, Jemeima, do'n i ddim yn 'i feddwl e!' Cydiodd ym mraich Alina a sgrialu i ffwrdd fel chwilen y dom. Ond bod gwallt melyn fel mêl 'da hi. Doedd hi ddim chwaith yn gallu tynnu rhywbeth sydd dros fil o weithiau'n drymach na'i phwysau hi ei hun.

'Diolch, Brandon,' dywedais.

Cododd Brandon ei ysgwyddau. 'Ry'n ni yn y Clwb Plant Tew. Rhaid i ni stico 'da'n gilydd.' Wedyn, diflannodd i ganol y dorf.

Aeth sawl diwrnod heibio cyn i Loti hyd yn oed edrych arna i ar ôl hynny. Ddywedodd hi ddim byd yn y dosbarth cofrestru pan atgoffodd Mr Nelson ni fod y trip gwersylla ymhen llai na thair wythnos. Fel petai neb yn debygol o anghofio am yr hunllef oedd o'n blaenau ni. Ond nid dyna'r unig beth a newidiodd. Ddydd Gwener, y diwrnod cyn i'r ysgol gau ar gyfer Hanner Tymor, wnes i basio Dylan Taylor yn y cyntedd ar y ffordd i ddosbarth Gwenfair. A dyna'r tro cyntaf (ers tua Blwyddyn 2) iddo fe beidio â dweud dim byd wrtha i. Roedd cael Brandon fel ffrind yn un o fanteision annisgwyl y Clwb Plant Tew. Roedd hynny'n eithaf tebyg i Percy Spencer yn datblygu'r trawsyrrydd radar yn ystod yr Ail Ryfel Byd, a thrwy hap a damwain yn dyfeisio'r ficrodon.

Ddydd Gwener, roedd dosbarth Gwenfair yn un o'r stafelloedd coginio am newid, a phan gyrhaeddais i yno, roedd Heidi, Harri, Nate a Maya yn aros y tu fas yn barod.

'Dwi ddim yn gwybod sut ry'n ni i fod i golli pwysau os yw hi'n ein bwydo ni drwy'r amser,' meddai Maya. Cerddodd rhai o'r bechgyn heibio wrth i Maya wasgu ei hun yn erbyn y wal fel petai hi'n trio diflannu i mewn iddi. 'Dywedodd Ms Newton ein bod ni'n gwneud chwaraeon cymysg ar ôl hanner tymor.' Gorffwysodd Maya ei phen ar y wal. 'Falle galla i gael Mam i sgrifennu nodyn.'

'Ymarfer corff yw'r peth gwaetha,' meddai Harri. 'Nage, a dweud y gwir, newid ar gyfer ymarfer corff yw'r peth gwaetha.'

Roedd pawb yn cytuno. Dim ond dau giwbicl oedd yn stafelloedd newid y merched, felly pryd bynnag roedden ni'n cael ymarfer corff, byddwn i'n rhuthro i gyrraedd y stafelloedd newid cyn neb arall. Mae'r athrawon yn aros yn y swyddfa wrth i ti newid felly gall unrhyw un ddweud unrhyw beth wrthot ti. Ond o leiaf roedd ciwbiclau yn stafell y merched. Yn ôl Miki, doedd dim un yn stafell y bechgyn.

'Maen nhw'n fy ngalw i'n Bitw Bach,' meddai Harri, gan hanner chwerthin. 'Fel jôc.'

'Ie, ond dyw e ddim yn ddoniol, Harri!' meddai Heidi. 'Dwi wastad yn dweud wrtho fe am ddweud wrth Mrs Llwyd am y peth. Dangosa iddyn nhw.'

Siglodd Harri ei ben.

'Dangosa iddyn nhw Harri, dere.'

'Dyw e'n ddim byd mawr,' meddai Harri. 'Dim ond tynnu coes.'

Rhythodd Heidi arno.

Ochneidiodd a thynnu ei flaser. 'Mae'n edrych yn waeth nag yw e.' Dechreuodd ddatod rhai o fotymau ei grys a'i dynnu i lawr dros ei ysgwyddau. Roedd cleisiau dros ran ucha'i fraich i gyd.

'Iyffach!' ebychais. 'Sori, Harri. Ond mae'n edrych yn ... ofnadwy.'

Roedd rhai o'r cleisiau'n newydd sbon, ond roedd rhai eraill yn hen ac wedi melynu. Yr enw ar hynny yw bilirwbin. Dyna sy'n weddill pan mae dy gorff wedi casglu'r holl haearn o'r clais. Pwy a wŷr sawl clais oedd wedi diflannu'n gyfan gwbl?

'Waw, Roberts! Pwy sy wedi dy fwrw di?' meddai Brandon, gan ddod rownd y gornel.

'Dyw e'n ddim byd,' meddai Harri. 'Dim ond rhywbeth mae fy ffrindiau i'n 'neud.'

Roedd golwg ddryslyd ar wyneb Brandon. 'Byddwn i'n 'u chwalu nhw â hon, boi!' meddai, gan ddangos ei ddwrn.

'Dyw ffrindiau ddim yn gwneud hynny, Harri,' meddai Nate.

'Dyna dwi 'di bod yn ddweud,' meddai Heidi. 'Dyw ffrindiau ddim yn rhoi cleisiau i ti. Mae'n rhaid i ti ddweud wrth Mrs Llwyd neu Ms Fraser. Bydd rhaid i ni fynd i wersylla gyda nhw ar ôl hanner tymor!'

'Dyw e ddim mor ddrwg â hynny, Heidi! Maen nhw jyst yn ei wneud e fel jôc.'

Cododd Harri ei fraich a thynnu'r croen i gael gwell golwg arno.

'Harri, fyddai fy ffrindiau i byth yn gwneud hynny,' dywedais. 'Mae Miki wastad yn f'amddiffyn i.' Wnes i ddim sôn am y peiriant rhechu. Falle fod Mrs Llwyd wedi gosod dyfeisiau clustfeinio o gwmpas yr ysgol. Yn ôl y sôn, roedd hi wedi gosod CCTV mewn rhai llefydd. 'A beth sy'n ddoniol ynglŷn â bwrw pobl?'

Roedd bochau Harri'n fflamgoch. ''Dyw e ddim yn rhoi llawer o loes.'

'Arglwydd Mawr! Harri! Be ddigwyddodd?' Gollyngodd Gwenfair y bagiau yn ei dwylo a chydio ym mraich Harri. Tynnodd Harri ei grys yn ôl i lawr yn gyflym. 'Harri, be ddigwyddodd?' holodd Gwenfair eto, gan edrych ar bawb.

Edrychon ni ar ein gilydd. Ond ddywedodd neb yr un gair.

'Ddim un digwyddiad yw hwn. Pwy sy wedi bod yn gwneud hyn i ti?'

Mae'n rhaid bod Gwenfair wedi sylwi ar y bilirwbin hefyd.

Agorodd ddrws y stafell ddosbarth a dweud, 'Dere i mewn, Harri.'

Arhoson ni yn y cyntedd am ryw ddeg munud tra oedd Gwenfair a Harri yn eistedd yn siarad yn y stafell ddosbarth. Ar wahân i Heidi, roedd pawb yn hollol dawel.

'Ac maen nhw'n gwneud iddo fe brynu pethau iddyn nhw o'r ffreutur amser egwyl. Dwi'n poeni gymaint am y trip gwersylla,' meddai Heidi. 'Byddan nhw'n siŵr o roi ei babell ar dân neu rywbeth! Fel jôc.' Symudodd draw at ddrws y stafell ac edrych drwy'r ffenest. 'Druan o Harri. Beth ry'ch chi'n feddwl mae Gwenfair yn ei ddweud wrtho fe?'

Gwasgodd Brandon ei wyneb ar bwys ei hwyneb hi, gan wasgu ei drwyn yn erbyn y gwydr. 'Cynnig gwneud smwddi bresych iddo fe, siŵr o fod.'

Edrychodd Gwenfair draw a chododd Brandon ei fawd arni. Siglodd ei phen ac esgus bod yn grac gyda fe am ryw chwarter eiliad, cyn rhoi gwên enfawr iddo. Dwi'n credu ei bod hi'n hollol amhosib i Gwenfair fod yn grac gyda neb. Mae ei chorff yn llawn maeth a daioni: does dim lle i ddrwgdeimlad ynddo.

'Mae'n flin 'da fi, bawb! Diolch am aros mor amyneddgar! Dewch i mewn! Brandon, dere â'r bagiau 'na, os gweli di'n dda?'. Cerddon ni mewn rhes i'r stafell ddosbarth. Aeth Heidi yn syth at Harri, wrth i Gwenfair sefyll yn y blaen yn dweud, 'Felly, thema ein dosbarth ni heddiw yw goruwchfwydydd! Ein harwyr maethlon!'

Roedd yn anodd peidio â griddfan yn uchel.

'Ry'ch chi'n mynd i wneud ryseitiau *arbennig* o syml, *arbennig* o flasus, *arbennig* o iachus!' Curodd ei dwylo bob tro wrth ddweud *arbennig*. Roedd hi fel petai'n trio rhoi swyn arnon ni. 'Ewch i weithio mewn parau, ac fe ddof i ag iPad i chi er mwyn i chi allu dilyn eich rysáit ar YouTube! Ac ... fe gawn ni flasu bob un ohonyn nhw ar y diwedd!'

Cerddais gyda Maya i gegin yn y gornel wrth i Gwenfair roi iPad a bocs o gynhwysion i ni. Y tu mewn iddo fe, roedd cerdyn yn dweud *Nwdls corbwmpen gyda phesto afocado.*

'Nawr bydd y sbort yn dechrau!' meddai Gwenfair, a theipio'r rysáit i mewn i YouTube. Ymddangosodd menyw ar y sgrin. Roedd hi'n gwisgo colur du trwchus o gwmpas ei llygaid, â *flicks* perffaith ar yr ymylon. 'Dyna ni!' meddai Gwenfair. 'Bant â chi!'

Tapiodd Maya yr iPad a chychwynnodd y fideo. Americanes oedd y gogyddes, ac roedd hi o leia ganwaith yn fwy brwdfrydig na Gwenfair – sy'n swnio'n hollol amhosib. Roedd hi'n dweud, 'Mmmm!' ac 'Amdani!' bob munud. Nid dyna sut mae coginio'n digwydd yn ein tŷ ni. Bydd Dad yn gweiddi lan y staer arnon ni i ddod i helpu, ond yna'n treulio oesoedd yn cwyno fod y rysáit ddim yn gwneud synnwyr. Wedyn, bydd e'n llosgi ei hunan, cyn gweiddi, 'Pam does neb wedi gosod y bwrdd?' Erbyn y diwedd, bydd y larwm tân yn canu dros bob man. Fydd neb yn dweud, 'Mmmm!', ac yn bendant, fydd neb yn dweud hynny wrth ei fwyta.

Ar ôl i bawb orffen coginio, eisteddon ni wrth y bwrdd mawr yng nghanol y stafell. Arno roedd jwg o ddŵr, salad, bara surdoes wedi'i bobi gan Gwenfair (oedd yn edrych mor broffesiynol roeddwn i'n amau taw celwydd oedd hynny). Roedd hi wedi gosod ffiol o rosod melyn yng nghanol y bwrdd, ac roedd popeth yn edrych yn eithaf neis. Am unwaith, doedd dim ots 'da fi fwyta o flaen pobl yn yr ysgol.

Wrth i Brandon a Nate rannu eu bara fflat blawd cyflawn a'u potiau hwmws, soniai Gwenfair yn fyrlymus am rinweddau anhygoel ffacbys, fel petaen nhw'n archarwyr go iawn. Rhannodd Heidi'r reis roedd hi a Harri wedi'i wneud o flodfresych, wrth i Harri edrych mas drwy'r ffenest. Dywedodd Gwenfair fod popeth yn blasu'n anhygoel, a soniodd am gynnwys maethlon corbwmpenni. Doedd e ddim mor ddiflas ag y mae e'n swnio, am eu bod nhw'n cynnwys potasiwm, sef un o fy hoff elfennau cemegol. Dyna'r un sy'n llosgi â fflam lliw lelog ac sy'n gwneud twˆr enfawr o ewyn os wyt ti'n ei gymysgu â hydrogen perocsid. Dim ond unwaith ges i wneud yr arbrawf 'na a'r *bleach* perocsid mae Mam-gu yn ei roi ar ei gwallt, ond roedd e'n un da.

Gwrandawais ar Gwenfair yn sôn am flodfresych a thrio peidio â dangos 'mod i wedi diflasu. Roedd hi'n gwybod cymaint am fwyd, gallai hi gystadlu yn *Brainiacs* petai hi ddim yn rhy hen. Roedd hi'n edrych tua'r un oed â Dad, ond falle doedd hi ddim mor hen â fe. Falle'i bod hi wedi heneiddio'n gynnar achos yr holl wenu.

Pan ganodd y gloch, dywedodd Gwenfair, 'Jemeima, fyddai ots gen ti aros ar ôl am eiliad fach?'

Roeddwn i'n meddwl 'mod i mewn trwbwl i ddechrau, ond yna rhoddodd hi barsel bach i fi, wedi'i lapio mewn papur gwyrdd.

'Clywais i fod dy ben-blwydd di ddydd Sul, felly dyma anrheg fach i ti oddi wrtha i.'

'Ym, diolch. Pwy ddywedodd wrthoch chi am fy mhen-blwydd i?'

Gwenodd Gwenfair o glust i glust. 'O, dim ond deryn bach!'

Mae'n rhaid ei bod hi wedi gweld fy nghofnod ysgol. Doeddwn i ddim yn hollol siŵr bod hawl 'da hi i wneud hynny.

'Ro'n i hefyd eisie rhoi rhywbeth bach i ddymuno lwc dda i ti yn Niwrnod Dethol *Brainiacs*. Achos y gwyliau hanner tymor, wela i 'mohonot ti cyn hynny. Mae'n siŵr dy fod ti'n edrych 'mlaen at gael seibiant bach o 'nosbarth i! Ond gwranda' – eisteddodd ar ymyl y bwrdd – 'bydd llawer o blant eraill yn y gystadleuaeth. Falle y bydd pobl yn edrych arnat ti'n gas. Ond cofia, – fel y plant hynny – rwyt ti wedi *ennill* dy le yno a falle fod dy sgôr di hyd yn oed yn uwch na'u sgôr nhw. Felly, cofia sefyll yn syth a dal dy ben yn uchel, iawn?'

'Diolch, Gwenfair,' atebais, gan deimlo'i geiriau'n chwyddo y tu mewn i fi, fel petai 'nghalon i'n gwrando arni hi.

Ar y ffordd mas, stopiais a throi i'w hwynebu hi. 'Dwi'n hoffi eich dosbarthiadau chi, gyda llaw.' Roeddwn i'n teimlo braidd yn dwp, ac yn poeni ei bod hi'n meddwl i fi ddweud hynny achos yr anrheg. Ond roeddwn i'n gobeithio ei bod hi'n gwybod fyddwn i ddim yn gwneud hynny. Yn enwedig cyn i fi agor yr anrheg.

'Be gest ti?' sibrydodd Loti wrtha i yn y wers Fathemateg y prynhawn hwnnw wrth i Mrs Lee ddosbarthu ein papurau prawf o'r wers ddiwethaf. Roeddwn i'n gallu gweld naw deg chwech y cant mewn inc gwyrdd ar bapur Loti, ac ysgrifen droellog Mrs Lee yn dweud *Ardderchog*!

Doedd Loti ddim yn codi ofn arna i. Ddim yn y ffordd arferol. Ond byddwn i'n cael rhyw deimlad pigog rhyfedd yn fy mrest pryd bynnag y byddai hi'n siarad â fi. Fel petai slefren fôr wedi 'mhigo i. Mae celloedd llawn gwenwyn yn eu tentaclau nhw sy'n gallu treiddio drwy dy groen mewn milieiliadau. Falle fod celloedd fel 'na yn nhafod Loti.

Gorchuddiais fy mhapur prawf â 'mhenelin i a dweud, 'Naw deg.' Yn dwp iawn, meddyliais y byddai hynny'n gwneud iddi adael llonydd i fi.

Gwenai Loti mor galed nes bod ei hwyneb bron â chracio. Cododd ei phrawf a'i ddefnyddio fel ffan. 'Ges i *naw deg chwech!* Falle dylet ti fod wedi adolygu yn lle ...' Arhosodd nes bod Mrs Lee ar ben arall y stafell ddosbarth. 'Bwyta cymaint.'

Trodd Loti yn ôl i wynebu'r blaen. Symudais fy mhenelin oddi ar fy mhapur prawf ac edrych eto ar yr hyn roedd Mrs Lee wedi'i sgrifennu. 1*00%! Dere i fy ngweld i gael papurau mwy heriol!*

'Pam wnest ti ddim dweud dy sgôr cywir wrthi hi?' Sibrydodd Erin. 'Mae hi'n annioddefol!'

Codais f'ysgwyddau ac edrych yn ôl ar Loti. Roedd hi'n gwenu arni ei hunan yn y drych ar ei chas pensiliau. Roedd Erin yn iawn. Roedd hyd yn oed cefn pen Loti yn annioddefol.

Tapiodd Mrs Lee y sgrin ac ymddangosodd cyfres o hafaliadau heb ddatrysiadau.

'Nawr, cyn i ni ddechrau, hoffwn i roi llongyfarchiadau arbennig i Erik a Jemeima. Cafodd y ddau yma gant y cant yn y prawf!'

Teimlais fy mochau'n cochi wrth i bawb ddechrau clapio. Trodd Loti ei phen yn gyflym a syllu'n grac arna i. Roedd y teimlad pigog yn ôl yn fy mrest, ond yna sylwais ar Afzal a Jaz yn gwenu arna i o ben arall y stafell.

Dangosodd Erin y chwe deg pedwar y cant a oedd ar ei phapur hi, a sibrwd, 'Licen i fod fel ti!'

Ac yna, digwyddodd rhywbeth yn fy mola. Fel petai rhywun wedi tanio fflam bitw bach. Pwysais ymlaen. 'Paid â phoeni, Loti. Ddim brêns yw'r peth pwysicaf bob amser.' Ac yn ddamweiniol, sefais ar ei throed ar fy ffordd i flaen y dosbarth i ddatrys yr hafaliad cyntaf.

31

ARIANRHOD

Dydd Sadwrn cyntaf gwyliau'r hanner tymor oedd hi, y diwrnod cyn fy mhen-blwydd, ac roeddwn i wedi treulio'r bore i gyd yn adolygu. Dim ond dau ddiwrnod oedd i fynd tan Ddiwrnod Dethol *Brainiacs* ac roedd angen i fi ymarfer sillafu geiriau cymhleth ac adolygu hen hanes a llenyddiaeth y byd. Roedd hi'n mynd i fod yn wythnos hir.

Pan es i lawr staer, roedd drws y ffrynt yn agored led y pen a Dad wrthi'n rhoi bwrdd Lleuwen i mewn i fŵt ei char. Roeddwn i'n dal i fod yn fy nillad nos, felly doeddwn i ddim eisiau mynd mas.

'Mae fy egni seicig yn teimlo'n eithriadol o gryf heddiw!' meddai Lleuwen. Trodd rownd yn sydyn, fel petai hi'n gallu fy synhwyro i, a cherdded i mewn. 'Dwi'n gwneud ffair seicig heddiw yn Rhyd-y-blodau. Licet ti ddod gyda fi?'

Roedd Dad yn dynn ar ei sodlau. 'Dwi'n siŵr bod gan Jemeima waith cartref i'w wneud. Ac astudio ar gyfer *Brainiacs*. A dwi ddim isie iddi lenwi ei phen â ...'

Plethodd Lleuwen ei breichiau'n ddiamynedd.

'Gormod o wahanol bethau.'

'O, dere 'mlaen, Neif! Mae ei phen-blwydd hi fory! Ac mae'n ddiwrnod cynta hanner tymor! Mae'r penwythnos i gyd 'da hi i adolygu. Dim ond am awr neu ddwy fyddwn ni yno.' Edrychodd Lleuwen arna i. 'Ffansi trip bach?'

'Wel,' meddai Dad. 'Hoffet ti fynd gyda Lleuwen? Ro'n i'n gobeithio gallen ni fynd i gartref Mam-gu yn ddiweddarach. Mae te prynhawn a dawns yno.'

Meddyliais am y peth am lai na hanner eiliad.

'Bendigedig!' meddai Lleuwen. 'Bydd iacháu gyda grisialau, a reiki, a thywyswyr ysbrydol, aromatherapi ac mae Briallen yn dod â'i fan byrgyrs fegan!'

'Gaiff Miki ddod?' gofynnais.

'Wrth gwrs!' meddai Lleuwen, yn union wrth i'r larwm mwg ddechrau canu.

Rhedodd Dad i mewn i'r gegin gan weiddi, 'Gyda dy holl egni seicig, sut yffarn sylwaist ti ddim fod y tost yn llosgi?'

Ychydig funudau wedyn, wrth fwrdd y gegin, rhoddodd Dad blatiaid o dost wedi hanner llosgi ac afocado wedi'i stwnsio o 'mlaen i, ac eistedd. 'Gwranda, Jem ...'

Doedd dim angen bod yn seicig i sylweddoli ei fod e'n dechrau un o'i bregethau.

'Alla i ddim bwyta tost sy wedi llosgi. Mae'n ddrwg i ti,' dywedais. 'Mae *acrylamide* ynddo fe.'

'Nac oes, afocado,' meddai Dad gan chwerthin. 'Nawr, gwranda. Mae llawer o syniadau *diddorol* am y byd 'da Lleuwen a'i ffrindiau yn y ffeiriau seicig hyn. Fel Mam-gu. Ta beth, fel rwyt ti'n gwybod, does 'da fi ddim eu–'

'Dawn?' cynigiais.

Gwenodd Dad. 'Yn union. Eu dawn. A dwi ddim wir eisie iddyn nhw ei rannu â ti chwaith. Mae'r ffeiriau hyn yn denu pobl digon od. Dwi wedi dweud yn bendant wrth Lleuwen i beidio â gadael i ti siarad ag unrhyw dywyswyr ysbrydol na gwrachod nac ysbrydion neu beth bynnag.'

'Paid â phoeni, Dad. Dyw hi ddim yn Galan Gaeaf eto.'

'Ti'n gwybod be sy 'da fi.'

Tynnais fy ffôn mas a thapio'r sgrin. 'Mae Miki yn dweud ei fod e am ddod.'

'Da iawn! Dwi'n falch bod rhywun call yn mynd 'da ti!' Roedd yn hollol nodweddiadol o Dad ei fod e'n meddwl bod rhywun â pheiriant rhechu yn gall.

Es at y bin bara i wneud rhagor o dost, ac edrychodd Dad arna i'n rhyfedd.

'Ym, Jemeima! Dwi'n gwybod bod pobl yn y ffeiriau hyn yn gwisgo braidd yn hurt. Does ond rhaid i ti edrych ar Lleuwen. A fyddwn i ddim fel arfer yn dweud wrthot ti beth i'w wisgo, na fyddwn i? Gwisga beth bynnag lici di o gwmpas y tŷ! Ond … mae'r ffrog 'na sydd amdanat ti … Wel, mae hi'n ffrog neis! Rwyt ti'n edrych yn neis. Ond dwi ddim yn siŵr ydy hi'n iawn i'r ffair.'

'Dad, fy ngŵn nos i yw hon.'

'Ha! Iawn! Ardderchog! Dyna ni, 'te. Cer i wisgo!' Doedd e ddim yn gallu diflannu o'r gegin yn ddigon cyflym.

Arhosais nes bod Dad wedi mynd yn ei gar, cyn mynd lan lofft i eistedd o flaen y drych. Yn ofalus, taenais haen o'r sialc gwallt dros bob rhan o 'ngwallt nes ei fod yn debyg i enfys. Enfys yn llawn golau trydanol fflwroleuol. Codais a throelli o gwmpas, 360 gradd. Efallai fod y cemegau mewn sialc gwallt yn gwneud rhywbeth rhyfedd i dy lygaid. Achos roedd golwg dda arna i. Yn well na da, hyd yn oed.

Tynnais hunlun a'i anfon at Miki, gyda neges yn dweud: barod??

Anfonodd neges yn ôl: omb!!!! 😊

Gwisgais bâr o legins a ffrog felen â phatrymau trionglog wnaeth Lleuwen i fi sbel fach yn ôl. Roeddwn i'n ei hoffi hi achos bod y defnydd yn ymestyn ac roedd hi'n mynd dros fy mhengliniau. Hefyd, roedd y trionglau i gyd yn hafalochrog. Roedd hynny'n golygu, petawn i'n diflasu, y gallwn i ymarfer geometreg. Cydiais yn fy nghardigan ac es i lawr y staer.

Rhythodd Lleuwen arna i'n gegagored. 'Jemeima! Dy wallt di!'

'Ydy e'n edrych yn iawn?' Chwaraeais â chudyn oren llachar ar bwys fy wyneb.

Rhoddodd Lleuwen ei dwylo ar fy mochau. 'Mae'n edrych yn anhygoel! Fel enfys! Ond ... ti'n gwybod y bydd dy Dad yn dy ladd di, on'd wyt ti?'

'Fe olcha i e'n syth ar ôl dod 'nôl, felly does dim rhaid iddo fe wybod am y peth. Ta beth, dwi'n dair ar ddeg fory.

Galla i liwio 'ngwallt shwt bynnag dwi eisie wedyn.'

Aeth Lleuwen â fi drwy'r drws, i lawr y dreif, drwy'r gât ac i mewn i'w char mewn un symudiad gosgeiddig. Dyna pam mae Lleuwen mor arbennig. Mae hi'n gwneud i bopeth edrych yn hudolus.

Pan gyrhaeddon ni dŷ Miki, dywedodd ei fam, 'Waw, Jemeima! Dwi'n dwli ar dy wallt di!'

'Arigatou gozaimasu,' atebais, gan symud fy ngwallt i'r ochr.

'Dywedodd Miki fod dy fodryb Lleuwen yn gwneud darlleniadau seicig. Bydd rhaid i fi gael ei rhif hi.'

Daeth Miki i lawr y staer a sefyll wrth y drws. Mwythodd ei fam ei wallt.

'Jemeima wa kyou mo kawaii ne, on'd yw hi?'

Nodiodd Miki wrth i Niko gerdded draw at gar Lleuwen.

'Dywedodd hi dy fod ti'n edrych yn bert,' meddai Miki. 'Jem, mae dy wallt yn edrych yn *ffosfforesgol!'*

'Ym, diolch. Pam wyt ti'n siarad fel 'na?'

'O'n i'n meddwl byddet ti'n hapus! Cafodd Mam ryw ap i fi o'r enw'r Doctor Geiriau. Ti'n teipio gair i mewn ac mae geiriau mwy yn ymddangos wedyn, sy'n golygu'r un peth. Dwi'n mynd i'w ddefnyddio fe drwy'r amser nawr!'

'Dwi ddim yn gwybod, Miki,' dywedais, gan gerdded yn ôl i'r car. 'Ti newydd ddweud wrtha i bod fy ngwallt i'n debyg i ddamwain ymbelydrol.'

Chwarddodd Miki. 'O iyffach! Mae'r ap yma hyd yn oed yn well nag o'n i'n feddwl!'

'Joiwch, chi'ch dau!' Galwodd Niko wrth i ni yrru bant.

'Diolch, Mam!' gwaeddodd Miki drwy'r ffenest, gan dapio'i ffôn. 'Gobeithio cei di ddiwrnod *amheuthun*!'

Teithion ni am ryw hanner, ac yna daeth Lleuwen i stop y tu fas i neuadd bentre lle roedd arwydd yn dweud: *Ffair Seicig Llygaid y Bydysawd*. Chymerodd hi ddim llawer o amser i helpu cario pethau Lleuwen i mewn. Does dim llawer o offer gyda hi. Mae hi'n dweud does dim angen offer arbennig arni hi heblaw am ei chardiau tarot a'r Ddawn mae hi wedi'i hetifeddu gan Mam-gu. Etifeddodd ei bwrdd plygu ganddi hefyd.

Crwydrodd Miki o gwmpas, gan aros ar bwys stondin oedd yn gwerthu dalwyr breuddwydion tra oeddwn i'n sgrifennu arwydd Lleuwen.

Lleuwen Llywelyn
Darlleniadau Tarot *Darlleniadau Awra* Doethineb Serol
Dewch i weld eich dyfodol!

ARIAN PAROD YN UNIG

Ym mhob cornel tynnais lun seren wib. Agorodd Lleuwen ei cheg, fel petai hi ar fin dweud rhywbeth, ac yna newidiodd ei meddwl.

'Diolch yn fawr iawn am helpu. Nawr, mae angen munud fach o lonydd arna i, i grynhoi fy egni.' Rhoddodd ychydig o arian i fi. ''Co ti. Cer i fwynhau dy hun.'

Des i o hyd i Miki ar bwys stondin wedi'i gorchuddio â defnydd porffor, a cherflun enfawr o Bwdha yn y canol. Rhoddodd bwniad bach i fi, a phwyntio at hen wraig oedd yn eistedd wrth fwrdd gyferbyn â ni. Roedd ei harwydd yn dweud:

Arianrhod Gyfrin
Darllen Dwylo
Mae eich tynged yn eich dwylo

Yn ddamweiniol, daliais lygaid Arianrhod Gyfrin. Pwysodd hithau ymlaen, fel petai hi am ddweud holl gyfrinachau'r bydysawd wrthon ni. Cofiais am Dad yn dweud wrtha i am beidio â siarad â 'thywyswyr ysbrydol'. Tybed oedd darllenwyr dwylo'n dod o dan y categori hwnnw?

'Dere!' meddai Miki, gan dynnu 'mraich. 'Does neb erioed wedi dweud fy ffortiwn i!'

Cyn i fi gael cyfle i brotestio, roedd Miki wedi eistedd ac roedd yr hen wraig yn dal ei law chwith. Es i nôl cadair ac eistedd wrth ei ochr.

'A! Llaw ddyfrllyd!'

Edrychodd Miki arna i. Codais f'ysgwyddau.

'Artist!' meddai Arianrhod, gan syllu'n ddwys ar gledr llaw Miki fel petai'n ffynnon ddofn. 'Mae gennyt ddoniau rhyfeddol, fachgen. Doniau eithriadol.' Tapiodd ei law â'i llaw hithau. 'Rwyt ti'n ddawnus, yn garedig ac yn llawen! Rhaid i ti ofalu am y rhinweddau hyn!' Parhaodd i siarad, gan symud ei bys dros ei law, gan sôn am linellau'r galon a llinellau'r pen a'u harwyddocâd.

Roeddwn i'n gwybod am y llinellau hyn ar ein dwylo ni. Darllenais amdanyn nhw yn fy llyfr am anatomeg y corff dynol. Eu henwau nhw yw rhychau plygiant y cledrau. Maen nhw yno er mwyn i ti allu ymestyn a chywasgu dy law. Ond dwi ddim yn credu bod taten o ots gan Arianrhod Gyfrin am gynnwys llyfrau anatomeg.

'Bydd yn hyderus,' meddai wrth Miki. 'Bod ar y llwyfan yw dy dynged.' Plygodd ei phen.

'Glywaist ti hynna?' meddai Miki. 'Y llwyfan! Mae hynna mor od.'

'Ydy, rhyfedd iawn.' Wnes i ddim crybwyll y ffaith ei fod e'n gwisgo hwdi *Les Miserables* a chap *Miss Saigon*.

Roeddwn i ar fin sefyll pan gydiodd yr hen wraig yn fy llaw a'i thynnu tuag ati. Daliodd hi'n dynn a'i harchwilio fel petai'n ddysgl Petri.

'Be sy'n bod?' holais, ond siglodd ei phen yn araf.

'Dim byd, fy merch i. Diwedd y darlleniad.' Plygodd ei phen eto a sylwais ei bod hi'n gwisgo clustdlysau siâp dwylo, gyda llygaid bach yn y canol. Fel tatŵ Mam-gu.

'Welsoch chi rywbeth yn fy llaw?' gofynnais. 'Rhywbeth gwael?'

Mae'n rhaid ei fod e'n wael iddi wrthod dweud wrtha i. Roeddwn i'n gwybod yn barod, drwy Lleuwen, fod pobl seicig ddim yn datgelu darlleniadau negyddol. Codais gerdyn o'r enw Marwolaeth unwaith, a llwyddodd Lleuwen i wneud i hwnna swnio'n bositif, hyd yn oed.

Pwysodd Arianrhod ymlaen ac edrych arna i am amser hir. Fel petawn i'n bos i'w ddatrys. Cydiodd yn fy llaw eto ac edrychais i fyw ei llygaid. Roedden nhw'n frown tywyll, dwfn, ac yn llawn egni – fel sêr yn ffrwydro. Roedd y bydysawd i gyd fel petai'n edrych yn ôl arna i. Sylwais ar dameidiau bach o lwch yn arnofio yn yr heulwen rhyngom ni. Cododd fy llaw ac yna'i chau, fel petai hi'n trio dal y golau.

'Fe ddoi di o hyd i'r hyn rwyt ti wedi bod yn chwilio amdano, fy merch i.' Wedyn, gollyngodd fy llaw.

Roedd fy meddwl rhesymegol yn dweud wrtha i bod fy llaw yn methu datgelu dim am fy nyfodol. Ond yn rhyfedd iawn, wrth edrych i lawr arni, roeddwn i'n teimlo fel petai'r llinellau bach dwfn yn fy nghroen yn fwy gwerthfawr nag erioed.

32

TYNFA DISGYRCHIANT

Y tu fas i'r ffair seicig, roedd Miki a fi yn eistedd ar bwys fan byrgyrs fegan Briallen, tra oedd Lleuwen wrthi'n dweud ei ffortiwn olaf am y dydd yn y ffair. Edrychodd neb ddwywaith arna i. Falle achos bod fy ngwallt enfys yn eithaf diflas o'i gymharu â'r hyn roedd llawer o bobl eraill yn ei wisgo. Gwelais i ddyn â thatŵs yn gorchuddio bob un fodfedd o'i wyneb. Byddai Dad yn mynd yn benwan petawn i'n gwneud hynny.

'Felly, beth wyt ti'n feddwl?' gofynnais i Miki, gan feddwl o hyd am lygaid Arianrhod yn pefrio y tu ôl i ronynnau bach o lwch, a'r geiriau: *Fe ddoi di o hyd i'r hyn rwyt ti wedi bod yn chwilio amdano.*

'Braidd yn rhyfedd,' meddai Miki, gan gymryd llwnc mawr o Fanta. Rhoddodd ei law ar ei frest, fel petai'n aros i dorri gwynt. Roeddwn i'n nabod Miki yn ddigon da i wybod taw dyna oedd yn digwydd, fwy na thebyg. 'Mae'n blasu fel ffa pob.'

'Arianrhod o'n i'n feddwl, Miki, ddim y byrgyr!'

Llyfodd sos coch oddi ar ei fysedd a dweud, 'Wel, dwi'n meddwl ei bod hi'n iawn. Dwi'n bendant yn credu y gallwn i fod yn actor enwog ryw ddydd.'

'A beth amdana i? Oedd hi'n sôn am Mam?'

'Ym, dim syniad' meddai Miki. 'Ddywedodd hi ddim 'dy fam', naddo? A dwyt ti ddim wedi bod yn chwilio amdani hi, felly ...'

Rhoddais y byrgyr roeddwn i ar ganol ei bwyta i lawr, a syllu ar y llawr.

'Ond, roedd hi'n siŵr o fod yn sôn am dy fam, on'd oedd hi? Beth bynnag roedd hi'n feddwl – dy fam fwy na thebyg – mae'n bendant yn newyddion da.' Daeth sŵn 'ping' o'i ffôn. 'Mam fydd 'na. O na, beth? Loti sy 'na.' Daliodd ei ffôn lan.

Loti: Hei, mae ffilm 'da fi – licet ti ei gwylio rywbryd wythnos nesa?

Roedd hi wedi anfon llun o ffilm *Mary Poppins* ato. Teimlais yn sâl ar unwaith. Ddim achos bod Loti, yn gyffredinol, yn codi cyfog arna i. Ond achos 'mod i'n gwybod beth roedd hi'n trio'i wneud. Yr un peth ag roedd hi wedi'i wneud gydag Alina. Roedd hyd yn oed y syniad o golli Miki fel ffrind yn gwneud i fi deimlo fel petawn i yn y gofod pell, a'r tanc ocsigen wedi ffrwydro.

Dechreuais ffidlan â 'nghan diod i. 'Be wyt ti am 'i ddweud?'

'Hmm! Dim syniad,' meddai Miki. 'Byddai treulio amser gyda Loti yn ofnadwy. Tybed beth yw awgrym y Doctor Geiriau?' Tapiodd ei ffôn. 'Beth am, *Mae'n flin 'da fi, Loti, byddai hynny'n peri gwewyr i fi?'*

Chwarddais a siglo 'mhen i.

'Rhy gryf? Iawn, beth am, *Byddai hynny'n echryslon?* Beth mae'r gair 'na'n feddwl, ta beth?'

'Mae'n golygu bod rhywbeth yn hollol arswydus a dychrynllyd. Falle'i fod e braidd yn rhy gryf, hyd yn oed i Loti Freeman.' Cymerais gnoad o 'myrgyr i a meddwl am funud. 'Beth am 'merfaidd'? Mae'n golygu diflas ac anniddorol. Mae'n dod o'r gair Hen Wyddeleg *meirb*, sy'n golygu difywyd, felly ...'

Rhoddodd Miki ei ffôn i lawr a rhythu arna i.

'Be? Oes sos coch ar fy wyneb i?'

'Jemeima Fychan, os nad ei di drwodd i *Brainiacs*, wna i fwyta mil o fyrgyrs fegan.'

Pan gyrhaeddais i adre, y peth cyntaf sylwais i arno oedd wyneb Dad. Roedd golwg arno fel petai e wedi gweld ysbryd. Ond, yr hyn roedd e wedi'i weld mewn gwirionedd oedd fy ngwallt ffosfforesgol.

'Beth ar WYNEB Y DDAEAR rwyt ti wedi'i wneud i dy wallt?' gwichiodd, gan lamu oddi ar y soffa'n gyflymach nag oeddwn i wedi gweld mamal yn symud erioed. 'Jemeima!'

Saethodd Jasper mas o'i stafell a hanner ffordd i lawr y staer. 'O-o! Mae Jemeima wedi troi'n wyllt.'

Rhythais arno, gan deimlo fel petai pelydrau marwol yn saethu o fy llygaid i.

'Be WYT ti wedi'i wneud?' meddai Dad eto, hyd yn oed yn uwch.

Roedd e'n edrych braidd yn grac, felly penderfynais mai'r peth gorau fyddai gwadu 'mod i'n gwybod dim byd am y peth. 'Fy ngwallt i? Be wyt ti'n feddwl?' holais yn ddiniwed, a cherdded draw at y drych. 'O iyffach! Be sy wedi digwydd?' Roeddwn i'n teimlo'n eitha balch o fy ngallu actio. Falle fod rhywfaint o ddawn Miki wedi cael ei throsglwyddo i fi. 'Dad, does dim syniad 'da fi, wir, sut digwyddodd hyn.'

Siglodd Dad ei ben eto. Mewn ffordd ddrwg. 'Lleuwen? Alli di esbonio hyn?'

Daeth Lleuwen i mewn a rhoi ei bag i lawr. 'Gallaf. Mae hi'n brydferth iawn!'

Siglodd Dad ei ben eto, yn fwy chwyrn fyth. Rhybuddiais e y gallai niweidio'i ymennydd wrth wneud hynny. Wnaeth e ddim gwerthfawrogi hynny.

'Reit, mae'n bryd i ti ddechrau esbonio pethau, Jemeima! Dywedais i wrthot ti – dim lliwio dy wallt! A drycha arnat ti!'

Llyncais fy mhoer. 'Roedd 'na hen fenyw yn y ffair.'

Rhoddodd Dad ei law ar ei dalcen a chau ei lygaid. 'Dwi ddim yn credu 'mod i eisie clywed hyn.'

'Mae'n rhaid taw gwrach oedd hi. Darllenodd hi fy llaw, ac ar ôl hynny, ro'n i'n teimlo braidd yn benysgafn. O feddwl am y peth, fe wnaeth hi gyffwrdd â 'ngwallt i. Roeddet ti'n iawn am y gwrachod 'na yn y ffeiriau, Dad.'

'Hei!' meddai Lleuwen, gan roi pwniad i Dad yn ei asennau.

Ochrgamodd oddi wrthi hi. 'Swyn,' meddai. 'Ar dy wallt.'

'Mae'n digwydd weithiau mewn ffeiriau, Dad. Ddywedaist ti hynny dy hunan. Maen nhw'n denu pobl digon od.'

'Neif!' meddai Lleuwen. 'Alla i ddim credu dy fod ti wedi dweud y fath beth wrth Jemeima am fy ffrindiau i!'

'Ddywedais i 'mo hynny ... "Cymeriadau diddorol" ddywedais i.'

Daliais ei lygaid i ddweud wrtho 'mod i'n gwybod ei fod yn dweud celwydd.

'Ta beth, Jemeima, dwi erioed wedi clywed y fath nonsens yn fy mywyd! Ac yn y teulu 'ma, mae hynny'n ddweud mawr!'

Troais yn ôl i wynebu'r drych. 'Dyw e ddim yn fai arna i fod rhywun wedi rhoi swyn arna i.'

Mwythodd Lleuwen fy ngwallt a wincio arna i yn y drych. 'Ti'n gwybod, Neif, dwi 'di gweld y math yma o beth yn digwydd o'r blaen.'

Ochneidiodd Dad.

'Yn ffodus, dyw hyn ddim yn edrych fel swyn parhaol i fi. Mae'n un o'r swynion y galli di ei olchi mas.' Cusanodd dop fy mhen.

'Gobeithio wir! Neu fyddi di ddim yn mynd mas am fwyd fory! Pen-blwydd neu beidio!' Pwyntiodd Dad at y staer. 'Bant â ti!'

Wrth i fi fynd lan lofft, sibrydodd Jasper, 'Mae dy ben yn debyg i wy Pasg.'

Bwriais i fy mag yn ei erbyn wrth gerdded heibio a dweud, 'Damwain.'

Es i'n syth i'r stafell 'molchi a throi'r gawod ymlaen, ond roeddwn i'n gallu eu clywed nhw'n sôn amdana i lawr staer, felly es i mas i'r landin i wrando.

'Neif, does dim eisie gwneud ffws am y peth,' meddai Lleuwen. 'Lliwiodd hi ei gwallt am un diwrnod! Mae hi'n dair ar ddeg fory. Oes ots os yw hi eisie lliwio'i gwallt? Dwi ddim yn gwybod pam rwyt ti mor grac am y peth.'

Gwenais. Roedd Lleuwen wastad yn f'amddiffyn i rhag gormes Dad.

'Roeddet ti'n arfer lliwio dy ffrinj yn las llachar.'

'Ro'n i yn y coleg bryd hynny!'

'Mae hynny'n waeth!' meddai Lleuwen gan chwerthin. 'Dyw Jemeima ddim yn rhoi loes i neb.'

'Wnaeth hi roi loes i fy llygaid i,' meddai Jasper. 'Wna i byth anghofio'r olwg oedd arni.'

Ochneidiodd Dad mor galed, roeddwn i bron yn gallu teimlo'r llawr yn dirgrynu. 'Cadwa di mas o hyn, Jasper. Gyda'r holl fusnes *pwysau* 'ma ...' Dywedodd e'r gair 'pwysau' yn dawel, fel petai'n air drwg. 'Dwi ddim eisie iddi dynnu sylw ati hi ei hunan, ti'n deall? Mae'r peth wedi bod yn y papur yn barod. Wedyn lliwio'i gwallt – fel ffrwydrad mewn ffatri baent. Dwi ddim eisie i bobl ...'

Es i mewn i'r stafell 'molchi a chau'r drws. Doeddwn i ddim eisiau clywed dim byd arall. Tynnais fy nillad, sefais yn y gawod, a gadael i'r dŵr gymysgu â'r dagrau. Ymdroellodd y lliwiau i lawr twll y plwg, fel enfys neon yn ymdoddi. Yn y diwedd, y cyfan oedd ar ôl oedd swigod llwydlas fy siampŵ.

Yn ddiweddarach, curais ar ddrws Jasper i ofyn am fenthyg ei chwaraeydd CDs. Agorodd gil y drws a dweud, 'Pam wyt ti'n methu defnyddio'r un lawr staer?'

'Na, Jasper! CD ... adolygu yw e. Dwi angen y peth er mwyn astudio.'

'Does 'da fi ddim syniad ble mae e.'

'Iawn. Bydd rhaid i fi ddweud wrth Dad fod Taran ar goll, felly.'

'Shh! Iawn, iawn!' Estynnodd ei law y tu ôl i'r drws, a rhoi ei chwaraeydd CDs i fi. 'Paid â'i dorri e.'

Yn ôl yn fy stafell wely, ymbalfalais drwy focs Mam nes i fi ddod o hyd iddo. Roedd crac ar draws y câs, ond roedd golwg weddol dda ar y CD y tu mewn. Dyma fi'n cynnau fy lamp, yn gorwedd ar fy ngwely, yn rhoi'r clustffonau i mewn a gwasgu *play*. Roedd sŵn garw a hen ffasiwn i'r caneuon, fel petaen nhw i fod cael eu chwarae ar chwaraeydd recordiau. Roedd y gân gyntaf yn sôn am leuad wen wedi'i gwneud o bapur, ond fyddai hon ddim yn ddigon trwm i aros mewn tynfa disgyrchiant planed. Roeddwn i ar fin diffodd y CD a gwylio ffilm, ond wedyn daeth cân o'r enw, *Dream a Little Dream of Me*. Roedd y geiriau'n sôn am sêr a phelydrau'r haul yn pylu a theimlo'n unig a hiraethu am rywun, a do'n nhw ddim yn teimlo'n rhy afreal.

Pwysais y botwm *pause*. Ond roeddwn i'n dal i glywed y gân achos 'mod i'n cofio llais Mam yn ei chanu i fi. Cofiais am y golau oedd yn arfer bod ar bwys fy ngwely, gyda'r siapiau sêr bach wedi'u torri o'r lamplen oedd yn gwneud i fy nenfwd fod yn debyg i'r Llwybr Llaethog. Yr un nenfwd roeddwn i'n edrych arno nawr. Cofiais sut deimlad oedd cael breichiau Mam o 'nghwmpas i, a'i llais Ffrengig swynol yn canu'r gân drosodd a throsodd.

Tynnais fy nghlustffonau a chodi ar fy eistedd. Arhosais felly am oesoedd, yn syllu i'r gofod, yn meddwl am y Ddaear. Meddyliais am ei harwynebedd, sy'n ymestyn dros ddau gan miliwn milltir sgwâr. Ac yn rhywle, y funud honno, yn un o'r milltiroedd sgwâr hynny, roedd Mam. Roeddwn i'n dal i deimlo tynfa ati – fel tynfa disgyrchiant. Y teimlad o berthyn iddi, sydd heb ddiflannu, er iddi hi ddiflannu.

A dyna pryd ddaeth y teimlad.

Teimlad amhosib ei gamgymryd. Teimlad cyfarwydd. Roeddwn i'n groen gŵydd i gyd. Rhedodd ias dros fy nghalon. Roeddwn i'n sicr bod Arianrhod yn hollol gywir pan ddywedodd y byddwn i'n dod o hyd i rywbeth, o'r diwedd. Ond doedd hi ddim yn sôn am Mam.

'JASPER!' Gwaeddais mor uchel ag y gallwn, gan gadw 'mhen i'n hollol lonydd. 'JASPER!'

Gwichiodd y llawr y tu fas i'r stafell cyn i'r drws agor. Llifodd paladr o olau melyn dros fy ngharped.

'Jemeima! Dwi'n trio ymarfer tric! Gobeithio nad wyt ti wedi torri 'mheiriant CDs i. Be sy'n bod?'

243

'Nid *beth*, ond *pwy!*' Yn ofalus, pwyntiais at fy mhen a rhythu'n grac ar Jasper.

Symudodd Jasper yn nes. Ebychodd wrth weld coesau blewog Taran yn cerdded yn araf i lawr ochr fy wyneb. Wyth coes i gyd.

'Jasper,' dywedais, drwy 'nannedd, 'Dwi'n mynd i dy ladd di. Yn llythrennol.'

33

LLEUAD LAWN

Pan ddihunais i drannoeth, roeddwn i'n 4,748 diwrnod oed. Neu 156 mis. Neu'n dair ar ddeg mlwydd oed. Roeddwn i wedi bod ar y ddaear yn ddigon hir iddi droelli dair gwaith ar ddeg o gwmpas yr haul. Roeddwn i wedi cyrraedd fy arddegau – yn swyddogol. Ac roeddwn i'n credu bod hynny'n achos dathlu.

'Pen-blwydd hapus, Jem fach!' canodd Lleuwen wrth ddod i mewn i fy stafell. Agorodd y llenni a rhoi cusan ar fy moch. Byddai hi wastad yn codi'n gynnar ar fore fy mhen-blwydd. 'Mae dy dad newydd fynd i nôl Mam-gu. Gobeithio byddi di'n ei hoffi hi!' O rywle, cyflwynodd ffrog las saffir i fi, sef y lliw mae cobalt ocsid yn ei greu. Fflachiodd cannoedd o secwins aur yn yr heulwen. Dwi'n siŵr y byddai Emma Watson yn gwisgo ffrog fel hon ar ei phen-blwydd. Ond roedd y ffrog yn fy maint i. Codais o'r gwely a rhoi cwtsh i Lleuwen.

'Mae'n anhygoel, Lleuwen! Diolch!' dywedais, wrth iddi fy helpu i'w gwisgo.

Gwnaeth Lleuwen ychydig o addasiadau fan hyn a fan draw a'i hongian ar ddrws fy wardrob yn barod i'w gwisgo'n hwyrach, cyn peintio fy ewinedd a rhoi gliter ar fy amrannau.

'Mae dy lygaid yn edrych yn fwy disglair na'r sêr!' ebychodd Lleuwen, gan roi cusan ar fy nhalcen.

Edrychais yn y drych a blincio unwaith neu ddwy. Allwn i 'mo'u gweld nhw'n disgleirio, ond fe wnes i ddymuniad i'r sêr beth bynnag.

Plis gaf i beidio â gwneud cawlach o *Brainiacs*.

Lawr staer, cyrhaeddodd Dad yn ôl gyda Mam-gu. Dywedodd, 'Pen-blwydd hapus, cariad,' a rhoi cwtsh i fi. 'Mae'n flin 'da fi am ddoe. Wnes i orymateb, braidd, ynglŷn â dy wallt di.'

'Do, braidd,' mwmialais, gan helpu Mam-gu mas o'i chadair ac i'r soffa.

'Mae'n dda dy weld di'n edrych yn normal eto,' meddai Dad. 'Beth am ganolbwyntio ar gael diwrnod da, ife?'

Eisteddon ni i gyd yn y lolfa i fwyta ein brecwast o croissants – oedd wedi llosgi braidd – wrth i fi agor fy anrhegion. Rhoddodd Dad focs anferth i fi, wedi'i lapio mewn papur arian. Y tu mewn, roedd arwydd neon pinc llachar yn dweud:

'Wna i ei roi e lan yn dy stafell di wedyn, os hoffet ti?'

'Diolch, Dad. Dwi'n dwli arno.' Cymerais lymaid o fy sudd afal pefriog am 'mod i'n gallu teimlo dagrau'n pigo fy llygaid. Ond doedd hynny ddim yn syniad da gan i fi ddechrau igian wedyn. Dwi ddim yn gwybod pam byddai golau Jemeima wedi gwneud i fi deimlo fel llefain. Dyw e ddim hyd yn oed yn drist. Ond wrth weld fy enw wedi'i sgrifennu mewn neon pinc, gan Dad, doeddwn i ddim yn teimlo'n ddiwerth. Falle fod Jemeima yn berson digon derbyniol.

'Co,' meddai Jasper, gan daflu parsel ata i. 'Ungorn sy'n cachu clipiau papur yw e.' Mae Jasper wastad yn dweud wrthot ti beth sydd yn dy anrheg cyn i ti ei hagor hi.

Ges i docynnau llyfr gan Mam-gu – sef ei hanrheg i fi bob blwyddyn – a rhoddodd Lleuwen barsel siâp llyfr yn fy llaw. 'Ife *Sut i fod yn Brainiac mewn Naw Diwrnod* yw e?' gofynnais.

Gwenodd Lleuwen. 'Nage! Ond dwi'n gwybod y byddi di'n ei hoffi e.'

Dywedodd Mam-gu, 'Falle gallet ti brynu hwnna â 'nhocyn llyfr i, cariad.'

'Diolch, Mam-gu.' Agorais y papur lapio. *Atlas y Sêr* oedd y teitl, ac mewn sgrifen aur: *Dy ganllaw i awyr y nos.* 'Waw!' ebychais, gan droi drwy'r tudalennau o fapiau'r awyr. 'Mae hwn yn ffantastig.'

'Llyfr perffaith i seryddwraig.' Edrychodd Lleuwen arna i am amser hir, fel petai hi'n gwybod yn union sawl gwaith roeddwn i wedi gwneud dymuniad ar y sêr.

Rhoddais fy nghardiau ar y silff ben tân, gan drio peidio â meddwl am un Mam, oedd ddim yno. Bob blwyddyn byddwn i'n fy atgoffa fy hun taw peth twp oedd meddwl y byddai hi'n anfon rhywbeth. Er hynny, allwn i ddim peidio â gobeithio y gallai eleni fod yn wahanol. Byddai'r syniad yna'n llenwi'r gwagle yn fy nghalon. Ac yna, pan fyddai dim byd yn cyrraedd, byddwn i'n perswadio fy hunan ei bod hi wedi bwrw ei phen ac wedi cael amnesia neu rywbeth fel 'na. Neu ei bod hi'n byw yn rhywle heb wasanaeth post, fel yr Orsaf Ofod Ryngwladol. Ond allwn i byth gredu hynny'n llwyr.

Rhoddodd Dad ei fraich o gwmpas f'ysgwydd i a'i gwasgu. 'Fe gawn ni ddiwrnod da, dwi'n addo. Hei, mae 'na anrheg heb 'i hagor fan hyn.' Cododd focs gwyrdd o'r ochr.

'O, mae hwnna oddi wrth Gwenfair,' atebais. 'Ac ydw, dwi'n gwybod. Mae'n beth rhyfedd i'w wneud.'

'Dwi ddim yn meddwl ei fod e'n rhyfedd. Mae'n beth caredig iawn i'w wneud! Dyw hi ddim mor greulon â hynny, nag yw?'

Rhythais arno'n oeraidd. 'Dy'n ni ddim yn gwybod be sy ynddo fe 'to. Paced o hadau quinoa neu rywbeth yw e, fwy na thebyg.'

Siglodd Dad y pecyn yn ofalus. 'Hmm, dwi ddim yn siŵr,' meddai, gan ei roi i fi. 'Mae'n teimlo'n debycach i tofu.'

Agorais y bocs. Ynddo, roedd cylch allweddi â seren yn hongian oddi arno.

'Hyfryd! Diolch, Gwenfair Rhydderch-Prys!' Rhoddais y cylch yn sownd ar sip fy rycsac a dyna pryd y sylwais ar eiriau wedi'u hysgythru ar yr ochr arall: *Galli di wneud pethau anhygoel.*

'On'd yw hwnna'n hyfryd!' meddai Dad, gan ei ddarllen dros f'ysgwydd. Ac roeddwn i'n cytuno â fe, gant y cant.

Treuliais weddill y dydd yn trio curo fy sgôr uchaf yn Scrabble, nes i fi guro Dad dair gwaith. Ar ôl hynny, gorfododd e ni i fynd am dro i lan y môr. Wedyn, enillais i yn erbyn Jasper ar beiriant *Zombie Crush* yn yr arcêd. Yr holl ffordd adre, mynnodd ei fod e wedi gadael i fi ennill achos ei bod hi'n ben-blwydd arna i, ond celwydd llwyr oedd hynny. Hyd yn oed petaen ni'n chwarae ar fy niwrnod olaf ar wyneb y ddaear, a minnau'n marw o afiechyd prin ac erchyll, byddai Jasper yn dal i drio fy nhrechu i'n llwyr ar *Zombie Crush.*

Yn ddiweddarach, pan oeddwn i'n gwneud fy hun yn barod, gwaeddodd Dad, 'MAE MIKI 'MA!' Hyd yn oed ar fy mhen-blwydd, roedd Dad yn mynnu gweiddi arna i o waelod y staer.

Y foment honno, daeth Jasper mas o'i stafell yn gwisgo hen glogyn Tad-cu a sbectol haul gan ddweud, 'Pum munud tan y sioe.'

'Mae hi'n dechrau tywyllu, Jasper,' meddai Dad wrth i ni ddod i lawr y staer. 'Wyt ti'n dal i fod yn iawn i wneud y sioe tu fas?'

'Dwi wastad yn barod!' meddai Jasper, gan lithro i lawr canllaw'r staer. Cliciodd ei fysedd, ac ar yr eiliad honno, daeth sŵn bang uchel o rywle. Tasgodd gwreichion bach o'i fysedd.

Buodd bron i Mam-gu gwympo mas o'i chadair.

'JASPER!' gwaeddodd Dad, gan gydio yn ei frest mewn sioc. 'Ddywedais i wrthot ti am beidio gwneud hynny!' Safodd yn stond dan y larwm tân. Pan ddigwyddodd dim byd, dywedodd, 'Oes angen i fi rybuddio'r cymdogion, Jasper? Oes angen dweud wrthyn nhw am gadw'u hanifeiliaid tu mewn neu rywbeth?'

'Mae'n iawn, Dad. Dyna'r unig sŵn uchel yn y perfformiad, dwi'n addo.'

'Pen-blwydd hapus,' meddai Miki, gan roi anrheg wedi'i lapio yn y papur perta i fi ei weld erioed. Papur melyn golau oedd e, â blodau lelog pitw bach. 'Ces i damaid bach o help 'da Mam i'w lapio fe.'

'Mae'n anhygoel!' dywedais. Safais, gan hongian y daliwr breuddwydion euraidd i fyny. Roedd ei blu gwyn hir yn troelli a'r gemau bychain yn y rhwyd yn pefrio yn y golau. 'Dwi'n dwli arno fe, Miki! Diolch.'

'Mae e i fod i dy stopio di rhag cael hunllefau,' meddai Miki.

'Ond wnaiff e 'i stopio hi rhag bod yn hunllefus?' mwmialodd Jasper. Rhoddodd Mam-gu Yr Edrychiad iddo, ac ychwanegodd Jasper yn frysiog, 'Anrheg arbennig, Miki. Meddylgar iawn.'

Y tu fas, roedd yr awyr yn glir, felly dangosais batrymau cymhleth y cytserau i Miki – yr Aradr, yr Arth Fach a Sgwâr

Mawr Pegasus – dan olau'r lleuad lawn a'r cannoedd o ganhwyllau bychain roedd Lleuwen wedi'u gosod mewn jariau a'u hongian o'r lein ddillad.

'Beth yw'r un sy'n fflachio?' holodd Miki.

Gwenais. 'Miki, awyren yw honna.'

Gwnaeth Dad sŵn drymio ar ei goesau a thynnu darn o bapur o'i boced ôl. Byddai Jasper wastad yn argraffu'r cyflwyniad iddo fe'i hun. 'Os gwelwch yn dda, rhowch groeso i'r llwyfan ... i'r anhygoel! Y rhyfeddol! Yr enigmatig! Y ... aros funud, be mae hwnna'n ddweud?' Fflachiodd y papur o 'mlaen i.

Rholiais fy llygaid wrth ddarllen broliant dros-ben-llestri Jasper. 'Godidocaf.'

'Y lledrithiwr godidocaf, Jasper Fychan!'

'Jasper *Llywelyn*!' bloeddiodd Jasper, cyn llamu o'r berth yn dal bwyell.

Gwasgodd Miki 'mraich i. Allwn i ddim dweud a oedd e'n teimlo'n gyffrous, neu'n ofni am ei fywyd.

Dechreuodd cerddoriaeth sioe Jasper, a thaflodd ei fwyell yn uchel i'r awyr. Disgleiriai'r llafn arian yng ngolau'r lleuad wrth i'r fwyell droelli deirgwaith, cyn trawsnewid yn gawod o grisialau pefriog. Roedden ni i gyd yn cymeradwyo'n frwd wedyn – pawb ond Dad. Roedd e'n chwys oer drosto.

Nesaf, rhoddodd Jasper flwch arian o'i flaen a dawnsio o'i gwmpas. Roedd rhaid i fi gnoi 'nhafod i stopio fy hunan rhag chwerthin. Yna, agorodd y blwch, a cherddodd ei darantwla ar ei law. Symudodd Miki yn nes ata i. Cododd Jasper ei freichiau a'u troelli yn yr awyr wrth i Taran ddringo ar draws ei frest ac yna dros flaenau ei fysedd. Yn araf, rhoddodd Jasper hi mewn jar wydr fawr. Caeodd y caead, cyn dechrau troi'r jar yng nghledr un llaw wrth iddo lenwi â mwg. Troellodd y jar yn gynt ac yn gynt, ac roeddwn i'n gobeithio o ddifrif fod *stunt double* gan Taran.

Yn sydyn, arafodd y troelli, cyn dod i stop. Tynnodd Jasper y caead, a phan ddihangodd y mwg i mewn i'r aer, roedd y jar yn hollol wag. Roedd Taran wedi diflannu.

'Bravo!' bloeddiodd Mam-gu wrth i Jasper godi Taran o un o botiau blodau Lleuwen.

Roedd fy nannedd yn rhincian yn yr oerfel erbyn i Jasper berfformio'i dric olaf: Tiwb Fortecs. Roeddwn i wedi'i weld e lwythi o weithiau o'r blaen. Mae'n estyn rhywbeth tebyg i diwb gwag, yn gwneud dawns hudol, od wrth lenwi'r tiwb â hancesi amryliw, ac yna yn eu tynnu mas ohono. Rywsut, mae'r hancesi wedi'u clymu'n sownd yn ei gilydd erbyn iddyn nhw ddod mas. Ond y tro hwn, roedd llythyren wedi'i gwnïo ar bob hances, felly pan gododd e'r hancesi uwch ei ben, roedden nhw'n sillafu *PEN-BLWYDD HAPUS, JEMEIMA*. Mae'n siŵr ei fod wedi cael help Lleuwen gyda hynny, ond roedd e'n dal i fod yn dric eitha da. Yn eitha godidog, a dweud y gwir.

Wedyn, gwasgon ni i gar Lleuwen a gyrru heibio glan y môr nes i ni gyrraedd Pizzeria Bonuccio. Roedd y bwyty'n dwym, ac wedi'i oleuo â miliynau o ganhwyllau. Gwenodd gweinydd arnon ni a'n harwain at fwrdd ar bwys y ffenest. Symudodd gadair o'r ffordd er mwyn i fi wthio cadair olwyn Mam-gu i mewn.

'O, on'd yw hyn yn hyfryd!' meddai Mam-gu. 'Roedd dy dad-cu yn arfer mynd â fi i ddawnsio lawr fan'na.' Pwyntiodd at y paladiwm a dweud storïau wrthon ni am yr holl bethau roedd hi'n arfer eu gwneud cyn iddi fynd mor hen a gwan.

'Dwi'n llwgu,' meddai Miki, gan edrych ar y fwydlen.

'Galli di fwyta faint bynnag rwyt ti eisie, Miki. Fy mrawd sy'n talu.' Gwenodd Lleuwen ar Dad.

Cymerodd y gweinydd ein harcheb, a thrïodd Jasper edrych yn glyfar drwy siarad Eidaleg ag e. Ond roedd e'n edrych braidd yn dwp achos bod y gweinydd yn dod o'r Tymbl. Pan oedden ni'n aros am ein bwyd, roedd Dad yn dweud jôcs fel *Beth wyt ti'n galw dyn llaeth o'r Eidal? Mario Torripoteli.* A dwi'n credu i bawb yn y bwyty glywed Jasper yn chwerthin.

Yr holl ffordd yno, buodd Jasper yn galw ei sioe hud yn yr ardd yn '*Le Grand Illusion*', ac roeddwn i'n gwybod y byddwn i'n ei glywed e'n sôn amdani am weddill fy oes.

'Roedd hynna'n arbennig, Jasper!' meddai Mam-gu. 'Wnest ti f'atgoffa i o dy dad-cu! Byddai fe mor falch. Ond fyddai fe byth wedi cyffwrdd blaen ei fys yn y tarantwla 'na.'

'Anhygoel, Jasper,' meddai Miki. 'Dylet ti ofyn i Miss Nisha alli di wneud triciau yn ystod egwyl *Mary Poppins*!'

Ond dywedodd Jasper, 'Mae angen sioe gyfan ar gyfer fy hud i.' Trodd ata i a dweud, 'Ti'n gwybod, Jemeima, mae'n iawn cofio ffeithiau a gwneud cwisiau bach a *Brainiacs* ac yn y blaen. Ond mae hud a lledrith yn *gelfyddyd*.'

'Ti'n iawn, Jasper,' atebais. 'Roedd dy sioe mor anhygoel, does 'da fi ddim geiriau i'w disgrifio hi.' Daliais lygaid Miki. 'Wnaeth Miki 'nysgu i ddweud rhyw frawddeg Japaneg, sy'n ffordd berffaith i dy longyfarch di, dwi'n credu.' Wedyn, dywedais wrth Jasper – yn fy Japaneg gorau – fod ei sioe fel 'rhech ola'r wenci'. Allwn i a Miki ddim edrych ar ein gilydd heb chwerthin nes i'r pizzas gyrraedd.

Roedd Dad yn sôn am yr arwydd roedd e'n ei beintio ar gyfer y gwesty newydd, ac roeddwn i hanner ffordd drwy'r pizza pan glywais i'r sgwrs. Falle doeddwn i ddim i fod i'w chlywed hi. Ond fe wnes i.

'Wel, ddylen nhw ddim dod â hi 'ma, na ddylen?' Menyw yn eistedd ychydig fyrddau i ffwrdd oedd hi, yn siarad â'i gŵr. 'Dim rhyfedd ei bod hi'r maint 'na os y'n nhw'n gadael iddi hi fwyta pizza drwy'r amser!' Ac yna'r twt-twtian mwya i fi ei glywed yn fy myw.

Mae'n rhaid bod Lleuwen wedi'u clywed nhw hefyd. Achos cydiodd hi'n dynn yn fy llaw. Roeddwn i'n trio esgus bod dim ots 'da fi. Ond yn anffodus, alli di ddim cuddio dy boen oddi wrth berson seicig. Hyd yn oed os yw'r boen yn hollol anweledig ar y tu fas.

'Paid â gwrando. Dwi'n mynd i anfon llwyth o egni negyddol ati hi,' sibrydodd Lleuwen. 'Rwyt ti'n anhygoel.'

'Mae hi'n lwcus 'mod i yn y gadair olwyn 'ma, dwi'n dweud wrthot ti,' meddai Mam-gu.

Gofynnodd Miki am beth roedden ni'n sôn, ond dywedais wrtho bod dim ots. Daeth bwrlwm y bwyty'n ôl, a dechreuodd Jasper ganmol ei sioe hud unwaith eto.

Pwniodd Mam-gu fy mraich a dweud wrtha i am orffen y pizza.

Wrth i fi eistedd yno, yn meddwl am y ffaith fod 'da fi ddau gant a chwech o esgyrn, dros chwe chant o gyhyrau, can mil o filltiroedd o bibellau gwaed, biliynau o nerfau a thriliynau o gelloedd, a 'mod i wedi cylchu'r haul dair ar ddeg o weithiau. Er hynny i gyd, roeddwn i'n teimlo fel dim byd. Yn hollol ddiwerth.

34

NEIFION

Treuliais weddill y gwyliau hanner tymor yn gorwedd ar lawr fy stafell wely'n lled-adolygu ar gyfer Diwrnod Dethol *Brainiacs*. Ond ar ôl i'r fenyw ddweud y pethau hynny yn y bwyty, doeddwn i ddim mor frwdfrydig ynglŷn â bod mewn stafell gyda dau gant o ddieithriaid. Roedd Miki yn aros gyda'i dad, felly roedd yr wythnos i gyd bron â mynd heibio, a'r cyfan roeddwn i wedi'i wneud oedd gwrando ar law yn arllwys i lawr fy ffenest a syllu ar dudalennau o nodiadau adolygu. Ond roeddwn i wedi dod i benderfyniad. Roeddwn i eisiau cael sgôr digon uchel i faeddu Loti, ond yn ddigon isel fel na fyddwn i'n mynd ar y rhaglen. Yr unig broblem oedd, doedd dim clem 'da fi pa mor uchel fyddai sgôr Loti. Roedd Miki wedi anfon neges ata i i ddweud bod rhieni Loti wedi trefnu tiwtor preifat am wythnos iddi hi. Yr unig beth drefnodd Dad i fi oedd pizza a bowlio deg.

Roeddwn i'n gwrthwynebu'r peth am resymau moesol, achos 'mod i'n casáu bowlio a bod Jasper wastad yn gwneud sylwadau twp bob tro y byddai 'mhêl i'n mynd i mewn i'r gwter. Hefyd, dim ond tri diwrnod oedd tan y gystadleuaeth. Ond dywedodd Dad 'mod i wedi bod yn astudio drwy'r wythnos a bod angen i fi gael rhywfaint o awyr iach – sef ei ffordd e o ddweud wrthon ni ein bod ni'n cerdded.

Roedd y ganolfan fowlio deg yn yr arcêd gyferbyn â'r pier. Roedd arogl popcorn a sglodion yno, a doedd dim ffenestri. Roedd golau gwyrdd rhyfedd yn goleuo'r holl le, oedd yn gwneud i fi deimlo fel petawn i mewn llong danfor. Fflachiai peiriant gemau o'r enw DELTA yn ddibaid, gan chwarae synau bomiau'n ffrwydro a gynnau'n tanio, oedd yn hollol hurt. System lansio rocedi Americanaidd oedd Delta II. Doedd dim arfau arni hi.

Ar ôl i ni newid ein hesgidiau a dewis lôn, teipiodd Jasper ein henwau i mewn i'r cyfrifiadur. Byddai wastad yn dewis enw ofnadwy iddo fe'i hunan, fel MEISTR YR HUD neu YR ENIGMA. Ond y tro hwn, dewisodd Y CONCWERWR. Fi aeth gyntaf, a gwyrodd fy mhêl ar unwaith i mewn i lôn y gwter. Ymddangosodd sero enfawr ar y sgrin, a dywedodd Jasper, 'Truenus.' Pan oedd e'n dewis ei bêl, newidiais ei enw i CACHGI-BWM.

Fel arfer, byddai Dad yn mynd â ni i le byrgyrs yn yr arcêd ar ôl bowlio, ond dywedodd ei fod e'n awyddus i drio deli bwyd iach newydd lan y stryd. Roeddwn i'n ei gredu e am ryw dair eiliad. Wedyn rhoddodd Jasper yr Edrychiad i fi, a sylweddolais taw dweud hynny er fy mwyn i wnaeth e. Achos y fenyw 'na yn y pizzeria. Ac unwaith eto, roeddwn i'n teimlo fel petawn i mor ddiwerth â gronyn bach o lwch.

Yn y deli, roeddwn i'n cymryd hansh o fy myffin sbigoglys pan welais Gwenfair yn cerdded drwy'r drws. Ches i ddim sioc. Deli bwyd iach oedd e, wedi'r cyfan. Hwn oedd ei chartref ysbrydol hi, fwy na thebyg. Cododd law arna i ac anelu amdanon ni'n syth.

'Shwmae, Jemeima! Hyfryd dy weld di! Ac, o'r mawredd! Mae *Brainiacs* mewn ...?'

Roeddwn i'n dal i gnoi'r myffin, felly allwn i ddim dweud dim byd. Roedd yn eithaf anodd ei lyncu. Yn fwy na dim, am ei fod yn hollol ffiaidd.

Saethodd Dad ar ei draed. Buodd bron iddo fe fwrw ein platiau ni i gyd. 'Ddydd Llun. Mae'n rhaid taw chi yw Gwenfair! Helô!'

Llyncais o'r diwedd. 'Dyma Dad,' dywedais, 'Neifion.'

Edrychodd Dad arna i fel petai'n mynd i golli ei dymer yn rhacs ar ôl i fi ddweud ei enw llawn, ond doedd e ddim eisiau i Gwenfair feddwl ei fod e'n hen ddyn cas. Gwenais fy ngwên orau arno.

'*Neifion?*' meddai Gwenfair, gan godi ei haeliau. Roedd ei gwên wedi ymestyn o leia naw deg y cant.

'Ie,' meddai Jasper, 'Ar ôl siop *wetsuits* oedd yn arfer bod yn y dre.'

'Paid â bod yn dwp, Jasper,' dywedais. 'Neifion oedd duw môr y Rhufeiniaid. Dyna enw'r wythfed blaned yng nghysawd yr haul hefyd. Mae 'na gyfeiriadau at Neifion ym marddoniaeth Gymraeg yr Oesoedd Canol ...'

'Iawn, wel, does dim rhaid i ti esbonio hynny i gyd wrthon ni nawr, Jemeima.' Gwenodd Dad ar Gwenfair. 'Mae pawb yn fy ngalw i'n *Neif.* Mae'n dda cwrdd â chi o'r diwedd.'

'Ydy, mae'n dda cwrdd. A plis – galwa fi'n "ti", Neif. Dwi'n falch dy fod ti wedi penderfynu dod â phawb yma!'

Ddylwn i fod wedi sylweddoli taw syniad Gwenfair oedd y deli 'ma.

'Af i nôl rhywbeth i fwyta ac ymuno â chi, ie?' meddai Gwenfair.

Roedd hynny'n eitha anghwrtais, o ystyried ein bod ni'n cael pryd fel teulu. Ond doedd dim ots gyda Dad. A dweud y gwir, doeddwn i erioed wedi'i weld e'n cytuno i unrhyw beth mor frwdfrydig. Roedd e'n siŵr o fod wedi cael llond bola o Jasper yn sôn yn ddi-baid am ei lwyddiant yn y bowlio deg. Roeddwn i'n sicr wedi cael llond bola ohono fe. Roedd Dad mor awyddus i ddianc, aeth at y cownter gyda Gwenfair tra oedd hi'n archebu ei bwyd.

'Felly, ydych chi i gyd yn barod ar gyfer y trip gwersylla 'ma?' holodd Gwenfair wrth iddyn nhw eistedd. 'Mae'n swnio'n hwyl!'

'Dwi'n dal i obeithio bydd Dad yn gweld tamaid bach o sens a pheidio â gwneud i fi fynd,' atebais.

Chwarddodd Gwenfair wrth i Dad rolio'i lygaid.

'Mae'n gas 'da Jemeima wersylla,' esboniodd. 'Dechreuodd y peth pan oedd hi'n blentyn ifanc.'

Chwarddodd Gwenfair gymaint nes iddi ddechrau tagu ar ei. Falle taw ei hoedran hi oedd y rheswm. Wnewch chi ddim deall jôcs Dad oni bai eich bod chi bron yn hanner cant.

'Cofia beth ddywedais i am gystadleuaeth *Brainiacs*, Jemeima,' meddai Gwenfair wrth i ni adael. 'Cofia ddal dy ben yn uchel.'

Wedyn, dechreuodd glebran gyda Dad am oesoedd er ei bod hi wedi dechrau bwrw glaw eto.

Treuliais i'r penwythnos yn darllen ac yn adolygu, yna fore dydd Sul, dihunais i glywed Dad yn canu'n uchel yn y gawod. Roedd yn rhyfedd. Gwisgais fy nghot nos, codi 'nghardiau adolygu i a mynd lawr y staer.

Roedd pen Jasper yn yr oergell.

'Hei, wnei di 'mhrofi i ar y rhain?' gofynnais, gan fynd i eistedd wrth y bwrdd.

Daeth ei ben i'r golwg, â hanner bloc o gaws yn ei geg.

'Rwyt ti'n bwyta caws i frecwast?'

'Protein!' atebodd, gan dasgu darnau o gaws i bobman. Trodd gadair y ffordd anghywir, eistedd, a rhoi pâr o sbectol haul ar ei drwyn.

Ddywedais i ddim gair wrtho am y tameidiau o gaws oedd yn sownd yn ei wallt.

260

Cleciodd esgyrn ei fysedd, cydio yn fy nghardiau adolygu a dechrau eu siyfflo nhw. 'Jemeima, dwi'n gwybod dy fod ti'n meddwl bod y *Brainiacs* 'ma'n bwysig, ond gad i fi ddweud hyn wrthot ti, dyw e ddim. Does dim byd rwyt ti'n wneud pan wyt ti'n dair ar ddeg yn bwysig. Byddi di'n sylweddoli hynny ryw ddydd.'

'Jasper, dim ond *pedair ar ddeg* wyt ti.'

Llithrodd ei sbectol haul i lawr i waelod ei drwyn. 'A saith mis.'

Ochneidiais a chydio yn y creision ŷd. 'Jyst profa fi, Jasper. Mae llygredd dy ego yn niweidio celloedd f'ymennydd i.'

Estynnodd Jasper ei ffôn. 'Iawn. Cwestiynau cyflym. Tri deg cwestiwn. Ac os wyt ti'n colli, ti sy'n golchi'r llestri am bythefnos.'

'Sut galla i golli os taw dim ond fi sy'n chwarae?'

Cododd Jasper ei aeliau. 'Ti yw dy elyn penna dy hunan.'

'Gofynna'r cwestiynau Jasper, er mwyn dyn! Mae'r gystadleuaeth fory!'

'Iawn,' meddai, gan godi ei gerdyn cyntaf. 'Ond dwi eisie rhannu'r wobr.'

**

Y prynhawn hwnnw, dywedodd Dad wrtha i fod angen i fi orffwys f'ymennydd cyn y gystadleuaeth. Rhoddodd fy nghardiau adolygu ar dop yr oergell, cyn mynd lan lofft. Eisteddais i lawr i wylio *Natur Wyllt Iolo: Siarcod* wrth baratoi rhagor o gardiau ar gyfer y siwrnai yn y bore. Ychydig funudau wedyn, daeth Dad lawr y staer yn arogli o *aftershave*, er nad yw e'n siafio, ac roedd golwg wedi'i smwddio ar ei grys.

'Reit, dwi'n mynd mas am sbel fach.'

Edrychodd Jasper a minnau arno.

'Ti'n mynd *mas*?' ebychais.

'Ydw, dim ond am ryw awr neu ddwy,' atebodd.

Edrychodd Jasper a minnau ar ein gilydd. 'Ti'n ein gadael ni ar ein pen ein hunain?' holais.

Chwarddodd Dad a mwytho 'ngwallt. 'Ddim *ar eich pen eich hunain*! Mae Lleuwen yn yr ardd.'

'Cŵl. Sdim angen neb i 'ngwarchod i,' meddai Jasper, cyn mynd yn ôl i wylio'r teledu.

'Ond,' dywedais, 'i ble rwyt ti'n mynd? Ga i ddod 'da ti?'

'Na chei. Dim ond i'r dre, Jemeima! Fydda i ddim yn hir. Ac roeddwn i'n meddwl 'mod i wedi dweud wrthot ti am beidio adolygu heno.'

Rhoddais fy nghardiau ar y bwrdd coffi. 'Ond ... dwyt ti byth yn mynd mas.'

'Yn union!' Aeth i agor drws y ffrynt.

'Ond,' dywedais, 'alli di 'mo ngadael i fan hyn, ar ben fy hunan bach, Dad. Mae hynny yn erbyn y gyfraith!' Roedd 'da fi deimlad rhyfedd yn fy stumog. Ofn ofnadwy. Doeddwn i ddim yn gwybod pam. Falle fod fy mhwerau seicig yn dihuno a 'mod i'n cael rhyw fath o ragargoel ddrwg.

Anadlodd Dad yn ddwfn. 'Dyw e ddim yn erbyn y gyfraith, Jemeima. Mae 'da ti Jasper i edrych ar dy ôl di.'

'Wyt ti wedi anghofio am ei dric pelen dân, pan wnaeth e – bron – losgi'r tŷ 'ma i lawr?'

Bwrodd Jasper fi â chlustog.

Ochneidiodd Dad. 'Iawn. Wna i ofyn i Lleuwen eistedd gyda chi, iawn? Wir, Jemeima! Dim ond awr fach fydda i. Bydda i'n ôl i dy helpu di gydag unrhyw adolygu munud olaf os taw dyna sy'n dy boeni di, ond wir, byddai'n well i ti ymlacio heno. Nawr, os wyt ti wedi gorffen fy nghroesholi i, af i nôl Lleuwen.'

Roeddwn i'n gwybod bod Dad yn mynd mas am sbel fach ddim yn beth mawr. Doedd e ddim yn gadael am byth. Ond doedd y neges ddim wedi cyrraedd fy nghalon yn hollol. Roedd fy nghalon yn hen beth hurt gyda phethau fel 'na.

'Iawn!' dywedais, gan droi'n ôl at y teledu wrth i siarc teigr lowcio albatros. Ar ôl i Dad fynd mas, sibrydais wrth Jasper, 'Pam mae Dad yn ymddwyn mor amheus?'

'Dim syniad,' meddai Jasper. 'Falle'i fod e eisie cael anrheg i ti ar gyfer y peth *Brainiacs* fory neu rywbeth.'

Teimlais don o ryddhad ar unwaith, fel pan dwi yn nhŷ Miki a'i fam yn rhoi gwydraid o laeth i fi pan mae'r bwyd yn rhy sbeislyd. Mae protein o'r enw casein ynddo, sy'n tynnu'r llosg oddi ar dy dafod.

'O ie,' atebais. 'Falle taw dyna yw e. Dyw Dad ddim yn gallu dweud celwydd o gwbl.' Gwyliais y sgrin wrth i siarc mawr gwyn drio bwrw ei ffordd i mewn i gawell, lle roedd dau ddeifiwr. 'Dyw hynny ddim yn esbonio'r *aftershave* ofnadwy, chwaith.'

'Waw!' bloeddiodd Jasper, gan fy anwybyddu i. 'Dwi byth am nofio yn y môr eto!'

'Paid â bod yn dwp. Mae'n siŵr eu bod nhw wedi rhoi abwyd o ryw fath iddo fe. Mae'n gallu synhwyro gwaed yn y dŵr; dyna pam mae'n ymosod arnyn nhw. Mae'r siawns o gael dy ladd gan siarc tua un mewn 250 miliwn. Ti'n llawer mwy tebygol o gael dy ladd gan asteroid wrth eistedd fan hyn ar y soffa, a dweud y gwir.'

'Diolch,' meddai Jasper, gan edrych yn amheus ar y nenfwd.

Gorffennais wneud fy nghardiau adolygu yn fy stafell, gan wylio flogiau Tabitha Hendrix 'Cara Dy Gorff' ar YouTube. Wedyn, bues i'n amseru fy hunan yn gwneud symiau lluosi hir, cyn symud ymlaen wedyn at adrodd ffeithiau daearyddol ac adolygu geiriau o adran ffobiâu fy llyfr *Canllaw Sillafu i Bencampwyr*. Miss Reed brynodd hwnnw i fi oesoedd yn ôl, pan wnaeth hi 'ngorfodi i wneud yr Ornest Sillafu. Fel *pteromerhanophobia*, sef ofn hedfan. Llwyddais i ddeall ystyr hwnnw heb edrych mewn geiriadur achos bod *ptero* ar y dechrau, sef adain yn yr iaith Roeg. Roedd yn haws deall hwnna na chionophobia, sef ofn eira. Roeddwn i'n gwybod taw eira oedd *chion*, ond allwn i ddim deall sut gallai unrhyw un ofni rhywbeth oedd yn gallu arwain at gau'r ysgol.

35

SLEFREN FÔR

Fore trannoeth, wrth i bawb arall fynd yn ôl i'r ysgol, roeddwn i'n teithio ar wib – tua chan milltir yr awr – i Lundain, yn darllen llyfr roeddwn i wedi'i fenthyg gan Jasper o'r enw *Anifeiliaid Mwyaf Marwol y Byd*. Roedd hi'n anodd canolbwyntio ar ffeithiau am gacwn enfawr, hefyd, achos 'mod i'n teimlo fel petawn i'n hyrddio tuag at rywbeth peryclach fyth.

'Paid â phoeni!' edrychodd Dad arna i dros ei gylchgrawn *Celf a Dylunio*. 'Bydd pawb yn nerfus.'

Nodiais ac edrych drwy'r ffenest. Fyddai Loti ddim yn nerfus. Roeddwn i'n siŵr o hynny. Gobeithio fyddai dim rhaid i fi eistedd ar ei phwys hi. Allwn i ddim canolbwyntio â hi'n crechwenu arna i.

'Jemeima, ers i ti ddechrau'r ysgol, y cyfan dwi wedi'i glywed gan dy athrawon yw pa mor rhyfeddol o glyfar wyt ti.'

'Diolch,' atebais, gan rolio fy llygaid.

'Yr hyn dwi'n ei feddwl yw, bydd *Brainiacs* yn chwilio am rywun yn union fel ti heddiw.'

Edrychais ar amlinelliad fy adlewyrchiad yn ffenest y trên, a gwneud fy ngorau – fy ngorau glas – i'w gredu e.

Bipiodd fy ffôn. Tecst gan Miki oedd e, yn dweud CHWALA NHW! ar bwys llun o lythyren Japaneg sy'n golygu 'dewrder'.

Teipiais yn ôl:

Diolch 🙂

Ond roeddwn i'n gwybod 'mod i'n methu chwalu dros ddau gant a hanner o bobl.

Troais i gefn fy llyfr a darllen: *A wyddech chi? Mae digon o wenwyn mewn slefren fôr cubozoa ar ei llawn dwf i ladd dros chwe deg o fodau dynol.* Dyna drueni 'mod i ddim yn slefren fôr cubozoa.

Cyrhaeddon ni orsaf Paddington, lle roedd cloc enfawr yn dangos – mewn rhifolion Rhufeinig – ein bod ni braidd yn hwyr. Rhuthrodd Dad i lawr y staer a'i wynt yn ei ddwrn, gan wau rhwng twristiaid â chesys ar olwynion. Yna, tynnodd fi – jyst mewn pryd – i mewn i lifft enfawr a aeth â ni dan ddaear i ddal ein trên nesa.

'Ffiw! Diolch byth!' cyhoeddodd Dad wrth bawb yn y cerbyd fel roedd y drysau'n cau'n glep. 'Mae 'da hi glyweliad!'

Roedd fy mochau'n fflamgoch.

Gwenodd hen gwpl yn garedig arna i wrth i fi eistedd ar bwys seddau gwag, ond edrychodd dwy fenyw arall arna i cyn gwenu ar ei gilydd. Falle'u bod nhw'n methu deall sut roedd rhywun fel fi'n mynd am glyweliad. Caeais fy llygaid a dechrau cyfri tabl saith deg wyth yn dawel bach, gan drio boddi'r llais yn fy mhen oedd yn dweud wrtha i ddylwn i ddim fod yno. Roedd angen i'r llais 'na gau ei ben. Roedd Maths 'da fi i'w wneud.

Yn y gwesty, dilynon ni arwyddion oedd yn dweud CYSTADLEUAETH BRAINIACS – YSTAFELLOEDD CHAPLIN.

'Drycha – 'co Big Ben dros yr afon!' meddai Dad, gan bwyntio mas o ffenest enfawr.

Dywedais wrtho fe taw Tŵr Elisabeth oedd e, yn dechnegol. Big Ben yw enw'r gloch yn y tŵr. Dywedodd wrtha i am gadw'r ffeithiau clyfar ar gyfer y gystadleuaeth.

Tair stafell betryal yn sownd yn ei gilydd oedd Ystafelloedd Chaplin. Roedd sgriniau pren mawr wedi'u gwthio'n ôl, ar ryw fath o system pwli, i greu un gwagle enfawr. Ar bwys y fynedfa, roedd pobl yn sefyllian o gwmpas bwrdd, a oedd wedi'i orchuddio â bathodynnau enwau. Allwn i ddim gweld Loti na Noah Chamberlain, ond sylwais ar un rhiant yn edrych ddwywaith arna i. Arhosais yng nghysgod Dad wrth i ni gerdded draw at y bwrdd.

Roedd menyw'n gwisgo crys T llawes hir *Brainiacs* wrth y bwrdd, ac fe ddaeth hi o hyd i 'mathodyn i. 'Pob lwc, Jemeima!' meddai hi. 'Pob nerth i d'ymennydd!' Rhoddodd amserlen a rhestr o reolau i fi, ac yna roedd rhaid i fi sefyll o flaen sgrin felen enfawr i gael tynnu fy llun.

Trodd ambell berson i edrych arna i pan oedd hynny'n digwydd, felly roedd hi braidd yn anodd gwenu 'fel brenhines *Brainiacs!*' fel y gofynnodd y ffotograffydd i fi wneud.

Roedd y fflach yn dal i fod yn fy llygaid wrth i Dad gerdded at soffa gyferbyn â'r desgiau cofrestru, lle dechreuodd e ddarllen rheolau'r diwrnod. Roedd miliynau ohonyn nhw. Peidiwch â thynnu'ch bathodyn. Peidiwch â siarad â chystadleuwyr eraill am y gemau rydych chi wedi'u cwblhau. Peidiwch â mynd â'ch ffonau symudol i mewn i stafell y gystadleuaeth. Roedd penderfyniad y beirniaid yn derfynol. Roedd f'ymennydd yn boenus, a doedd y gystadleuaeth ddim hyd yn oed wedi dechrau. Canwyd y corn, a dechreuodd pawb lifo i mewn i'r stafell.

Rhoddodd Dad gwtsh i fi. 'Pob lwc, cariad. Beth bynnag ddigwyddith, tria fwynhau'r profiad!'

Nodiais, fel petai hynny'n bosib. Wrth i fi roi fy ffôn iddo, fflachiodd neges oddi wrth Lleuwen:

Defnyddia egni dy dduwies fewnol ⚡

Edrychais ar fy amserlen. Oni bai bod fy nuwies fewnol wedi bod yn adolygu rhesymeg a gemau strategol, roedd cyngor Lleuwen braidd yn ddiwerth.

Y tu mewn i Ystafelloedd Chaplin, safai dyn ar lwyfan yn y cefn.

'Croeso, blant *Brainiacs!*' bloeddiodd i mewn i'r microffon.

Curodd pawb eu dwylo'n frwd. Dau gant a hanner o blant oedd yno, ond roedd yn teimlo fel miloedd. Roedd rhai mewn gwisg ysgol, fel fi, eraill mewn jîns, ac roedd rhai'n gwisgo siwtiau busnes. Chwiliais drwy'r dorf am Loti, ond roeddwn i'n methu ei gweld hi yn unman. Roeddwn i'n teimlo braidd yn euog am ddymuno iddi gael y norofirws neithiwr (damweiniol oedd hynny, wir).

'Damien Jones ydw i,' meddai'r dyn ar y llwyfan. 'Dwi'n un o gynhyrchwyr y rhaglen. Diolch i chi i gyd am ddod yma i gystadlu am le ar gwis chwalu pen anoddaf Prydain ... *Brainiaaaaaacs!*'

Dechreuodd pawb gymeradwyo eto. Gallwn i deimlo'r chwys ar gledrau 'nwylo bob tro y byddwn i'n clapio.

'Fel y gwelwch chi, mae'r stafell wedi cael ei rhannu'n bedwar parth. Bydd pob un ohonoch chi'n cystadlu ym mhob parth mewn profion wedi'u hamseru, a bydd ein beirniaid – y nhw yw'r bobl gyfeillgar mewn crysau melyn – yn cofnodi eich sgôr.'

Cododd môr o freichiau melyn wrth i'r beirniaid chwifio'u dwylo. Roedd bachgen yn sefyll wrth fy ochr yn chwifio'n ôl arnyn nhw.

'Bydd eich teuluoedd yn Ystafell Garson lan lofft yn ystod y gystadleuaeth. Os oes angen i chi gael gafael arnyn nhw ar frys am unrhyw reswm, rhowch wybod i unrhyw aelod o'r criw os gwelwch yn dda. Nawr, gystadleuwyr!' gwichiodd y microffon. 'Dwi'n siŵr bod dim angen i fi ddweud wrthoch chi beth sydd yn y fantol! Bydd y pymtheg ohonoch chi â'r sgoriau cyfartalog uchaf yn mynd trwodd i ymddangos ar ein rhaglen deledu. Wedyn, bydd gennych siawns i ennill tlws anhygoel *Brainiacs* a phum mil o bunnoedd ar gyfer eich ysgol! Dim ond unwaith y flwyddyn mae hyn yn digwydd, bobl! Mae hynny'n haeddu cymeradwyaeth!'

Dechreuodd pawb floeddio hyd yn oed yn uwch. Roedd un o'r beirniaid yn drymio ar y bwrdd a'r bachgen wrth fy ochr i'n chwibanu fel ffermwr. Roeddwn i wir yn poeni y byddai fy nghlustiau i'n ffrwydro wrth glywed yr holl stŵr.

'Ry'ch chi wedi darllen y rheolau, ond dyma'r rheol bwysicaf oll,' meddai Damien. 'GWNEWCH. EICH. GORAU!' Pob lwc, a phob nerth i'ch ymennydd!'

Canodd y corn unwaith eto felly anelais at arwydd oedd yn dweud PARTH RHESYMEG A STRATEGAETH. A dyna pryd y gwelais i hi. Loti. Suddodd fy stumog. Roedd hi'n gwisgo'i gwisg ysgol, ond yn edrych yn wahanol. Roedd hi'n troelli ei bysedd ac yn edrych o gwmpas, a golwg ar goll arni. Cerddais ati.

'Hei, Loti,' dywedais. 'Wyt ti'n gwybod i ba barth rwyt ti'n mynd gynta?'

Newidiodd ei hwyneb, a dywedodd, 'Ydw, wrth gwrs, *Jemeima*. Mae 'da fi'r Parth Ieithoedd.'

'Rhesymeg a Strategaeth sy 'da fi,' atebais, a rhythodd arna i. Roeddwn i'n gallu gweld ei bod hi'n nerfus achos bod y dŵr yn ei photel yn troi a throelli. 'Wel, pob lwc – a phob nerth i d'ymennydd!' dywedais, a difaru hynny ar unwaith.

'Ha, sdim angen i ti – o bawb! – ddweud pob lwc wrtha i!' atebodd. 'O, na! Drycha! Mae dy enw di'n anghywir fan hyn.'

Heb feddwl, edrychais i lawr ar fy mathodyn.

'Dylai hwn ddweud, *Jemeima Fawr*.'

Gwthiodd yn fy erbyn wrth anelu am y Parth Ieithoedd a Sillafu. Dim ond Loti oedd hi. Roeddwn i'n gwybod hynny. Ond roedd yn teimlo fel petai rhywun wedi taflu pêl fowlio deg at fy stumog. Edrychais o gwmpas i weld a oedd unrhyw un arall wedi clywed. Doeddwn i ddim yn teimlo'n grac. Roeddwn i'n teimlo'n dwp – a doedd teimlo'n dwp ddim yn ffordd dda o ddechrau cystadleuaeth chwalu pen anoddaf Prydain.

Gwyliais gefn pen Loti yn diflannu i mewn i'r dorf, ac archwiliais y stafell. Dau gant a hanner o bobl. Pob un ohonyn nhw'n cystadlu am le ar y sioe. Efallai fod rhai ohonyn nhw'n synnu 'mod i eisiau lle ar y sioe. Troais, ac edrych yn ôl ar y drysau dwbl. Roedd dyn mewn crys T melyn ar fin eu cau. Roedd amser i droi'n ôl.

Neu, meddyliais, gan droi a chodi 'mhen i'n uchel, *falle'i bod hi'n bryd i fi ymddwyn fel slefren fôr cubozoa.*

36

DNA

Yn y Parth Rhesymeg a Strategaeth, ces i fy nhywys i gaban bach gan feirniad â gwallt cyrliog coch. Yn y caban, roedd bwrdd melyn a dwy gadair yn wynebu ei gilydd.

'Mae'n ddrwg iawn gen i, Jemeima,' meddai hi, gan wthio'r sgrin yn ôl ychydig fel bod lle i fi anadlu, o leia. 'Does dim llawer o le yn y rhan yma. Dyw'r lleill ddim mor gyfyng.' Roedd yn neis iawn ei bod hi'n dweud hynny, ond yn hollol *embarrassing* ar yr un pryd.

Diflannodd hi, a daeth yn ôl ychydig funudau'n ddiweddarach gyda bachgen oedd yn edrych ychydig flynyddoedd yn iau na fi. Roedd e'n gwisgo siwt gyda gwasgod felen a thei felen, ac roedd ei wallt wedi'i rannu yn y canol, heb flewyn o'i le. Roedd golwg fel cymeriad o un o nofelau Charles Dickens arno fe, a oedd yn addas iawn achos *Oliver* oedd yr enw ar ei fathodyn.

Siglodd fy llaw, a dweud, 'Helô, Oli ydw i. A dwi'n mynd i dy ddinistrio di'n llwyr.'

Cyn i fi allu dweud dim byd, trodd y beirniad tuag at siart ar y wal. Arno, roedd lluniau o ffrwythau, a rhif drws nesaf i bob ffrwyth. Cymerodd hi ryw 0.5 eiliad i fi sylweddoli taw hafaliadau algebra fyddai'r rhain. Saethodd gwefr fach o gynnwrf trwof i (a rhywfaint o ryddhad hefyd) wrth iddi esbonio'r rheolau. Ceisiais lonyddu 'nwylo. Doedd dim ond angen dewis y ffrwythau cywir i ddatrys yr hafaliad, dywedais wrth fy hunan. Roeddwn i wedi gwneud hyn filiynau o weithiau gyda Mrs Lee, a'r tro hwn, doedd Loti ddim yno'n chwythu gwynt i'w bochau. Yn lle Loti, roedd Oliver Twist yn rhythu arna i. Anadlais yn ddwfn wrth i'r beirniad osod botwm melyn ar y bwrdd rhyngom ni.

'Cant a phedwar deg wyth,' meddai hi, gan glicio amserydd. Edrychais dros y gwerthoedd ar y siart, gan chwilio am ffordd i wneud 148. Cymerodd bron i ddeg eiliad i fi wneud hyn achos 'mod i mor nerfus. Yn ffodus, doedd Oli ddim yn gyflymach na fi.

Pwysais y botwm. 'Pinafal lluosi ag afal sgwâr tynnu grawnwin.'

'Cywir!'

Gollyngais anadl hir o ryddhad. Rhythodd Oli arna i'n grac o ben arall y bwrdd.

Ar ôl ugain cwestiwn, roeddwn i wedi'i guro fe 18–2.

Safais, siglo'i law a dweud, 'Roedd yn dda cwrdd â ti, Oli. O, hynny yw, roedd yn dda dy *ddinistrio* di.'

Ar ôl hynny, wnes i drechu merch o'r enw Sinead gyda'r cwestiynau cyflym, datrys problemau rhesymeg yn gyflymach na Diego, cracio mwy o godau na Madison a gwneud cawlach o gêm wyddbwyll yn erbyn Zane.

Canodd y corn a bloeddiodd Damien Jones drwy'r microffon, 'Diwedd eich parth cyntaf!'

Roedd egwyl fer wedyn, felly llenwais fy mhotel o'r ffynnon ddŵr wrth y llwyfan ac eistedd. Roedd y stafell yn anghyfforddus o dwym, ond doeddwn i ddim eisiau tynnu 'mlaser i. Sychais y chwys oddi ar fy ngwefus uchaf â hances, a chwifio fy amserlen i gael ychydig o wynt oer ar fy wyneb. Roeddwn i wastad yn anghofio 'mod i wedi rhoi fy ffôn i Dad, ac yn estyn i 'mhoced i bob hyn a hyn i'w gael. Roedd fflapjac yn fy mhoced, ond roedd yn gas 'da fi fwyta o flaen llawer o bobl, felly eisteddais a gwylio pawb arall. Roedd rhai cystadleuwyr yn sefyll mewn grwpiau'n sgwrsio, ond roedd llawer, fel fi, yn eistedd ar ymylon y stafell. Gallwn weld bachgen – o'r enw Andrew, yn ôl ei fathodyn – yn adrodd tabl dau gant a dau ddeg tri. Roedd rhai pobl yn gwenu ond roedd golwg hollol dorcalonnus ar eraill. Roeddwn i yn y canol yn rhywle. Fel y blaned Iau. Ac roeddwn i'n teimlo mor boeth â chanol y blaned honno.

Pan ganodd y corn, edrychais eto ar fy amserlen ac anelu am Barth y Cof, lle roedd deg munud 'da fi i gofio cardiau lluniau. Cant ohonyn nhw. Taenais nhw dros y bwrdd ac anadlu'n ddwfn drwy 'nhrwyn i. Yr enw ar hyn yw anadl bola. Mae'n dy helpu i gael rhagor o ocsigen i'r ymennydd, yn ôl gwefan y GIG. (Bues i'n gwglo pethau strategol fel hyn ar y trên). Ond doedd dim angen hynny arna i a dweud y gwir. Roeddwn i'n gallu cofio pac cyfan o gardiau er pan o'n saith oed ac fe lwyddais i gofio pecyn cardiau tarot Lleuwen – saith deg wyth ohonyn nhw i gyd – yr wythnos diwetha. Cleciais esgyrn fy mysedd, codi'r cardiau a'u siyfflo, yn union fel Jasper.

Ar ddiwedd y deg munud, daeth dyn â mwstásh tenau i mewn, a chanddo glipfwrdd ac amserydd. Roedd dwy funud 'da fi i enwi cymaint o wrthrychau ag y gallwn i. Anadlais yn ddwfn a chau fy llygaid.

Roeddwn i ar rif tri deg dau – octopws pinc – pan wnes i'r camsyniad o agor fy llygaid. Roedd Loti yn sefyll gyferbyn â 'nghaban i. Roedd hi ryw bum metr i ffwrdd, ond gallwn ei gweld hi – er hynny – yn llenwi ei bochau â gwynt. Dwi ddim yn gwybod beth ddigwyddodd i f'ymennydd ar ôl hynny. A dweud y gwir, dwi'n gwybod yn iawn. Mae cemegyn o'r enw *norepinephrine* sy'n gwneud i d'ymennydd rewi. Ar ôl hynny, dim ond ychydig o gardiau roeddwn i'n gallu eu cofio cyn i'r amser ddod i ben. A does dim rhaid i ti fod yn Brainiac i wybod nad yw tri deg pump mas o gant yn ddigon da, o bell ffordd. Roeddwn i flynyddoedd golau ar ei hôl hi.

Yn y caban nesa, roedd rhaid i fi gofio map Metro Paris. Mae'n rhaid bod miliwn o leoedd – o leia – ar y map, ac roedd yn eitha amhosib eu cofio nhw. Enw fy ngwrthwynebydd oedd Daniel. O dan ei enw, roedd e wedi tynnu llun wyneb emoji hapus yn gwisgo sbectol haul.

'Helô, Jemeima! Neu a ddylwn i ddweud, *bonjour*!'

Rholiodd ei rrrr Ffrengig yn yr un ffordd dros ben llestri â Jasper. Roeddwn i'n gwybod, felly, bod rhaid i fi ei faeddu e.

Cliciodd y beirniad ei amserydd, cyn darllen cwestiynau oedd yn swnio'n hollol amhosib, fel, 'Pa orsaf sydd bum stop i'r gogledd-orllewin o Concorde?' a 'Sawl gorsaf sy'n cynnwys y llythyren T?'

Roedd Daniel yn dal i ynganu'r geiriau Ffrangeg yn ei ffordd ddwl dros ben llestri, oedd yn dân ar fy nghroen i, ond a oedd hefyd – yn ffodus – yn tanio'r niwronau yn f'ymennydd. Mewn tair munud, enillais gyda sgôr o 14–6.

Yn y parth nesa, cefais farciau llawn yn y prawf sillafu, yr anagramau a'r paru geirfa, ond aeth pethau ddim cystal yn rownd y geiriau tramor. Dechreuodd hi'n iawn. Os wyt ti'n byw gyda Jasper, alli di ddim peidio â gwybod taw *araignée* yw corryn yn Ffrangeg. Ac os mai dy ffrind gorau yw Miki, byddi di'n siŵr o wybod taw *sensei* yw athro yn Japaneg. Dysgodd Afzal ychydig o Arabeg i ni yn y dosbarth cofrestru y llynedd, ac roeddwn i wedi dysgu ambell air Pwyleg gan Alina. Ond roedd rhaid i fi ddyfalu'r gweddill, oedd yn dipyn o boendod. Dwi wir yn credu y dylen ni ddysgu Lwcsembwrgeg yn yr ysgol.

Pan ganodd y corn, roedd hi'n amser dechrau ar fy mharth olaf: Bydysawd o Wybodaeth. Eisteddais wrth fwrdd melyn â botwm o 'mlaen i, a haul tanbaid hwyr y bore'n pelydru drwy'r ffenestri ar fy wyneb. Roedd chwys yn treiddio drwy gefn fy nghrys. Buodd rhaid i fi dynnu 'mlaser i. Tynnais hi i lawr dros fy mreichiau a'i rhoi ar gefn fy nghadair, cyn gwthio honno reit yn erbyn y bwrdd.

'Jemeima! Ry'n ni'n cwrdd unwaith eto!' Zane oedd yno, a ddaeth i'r brig yn y gêm wyddbwyll ddechrau'r bore. 'Pob lwc!'

Dymunais bob lwc iddo fe hefyd. Dymunais yn dawel bach hefyd na fyddai unrhyw chwys ar fy nghadair blastig pan fyddwn i'n codi ar fy nhraed.

Dywedodd ein beirniad wrthon ni, 'Mae'r gêm hon yn ddigon syml. Gwybodaeth gyffredinol – yn gyflym! Gwasgwch y botwm pan fyddwch chi'n gwybod yr ateb. Os cewch chi'r ateb yn anghywir, byddwch chi'n colli pwynt a'ch gwrthwynebydd yn cael rhoi cynnig ar y cwestiwn. Pob lwc! Pob nerth i'ch ymennydd!' Cododd y cardiau cwestiynau a gosodais fy llaw grynedig uwchben y botwm.

'A'r cwestiwn cyntaf yw: mae'r symbol cemegol Au—'

Mewn chwinciad, roedd Zane wedi bwrw ei fotwm. 'Aur!'

'Mae arna' i ofn nad oeddwn i wedi gorffen y cwestiwn, Zane,' meddai'r beirniad gan wthio'i sbectol lan ei drwyn. 'Rwyt ti'n mynd i lawr i finws un, a Jemeima, mae gen ti gyfle i ateb nawr. Mae'r symbol cemegol Au yn defnyddio pa rif atomig?'

Gwenais yn lletchwith ar Zane. 'Saith deg naw?'

'Cywir!'

Hedfanodd yr amser yn gyflymach na phelydr cosmig, ac ar ôl ugain o gwestiynau, roedd y ddau ohonon ni'n gyfartal. Dim ond un peth roedd hynny'n ei olygu: cwestiwn carlam. Dymunodd Zane bob lwc i fi, a gofynnodd y beirniad, 'Pa gytser yw cartref y Nifwl Modrwy?'

Gwasgais y botwm ar gyflymder goleuni. 'Cytser ogleddol Lyra.' Dyma'r math o beth byddi di'n ei wybod ar ôl treulio oriau maith yn syllu ar y sêr gyda dy fodryb.

'Gêm dda, Jemeima Fychan!' Meddai Zane, gan siglo fy llaw. 'Mae tipyn o frên 'da ti!'

Roedd fy ngwên mor ddisglair â'r Nifwl Modrwy. Ond pylodd yn gyflym wrth i'r gwrthwynebydd nesa gerdded i mewn: Loti Freeman.

Caeais fy llygaid. Roeddwn i'n gwybod y byddai hi'n rhythu arna i. Roeddwn i'n difaru tynnu 'mlaser i. Plethais fy mreichiau'n dynn dros fy mola, gan drio anwybyddu curiad fy nghalon, oedd yn cynyddu fesul eiliad. Anadlais yn ddwfn a chanolbwyntio ar bopeth roeddwn i'n ei wybod am y system nerfol. Mae'n rhyddhau cemegau yn d'ymennydd i dy helpu i ymateb i berygl. Mae'n debyg taw dyna wnaeth helpu ein cyndeidiau cynnar i oroesi, filiynau o flynyddoedd yn ôl. Weithiau, gall y cemegau hynny rewi d'ymennydd, ond weithiau byddan nhw'n saethu drwy d'ymennydd fel pŵer goruwchnaturiol. Agorais fy llygaid.

Yn ôl y disgwyl, roedd Loti yn rhythu arna i. 'Ro'n i'n meddwl dy fod ti wedi cwympo i gysgu!' plygodd ei phen i'r ochr, cyn ychwanegu, 'Dwi'n siŵr dy fod ti wedi blino'n lân ar ôl hyn i gyd.'

Yr eiliad honno, camodd beirniad â gwallt glas llachar i mewn i'r caban. 'Anadlwch yn ddwfn, ferched! Fe wnaiff hynny'ch helpu chi gyda'ch nerfau.' Roedd grisial titaniwm yn hongian o'i gwddf, a golau glas trydanol yn tywynnu ohono. Roedd gan Lleuwen un o'r rheina. Yn ôl Lleuwen, maen nhw'n llawn egni ac yn dihuno dy saith *chakra*. Cyn hynny, doeddwn i ddim hyd yn oed yn gwybod bod 'da fi *chakra* o gwbl.

'Pob lwc, Jemeima!' meddai Loti, mewn llais bach angylaidd.

'Dyna ni, Loti! Nid brwydr yw hon! Does dim ond angen i chi ateb cymaint o gwestiynau ag y gallwch chi mewn tair munud. Pob nerth i'ch ymennydd Bydded i'ch doethineb fod gyda chi!' Gwenodd y fenyw a chododd y cardiau cwestiynau. Roedd logo mellten *Brainiacs* yn pefrio'n ddisglair yn yr haul. Gallwn deimlo curiad caled fy nghalon yn fy mrest wrth gofio geiriau Gwenfair: *Dal dy ben yn uchel.*

Eisteddais yn syth yn fy nghadair, rhoi fy llaw ar y botwm ac edrych yn oeraidd ar Loti. Llygaid fel fy hen-hen-fodrybedd yn yr hen luniau 'na. Fel petawn i'n gallu teimlo'u gwaed yn rhuthro drwy 'ngwythiennau i.

Brwydr yw hon, meddyliais. *Ond mae 'da fi arf arbennig. Yn fy DNA, mae menywod barfog beiddgar sy'n bocsio heb fenig ac yn darllen meddyliau. Felly, wna i ddim colli'r frwydr.*

37

GORWEL

Rhoddodd Loti ei llaw ar y botwm a chwyddo'i bochau. Anadlais yn ddwfn, gan edrych i fyw ei llygaid bach crwn. Mae llawer o ysglyfaethwyr gan y llygoden fawr. Ond does 'run mor beryglus â bod dynol.

'Kosciuszko yw mynydd uchaf pa wlad?'

Gwasgais y botwm yn galed. 'Awstralia,' atebais. Fflachiodd Loti wên sarcastig arna i wrth i'r beirniad gyhoeddi, 'Cywir!'

'Pwy oedd y trydydd dyn i gerdded ar y lleuad?'

Petrusais. Doeddwn i ddim gant y cant yn siŵr, ond cyn gynted ag y gwelais i law Loti'n gwingo, rhoddais fy llaw ar fy motwm. Roedd hi'n werth dyfalu, rhag ofn. 'Charles Conrad Junior?'

Gwenodd y beirniad. 'Cywir.'

Gwibiodd y cwestiynau mor gyflym nes 'mod i'n teimlo fel petawn i'n osgoi bwledi. Gwnaeth Loti'n dda yn y cwestiynau chwaraeon a daearyddiaeth, ac atebodd hi un cwestiwn am gyfansoddwr roeddwn i heb glywed amdano erioed. Felly, pan ddywedodd y beirniad taw dim ond un cwestiwn oedd ar ôl, doedd dim syniad 'da fi a oeddwn i wedi gwneud digon.

'Pob lwc, ferched,' meddai. 'Cyfrifwch y canlynol ...'

Gallwn i deimlo fy llaw'n crynu ar y botwm. Ond caeais fy llygaid, ac yn fy meddwl, gallwn weld y rhifau roedd hi'n eu darllen yn ffurfio swm. Does dim syniad 'da fi faint o amser gymerodd hi i fi weithio'r swm mas. Roedd yn teimlo fel tragwyddoldeb.

Ond cymerais i lai o amser na Loti. 'Wyth cant a saith deg naw.'

'Cywir, Jemeima! Y sgôr terfynol yw: Loti chwech, Jemeima naw.'

Canodd y corn deirgwaith.

Gwaeddodd Damien, 'Dyna ni, *Brainiacs*! Mae'r gêm ar ben! Da iawn, bawb!'

Roedd pawb o 'nghwmpas i yn cymeradwyo, ond wnes i ddim ymuno yn yr hwyl. Doeddwn i ddim yn teimlo'n gyffrous, yn hapus nac yn fuddugoliaethus. Doeddwn i ddim chwaith yn teimlo rhyddhad. Petai'n rhaid i fi ddewis ansoddair i ddisgrifio 'nheimladau i y foment honno, yn syth ar ôl curo Loti yn Niwrnod Dethol *Brainiacs*, *adeiniog* fyddai hwnnw. Mae'n golygu bod adenydd 'da ti. Roeddwn i'n teimlo fel petawn i wedi esgyn uwchben Ystafelloedd Chaplin, yn uchel dros y ddinas, nes cyrraedd ymyl eithaf ein hatmosffer ar y ffin rhwng y ddaear a'r gofod.

Sgrechiodd cadair Loti yn erbyn y llawr pren wrth iddi sefyll ar ei thraed. 'Da iawn,' mwmialodd cyn gadael y caban heb edrych yn ôl unwaith. Doeddwn i erioed wedi teimlo mor hapus o weld cefn ei phen.

'Diolch, gystadleuwyr! Roeddech chi'n wych! Cystadleuaeth eleni fydd yr orau a'r anoddaf ERIOED! Hoffen ni fedru cynnig lle i chi i gyd yn y rhaglen, ond dim ond pymtheg lle sydd ar gael. Fe gewch chi wybod yn fuan iawn a ydych chi wedi mynd trwodd ai peidio. Peidiwch ag anghofio casglu eich bag rhoddion *Brainiacs* ar y ffordd mas. Diolch!' Curodd Damien ei ddwylo uwch ei ben wrth i don fawr o gymeradwyaeth lenwi'r stafell.

Codais ar fy nhraed i ymuno yn y gymeradwyaeth y tro yna.

Roedd staff *Brainiacs* wedi trefnu bwffe i bawb, ond dywedodd Dad ei fod yn hapus i ni fwyta yn rhywle arall petawn i eisiau. Felly dewisais i fwyty Japaneaidd ger gorsaf Paddington lle rwyt ti'n cael dewis dy fwyd dy hunan oddi ar felt sy'n teithio o gwmpas y stafell i gyd. Buon ni'n bwyta cawl miso a rholiau ciwcymber a nigari planhigyn wy a sylwais i ddim ar neb yn edrych arna i. Ddim hyd yn oed unwaith. Falle achos ein bod ni mewn dinas fawr. Neu falle achos 'mod i wedi cymysgu gormod o wasabi i mewn i'r saws soy a bod fy nhrwyn i ar fin ffrwydro.

* *

Yn ddiweddarach, wrth i'n trên ni agosáu at Orsaf Cil-y-cregyn, rhoddodd Dad ei fraich o 'nghwmpas i.

'Dwi mor falch ohonot ti, Jem.'

''Dyn ni ddim yn gwybod ydw i 'di mynd trwodd eto,' atebais.

'Dwi'n falch ohonot ti, beth bynnag ddigwyddith.' Gwenodd ar y teithwyr eraill oedd yn aros i ddod mas. 'Mae fy merch i newydd wneud clyweliad ar gyfer *Brainiacs*!' meddai wrth bawb ar y trên – yn llythrennol.

Wnes i ystyried bwrw'r botwm stop argyfwng ond roedd arwydd wrth ei ymyl yn dweud bod dirwy o ganpunt am ei gamddefnyddio. Dim ond newydd glirio 'nyled arian poced achos y biceri oeddwn i.

'Pob lwc!' galwodd menyw wrth i ni ddod oddi ar y trên. 'Bydda i'n croesi 'mysedd drosot ti, cariad!' A gwenodd arna i. Gwên garedig, hyfryd.

Estynnais fy ffôn i ddarllen y negeseuon oddi wrth Miki: lesssss!!!! Omb!!! 🦫 💥💥 #tatallygodenfawr

Lapiodd Dad ei got o gwmpas f'ysgwyddau wrth i fi ddarllen neges gan Jasper: dwi'n falch ohonot ti, chwaer.

Roeddwn i wedi darllen llawer o lyfrau sillafu a geirfa dros yr wythnosau diwetha, ond allwn i ddim meddwl am air i ddisgrifio'r teimlad 'na pan wyt ti'n gwybod bod pobl yn falch ohonot ti. Roedd e fel llond bola o heulwen. Y math o heulwen hyfryd sy'n plygu dros y gorwel. Ac roedd yn gwneud i'r twll yn fy nghalon deimlo'n llai. Bellach, doedd e ddim yn ddi-ben-draw.

*

Fore trannoeth, dywedodd Dad nad oedd 'Gorflinder ôl-*Brainiacs*' yn salwch, a bod rhaid i fi fynd i'r ysgol. Wrth i fi bacio'r nwyddau *Brainiacs* yn fy mag, sef geiriadur bach, pensiliau, hancesi oedd yn gwynto fel banana a set geometreg â phatrwm mellt drosti, meddyliais am Loti. Byddai hi'n siŵr o adael llonydd i fi nawr, o'r diwedd. Ar ôl i fi ei churo hi yn *Brainiacs*, allai hi ddweud dim wrtha i. Ond roedd fy namcaniaeth i'n anghywir. Mor anghywir â'r ddamcaniaeth mae'r-Ddaear-yn-fflat. Aeth pethau o ddrwg i waeth.

Roedd hi'n pistyllio bwrw glaw, felly wrth gwrs, roedden ni'n chwarae hoci yn y wers ymarfer corff. Doedd dim dewis ond rhedeg mor gyflym ag y gallwn i, achos bod ein hathrawes, Ms Newton, yn wallgo.

'RHED, JEMEIMA, RHED, FERCH!' gwaeddodd mor uchel nes 'mod i prin yn gallu cofio pa dîm oedd f'un i. Os oedd hi'n meddwl fod rhywun ddim yn rhedeg yn ddigon cyflym, byddai hi'n neidio ar y maes ac yn gweiddi, 'CER CER CEEEEER!' Roedd hynny'n bendant yn erbyn y rheolau.

Ar ôl y gêm, defnyddiais y tamaid pitw bach o egni oedd ar ôl yn fy nghoesau i redeg yn ôl i'r stafelloedd newid er mwyn i fi gael ciwbicl.

'Chwysu'n stecs, Jemeima?' holodd Loti, cyn rhochian chwerthin wrth i fi fynd heibio.

'Yr holl bwysau ychwanegol 'na yw'r broblem,' meddai Catrin Williams, capten y tîm.

Roedd y ddwy'n cario llond eu breichiau o ffyn hoci, ac roedd eu coesau mwdlyd yn dal i edrych yn denau hyd yn oed gyda *shin pads* yn eu sanau.

'Wel, mae hi – yn swyddogol – yn ordew,' atebodd Loti.

'Rwyt ti – *yn swyddogol* – yn boen yn y pen-ôl,' galwais ar fy ôl, gan agor y drws yn gyflym.

Roeddwn i ar fin cerdded i mewn i'r stafell newid pan glywais i Alina'n dweud, 'Gadewch lonydd iddi hi. Dyw e ddim yn ddoniol. A gyda llaw, Loti, rwyt *ti*'n chwysu hefyd.'

Stopiais ac edrych yn ôl i lawr y cyntedd.

Syllodd Loti ar Alina am funud cyn dweud, 'Iawn, cer i nôl dy ffrind gorau Miss Fawr i dy helpu di â'r rhain.' Gollyngodd y ffyn hoci oedd yn ei breichiau wrth draed Alina. Edrychodd Catrin ar Loti, cyn gwneud yr un peth. Yna, rhedodd y ddwy tuag at y stafelloedd newid, a'u chwerthin sgrechlyd yn atseinio i lawr y cyntedd. Dywedodd Catrin wrtha i am symud o'r ffordd wrth iddyn nhw hyrddio heibio. Gwyliodd Alina y ddwy, cyn edrych i lawr ar y pentwr o ffyn hoci o'i blaen. Gadewais i ddrws y stordy gau'n glep y tu ôl i fi.

'Diolch,' meddai Alina wrth i fi helpu i gadw'r ffyn hoci yn y cwpwrdd chwaraeon. 'Mae'n ddrwg 'da fi am y pethau mae Loti wedi bod yn 'u dweud. Dyw hi ddim yn trio bod yn gas.'

Codais f'ysgwyddau. Doeddwn i ddim yn credu bod hynny'n wir, ond dyna'r tro cyntaf i fi siarad ag Alina ers oesoedd, felly ddywedais i ddim byd.

'Mae hi'n meddwl ei bod hi'n ddoniol.'

'Felly mae'n rhaid bod rhan o'i llabed dde flaen ar goll,' atebais.

Gwenodd Alina. 'Dyna ble mae synnwyr digrifwch yn yr ymennydd, ife? Dwi'n cofio.' Rhoddodd y ffon hoci olaf yn y rac a chau drws y cwpwrdd. 'Gwranda, dywedodd Loti ei bod hi'n mynd i ddial arnat ti. Am ei maeddu hi ddoe. Dywedodd hi dy fod ti wedi'i bwrw hi mas o'r gystadleuaeth. Dywedais i fod hynny'n dwp, ond dyw hi ddim yn gwrando arna i. Dywedodd hi rywbeth am y trip gwersylla wythnos nesa, felly ...'

Teimlais don o gyfog yn fy mola.

'Ro'n i eisie dy rybuddio di. Nawr, well i fi fynd i newid,' meddai hi, cyn loncian i lawr y cyntedd.

'Diolch,' dywedais, ond roedd yn rhy hwyr iddi 'nghlywed i.

38

TÎM JEMEIMA

Ychydig ddyddiau'n ddiweddarach, pan ddaeth Jasper a fi adre o'r ysgol, roedd Dad yn eistedd yn y lolfa, yn dal bocs melyn llachar. Roedd ei farf yn deidi ac roedd e'n edrych fel petai wedi torri'i wallt am y tro cyntaf ers blynyddoedd.

'I bwy mae hwnna?' holodd Jasper, gan droi'r teledu ymlaen a thaflu ei hunan ar y soffa.

'Fe ges i alwad gyffrous iawn heddi!' meddai Dad. 'Jasper, wnei di ddiffodd y teledu am funud?'

Pwysodd Jasper y remôt. 'Ydy hi'n ben-blwydd ar Lleuwen?'

'Does neb yn cael ben-blwydd,' dywedodd Dad. 'Ro'n i ar fin dweud wrth dy chwaer am alwad ges i heddi.'

'Gan bwy?' holodd Jasper.

Trodd Dad tuag ata i â'r wên fwyaf yn hanes y ddynoliaeth ar ei wyneb, a dweud, 'Gan gynhyrchydd rhaglen deledu arbennig i drafod merch ifanc arbennig a chlyfar iawn sydd wedi llwyddo i gyrraedd y pymtheg olaf!'

O Arglwydd Mawr.

Rhedodd ias rewllyd dros fy nghroen. Roedd fy mrest yn teimlo'n dynn. Roeddwn i'n teimlo fel petawn i ar fin llewygu, yn y fan a'r lle, ar garped y lolfa, wrth i Dad edrych arna i fel petai e wedi ennill jacpot yr EuroMillions.

'On'd yw hyn yn ffantastig?' Rhoddodd Dad gwtsh i fi, gan fy ngwasgu i yn erbyn y parsel yn ei ddwylo. 'Jemeima! Ti 'di llwyddo! Ti'n mynd i fod ar *Brainiacs*! Alli di gredu'r peth, Jasper?'

'Na alla wir,' atebodd Jasper. 'Alla i ddim credu'r peth.'

Allwn i ddim credu'r peth chwaith. Roeddwn i'n siŵr o farw o sioc cyn cyrraedd yno, hyd yn oed. Ar ôl hynny, allwn i ddim clywed dim byd roedd Dad a Jasper yn ei ddweud. Roedd tri pheth yn rasio drwy fy meddwl:

Dwi'n mynd i fod ar Brainiacs.

Dwi'n mynd i fod ar Brainiacs.

Dwi'n mynd i fod ar Brainiacs.

'Dyma anrheg fach oddi wrtha i, i ddweud da iawn!' Rhoddodd Dad y bocs melyn llachar yn fy nwylo. 'Jem, wyt ti'n iawn?'

Nodiais, ond roedd fy nwylo'n crynu wrth i fi ei agor. Roedd label ar y top yn dweud *Cit Adolygu!* yn llawysgrifen Dad. Ynddo, roedd llyfrau, llyfrau nodiadau, cardiau post, sticeri amryliw, peniau uwcholeuo, dyfyniadau i f'ysbrydoli, cas pensiliau a nodiadau stici yr un siâp â melon dŵr.

'Diolch, Dad, mae hwn yn–'

'FFANTASTIG!' meddai Jasper, gan sbecian arnon ni drwy'r drws. 'Mae angen i fi gael un ar gyfer fy arholiadau TGAU!'

'Mae'r rhaglen yn cael ei recordio ar y deuddegfed o Dachwedd, felly ...'

'O, iyffach,' ochneidiais. 'Llai na thair wythnos!'

'Gwranda,' meddai Dad, gan roi ei ddwylo ar f'ysgwyddau i. 'Fyddi di ddim yn astudio ar dy ben dy hunan. Dwi a Jasper yma i dy helpu di. A bydd Lleuwen yn ... ym, gofyn i'r bydysawd am egni ymenyddol neu rywbeth tebyg. Byddwn ni i gyd yn gefn i ti.' Cymerodd gam yn ôl, plygodd ei freichiau i ddangos ei gyhyrau a dweud, 'TÎM JEMEIMA!'

Dywedais wrth Dad nad oedd e, dan unrhyw amgylchiadau, yn cael gwneud hynny ar y teledu.

Clywais y drws cefn yn agor led y pen a Lleuwen yn rhuthro i mewn yn cario llwyth o galendrau. Taflodd ei breichiau amdana i cyn dal fy wyneb yn dynn yn ei dwylo. Roedd fy mochau wedi'u gwasgu yn erbyn ei gilydd a fy ngwefusau'n debyg i geg pysgodyn.

'Dwi mor falch ohonot ti, fy angel!'

Doeddwn i ddim yn debyg i angel. Pysgodyn angel, falle.

'Dwi wastad yn dweud wrthot ti, on'd ydw i? Mae'r bydysawd bob amser yn gwrando!'

'Diolch, Lleuwen,' dywedais, gan rwbio 'mochau. 'Ond does dim lot o amser 'da fi i adolygu!'

Daeth golwg ddifrifol dros wyneb Lleuwen. 'Pryd mae'r rhaglen?'

Rhoddodd Dad y dyddiad iddi. Yna, eisteddodd a thaenu ei chalendrau dros y bwrdd coffi. Teitl un ohonyn nhw oedd *Egni Tymhorol* a *Llif y Bydysawd* oedd teitl un arall. Roedd un calendr heb deitl o gwbl – dim ond lluniau o gathod.

Edrychodd Lleuwen arnyn nhw am funud cyn eistedd ar unwaith. 'Y Chwarter Lleuad Cynta,' meddai hi. 'Y Dduwies Anunit.'

'Iawn,' atebais. 'Ydy hynny'n ... dda?'

Fflachiodd llygaid ariannaidd Lleuwen. 'Lloer-dduwies brwydrau!'

'Be mae hynny'n feddwl?' holais.

Dechreuodd Dad dacluso'r calendrau a dweud, 'Mae'n golygu bod dy fodryb yn mynd i dy helpu i astudio, on'd yw e, Lleuwen?'

Safodd Lleuwen a chydio yn f'ysgwyddau. 'Anghofia am astudio, Jemeima! Mae angen grisial arnat ti.'

39

BOWLIO DYNOL

Fore trannoeth, roedd hi'n ddydd Gwener ac roeddwn i prin yn gallu teimlo fy mraich achos bod Miki yn ei gwasgu'n ddi-baid wrth weiddi, 'RWYT TI'N MYND I FOD AR Y TELEDU!' Wnaeth Loti ddim edrych lan wrth i fi gerdded i mewn, ond roedd Mr Nelson yn barod i'n cyfarch ni, yn gwisgo welis a chot law dros ei siwt.

'Bore da, 8N! Sylwch ar fy nillad i: dwi'n eu gwisgo nhw i'ch atgoffa chi am y pethau hanfodol y mae angen i chi eu pacio ar gyfer y trip gwersylla ddydd Llun. Bydd un boi bach yn siŵr o anghofio ei bants!'

Chwarddodd pawb.

'A dwi'n credu ein bod ni i gyd yn gwybod pwy fydd hwnna ...'

Edrychodd pawb ar Caleb. Roedd golwg ddryslyd arno.

Roeddwn i, yn swyddogol, yn poeni'n ofnadwy am y trip gwersylla. Yr unig beth da am fod yng nghanol nunlle oedd yr awyr. Byddwn i'n gallu gweld planedau, galaethau pell a chymylau niwl. Falle y byddai hyd yn oed ambell feteor fflamllyd, yn debyg i sêr gwib. Falle y byddai'n werth sefyll mewn caca o bryd i'w gilydd i weld y rheini. Edrychais draw ar Loti. Y peth pwysig oedd cadw golwg ar y lwmpyn yna o gaca.

Rhoddodd Mr Nelson chwilair ar thema gwersylla i ni, ac roeddwn i wrthi'n uwcholeuo *cynnwrf* ac yn dweud wrth Miki pam na ddylai hwnna fod mewn chwilair am wersylla, pan gerddodd Mrs Llwyd i mewn.

'Bore da, Mr Nelson! Bore da, 8N! Dyna braf yw gweld dosbarth mor ddiwyd!'

Gwnaeth Mr Nelson i ni i gyd ddweud bore da wrthi hi fel petaen ni yn yr ysgol gynradd. Sylwais ar ei llygaid yn oedi wrth fy ngweld i.

'Dwi wedi galw heibio i ddweud llongyfarchiadau mawr wrth Jemeima – cwyd ar dy draed! Dere! Paid â bod yn swil!'

Yn araf, gwthiais fy nghadair a thynnu 'mlaser i o gwmpas fy mola. Roedd fy mochau'n teimlo'n dwym wrth i fi sefyll o flaen desg Mr Nelson. Pesychodd Mrs Llwyd i garthu ei llwnc.

'8N, pleser o'r mwya i fi yw cyhoeddi fod Jemeima wedi ennill lle i gynrychioli Academi Cil-y-cregyn ar *Brainiacs!*'

Dechreuodd guro'i dwylo ac ymunodd pawb arall yn y gymeradwyaeth. Cydiodd Mr Nelson yn fy llaw â'i ddwy law, a'i siglo. Bloeddiodd Miki ac Afzal a safodd Erin ar ei thraed. Roedd Alina yn wên o glust i glust.

Curodd Loti ei dwylo'n uchel a dweud, 'Da iawn, Jemeima! Dim ond tri phwynt oedd rhyngon ni!' Roedd gwên lydan yn sownd ar ei hwyneb.

Trïais wenu'n ôl, ond roedd fel petai rhyw alergedd 'da fi iddi hi. Roedd Mr Nelson wedi rhoi'r sgrin ymlaen. Meddyliais am eiriau Alina ar ôl y wers Ymarfer Corff. Fyddai Loti wir yn gallu meddwl am rywbeth gwaeth na'r Gwersyll Gwyllt ei hunan?

Amser cinio, crynhodd cymylau cwmwlonimbws llwyd yn yr awyr, gan chwistrellu diferion mawr tew o law dros bawb. Cerddais yn gyflym at y neuadd chwaraeon dan gysgod fy ngwerslyfr Ffiseg. Y tu mewn, roedd Gwenfair wrthi'n chwythu pêl lan môr enfawr.

'Jemeima!' meddai. 'O'r mawredd! Llongyfarchiadau ar *Brainiacs*! Ro'n i wrth fy modd pan ddywedodd dy dad y newyddion wrtha i!'

'Ym, diolch,' atebais, gan sychu 'ngwerslyfr gwlyb shwps â hances bapur. 'Doedd dim angen i Dad eich ffonio chi i ddweud hynny.'

'Paid â bod yn dwp! Mae'n gyffrous ofnadwy!'

'*No way!*' gwaeddodd Brandon wrth gerdded i mewn yn hamddenol. Tapiodd y bêl fel petai'n gwneud yn siŵr ei bod hi'n real. 'Ry'n ni'n sorbio!'

'Dim sorbio, Brandon,' atebodd Gwenfair, gan gau'r bêl yn dynn. Yna, dechreuodd droelli'r bêl yn feistrolgar â'i dwylo. 'Ond fe gawn ni hwyl!'

'Diflas,' meddai Brandon, cyn ymddiheuro ar unwaith.

'Iawn. Dewch o hyd i le, bawb!' Rhedodd Gwenfair aton ni, a rhoi mygydau i bawb eu clymu dros eu llygaid. 'Dwi ddim eisie gwneud hyn yn rhy hawdd i chi!'

Edrychais ar y bêl oren fawr yn rholio o gwmpas, heb neb yn ei rheoli. 'Gallen ni gael ein lladd!' dywedais yn dawel wrth Heidi, ond adleisiodd fy llais drwy'r neuadd chwaraeon. Gwenodd Gwenfair arna i.

'Wnaiff hi ddim dy ladd di, Jemeima! Mae hi'n ysgafn fel pluen!'

Falle fod Gwenfair heb glywed am ddeddf mudiant Newton, na chwaith wedi sylwi ar Brandon, oedd yn twymo'i hunan drwy neidio o gwmpas fel bocsiwr yn y cylch. Gwisgais fy mwgwd dros fy llygaid, yn barod i dderbyn fy ffawd. O leiaf, petawn i'n cael fy anafu'n ddifrifol, fyddai dim rhaid i fi fynd ar y trip gwersylla.

Gwaeddodd Brandon, 'Bowlio dynol!'

Tynnais fy mwgwd. 'Chi'n gweld?'

'Dywedwch wrtho fe, plis, Miss,' ychwanegodd Maya.

Chwarddodd Gwenfair. 'Fe gadwa i lygaid ar Brandon, paid â phoeni.'

Ochneidiais a chlymu fy mwgwd yn ôl wrth i Gwenfair esbonio'r rheolau. Yn syml, gêm daflu pêl (yn ddall) oedd hi. Petai'n rhaid i fi gael llawdriniaeth ar fy wyneb, byddwn i'n bendant yn erlyn yr ysgol. A Brandon Taylor.

Gwaeddodd Gwenfair 'Ewch!' a chlywais y bêl yn sboncio tuag ata i, treinyrs yn gwichian ar y llawr a churiadau trwm fy nghalon yn fy mrest. Roedd yn teimlo'n union fel gêm o fowlio dynol. Estynnais fy mreichiau mas a gweddïo.

'GWYCH Jemeima – rwyt ti wedi'i deall hi!' gwaeddodd Gwenfair. A dwi'n credu i fi ei *chlywed* hi'n gwenu.

Dwi'n siŵr bod gweddill y gemau y buon ni'n chwarae gyda Gwenfair yr amser cinio hwnnw yn erbyn y rheolau. Ond ar ôl ugain munud, roedd cyhyrau fy stumog yn rhoi dolur i fi achos 'mod i wedi chwerthin cymaint. Wedyn, ar ôl i ni eistedd mewn cylch, estynnodd Gwenfair lolipops o'r blwch iâ.

'Trît bach i chi i gyd! Lolipops cartref! Ro'n i'n meddwl falle y byddech chi eisie rhywbeth bach i'ch helpu chi i oeri.'

Edrychon ni i gyd ar ein gilydd. Nid telepathi oedd e, ond roeddwn i'n gwybod ein bod ni i gyd yn meddwl yr un peth. Adleisiodd ein chwerthin dros y neuadd i gyd.

'Be?' meddai Gwenfair. 'Be sy mor ddoniol?'

'Peidiwch â dweud wrtha i,' meddai Nate. 'Blas afocado.'

'Na.' Chwarddodd Maya. 'Taten felys!'

Plethodd Gwenfair ei breichiau. 'O, wela i. Doniol iawn!'

'Dwi'n gwybod!' gwaeddodd Brandon. 'Ffa ming a gwair gwlyb!'

Chwarddodd Gwenfair. 'Ffa *mwng* ydyn nhw, Brandon, a fyddwn i byth yn gwneud i chi fwyta gwair gwlyb!'

'Cnau cashiw?' holodd Heidi.

'Blodfresych!' gwaeddodd Harri.

Chwarddodd Gwenfair a siglo'i phen. 'Ry'ch chi i gyd yn ddoniol iawn. Ond dwi wir ddim yn credu y gwnewch chi ddyfalu! Jemeima?'

Edrychais ar y lolipops, oedd yn dechrau dadlaith yn araf bach yn ei dwylo. 'Ffrwyth y ddraig?'

Agorodd ei cheg mewn syndod. 'Mae hi'n gywir!' Tynnodd ddarn o ffrwyth y ddraig o'i bag. 'Ffrwyth y ddraig a leim ydyn nhw! Des i â hwn i ddangos i chi. Anhygoel, Jemeima! Sut roeddet ti'n gwybod hynny?'

Codais f'ysgwyddau. 'Ry'ch chi wastad yn rhoi pethau od yn eich bwyd chi.'

Chwarddodd Gwenfair wrth i bawb syllu arna i fel petawn i'n athrylith. Neu'n *Brainiac*. Ond doeddwn i ddim. Y cyfan wnes i oedd sylwi ar ffrwyth y ddraig ym mag Gwenfair ar ein ffordd i mewn.

Wrth i ni fwyta'r lolipops, soniodd Gwenfair wrthon ni am werth maethol ffrwyth y ddraig a leim. Roedd hi fel Wicipedia ffrwythau ar ddwy goes.

'Nawr, Harry, Heidi, Jemeima, dyma fy newyddion cyffrous! Dwi wedi cael gwahoddiad i fynd ar drip gwersylla Blwyddyn 8!' Gwenodd wên fawr ddisglair, oedd yn ddigon pwerus i greu signal Wi-Fi. 'On'd yw hynny'n wych?'

'Gwych!' dywedais, gan obeithio na fyddai Gwenfair yn sylwi 'mod i'n dweud celwydd. Doeddwn i ddim eisiau i Gwenfair Rhydderch-Prys fod yn y Gwersyll Gwyllt o gwbl.

Falle dy fod ti'n meddwl 'mod i ddim yn hoffi Gwenfair, a 'mod i ddim eisiau gweld ei gwên enfawr drydanol wrth straffaglu drwy gae llawn drain a mwd. Neu 'mod i ddim chwaith eisiau clywed am werth maethol malws melys wedi'u rhostio. Ond nid dyna oedd y broblem. Yn y Gwersyll Gwyllt, byddwn i'n abseilio, yn dringo creigiau, yn rhedeg ac yn gwneud llwyth o chwaraeon awyr agored.

Y gwir amdani oedd, doeddwn i ddim eisiau i Gwenfair 'ngweld i'n methu gwneud y pethau hynny. Methu mewn ffordd hollol drychinebus hefyd.

Y penwythnos hwnnw, roedd fy mhen mewn llyfr bron bob munud. Gwnes i gardiau adolygu a mapiau meddwl. Ysgrifennais restri a pharatoi ar gyfer yr holl bynciau cwis posib oedd wedi'u rhestru yn fy llythyr gwahoddiad swyddogol gan *Brainiacs*. Pryd bynnag y byddwn i'n cael hoe o'r astudio, byddwn i'n ymbil ar Dad i beidio â gwneud i fi fynd i wersylla. Ond dyw hyd yn oed ennill lle ar *Brainiacs* ddim yn golygu dy fod ti'n cael dy gymryd o ddifri yn fy nheulu i.

Nos Sul, daeth Dad i mewn i f'ystafell yn dal rycsac brown. Roedd bathodynnau wedi'u gwnïo ar y pocedi yn dweud: *Dim ond mewn pabell mae gwersylla go iawn!* Ac *Mae bywyd yn fyr, gwersyllwch yn noeth!*

'Ffeindiais i hwn yn un o'r bocsys wnaethon ni eu tacluso yn y garej!' meddai. 'Perffaith, neu beth?'

'Os taw dy ddiffiniad di o "perffaith" yw marw o gywilydd, ydy, mae e.'

Chwarddodd Dad lond ei fola. Neidiodd Hermione oddi ar fy ngwely a dechrau sniffian y rycsac. Gallai hyd yn oed y gath ddweud bod rhywbeth yn bod arno fe.

Pwyntiais at y bathodyn *gwersyllwch yn noeth*. 'Dwyt ti ddim o ddifri, wyt ti?'

'O, paid â bod mor ddiflas! Dim ond jôc yw hwnna! Wnaiff neb sylwi. Dwi ddim am brynu rycsac newydd sbon i ti, ar gyfer dim ond *un* trip gwersylla.' Agorodd Dad y sip a dwi'n eitha siŵr i fi weld gwyfyn yn hedfan mas ohono. ''Dyn nhw ddim yn gwneud rycsacs fel hyn heddi!'

'Mae rheswm da am hynny. Bydd pawb yn chwerthin ar fy mhen i! Ble mae'r rycsac ddefnyddiodd Jasper pan aeth e?'

'A, ie. Cwestiwn da. A dweud y gwir, mae e'n dal i fod yn y Gwersyll Gwyllt, mae'n siŵr! Taflodd Brandon Taylor fe i mewn i'r llyn, yn ôl beth glywais i. Ta beth, mae hwn yn llawer mwy cadarn. Alla i ddim credu 'mod i bron â mynd â hwn i'r tip sbwriel!'

'Trasiedi o'r mwya fyddai hynny.' Edrychais drwy'r stwff gwersylla roedd e wedi gosod ar y landin, gan feddwl tybed oeddwn i ar fin mynd o'r badell ffrio i'r tân.

'A-ha! Dyma nhw!' Daliodd Dad bâr o drowsus pysgota, yr un lliw â *camouflage* yr anialwch. 'Fy hen drowsus pysgota! Wnaiff y rhain gadw dy goesau di'n sych, hyd yn oed pan fyddi di'n cerdded drwy afon!'

'Does dim bwriad 'da fi gerdded drwy afon!' Codais bamffled y Gwersyll Gwyllt i wirio hynny. 'Dyw e ddim yn dweud dim byd am gerdded drwy afonydd. Na throwsusau fel dy rai di. Yr unig beth byddwn ni'n ei wneud yn yr afon fydd caiacio. A dyna'r rheswm dwi'n gobeithio cael fy herwgipio gan ddynion bach gwyrdd o'r gofod heno.'

'Jemeima!' meddai Dad. 'Fydd e ddim cynddrwg â hynny! Ond, os bydd e'n debyg i'r tripiau gwersylla dwi'n eu cofio o'r ysgol, fyddi di ddim yn y caiac yn hir iawn. Dyna pam byddai'r trowsus hyn yn ddefnyddiol!'

Dychmygais drio mynd i mewn i gaiac fel yr un ym mhamffled y Gwersyll Gwyllt. Dychmygais y caiac yn siglo ac yn troi drosodd, a minnau wedyn yn cwympo gyda sblash i'r dŵr rhewllyd yn gwisgo trowsus Dad, lle byddwn i'n siŵr o ddal clefyd Weil, a phawb yn y flwyddyn yn chwerthin ar fy mhen.

'Oes wir raid i fi fynd? Alla i ddim aros fan hyn ac adolygu ar gyfer *Brainiacs* yn lle hynny? Mae hwnna'n bwysicach na gwersylla. Dim ond pythefnos sydd i fynd tan y rhaglen. Alla i ddim risgio cael anaf difrifol.'

Gwenodd Dad. 'Byddi di'n mwynhau unwaith y byddi di yno. Ti fydd yr unig un o dy flwyddyn di fydd heb fynd. Dwyt ti ddim eisie hynny, nag wyt?'

'Fydd pawb arall ddim yno! Dyw Jennifer Simons o ddosbarth Maths Miki ddim yn mynd.'

Meddyliodd Dad am funud fach. 'Hi yw'r un sydd newydd gael tynnu ei phendics?'

Ochneidiais. Pam roeddwn i wastad yn sôn wrth Dad am bopeth?

'Felly, gadawa i ti nawr, i ti gael pacio. O, a phaid ag anghofio dy wisg nofio.'

'Gwisg nofio?' Daeth ias ofnadwy drosta i, fel petawn i newydd gael fy nhaflu i bwll dŵr rhewllyd.

'Ie, i'w gwisgo dan dy wetsiwt. Ar gyfer y gemau yn y llyn.'

'Ond mae'n dweud ar y wefan bod nhw ddim yn mynd i nofio yn y llyn ym mis Hydref.'

'Dim ond os yw'r tymheredd wedi cwympo, a dyw e ddim. Yn ôl e-bost Mr Nelson, y gweithgaredd cynta yw polo dŵr. O'n i'n meddwl y byddet ti'n gwybod.'

'O Arglwydd Mawr.' Allwn i ddim dychmygu dim byd gwaeth na gwisgo wetsiwt o flaen pawb yn fy mlwyddyn. Byddai hyd yn oed dal clefyd Weil yn well na hynny. 'Plis paid â gwneud i fi fynd.'

'Jemeima,' meddai Dad, gan benlinio ar fy mhwys i ar y llawr, 'mae'n rhaid i ti stopio poeni am y peth pwysau 'ma. Bydd Harri a Heidi yno, fyddan nhw? A Miki? A Gwenfair?'

Nodiais.

'Dwi'n dweud wrthot ti – bydd pawb yn teimlo mor gyffrous i fod yno, fydd neb yn edrych ddwywaith arnat ti.'

Falle gallwn i fynd â chrys T i'w wisgo dros fy wetsiwt. A falle byddai trowsus pysgota Dad yn cuddio 'nghoesau i. Roedd Hippocrates yn gwybod ei stwff pan ddywedodd e fod rhaid cael atebion enbyd i ddatrys sefyllfa enbyd.

'Mae'r llyn yn edrych yn brydferth iawn!' meddai Dad. 'Bydd e'n brofiad arbennig! Maen nhw'n gwneud pethau fel hyn yn Sgandinafia, a drycha golwg mor iach sydd arnyn nhw i gyd! Petawn i yn dy le di, fyddwn i ddim yn trafferthu gydag unrhyw ddillad nofio. Does dim byd gwell na nofio'n borcyn!'

'Dad!' rhoddais fy nwylo dros fy wyneb.

Gwaeddodd Jasper, 'FFIAIDD!' o ben arall y landin.

Chwarddodd Dad. 'Fe gei di gymaint o hwyl, byddi di'n dod 'nôl yn meddwl pam gwnest ti gymaint o ffws am yr holl beth.'

'*Os* bydda i'n dod 'nôl.' atebais. 'Byddwn ni'n chwilio am ein bwyd ein hunain. Falle wna i fwyta madarch gwenwynig yn ddamweiniol.'

'Jemeima, paid â bwyta madarch gwenwynig i osgoi nofio. Dwyt ti ddim eisie chwydu mewn pabell – a chaca'n dod mas o'r pen arall, wyt ti? Byddai hynny'n ofnadwy o *embarrassing*.'

Roedd Dad yn iawn.

'Falle wna i ddisgyn i geunant.'

'Paid â disgyn i geunant. Neu o leia, ddim heb raff o dy gwmpas di.'

'Fyddet ti ddim yn ffitio mewn ceunant!' gwaeddodd Jasper.

Brasgamodd Dad ar draws y landin a gwthio'i ben i mewn i stafell Jasper. 'Stopia hi, Jasper. Falle dylwn i ddweud wrthi hi amdanat ti, a bod cymaint o ofn y tywyllwch arnat ti, nes bod rhaid i ti gysgu yng nghaban yr athrawon! Nawr, cer i weld oes angen help ar Lleuwen gyda'r swper, wnei di? Soniodd hi rywbeth am gawl danadl poethion gynnau. Gobeithio bod hi ddim o ddifri.'

'Dad, mae llwyth o fanteision i fwyta danadl poethion,' dywedais. 'Gan gynnwys gostwng lefelau straen.'

'Ydy hynny'n wir?'

'Ydy, felly dylet ti fwyta llwyth ohono.'

Twt-twtiodd Dad. 'Gofynna i Miki oes eisie lifft arno fe yn y bore,' meddai, a mynd lawr y staer.

Gwisgais y trowsus pysgota dros fy legins ac edrych yn y drych. Roedden nhw'n edrych yn hurt. Tynnais lun a'i anfon at Miki.

Atebodd e:

BETH YDYN NHW 😲

Atebais i:

Dim clem

rhai Dad ydyn nhw 😵‍💫

fel dau fag sbwriel enfawr!

t'isie lifft i'r ysgol fory?

Atebodd Miki:

iawn, faint o'r gloch?

Codais y llythyr gwersylla cyn teipio:

Omb bws yn gadael am 6am!!!!

Atebodd Miki:

Naaaaaa 😲 😲 😲 😲

Arllwysais gynnwys y rycsac i weld beth arall roedd Dad wedi'i bacio. Roedd tortsh yno, a batris sbâr, siwmperi gwlân, un o'r blancedi arian 'na rhag ofn i ti gael hypothermia, oedd yn swnio'n eitha tebygol. Paced bach oedd yn dweud PONCHO ARGYFWNG. Byddai'n rhaid i'r glaw fod ar lefel monswn i fi hyd yn oed ystyried gwisgo'r erchyllbeth yna o flaen pobl. Roedd Dad wedi meddwl am bopeth. Cit cymorth cyntaf, het wlanog, weips babi. Ffagl! Roedden ni'n gwersylla yng nghanol nunlle, wedi'r cyfan. A falle byddai hwnna'n ddefnyddiol i godi ofn ar anifeiliaid gwyllt.

Stwffiais y ffagl i gefn fy rycsac. Roedd Scrabble Teithio yno hefyd, pecyn o gardiau, bariau egni. Tynnais focs pinc mas. Roedd e'n edrych yn newydd sbon. Anrheg arbennig ar gyfer y trip, falle!

Agorais y pecyn. *Mahishopisho: y ddyfais berffaith i bi-pi y tu allan.*

Lladdwch fi nawr, meddyliais.

40

Y GWERSYLL GWYLLT

'Llinellau syth!' bloeddiodd Mr Nelson dros y maes parcio i gyd.

Symudais ymlaen, gan drio peidio ag agor fy ngheg. Dylai cyrraedd yr ysgol cyn chwech y bore fod yn anghyfreithlon.

'Dw i eisie metr perffaith rhwng pob dosbarth cofrestru!' Roedd Mr Nelson yn ymddwyn yn union fel ymerawdwr Rhufeinig. Petai ymerawdwyr Rhufeinig yn gwisgo cotiau glaw *hi-vis*.

'Rycsac neis, Jemeima!' meddai Loti, gan dorri i mewn o'n blaenau ni. 'Gobeithio bod ti ddim yn bwriadu gwersylla'n noeth. Dwi'n credu y byddwn i'n chwydu.'

Edrychais ar Miki, ond roedd e'n gwisgo clustffonau ac yn canu *Let's Go Fly a Kite* wrtho fe'i hunan ac i weddill ein rhes.

'Jôc yw hwnna, Loti,' atebais. 'A ta beth, rycsac Dad yw e, ddim f'un i.'

'Mae dy dad yn gwersylla'n borcyn? Yyyych!' rhochiodd Loti, cyn gweiddi i lawr y rhes, 'Mae tad Jemeima'n *nudist*!'

Tynnodd Miki ei glustffonau wrth i Mr Nelson gerdded heibio.

'Wir, Loti? Dyna ddiddorol! Mae tad Jemeima'n noethlymunwr!' Gwenodd Mr Nelson arna i, cyn troi'n ôl at Loti. 'Rhaid i fi ddweud, sylwais i ddim yn y noson rieni ddiwetha!'

'Dyw e ddim yn noethlymunwr, Mr Nelson,' atebais. 'Arlunydd yw e. Dim ond jôc ar ei rycsac yw hynny.'

'Mae Loti yn credu ei bod hi'n ddoniol,' meddai Miki.

'Wela i!' meddai Mr Nelson, gan roi ei glipfwrdd dan ei fraich. 'Comedïwraig! Dwi'n dwli ar jôcs – does dim byd gwell. Yn enwedig ar siwrne hir. Llongyfarchiadau, Loti, rwyt ti newydd ennill lle yn y dosbarth cynta.'

'B-beth?' meddai Loti.

Gwenodd Mr Nelson. 'Sef, i ddefnyddio'i enw arall, y sedd drws nesa i fi. I mewn â ti!'

Gwenais, a rhoddodd Miki bawen lawen i fi.

'Wnaiff hynny gadw'r Llygoden Fawr yn dawel am gwpwl o oriau,' meddai. 'Hei, nage Gwenfair yw honna?'

Troais, a gweld Gwenfair yn cerdded yn syth tuag ata i.

'Falle'i bod hi eisie trafod cynnwys maethol dom da gyda ti.'

'Shwmae, Jemeima!' gwenodd Gwenfair arna i. Roedd ei llygaid yn pefrio. 'On'd dyw hyn yn gyffrous? Dwi newydd siarad â Heidi a Harri a dwi wedi gofyn i Mr Nelson eich rhoi chi'ch tri yn fy ngrŵp er mwyn i fi roi cefnogaeth ychwanegol i chi. Ond a dweud y gwir, dwi eisie i chi fod gyda fi er mwyn i ni gael mwy o *hwyl*!' Cododd ychydig fodfeddi oddi ar y llawr wrth ddweud hynny. 'Clywais i taw'r her fwdlyd sy'n digwydd fory!'

Roeddwn i wedi blino gormod i ofyn beth oedd yr her fwdlyd. Roedd yr enw'n awgrymu na fyddai'n un o uchafbwyntiau 'mhrofiad gwersylla i.

'Ro'n i'n meddwl y gallen ni wneud ychydig o nofio ychwanegol ar ôl y polo dŵr, petai hynny'n well 'da chi? Yn lle caiacio? Byddwn ni yn ein wetsiwts beth bynnag. Dwi wrth fy modd yn nofio yn yr awyr agored! Hefyd, mae 'na daith gerdded i hen gaer. Gallen ni wneud hynny yn lle'r abseilio, os hoffech chi? Dyw Heidi ddim yn hoffi uchder ac ro'n i'n meddwl byddech chi'n mwynhau'r hanes! Dywedodd Mr Nelson y byddai hynny'n iawn.'

Buodd rhaid i fi agor a chau fy llygaid i wneud yn siŵr 'mod i ar ddi-hun. Oedd Gwenfair newydd ffeindio ffordd mas i fi o'r abseilio a'r caiacio?

Cododd ei dwylo yn yr awyr ar gyfer pawen lawen, a dweud, 'ANHYGOEL!'

Clapiais fy nwylo yn erbyn ei dwylo hi. Roedd Gwenfair yn llawer gwell nag Ymerodres ar gerdyn tarot. Roedd hi'n angel gwarcheidiol go iawn – er ei bod hi'n hoffi chwaraeon.

Cwympais i gysgu yn erbyn ffenestr y bws. Dihunais pan deimlais Miki yn pwnio fy mraich gan weiddi'n gyffrous, 'Ry'n ni yma!'

Rhwbiais fy llygaid. Roedd arwydd yn y clawdd yn cyhoeddi Y GWERSYLL GWYLLT! mewn llythrennau enfawr.

'Collais fy signal ffôn ryw hanner awr yn ôl,' meddai Miki. 'Tsecia d'un di.'

Tynnais fy ffôn o 'mhoced i. 'Dim bar,' dywedais. 'Ond mae Scrabble Teithio 'da fi!'

Taflodd Miki ei obennydd ata i.

Parciodd ein bws ar ddarn bach o dir caregog ar bwys coedwig enfawr. Ac yna, dyma Mr Nelson yn rhoi newyddion ofnadwy i ni. Byddai'n rhaid i ni gerdded i'r gwersyll. *Dwy filltir.*

'Peidiwch â tharfu ar fywyd gwyllt y goedwig!' meddai, ar ôl i ni gasglu ein bagiau i gyd. 'Sylwi heb darfu! Dyna arwyddair cefn gwlad!'

'Dwy filltir?' holais Miki.

'Bywyd gwyllt?' atebodd yntau. Syllon ni ar ein gilydd. 'Gobeithio bod Wi-Fi yn y lle 'ma.' Rhoddodd ei rycsac ar ei ysgwyddau. 'A waffls.'

Roedden ni wedi bod yn cerdded am awr a hanner pan fuodd rhaid i ni ddringo dros gamfa a mynd i mewn i gae yn llawn gwartheg.

'Ymlaen!' meddai Mr Nelson.

Dechreuodd ambell un ei ddilyn, ond arhosodd y gweddill ohonon ni yn y gornel ar bwys y ffens.

'Dewch nawr! Sylwi heb darfu! Mae gwartheg yn greaduriaid digon diniwed!'

'Mae gwartheg yn lladd pump o bobl bob blwyddyn,' dywedais, gan bwyso yn erbyn y ffens i gael fy ngwynt yn ôl. 'Ac maen nhw'n anafu cannoedd yn fwy, siŵr o fod. Maen nhw'n edrych fel petaen nhw'n symud yn araf,' esboniais wrth y dorf fach oedd yn ymgasglu, 'ond maen nhw – a dweud y gwir – yn ysglyfaethwyr marwol. Gallan nhw redeg ar gyflymder o bedwar deg milltir yr awr.'

Stopiodd Mr Nelson. Craffodd ar y criw oedd yn prysur dyfu wrth fy ochr ar bwys y ffens. 'Ydych chi'n mynd i 'nghredu i, Arweinydd Gwobr Dug Caeredin a Phennaeth yr Adran Hanes, neu ddisgybl o Flwyddyn 8, Jemeima Fychan?'

'Ond,' meddai Afzal, 'mae hi'n mynd i fod ar *Brainiacs*, Syr.'

Wrth glywed buwch yn brefu'n uchel, neidiodd ambell blentyn mewn braw.

Plethodd Mr Nelson ei freichiau'n ddiamynedd. 'Iawn, wel, os yw Jemeima'n gywir ynglŷn â'r gwartheg peryglus 'ma, well i ni beidio ag eistedd fan hyn fel twpsod. Ymlaen!'

Yn araf bach, dechreuodd pawb gerdded. Arhosais tuag at y cefn, a Miki yn dynn wrth fy ochr. Roedd y daith gerdded yma, yn bendant, yn groes i'n hawliau dynol.

'Dewch 'mlaen, chi'ch dau!' meddai Mr Nelson. 'Siapwch hi!'

Edrychais ar y barau signal gwag ar fy ffôn. 'Mr Nelson,' mentrais, 'os bydd argyfwng, sut gallwn ni ffonio am help os does dim signal?'

Chwarddodd Mr Nelson. 'Ry'ch chi'n gweiddi "HELP!" fel y bydden ni'n ei wneud, amser maith yn ôl!'

Roeddwn i'n ofnadwy o falch fod Dad wedi pacio'r ffagl 'na i fi.

Ar ôl sbel fach, ymddangosodd baner las siâp triongl yn y pellter.

'Bron yna!' gwaeddodd Mr Nelson. 'Anelwch am y faner!'

Gallwn i weld amlinell aneglur torf o bobl yn chwifio baneri amryliw fel petaen nhw'n trio dweud rhywbeth wrthon ni. Neu, ein rhybuddio ni, falle. Mae 'na ryw hen system o'r enw semaffor, sy'n debyg i god Morse. Mae'r ffordd rwyt ti'n dal pob baner yn yr awyr yn cynrychioli llythyren o'r wyddor. Mae'n siŵr taw dyna sut mae pobl yn gorfod cyfathrebu yng nghefn gwlad, heb signal ffôn na dim byd arall.

Pan gyrhaeddon ni'r gwersyll, chawson ni ddim hyd yn oed amser i orffwys cyn codi'n pebyll. Taflais fy rycsac i lawr ar y borfa, wedyn dechreuais i, Heidi, Jaz ac Erin godi'n pabell ni. Roedd rhai o'r lleill yn cael trafferth â'u pebyll, ond doedd dim ond angen synnwyr cyffredin a dweud y gwir. Hefyd, cawson ni i gyd set o gyfarwyddiadau. Dywedodd Mr Fraser taw ein pabell ni oedd yr un orau, felly ein 'gwobr' oedd helpu pawb arall â'u pebyll nhw.

'Gwaith da, Jemeima!' meddai Gwenfair, gan ddal rhywbeth oedd yn arogli fel siocled poeth, ond a oedd fwy na thebyg yn llawn brocoli neu rywbeth.

Buodd bron i Miki faglu dros raffau ein pabell ar ei ffordd aton ni. Roedd e'n gwisgo trowsus dal-dŵr oren llachar.

'Paid â dweud dim!' meddai. 'Roedd Mam yn poeni byddwn i'n mynd ar goll wrth wneud y dasg cyfeiriannu.'

'Dwi'n siŵr y bydd hi'n gallu dy weld di'n cyfeiriannu yr holl ffordd o Gil-y-cregyn yn rheina!' meddai Gwenfair gan chwerthin.

Gwenais. 'Byddan nhw'n gallu dy weld di o'r gofod, dwi'n credu.' Troais at Gwenfair. 'P'un yw'ch pabell chi, rhag ofn bydd 'na argyfwng?'

'O, dwi'n aros yng nghaban yr athrawon, draw yn fan 'na.' Pwyntiodd at fwthyn cysurus yr olwg ar ymyl y cae. Roedd hynny mor nodweddiadol o'n hathrawon ni – yn gwneud i ni gael hypothermia tra eu bod nhw'n aros mewn llety moethus. 'Mae eich swogs yn gwersylla mas fan hyn gyda chi.'

Codais fy rycsac. 'O na!'

Roedd e wedi bod yn eistedd mewn lwmpyn o faw.

'Afiach!' ebychais, gan estyn fy mhecyn weips.

'O, sdim ots, Jemeima!' meddai Gwenfair. 'Dim ond gwrtaith yw e! Wnaiff e ddim drwg i ti.' Dechreuodd gerdded tuag at y man cyfarfod. 'NPK pur yw e!'

'Beth yffach mae hynna'n feddwl?' holodd Miki, gan gydio mewn weip a rhoi help llaw i fi i sychu'r baw.

'Diolch. O, nitrogen, ffosfforws a photasiwm, siŵr o fod. Ond soniodd hi ddim gair am y pathogenau peryglus na'r lefelau uchel o amonia, cofia! Mae'r gwersyll 'ma'n beryg bywyd.'

Gwenodd Miki. 'Rwyt ti, yn llythrennol, yn gwybod beth yw gwerth maethol lwmpyn o ddom da,' meddai, gan sychu ei ddwylo.

Es i floc y toiledau tra oedd y merched eraill yn newid. Cymerais f'amser, yn fwriadol, er mwyn iddyn nhw fynd i'r man cyfarfod cyn i fi gyrraedd yn ôl. Wedyn, tynnais fy nillad, gwisgo 'ngwisg nofio a rhoi 'nillad drosti, cyn tynnu trowsus pysgota Dad dros fy nhrowsus loncian. Roeddwn i'n chwysu'n stecs erbyn i fi orffen. Yn amlwg, doedd dim angen i fi boeni am hypothermia. Roedd ein pabell ni fel sawna.

Agorais sip y drysau wrth i lais Mr Nelson fytheirio drwy'r uchelseinydd.

'Brysiwch wir, bob un ohonoch chi! Gwisgwch yn glou, nawr. Nid sioe ffasiwn yw hi!'

Doedd dim angen iddo fe ddweud hynny wrtha i, a minnau'n gwisgo trowsus pysgota Dad.

'Ewch i'r man ymgynnull! Y grŵp olaf i gyrraedd fydd yn golchi'r llestri!'

Roedd hyn yn union fel gwersylla gyda Dad.

Ymhen ychydig funudau, byddai'n rhaid i fi wisgo wetsiwt o flaen holl ferched fy mlwyddyn. Hynny yw, gan gymryd y byddai wetsiwt yn fy maint i 'da nhw. Doeddwn i erioed yn fy myw wedi dyheu cymaint am gael aros mewn pabell. Hyd yn oed pabell oedd yn drewi o ddom da. Caeais sip y babell ar fy ôl a cherdded yn araf bach at y man ymgynnull, gan wylio baneri swogs y Gwersyll Gwyllt yn cyhwfan yn y gwynt. A meddyliais, tybed beth oedd symbol semaffor y gair 'help'.

41

LLWCH SÊR

Roeddwn i'n eistedd ar ochr y llyn yn y Gwersyll Gwyllt a 'nhywel i wedi'i lapio o 'nghwmpas i, yn hanner rhewi. Dywedais i wrth Ffion, ein swog, 'mod i ddim yn gallu nofio. Chredodd hi ddim gair o hynny. Roedd hi'n honni ei bod hi wedi cael rhestr yn barod o bawb oedd yn methu nofio. Dywedodd hi y byddwn i'n difaru wedyn. Fyddwn i ddim yn oer yn y dŵr achos y byddai haenau inswleiddio'r wetsiwt yn fy nghadw i'n dwym. Ond roeddwn i'n gwybod hynny'n barod. Ac wrth i fi wisgo'r wetsiwt yn y stafelloedd newid, dywedodd rhywun wrtha i nad oedd angen wetsiwt arna i ta beth, achos bod 'da fi ddigon o fraster i 'nghadw i'n dwym.

Edrychais draw dros y llyn. Roedd pawb yn chwarae polo dŵr gyda phêl anferth a *hula hoops* fel dwy gôl. Gallwn glywed eu gweiddi a'u clapio, eu sgrechian a'u chwerthin yn troelli ar yr awel.

'Wyt ti'n siŵr bod ti ddim am ymuno â ni?' gwaeddodd Ffion o'r dŵr. Roedd ei llaw dros ei llygaid, i'w cysgodi rhag yr haul. Gallet ti weld siâp bron bob cyhyr yn ei braich.

Siglais fy mhen. Allai dim yn y byd fy mherswadio i adael i bawb ym Mlwyddyn 8 fy ngweld i mewn *neoprene* tynn.

Sylwais ar ben Heidi yn y dŵr. Petawn i heb gymryd oesoedd i wisgo'r wetsiwt, gallwn i fod wedi mynd i mewn gyda hi. Tynnais fy ffôn mas o'r bag. Dim signal eto fyth. Roedd y gwersyll 'ma fel rhywbeth o Oes y Cerrig. Edrychais o gwmpas i wneud yn siŵr bod dim dom da ar y borfa, cyn gorwedd i edrych ar y cymylau trwchus. Doedd dim gobaith i fi weld y sêr gyda'r nos, chwaith. Gwastraff amser oedd benthyg binocwlars Jasper. Tybed oedd e wedi sylwi eto 'mod i wedi mynd â nhw?

'Jemeima!'

Gwenfair. Yr un olaf roeddwn i eisiau ei gweld. Roedd hi'n siŵr o fod yn debyg i dduwies, hyd yn oed mewn wetsiwt. Fyddai hi byth yn deall sut roeddwn i'n teimlo. Arhosais ar fy nghefn, gan edrych lan ar y cymylau.

'Pam dwyt ti ddim yn chwarae?'

Penderfynais roi ateb byr, heb unrhyw fanylion. 'Dwi ddim yn teimlo'n dda.'

'O,' meddai hi, a gallwn ei chlywed hi'n camu ar y dec pren ar bwys y llyn. Symudais i ddim. Arhosais yn fy unfan, yn gwylio'r cymylau'n ffurfio siapiau gwahanol yn yr awyr.

'Ddim yn teimlo'n dda, nag wyt? Dyna fyddwn i'n ddweud bob tro byddai rhywun yn gofyn i fi fynd i nofio gyda nhw,' meddai hi.

Codais fy mhen, ac yna codi ar fy eistedd.

Roedd hi'n eistedd ar ymyl y dec a'i thraed yn hongian yn y dŵr. 'Nawr, does dim taten o ots 'da fi os yw pobl yn syllu. Neu'n edrych ddwywaith arna i, neu'n rhoi pwniad i'w ffrindiau i edrych arna i. Does dim ots, achos dwi wrth fy modd yn nofio. Os dyw pobl ddim yn hoffi beth maen nhw'n weld, eu problem nhw yw hynny.'

Eisteddais, er mwyn i fi ei gweld hi'n iawn. 'Pam byddai pobl yn gwneud hynny i chi? Mae'ch corff chi'n ... berffaith.'

Trodd i fy wynebu i, a gwenu. 'Diolch, Jemeima! Dyna'n union sut dwi'n teimlo am fy nghorff hefyd! Ond mae rhai pobl yn dwli syllu ar fy nghoes i.' Tynnodd ei choesau o'r dŵr. Ar ei choes dde, dan ei phen-glin, roedd prosthetig gwyrddlas. Roedd patrwm arno, fel cynffon môr-forwyn. Allwn i ddim credu 'mod i heb sylwi o'r blaen. Gwenodd Gwenfair fel petai hi'n darllen fy meddwl. 'Dyw f'un arferol i ddim mor drawiadol. Dyma 'nghoes ddŵr i! Mae hi wedi'i gwneud o ddefnydd gwahanol, sy'n dal dŵr.' Ymestynnodd ei choesau a throi ei hwyneb at yr awyr. 'Mae'n brosthetig eitha cŵl. Falle dyna pam mae pobl yn syllu.'

Gwenais. 'Achos y patrwm môr-forwyn?'

'Yn union!' chwarddodd Gwenfair. 'Falle'u bod nhw'n genfigennus. Mae'n fwy diddorol o lawer na hen groen diflas!' Cerddodd draw ata i a dod i eistedd ar fy mhwys i ar y borfa. 'Ti'n deall, Jemeima, bod rhai pobl yn treulio'u bywydau i gyd yn peidio â gwneud pethau achos eu bod nhw'n poeni beth bydd pobl yn feddwl? Ond, wyt ti'n gwybod beth sy'n bwysig go iawn?'

'Beth mae pobl yn feddwl?'

'Nage!' Chwarddodd Gwenfair gan daflu ei phen yn ôl. Chwerthiniad oedd yn dod o ddyfnderoedd ei bola. Chwerthiniad heintus. 'Y peth pwysica yw beth rwyt *ti'n* feddwl. Amdanat *ti dy hun.* Ydw i'n mynd i beidio â gwisgo gwisg nofio neu siorts yn yr haf achos bod rhai pobl yn syllu ar fy nghoes brosthetig? Ydw i'n mynd i guddio fy hunan oddi wrth bawb a phopeth?'

Codais f'ysgwyddau ac edrych mas dros y llyn. 'Falle.'

'Na'dw, Jemeima,' meddai. 'Dwi ddim yn mynd i feddwl fel 'na. Mae digon o rwystrau'n barod i rywun fel fi; dwi ddim am osod rhagor o rwystrau.' Edrychodd ar y tonnau'n tasgu dros y dec pren. 'Ro'n i'n arfer casáu gweld pobl yn syllu arna i pan o'n i'n iau. Ond nawr, os bydd pobl yn syllu arna i achos bod fy nghorff i ddim yn edrych yn union fel eu cyrff nhw, wel da iawn!'

'Da?' holais. 'Sut gall hynny fod yn dda?'

Edrychodd Gwenfair i fyw fy llygaid. 'Achos bod hynny'n f'atgoffa i 'mod i ddim yn cuddio. Dwi ddim yn osgoi gwneud y pethau dwi'n dwli arnyn nhw – fel nofio – achos yr olwg sydd ar fy 'nghoes i. Dwi ddim yn cyfyngu ar ddim y galla i ei wneud achos 'mod i'n poeni beth bydd pobl yn

316

feddwl o 'nghorff i. Dim rhagor. Dwi'n canolbwyntio ar sut mae 'nghorff i'n teimlo. I fi. Felly – o ran y bobl 'na sy'n syllu? Maen nhw'n f'atgoffa i 'mod i wedi penderfynu bod yma, i bawb fy ngweld – ddim yn anweledig.'

Syllodd arna i am funud. 'Mae ein cyrff ni'n rhannu'r un elfennau â'r sêr, Jemeima. Ry'n ni – yn llythrennol – wedi'n ffurfio o lwch sêr! Ond roeddet ti'n gwybod hynny'n barod, on'd doeddet ti?' Ac wrth iddi ddweud hynny, daeth bloedd fawr o gymeradwyaeth o'r llyn. 'Mae rhywun wedi sgorio!' Safodd a chamu ar y dec. 'Dwi'n gwybod dy fod ti'n glyfar, Jemeima. *Brainiac* wyt ti nawr! Felly, os wyt ti eisie treulio dy fywyd yn eistedd ar y cyrion, yn cuddio dy gorff dan dywel Spider Man, dy ddewis di yw hynny. Ond o fan hyn, mae'n edrych fel petai'n tîm ni wedi colli.' Tapiodd ei bys ar ei gwefus. 'Dyna drueni bod neb ar ein tîm ni sy'n gallu saethu.'

Deg eiliad gymerodd hi i fi newid fy meddwl. Gwnes i dipyn mwy o sblash na Gwenfair wrth neidio i'r llyn. Ond yr eiliad honno, roedd fy nhîm yn colli o saith pwynt, felly roedd angen i rywun gynhyrfu'r dyfroedd. Pan chwythodd Ffion y chwiban ar ddiwedd y gêm, roedden ni ar y blaen o ddwy gôl. Fi sgoriodd chwech ohonyn nhw. Yr enw ar hynny yw: peidio â bod yn anweledig.

Yn hwyrach, yn y stafell newid, wrth sychu fy hunan â'r tywel mwyaf *embarrassing* y gallai Dad fod wedi'i gael o'r cwpwrdd crasu, meddyliais am eiriau Gwenfair. A meddyliais am y sêr a bod eu disgyrchiant nhw eu hunain yn eu dal nhw at ei gilydd. Y sêr mwyaf yw'r hypergewri. Y nhw yw'r math prinnaf o sêr hefyd, a'r pethau disgleiriaf sy'n bodoli yn y bydysawd. Edrychais ar fy nghorff yn y drych. Falle fod ychydig mwy nag arfer o lwch sêr yn fy nghorff i.

42

TÎM GWENFAIR

Roedd hi fel y fagddu. Roeddwn i'n gorwedd yn fy sach gysgu a 'mhen i'n sticio mas o'r babell a'r drws ynghau uwchben fy wyneb. Roedd fy nghoesau i'n boenus ar ôl cerdded tua wyth mil o filltiroedd lan bryn i weld adfeilion hen fryngaer o'r Oes Haearn ac roeddwn i'n teimlo braidd yn dost ar ôl bwyta llond cwdyn o falws melys cartref 'bendigedig' Gwenfair. Ond roedd yr awyr yn edrych fil o weithiau'n brydferthach nag y dychmygais i. Roedd dod â binocwlars Jasper yn syniad gwych. Roeddwn i'n gallu gweld popeth – clystyrau o sêr, meteorau, cymylau niwl a Galaeth Andromeda'n ymledu'n droellog tuag at ein galaeth ni. Roedd yr holl beth yn chwalu 'mhen i. Yr holl egni – y llosgi, y ffrwydro, y gwrthdaro a'r ymdoddi. Yma ar y Ddaear, roedd hi'n hollol dawel a llonydd. Heblaw am chwyrnu Heidi.

'Jemeima,' sibrydodd Jaz. 'Caea'r sip. Dwi'n rhewi.'

Cymerais un pip bach olaf ar yr awyr, cyn llithro'n ôl i'r babell. 'Sori,' sibrydais.

'Alla i ddim cysgu,' meddai Jaz. 'Dwi'n clywed bleiddiaid bob munud.'

'Tylluanod ydyn nhw, Jaz. Sdim bleiddiaid 'ma.'

'Dywedodd Harri y gallai bleiddiaid fyw yn y goedwig a fyddai neb yn gwybod,' sibrydodd.

'Mae hynna'n dwp. Does dim bleiddiaid yng Nghymru.'

Disgleiriodd Jaz olau ei ffôn ar ei hwyneb. 'Dywedodd e y gallen nhw fod wedi dianc o sw!'

'Dim ond trio hela ofn arnat ti roedd e. Ta beth, dyw'r rhan fwyaf o rywogaethau bleiddiaid ddim yn beryglus i bobl. Y peth mwyaf peryglus yn y Gwersyll Gwyllt, dwi'n credu, yw dŵr y llyn ro'n ni'n nofio ynddo fe gynne,' sibrydais yn ôl. 'Galli di ddala pob math o bethau. A doedd yr offer arlwyo ddim yn edrych yn arbennig o lân i fi.' Dywedais wrth Jaz am y gwahanol fathau o facteria sy'n byw mewn dŵr, a'r peryglon i iechyd a diogelwch a hawliau dynol roeddwn i wedi'u gweld yn y Gwersyll Gwyllt hyd yn hyn. 'Jaz?' sibrydais. 'Wyt ti'n dal ar ddi-hun? Jaz?' A dyna sut sylweddolais i fod sôn am facteria ac iechyd a diogelwch yn gallu gwneud i bobl deimlo braidd yn gysglyd.

Llithrais mor bell â phosib i mewn i fy sach gysgu, gan obeithio na fyddai 'dial' Loti yn waeth na'r her fwdlyd fyddai'n disgwyl amdanon ni ben bore yn y Gwersyll Gwyllt.

* *

Fore trannoeth, llithrodd diferion enfawr o law i lawr fy wyneb wrth i fi drio rhedeg drwy'r goedwig. Yr her fwdlyd oedd hi. Neu, a bod yn fanwl gywir, yr her fwdlyd bum cilomedr lan llethr mewn monswn. Ac yn groes i orchymyn Gwenfair ar y llinell gychwyn, doeddwn i ddim yn 'mynd fel y gwynt'. Er hynny, roeddwn i'n ddiolchgar o'r diwedd am drowsus pysgota Dad. Roedden nhw'n cadw fy nghoesau i'n sych. Ond trueni am weddill fy nghorff. Gallwn deimlo chwys yn crynhoi yn erbyn defnydd fy nghot law. Roeddwn i wedi llithro ar fy mhen-ôl o leia driliwn o weithiau. Roedd un peth yn sicr – roedd rhywun yn mynd i gael anaf difrifol yn y Gwersyll Gwyllt.

Roedd Miki ymhell ar y blaen gyda'i grŵp e a Loti wedi mynd heibio i fi ers oesoedd. Rhybuddiodd fi i beidio â chael trawiad ar y galon.

'Daliwch ati!' gwaeddodd Ffion, ein swog, wrth redeg heibio mewn siorts a fest.

Edrychais lan a baglu dros wreiddyn coeden.

Gwenodd Ffion. 'Mae hyn i gyd yn rhan o'r hwyl!' Helpodd fi i godi ar fy nhraed, a dweud, 'Cei di orffwys, ond chei di ddim rhoi lan 'to!'

Doeddwn i wir ddim yn ei hoffi hi.

Des i o hyd i fonyn coeden oedd wedi'i gysgodi'n rhannol rhag y glaw. Agorais fy nghot law. 'Wna i ddala lan 'da ti,' dywedais wrth Heidi.

'Iawn. Af i'n araf.'

Gwyliais hi'n hanner-loncian, hanner-llithro dros lawr y goedwig.

Ymestynnais fy nghoesau poenus o 'mlaen i a sychu'r chwys oddi ar fy nhalcen. Her fwdlyd bum cilomedr. Mewn dilyw. Roedd hyn, fwy neu lai, yn artaith gorfforol.

'Jemeima! Dyna ti!' Ymddangosodd Gwenfair a'i gwên drwy'r glaw. 'Dywedodd Heidi fod angen hoe fach arnat ti! Wyt ti'n iawn?'

'Dwi ddim yn rhedeg,' dywedais. 'Mae'n rhy beryglus.'

'Mae'n iawn,' meddai hi. 'Gallwn ni gerdded. Ond mae'n rhaid i ti orffen. Cod Tîm Gwenfair – ti'n cofio?'

Ochneidiais. 'Pa mor bell yw e?'

'Ddim yn bell!' meddai hi. 'Dim ond rhyw bum can metr lan y bryn 'na mae'r gwersyll.' Aeth i lawr ar ei chwrcwd ar fy mhwys i a phwyntio drwy'r coed. 'Weli di'r faner 'na?'

Yn y pellter, gallwn weld smotyn glas pitw bach.

'Galli di wneud hyn, Jemeima!' meddai, ond symudais i ddim modfedd. 'Mae syniad 'da fi. Beth am i fi roi cwis i ti ar y ffordd? Gawn ni weld faint o gwestiynau cei di'n gywir cyn y diwedd!'

Edrychais arni hi.

'O, dere! Paid â dweud wrtha i bod dim cardiau adolygu ym mhocedi'r got law 'na.'

Anadlais yn ddwfn a thynnu'r cardiau adolygu o 'mhoced i. 'Iawn, ond dim ond achos taw rhain yw'r rhai wedi'u lamineiddio.'

'Arbennig!' meddai Gwenfair, gan roi help llaw i fi godi. Roedd ei dwylo hi'n feddal iawn; mae'n rhaid ei bod hi'n rhoi llwyth o hufen croen arnyn nhw. Falle iddi hi gael hufen croen am ddim yn ei llety moethus. 'Hei! Drycha arnon ni!' Pwyntiodd at ein coesau. Roedd hi'n gwisgo fwy neu lai'r un trowsus â fi. 'Tîm y Pysgotwyr!'

'Rhai Dad ydyn nhw.'

'Wel, mae dy dad yn cŵl iawn.'

'Dyna mae e'n ddweud.'

Cerddais i'n ôl i'r gwersyll gan ateb cwestiynau Gwenfair bob cam o'r ffordd nes i'r man cyfarfod ddod i'r golwg, ymhen hir a hwyr. Safai torf o bobl wrth y llinell derfyn.

'Mae hyn mor *embarrassing*,' dywedais, gan drio anadlu heb duchan. 'Dod yn olaf.'

'O, 'dyn ni ddim yn olaf!' meddai Gwenfair. 'Aeth grŵp Ms Fraser y ffordd anghywir, glywais i. Maen nhw filltiroedd ar ein holau ni! Ta beth, oes ots?' Rhoddodd ei bysedd mewn lwmpyn o fwd a thaenu streipiau mwdlyd dros ei bochau. 'Tîm Gwenfair!'

Ac roedd hynny'n beth gwael achos allwn i ddim stopio chwerthin ac roedd hi'n anodd iawn anadlu wedyn.

Tua thri deg metr o'r polyn, dechreuais gyflymu a thrio anghofio beth byddai pobl yn ei feddwl. Yn lle hynny, canolbwyntiais ar sut roedd fy nghorff yn teimlo. Sef poen annioddefol, yn fwy na dim. Neidiodd Miki o'r gwair gan weiddi, 'Cer, Jemeima, cer!' wrth i fi groesi'r llinell derfyn.

Roedd mwd dros fy nhreinyrs i gyd, a chwys yn diferu dros fy nghroen. Roedd fy ngwallt yn wlyb stecs ac yn glynu'n sownd wrth fy nhalcen. Roedd fy mochau'n fflamgoch. Ond doeddwn i ddim yn teimlo fel 'na ar y tu mewn. Ar y tu mewn, roeddwn i'n teimlo fel un o gardiau tarot Lleuwen. Yr un â'r fenyw'n marchogaeth llew. Mae ei gwallt yn dawnsio yn y gwynt, a chalon o fflamau yn ei llaw. Dyna'r un â'r gair *Cryfder* ar y gwaelod. Dyna sut roeddwn i'n teimlo. Ac ychydig yn bryderus ynglŷn ag ymateb Dad i'r treinyrs, oedd bellach yn rhacs.

Roedd cawodydd y Gwersyll Gwyllt yn rhewllyd. Mae'n rhaid bod hynny'n anghyfreithlon. Roeddwn i'n mynd i gwglo hynny ar ôl cael signal ffôn. Arhosais nes bod y stafelloedd newid bron yn wag, cyn newid yn y gornel. Roeddwn i'n groen gŵydd i gyd, ac roedd fy nghoesau'n boenus. Tynnais gwdyn plastig o boced gefn fy rycsac a stwffio fy nhreinyrs i iddo.

'Hei, gollyngaist ti rywbeth,' meddai Heidi, gan bwyntio at rywbeth ar y llawr. 'Cwympodd hwn mas o dy fag di.'

'Diolch.' A chydiais ynddo. Pamffled oedd e, â'r teitl, *Mordeithiau Seren Wen: moethusrwydd i bawb.*

Do'n ni erioed wedi bod ar fordaith. Yn bendant, ddim ar fordaith foethus. Syniad Dad o wyliau moethus oedd aros yn hen garafán Mam-gu yn Borth. Fyddai Dad byth yn talu am fordaith. Roedd e'n cwyno digon am gost y golff gwallgo ym Mae'r Dolffin. Tybed o ble daeth y pamffled, felly? Ond roedd fy ngwallt yn dal i fod yn wlyb a 'nwylo i'n rhewi, felly doedd dim amser i bendroni. Rhoddais y pamffled ym mhoced fy nghot, cyn eistedd dan y sychwr dwylo i gynhesu 'mysedd rhewllyd i.

Roedd Miki yn pwyso yn erbyn coeden y tu fas i'r stafelloedd newid. Roedd ei wallt yn dal i fod braidd yn wlyb ac yn chwifio o gwmpas yn y gwynt. ''Co.' Rhoddodd un o fisgedi cartref ei fam i fi ac edrychais o gwmpas am y bws. 'Mae'n rhaid i ni gerdded, cofio?' meddai Miki, gan gnoi ei fisged. 'Dwy filltir!'

'O'r mawredd,' atebais. 'Alla i ddim credu ein bod ni wedi gorfod talu am y profiad 'ma.'

Y funud honno, rhedodd Loti heibio. Edrychodd arna i, a chwerthin. Ac fe ges i deimlad oeraidd rhyfedd yn fy mola – mae'n siŵr taw dyna beth yw hypothermia. Ta beth, roeddwn i'n synhwyro bod Loti wedi gwneud rhywbeth, ond ei bod hi'n rhy hwyr i fi wneud dim byd am hynny.

Dyna sy'n digwydd pan wyt ti'n aros lan yn hwyr yn gwylio'r sêr ac yn sôn am fleiddiaid a bacteria. Rwyt ti'n anghofio cadw golwg ar y peryglon go iawn.

43

BYDYSAWD
YN EHANGU

Sylwais ar Dad cyn gynted ag y tynnodd y bws i mewn i faes parcio'r ysgol. Roedd e'n gwisgo'i got felen lachar *hi-vis*. Rhag ofn nad oedd yr ysgol i gyd wedi sylwi mor *embarrassing* oedd e.

'Rwyt ti'n dal yn fyw!' gwaeddodd – yn boenus o swnllyd – wrth i fi gamu oddi ar y bws. 'Rhyfeddol! Wnest ti ddim llyncu madarch gwenwynig na chael dy gnoi gan drychfilod rheibus na chwympo i lawr ceunant!' Wedyn, chwarddodd am ben ei jôc ei hunan.

'Ydw, Dad,' atebais, gan ddringo i lawr y staer. 'Gwnes i oroesi popeth. Yn anffodus, mae dy drowsus pysgota di wedi goroesi hefyd. Dwi'n mynd i nôl fy rycsac.' Cerddais draw at y man lle roedd gyrrwr y bws yn gosod bagiau pawb. Arhosodd Dad gyda fi am funud, cyn dechrau craffu ar y criw o'n cwmpas ni.

'Ydy Gwenfair yma'n rhywle?' gofynnodd. 'Ro'n i eisie dweud helô yn gyflym. Wela i di'n ôl yn y fan.' Gwelodd hi o'r diwedd, a rhedeg ati ar wib. Roedd gwên Gwenfair mor llydan ag erioed. Roedd e'n dweud rhagor o'i jôcs, siŵr o fod.

Chwifiais hwyl fawr ar Miki. Roedd ei fam yn aros yn y car fel rhiant normal (syniad cwbl ddieithr i Dad). Arhosais ar bwys y fan, gan drio anfon neges delepathig at Dad i ddweud wrtho ei bod hi'n bryd i ni fynd. Ond weithiodd hynny ddim. Roedd Mr Nelson wedi ymuno yn y sgwrs. Gallwn i fod wedi marw o hypothermia ym maes parcio'r ysgol a fyddai neb wedi sylwi.

'Mae Gwenfair yn fenyw ffein iawn,' meddai Dad pan ddaeth e'n ôl. 'Fe wnest ti'n wych, medde hi.'

'Mae hi'n dweud celwydd.'

Chwarddodd Dad. 'Sgoriaist ti chwe gôl yn y polo dŵr! A rhedeg 5K!'

'Des i'n olaf. Heblaw am y grŵp aeth ar goll.'

Taniodd Dad yr injan. 'Felly ddim ti oedd yn olaf! Wnest ti ddim cwyno chwaith, yn ôl Mr Nelson – ond mae'n anodd 'da fi gredu hynny!' Chwarddodd Dad eto. 'Ro'n i'n disgwyl cael galwad wrthot ti ganol nos yn dweud bod gwersylla'n groes i dy hawliau dynol neu rywbeth.'

'Doedd dim signal.'

'Ha! Wir, dwi'n falch ofnadwy ohonot ti. Do'n i ddim eisie dweud dim byd cyn i ti adael, ond roedd y trip 'na'n hunllef lwyr i Jasper! Ond gest ti hwyl, on'd do?'

'Wel, gad i fi weld ... bues i'n gwersylla mewn oerfel ofnadwy, yng nghanol nunlle, o bosib gydag anifeiliaid oedd wedi dianc o sw ar hyd y lle. Cerddais i hanner ffordd lan mynydd, rhedais i drwy gors fwdlyd a nofio mewn llyn oedd yn llawn gwymon gwenwynig. A phaid â sôn am y bwyd.'

'Yn union! Digon o sbort a sbri! O, gyda llaw, mae Jasper wedi bod yn chwilio am ei finocwlars.'

'Ydy e?'

'Does dim syniad 'da ti ble maen nhw, nag oes?'

'Falle 'mod i wedi'u benthyg nhw ... i edrych ar y sêr.'

'Jemeima! Chei di ddim mynd â phethau heb ofyn!'

'Gofynnais i iddo fe!' Protestiais, cyn troi i wynebu'r ffenest a mwmial, 'ond ddywedodd e na.'

Wrth i ni gyrraedd y tŷ, gofynnais, 'Dad, wyt ti erioed wedi bod ar long bleser?'

Edrychodd Dad yn syn arna i. 'Na'dw, pam?'

Tynnais bamffled *Mordeithiau Seren Wen* o boced fy nghot a'i roi iddo.

'O ble gest ti hwn?' holodd yn bigog. 'Lleuwen roddodd e i ti?'

'Nage, roedd e yn dy rycsac di.'

Diflannodd y lliw o'i wyneb, fel y digwyddodd i Jasper sbel hir yn ôl cyn iddo fe chwydu dros sedd y car i gyd.

'O, dyw hwn yn ddim byd,' meddai. 'Caiff e fynd i'r bin ailgylchu.'

Cododd o'r fan a stwffio'r pamffled i boced gefn ei drowsus. 'Nawr, dwed wrtha i am yr her fwdlyd 'na!'

meddai, gan godi fy rycsac o'r cefn. 'Roedd angen y trowsus pysgota arnat ti, yn ôl Gwenfair!'

Dilynais i Dad i'r tŷ, ond ddywedais i ddim gair am yr her fwdlyd. Es i'n syth lan lofft i fy stafell. Pwysais ar sìl y ffenest, gan edrych mas ar y bydysawd enfawr yn ehangu, gan feddwl tybed pam byddai hen bamffled am fordeithiau'n gwneud i Dad edrych fel petai e ar fin chwydu.

Rhoddais fy ffôn yn y plwg. Goleuodd y sgrin a dirgrynodd y ffôn ddegau o weithiau. Sgroliais drwy'r hysbysiadau. Wedyn, daeth fy nghalon i stop. Fel petawn i wedi plymio i mewn i lyn rhewllyd heb wisgo wetsiwt.

Mae Loti Freeman wedi dy dagio mewn fideo.

Tapiais y sgrin a dyna ble'r oeddwn i. Yn fwd i gyd. Yn chwysu. Bochau fflamgoch. Gwallt yn sownd ar fy wyneb. Yn fy nghot law. A throwsus pysgota Dad. Yn rhedeg at y llinell derfyn. Teimlais fy nghalon yn pwnio'n galetach ac yn galetach wrth ddarllen ei neges.

Pob lwc i fy ffrind Jemeima fychan yn #Brainiacs !!!! #Cymru #Cilycregyn #academicilycregyn #amdani #herfwdlyd #athrylith #teledu #uchelgaisbywyd #Jemeimafychan #ffrindiau

Doedd dim hashnod i gyfleu cymaint roeddwn i'n casáu Loti y funud honno.

44

RHITHIAU GWELEDOL

Yn syth ar ôl dihuno fore trannoeth, cofiais am y fideo a theimlo'n dost. Eisteddais yn y gwely a phwyso botwm fy ffôn.

Roedd Miki wedi anfon neges ata i'n dweud:

Paid poeni, dywedwn ni wrth mr nels wnaiff e sorto hyn mas. ♥

Ond wnaeth y teimlad trwm, cyfoglyd ddim diflannu; roedd yn pwmpio fel gwenwyn yn fy ngwythiennau. Meddyliais tybed faint o bobl o'r ysgol oedd wedi gwylio'r fideo erbyn hyn. Tapiais ar broffil Loti a sgrolio i lawr drwy'r sylwadau.

Roedd rhai sylwadau caredig oddi wrth bobl yn fy nosbarth.

Roedd Afzal wedi sgwennu: amdani jem!

A Jaz wedi rhoi: methu aros ti mor glyfar!!!!

Wedyn Erin: roedd y sialens fwdlyd yn uffernol lol.

Ond yn is i lawr, roedd sylwadau eraill, gan bobl doeddwn i ddim yn eu nabod.

Waw mae hwnna'n FFIAIDD dal ati ferch

Dyw hynna ddim yn iach

Beeeeth? Ydy'r ferch yma ar y teledu yng Nghymru? Lol afiach

Gobeithio taw gwersyll ffitrwydd yw hwnna!!!!!!

Byddwn i wedi gallu delio â'r rheina. Roedden nhw'n wael. Ond os taw saethau oedden nhw, roedd y darian roeddwn i wedi'i chreu dros yr wythnosau diwetha yn ddigon cryf i'w gwrthsefyll. Dwi'n credu. Ond nid yr un ddarllenais i wedyn:

dylai fod cywilydd ar ei mam hi

Hyd yn oed petai fy nharian ddychmygol wedi'i gwneud o ditaniwm, byddai'r saeth honno wedi mynd yn syth drwy 'nghalon i. Ac mae saeth mor finiog â hynny'n farwol. Sut galli di fynd ar y teledu ar ôl cael ergyd fel yna?

'JEMEIMA!' gwaeddodd Dad. 'Ti'n mynd i golli'r BWS!'

Clywais lais Jasper y tu fas i fy stafell yn gweiddi arna i i frysio. '*DÉPÊCHE TOI*, JEMEIMA!'

Ond aros yn y gwely wnes i. Allwn i ddim wynebu'r ysgol. Nid ar ôl i bawb ar y blaned weld y fideo. A'r sylwadau. Byddai'r cyfan ar YouTube cyn amser cinio fwy na thebyg. Syllais ar y nenfwd, gan ddymuno bod drws cudd ynddo, yn arwain at fydysawd arall. Byddwn i'n dringo mas, a fyddwn i byth yn dod yn ôl. Achos pwy fyddai eisiau aros ar blaned lle mae dy gorff yn gwneud i dy fam deimlo cywilydd ohonot ti?

Edrychais ar y cit adolygu wnaeth Dad i fi a theimlo fy hunan yn anadlu'n ddwfn. Gwasgais fy llygaid ynghau a phwyso 'nwylo arnyn nhw, rhag i fi deimlo'r boen i gyd yn llifo mas.

Ond doedd dim unman i fi guddio rhag y gwir. Allwn i ddim mynd ar *Brainiacs* a chael Mam i deimlo cywilydd ohona i. Roedd y gwagle yn fy nghalon yn teimlo'n fwy nag erioed, fel galaeth yn ymestyn yn ddiderfyn, heb yr un seren yn disgleirio.

Agorodd Dad ddrws fy stafell. 'Jemeima! Ti'n mynd i fod yn hwyr! Pam wyt ti heb godi?'

'Dwi ddim yn teimlo'n dda iawn,' atebais, gan droi i wynebu'r wal.

Pwysodd Dad ei law ar fy nhalcen. 'Rwyt ti'n iawn. Does dim tymheredd arnat ti. Wedi blino rwyt ti, ar ôl y trip gwersylla! Dere! Fe gei di noson gynnar heno.'

'Mae Loti wedi postio fideo ohona i ar-lein,' dywedais, gan anadlu'n gyflym. 'Fideo ofnadwy.'

Ochneidiodd Dad yn hir ac yn swnllyd. 'Wel, ddylai hi ddim fod wedi gwneud hynny, yn bendant. Ond dyw hynny ddim yn rheswm i golli'r ysgol. Cwyd, Jemeima!'

Triais i ddal y dagrau i mewn, ond allwn i ddim. Felly daethon nhw mas, yn llifeiriant mawr. 'Dwi'n edrych mor ofnadwy, Dad! Mae pobl wedi rhoi sylwadau. Pethau cas iawn. Yn dweud 'mod i'n dew ac yn afiach.' Cymerais anadl ddofn. Tasgodd dagrau enfawr i lawr gan wlychu'r *duvet*.

Eisteddodd Dad ar ymyl fy ngwely a rhwbio 'nghefn i. 'O, Jem. Mae hynny'n ofnadwy,' meddai'n dyner. 'Mae'n flin 'da fi. Mae'n iawn. Sortiwn ni hyn mas.'

Clywais Jasper yn cripian i mewn.

'Be sy 'di digwydd?'

'Mae rhywun wedi postio fideo o Jemeima ar-lein,' meddai Dad. 'Mae 'na rai sylwadau ... sydd ddim yn neis iawn.'

'Gad i fi weld, Jem.'

Sychais fy llygaid a rhoi fy ffôn i Jasper. Gwyliais olau'r ffôn yn adlewyrchu yn ei lygaid.

'Iesu, mae hwnna'n wael.'

'Jasper!' meddai Dad. 'Rwyt ti i fod i wneud iddi deimlo'n well am y sefyllfa! Rho hwnna i fi.' Cydiodd Dad yn fy ffôn a thapio'r sgrin. 'Waw! Ife dyna'r her fwdlyd? Drycha arnat ti'n mynd! Jemeima! Dwi'n gwybod dy fod ti'n ypsét, cariad, ond dwi'n meddwl 'i fod e'n fideo bach da!'

'Ti'n jocan? Y rheswm mae Loti wedi'i roi e 'na yw 'i fod e mor wael. Mae hi eisie i bobl chwerthin ar fy mhen i. Mae hi hyd yn oed wedi tagio *Brainiacs* ynddo fe! Mae hi'n trio strywa 'mywyd i! Darllena'r sylwadau.'

Sgroliodd Dad i lawr. Roedd e'n gwingo ac yn edrych i ffwrdd bob hyn a hyn, fel y byddai pryd bynnag y bydden ni'n gwylio rhaglenni dogfen *Anifeiliaid Mwyaf Marwol y Byd*. 'Er mwyn dyn! Does dim byd gwell 'da rhai pobl i'w wneud?' Siglodd ei ben. 'Druan ohonot ti. Os oes unrhyw beth ffiaidd ar y we, wel sylwadau fel 'na yw hynny. Gwranda, pobl gas ydyn nhw. Paid â gwrando arnyn nhw. Wyt ti'n gwybod sut i'w ddileu e, Jasper?'

'All e ddim. Mae e ar broffil Loti,' atebais, gan sychu fy llygaid â llawes fy mhyjamas.

'Tynna *screenshots* a dwed wrth Mr Nelson,' meddai Jasper. Wnaiff e'n siŵr ei fod e'n cael 'i dynnu i lawr. Mae'r Loti 'na yn hen—'

'Diolch, Jasper!' meddai Dad. 'Dim bod ots o gwbl beth dwi'n feddwl, ond i fi, ti'n edrych yn – beth yw'r gair byddech chi bobl ifanc yn ddweud? *Fierce.*' Chwarddodd Jasper wrth i Dad rwbio f'ysgwydd i.

Roeddwn i'n meddwl bod Dad yn ofnadwy o grac, ac y byddai – am unwaith – yn fy nghadw i gartref o'r ysgol. Ond yna, dywedodd, 'Jemeima, golcha dy wyneb, gwisga, a gwna beth mae Gwenfair yn ddweud wrthot ti am wneud a dal dy ben yn uchel. Paid â gadael i'r bobl 'na dy ypsetio di. Af i â ti i'r ysgol yn y fan.'

Roedd Miki wrth y gatiau pan gyrhaeddais i'r ysgol.

'Dwi'n *casáu* Loti!' dywedais. 'Dwi 'di hela llwythi o negeseuon ati hi'n gofyn iddi ei dynnu e lawr. Mae hi wedi gweld fy negeseuon i, ond heb ateb o gwbl.'

Roedd fy llygaid wedi chwyddo ar ôl yr holl lefain, ond edrychais i ar y sylwadau eto i weld a oedd negeseuon newydd. Roedd Katie K wedi sgrifennu: pob lwc Jemeima ♥. Ym Mlwyddyn 9 mae hi, dwi'n credu.

'Stopia ddarllen y sylwadau!' meddai Miki, gan gydio yn fy ffôn a'i roi yn ôl ym mhoced fy rycsac. 'Feddylia i am ffordd i ddial ar Loti. Alla i ddim aros i weld ei hwyneb hi pan fyddi di'n chwalu pawb ar *Brainiacs*. Fydd dim gwên ar ei hen wyneb llygoden fawr wedyn.'

Stopiais gerdded. 'Miki, dwyt ti ddim o ddifri'n disgwyl i fi fynd ar *Brainiacs* nawr?'

'BE?' gwaeddodd Miki. Trodd y criw wrth y bloc gwyddoniaeth i edrych arnon ni.

'Dwi'n tynnu mas. Mae'n dweud yn fy llythyr bod pobl wrth gefn.'

'Paid â bod yn dwp!' Dechreuais gerdded eto, ond cydiodd Miki yn fy llawes. 'Jemeima, be sy'n mynd trwy dy feddwl di nawr? Alli di ddim tynnu mas.'

'Alla i ddim gwneud *Brainiacs*. Meddylia beth dywedith pawb wrtha i!' Llyncais y lwmpyn enfawr oedd yn fy ngwddf. 'Pam ar wyneb y ddaear meddylies i byddai popeth yn iawn? Ro'n i mor dwp. Os af i ar y rhaglen, bydd y sylwadau'n union yr un peth. Ond filiwn o weithiau'n waeth.'

Dilynodd Miki fi lan y staer ac ar hyd cyntedd yr Adran Hanes, heibio'r arddangosfa o bosteri am y Rhufeiniaid gwnaethon ni y llynedd. Coeden Deulu Mytholeg y Rhufeiniaid wnes i. Roedd Mr Nelson wedi sgrifennu *Eithriadol o dda* ar y gwaelod mewn inc gwyrdd. Ar y pryd, roeddwn i'n teimlo mor falch. Nawr, allwn i ddim credu 'mod i'n ddigon hurt i gredu bod ots am bethau fel 'na.

'Jemeima!' meddai Miki. 'Mae llai na phythefnos tan y gystadleuaeth! Meddylia am yr holl adolygu rwyt ti wedi'i wneud! Alli di ddim colli *Brainiacs* dim ond achos Loti Lot-o-rechu! Wna i ddim gadael i ti.'

'Mae hi'n rhy hwyr, Miki. Dwi 'di penderfynu. Dwi ddim am fynd ar raglen deledu fawr er mwyn i bobl fy ngalw i'n afiach ar YouTube am weddill fy mywyd. Dwi'n mynd i ddweud wrth Mrs Llwyd amser cinio.' Stopiais y tu fas i'n stafell gofrestru ac edrych drwy'r ffenest. Roedd Loti yn edrych ar ei ffôn a Caleb ar ei phwys hi'n chwerthin. Dechreuodd fy stumog gorddi.

'Jemeima, mae'n hurt. Mae hynny fel fi'n tynnu mas o *Mary Poppins* achos bod Loti ynddo fe. Wir, mae'n rhaid i fi *ddala 'i llaw hi*!' Gwenodd. 'Gallwn i ddal clefyd Weil!'

Chwarddais, ond roedd dagrau yn fy llygaid. 'Dyw hynny ddim yr un peth, Miki. Byddi di'n anhygoel yn *Mary Poppins* a bydd pawb yn dweud dy fod ti'n actor gwych a taw ti yw seren y sioe. Hyd yn oed petawn i'n ennill tlws *Brainiacs*, byddai pobl yn gwneud dim ond dweud pa mor afiach ydw i. Ac y dylai Mam fod â chywilydd ohona i.' Sychais ddeigryn oedd yn rhowlio i lawr fy wyneb. Doedd dim ots 'da fi, hyd yn oed, am y bobl oedd yn cerdded heibio. 'Mae miliynau o bobl yn gwylio *Brainiacs*, Miki. Miliynau! A bydd e ar YouTube am byth. Bydd pawb yn fy ngalw i'n Jemeima Fawr am byth.'

Rhoddodd Miki gwtsh i fi, cyn estyn pecyn o hancesi o boced fy rycsac, lle bydda i wastad yn eu cadw nhw. Y rhai *Brainiacs* ges i yn y cwdyn anrhegion oedden nhw, gyda mellt ar y paced ac arogl bananas arnyn nhw. Pasiodd un i fi, a sychais fy llygaid.

'Jem, fyddwn i ddim yn dweud yr un o'r pethau hynny. Fyddwn i ddim yn meddwl pethau fel 'na. Fyddai llwyth o bobl ddim yn gwneud hynny chwaith.' Roedd golwg fel petai e'n dweud y gwir arno, ond roedd e wedi bod yn actio tipyn yn ddiweddar, felly allwn i ddim bod yn siŵr. 'Bydda i'n rhy brysur yn cael fy rhyfeddu gan yr holl ffeithiau boncyrs byddi di'n eu dweud! Ti fydd y person gorau ar y rhaglen 'na. A ta beth, ro'n i'n meddwl bod y trowsus pysgota'n edrych yn cŵl arnat ti.'

Arhosodd Miki y tu fas i'r toiledau wrth i fi dasgu dŵr ar fy wyneb. Roedd patshys coch o gwmpas fy llygaid o hyd, ond cydiodd yn fy mraich ar y ffordd i mewn i'r dosbarth cofrestru, ac wrth i ni eistedd, galwodd Loti yn rhech ola'r wenci yn Japaneg. A phan ganodd y gloch ar ddiwedd y sesiwn gofrestru, arhosodd amdana i tra oeddwn i'n dangos fideo Loti i Mr Nelson. Yr enw ar hynny yw: ffrind gorau'r bydysawd.

'Wela i,' meddai Mr Nelson, gan graffu ar fy ffôn. 'Ers pryd mae hi'n gwneud y math yma o beth i ti, Jemeima? Y bwlio 'ma?'

'O, dim bwlio yw e,' dywedais. 'Mae hi jyst yn meddwl bod e'n ddoniol gwneud ...' Wedyn, stopiais. Roedd yn f'atgoffa o'r tro 'na welon ni'r cleisiau ar freichiau Harri. Ac yntau'n trio dweud bod e'n ddim byd o bwys. Fel petai ei fraich yn ddim byd o bwys. Yn sydyn, doedd dim syniad 'da fi pam roeddwn i'n amddiffyn Loti Freeman. Anadlais yn ddwfn a dechrau eto. 'Ers dechrau Blwyddyn 7.'

'Mae hi'n dweud pethau wrth Jemeima drwy'r amser, Syr,' meddai Miki. 'Mae hi'n chwythu ei bochau'n fawr fel hyn. Ac yn ei galw hi'n Jemeima Fawr. Dangosodd hi'r erthygl yn *Clecs Cil-y-cregyn* i bawb. Mae hi'n galw enwau arni hi ...'

'Reit,' cliciodd Mr Nelson ei fysedd. 'Mae ymddygiad Loti yn swnio'n hollol annerbyniol.'

O'r diwedd! meddyliais. *Mae rhywun yn grac am rywbeth sy'n digwydd i fi!*

'Af i â ti i'r wers Wyddoniaeth a chael sgwrs fach gyda Loti. Gallwn ni fod yn eitha sicr y bydd hi'n cael ei hynysu am weddill y dydd ac yn colli pob amser cinio yr wythnos 'ma.'

'Ond mae ymarferion 'da ni bob amser cinio, Syr,' meddai Miki. 'Hi yw Mary Poppins.'

'O diar! Wel, bydd rhaid i Loti ddysgu! Os na wnaiff hi ddechrau ymddwyn yn debycach i'r Mary Poppins go iawn, yr unig le y caiff hi berfformio'r tymor hwn fydd mewn stafell fach ar ei phen ei hun. Fe ofala i ei bod hi'n tynnu'r fideo 'ma i lawr ar unwaith, Jemeima.'

'Diolch, Syr.'

'Wrth gwrs,' meddai wedyn, 'yn Oes y Rhufeiniaid, bydden nhw'n toddi plwm ac yn ei arllwys i lawr ei llwnc!'

'Mae hynny'n mynd braidd yn rhy bell, Syr,' atebais. 'Well i chi beidio â dweud hynny wrth Mrs Llwyd.'

Chwarddodd Mr Nelson yn uchel, nes bod sŵn ei chwerthin yn atseinio dros y stafell ddosbarth.

Amser cinio, cerddais gyda Miki i'r stiwdio ddrama. Ar y ffordd yno, roedd rhai pobl yn gwisgo mygydau Calan

Gaeaf, er bod ein hathrawon cofrestru wedi dweud wrthon ni bod dim hawl gyda ni i wisgo pethau o'r fath.

'Rhed, Jemeima Fawr, rhed!' gwaeddodd rhywun oedd yn gwisgo mwgwd *Scream*.

'Plis paid â dweud dim,' dywedais wrth Miki, felly troellodd dan fy mraich a dechrau canu am hedfan barcud a'i saethu drwy'r atmosffer. Roedd e, fwy na thebyg, yn gwybod y byddai'n rhaid i fi ddweud wrtho fe ei bod hi'n amhosib – yn wyddonol – i rywun hedfan barcud drwy'r atmosffer. Yn y lle cyntaf, byddai angen tua wyth miliwn o beli cortyn arnat ti. Ar ôl i ni gyrraedd y stiwdio, gorffennais yr esboniad a gwenodd y ddau ohonon ni. Roeddwn i heb siarad cymaint drwy'r dydd.

Gofynnodd Miss Nisha a oeddwn i eisiau dod i mewn i wylio'r ymarfer, ond dywedais y byddwn i'n dod 'nôl fory, falle. Eisteddais ar y fainc y tu fas i'r bloc drama, yn edrych ar y *screenshots* roeddwn i wedi'u cymryd o neges Loti. Roedd e wedi diflannu o'i phroffil, oedd yn golygu bod y sylwadau wedi diflannu hefyd. Ddim yn llwyr, chwaith. Roedden nhw wedi'u serio ar fy meddwl i – am byth, siŵr o fod. Roeddwn i ar fin cerdded i swyddfa Mrs Llwyd pan sylwais ar Gwenfair yn cerdded tuag ata i.

'Dwi wedi bod yn chwilio bobman amdanat ti!' meddai. 'Mae Mrs Llwyd wedi gofyn i fi wneud ychydig o hyfforddiant ymenyddol gyda ti.'

'Mae Mrs Llwyd yn trio strywa 'mywyd i.'

Chwarddodd Gwenfair fel petai hi'n meddwl 'mod i'n tynnu coes.

'Hyfforddiant ymenyddol ar gyfer beth?'

'Ar gyfer *Brainiacs*, wrth gwrs! Mae hi eisie i fi ddysgu ychydig o strategaethau cystadleuol i ti, i roi mantais fach ychwanegol i ti! Rhyngot ti a fi, dwi'n credu bod Mrs Llwyd yn fenyw gystadleuol iawn! Ond mae'n newyddion gwych, on'd yw e? Be sy'n bod?'

Doeddwn i wir ddim eisiau dweud wrth Gwenfair. Ond agorodd fy ngheg, a chyn i fi sylweddoli beth roeddwn i'n wneud, daeth y cyfan mas.

Gwyliais hi'n craffu ar y *screenshots* ar fy ffôn.

'Wyt ti eisie gwybod be dwi'n ei weld wrth edrych ar hyn?' meddai hi, ar ôl sbel hir. 'Dwi'n gweld merch oedd ddim eisie gwneud yr her fwdlyd. Merch oedd ddim yn credu y gallai hi wneud yr her, felly aeth hi i eistedd ar fonyn coeden a rhoi lan. Ond yna, cododd y ferch 'ma ar ei thraed, rhedeg lan y bryn a chroesi'r llinell derfyn gan ddal ei phen yn uchel. Dwi'n edrych ar hwn, ac yn gweld merch gref, benderfynol a deallus. Merch â rhyfelwraig yn ei chalon. Dwi'n gwybod bod y rhyfelwraig yno, Jemeima, achos 'mod i wedi'i gweld hi â fy llygaid fy hunan. Dwi'n gweld merch hollol eithriadol, a dweud y gwir. A, hoffet ti wybod un peth arall? Os gwnaiff dy fam wylio *Brainiacs*, dyna'n union welith hi hefyd.'

Rhoddodd fy ffôn yn ôl i fi ac edrychais ar y *screenshots* eto. Dywedodd Gwenfair eu bod nhw'n debyg i rithiau gweledol, lle bydd pobl yn edrych ar yr un llun, ond yn gweld pethau gwahanol. Falle mai felly bydd fy mywyd, meddai hi. Bydd rhai pobl yn gweld Jemeima Fawr, ac eraill yn gweld Jemeima Fychan. Ond y peth pwysicaf oedd yr hyn roeddwn *i'n* ei weld. Roedd fy nghalon yn pwnio, fel petai rhyfelwraig ynddi hi'n trio neidio mas.

'Nawr,' meddai Gwenfair. 'Wyt ti'n barod i wneud yr hyfforddiant 'ma? Sdim gobaith i ti ennill *Brainiacs* os ei di ddim amdani.'

45

PEGASUS

Union wythnos oedd i fynd nes y byddwn i'n recordio *Brainiacs* ac roeddwn i'n sefyll ar bwys Mrs Llwyd, yn teimlo fel petai bob diferyn o 'ngwaed wedi crynhoi yn fy mochau. Roeddwn i wir yn gobeithio fyddwn i ddim yn llewygu. Byddai hynny'n hollol *embarrassing*.

Bore da, Academi Cil-y-cregyn!' bloeddiodd Mrs Llwyd. 'Pleser o'r mwya yw cyhoeddi, yn swyddogol, y bydd y disgybl Blwyddyn 8 yma – merch eithriadol o ddeallus – yn cynrychioli ein hysgol ni ar *Brainiacs*!' Llenwodd y neuadd â chymeradwyaeth frwd. 'Yr adeg yma'r wythnos nesaf, bydd Jemeima ar ei ffordd i stiwdio deledu yn Llundain i gymryd rhan yn y gystadleuaeth hynod gyffrous yma! Fydd hi ddim ar eich sgriniau chi tan Ddydd San Steffan, ond Jemeima, hoffwn i ddweud, ar ran pawb yma yn Academi Cil-y-cregyn, pob lwc! A phob nerth i'th ymennydd!'

Dechreuodd pawb guro'u dwylo. Clywais lais Brandon yn taranu, 'AMDANI FYCHAN!' wrth i fi siglo llaw Mrs Llwyd. Cyflwynodd fathodyn arbennig siâp ymennydd i fi, i'w wisgo ar fy mlaser. Gwasgodd f'ysgwydd wrth i'r ffotograffydd bwyntio'i gamera aton ni.

'Ry'n ni mor falch ohonot ti,' meddai, wrth i'r camera fflachio.

Sefais yno, o flaen yr ysgol i gyd, a 'nghoesau i fel jeli – a'u siâp yn rhy grwn. Roedd pawb yn gweld fy wyneb anghymesur, fy mola anwastad, fy mochau fflamgoch. Ond gwenais. Y wên fues i'n ei hymarfer yn y drych drwy'r penwythnos, ond bod hon yn teimlo'n real. Edrychais mas ar y môr o flasers gwyrdd o 'mlaen i, a'r rhan fwyaf o'r blasers yn llai na f'un i. Meddyliais tybed faint o bobl oedd yn gweld Jemeima Fychan. Achos dyna pwy oeddwn i, y funud honno. Nid Jemeima Fawr.

Gwibiodd gweddill yr wythnos heibio mor gyflym nes 'mod i'n teimlo fel petawn i'n reidio Pelen y Piwc. Gadawodd Mrs Llwyd i fi golli gwersi'r prynhawn i gael hyfforddiant ymenyddol gan Gwenfair. Bues i'n adolygu yn y llyfrgell bob amser cinio; gofynnodd Mr Nelson i'w glwb hanes fy helpu i astudio, cyfrifo a chofio popeth posib. Gwnaeth y llyfrgellydd arwydd arbennig oedd yn dweud *Tawelwch: Brainiac yn Hyfforddi!* Gadawodd hi i fi gael cadair gyfforddus o'r swyddfa hefyd. A thrwy gydol y cyfnod hwnnw, gwnaeth Loti ymdrech fawr i fod yn garedig wrtha i. Cynigiodd gario fy llyfrau ar y bws, rhoi benthyg ei pheniau ffelt i fi ar gyfer y cardiau cwestiynau, cadwodd yr allweddellau gorau i fi yn y wers Gerddoriaeth, ac fe wnaeth hi hyd yn oed ymddiheuro'n llawn wrtha i yn y wers Fathemateg. Mae'n rhaid ei bod hi wrth ei bodd yn ymddwyn fel Mary Poppins.

A phob nos, cyn mynd i'r gwely, byddwn i'n dymuno ar y 250 biliwn o sêr yn ein galaeth na fyddwn i'n edrych yn dwp ar y teledu. Roeddwn i'n gobeithio y byddai un ohonyn nhw, o leiaf, yn gwrando arna i.

Mewn chwinciad, bron, roedd hi'n ddydd Sul, sef y diwrnod cyn y byddwn i'n recordio *Brainiacs*. Ymestynnais fy mreichiau a 'nghoesau i gan edrych ar y daliwr breuddwydion oedd yn hongian yn erbyn fy ffenest. Yn ôl hen chwedl, y bydysawd sy'n anfon breuddwydion atat ti bob nos. Bydd breuddwydion da yn mynd trwy'r daliwr breuddwydion, ond caiff hunllefau eu dal yn ei we, cyn chwalu'n deilchion yn haul y bore. Maen nhw wedyn yn diflannu'n llwyr, fel hud a lledrith.

Gwisgais amdana i, tacluso nodiadau adolygu'r nosweithiau diwethaf ac agor drôr fy nesg i'w stwffio iddi. A dyna pryd y gwelais e eto. Pamffled Mordeithiau Seren Wen, a gwympodd o fy rycsac ar y trip gwersylla. Des i o hyd iddo fe wedyn yng nghuddfan Dad, a'i gymryd ar ôl iddo fynd i'r gwely. Doedd e ddim yn y bin ailgylchu, felly roeddwn i'n gwybod y byddai yn y potyn ar ben yr oergell, lle bydd Dad wastad yn cuddio'i bethau. Anghofiais i bopeth amdano yng nghanol holl baratoadau

Brainiacs. Doedd hynny ddim yn argoeli'n dda ar gyfer rownd y cof.

Agorais y pamffled ac edrych ar lun o bobl yn torheulo ar ddec llong bleser enfawr. Eisteddais, a theipio gwefan y cwmni i mewn i fy ffôn. Ymddangosodd geiriau ar y sgrin: *moethusrwydd i bawb.* Tapiais y dolenni ar hyd top y dudalen. Roedd eu llongau'n ymweld â phob gwlad yn y byd, bron! Pam roedd Dad wedi ymddwyn mor rhyfedd am yr holl beth? Edrychais drwy'r wefan a gweld lluniau o eirth gwyn a mynyddoedd iâ, temlau Eifftaidd a chamelod yn ymdeithio drwy'r anialwch, pyllau nofio a bwytai â bylbiau golau enfawr yn hongian o'r nenfwd, twba twym, teulu o ddolffiniaid. Roedd yn edrych yn anhygoel. Yna, rhewais.

Chwyddais un o'r lluniau ar fy ffôn nes ei fod yn fawr iawn ac yn llenwi'r sgrin i gyd. Mor fawr fel na allai fod yn gamgymeriad. Nac yn gelwydd. Mor fawr nes i fi deimlo fel petawn i'n sefyll yno ar y llong bleser, yn y bwyty â'r bylbiau golau enfawr, yn edrych i fyw ei lygaid.

Fy Wncwl Alffi oedd e.

Y dewin dirgel ei hun, Alffi Llywelyn. Y dyn a dorrodd galon Lleuwen yn deilchion. A gwagio'i chyfrif banc. A dwyn hen offer consurio Tad-cu o'i garej. Wncwl Alffi, a ddiflannodd i nunlle.

Ond wnaeth e ddim diflannu, naddo? Achos dyna ble roedd e nawr. Ar long bleser y Seren Wen. Ac roedd pamffled Seren Wen yn rycsac Dad.

Clywais sŵn traed y tu fas i 'nrws i. Daeth Jasper i mewn yn dal tanc Taran.

'Gei di bunt os wnei di lanhau tanc Taran i fi. Iawn, dwy bunt. Hei, be sy'n bod?'

Rhoddodd danc Taran ar y llawr a rhoddais fy ffôn iddo. Roedd y teimlad gwag ofnadwy yn fy nghalon yn dechrau lledaenu'n araf bach o gwmpas fy nghorff i gyd, fel olew wedi sarnu.

'Wncwl Alffi yw e! Ti wedi'i ffeindio fe?'

'Ffeindiais i hwn yn rycsac Dad pan o'n i'n gwersylla.' Rhoddais y pamffled yn ei law. 'Mae e'n gweithio ar un o'u llongau. Ond mae'n galw ei hun yn Alffi Myrddin nawr.'

'Ond ... dwi ddim yn deall. Roeddwn i'n meddwl bod neb yn gwybod ble roedd e.' Taflodd Jasper ei hunan i lawr ar fy ngwely, ac eisteddais wrth ei ochr. Craffodd ar y llun a dechrau darllen. '"Bydd Alffi Myrddin, ein dewin dirgel, yn perfformio'i sioe ryfeddol i swyno teithwyr *Pegasus*, ein llong brydferth ar Fôr y Canoldir." Mae hynna mor od. Wyt ti'n meddwl bod Dad yn gwybod ei fod e yno, yr holl amser? Pam na fyddai fe wedi dweud?'

'Falle bod e ddim eisie ypsetio Lleuwen?'

'Ie,' meddai Jasper. 'Falle. Ond mae'n rhyfedd achos roedd e wedi dwyn holl stwff Tad-cu. Ydy Dad yn gwybod bod hwn 'da ti?'

Edrychais arno.

'Cwestiwn twp.' Trodd y pamffled drosodd. 'Hei! Mae 'na rif ffôn fan hyn. Mae'n rhaid taw rhif Wncwl Alffi yw e!'

Edrychon ni ar ein gilydd. Rhuthrodd yr un syniad yn union ar draws ein rhwydweithiau niwral.

Yn ofalus, tapiais y rhifau i mewn i fy ffôn. 'Gawn ni weld ai fe sy 'na, wedyn rhoi'r ffôn i lawr ar unwaith, ife?'

Nodiodd Jasper. Anadlais yn ddwfn, cyn pwyso *Call*.

Canodd deirgwaith, wedyn: 'Helô? Helô? Oes rhywun 'na? Allwch chi 'nghlywed i? Helô?'

Rhewais. Cydiodd Jasper yn fy ffôn a phwyso *End Call*. Ac fe eisteddon ni yno am funud, yn fud. Minnau'n syllu ar Jasper ac yntau'n syllu ar y carped. Doeddwn i ddim yn hollol siŵr beth ddigwyddodd, ond gallwn i deimlo'r rhyfelwraig 'na'n taro'i drwm yn fy nghalon.

Nid llais Wncwl Alffi oedd hwnna. Llais menyw oedd e. Llais â thinc Ffrengig iddo fe.

O'r diwedd, edrychodd Jasper arna i. Roedd ei lygaid yn loyw, ac roeddwn i'n gwybod ei fod e'n teimlo'r un peth â fi, yn ddwfn yn ei galon. Hanner twll du. Hanner seren wib. Yna, siaradodd. A theimlais fy hunan yn suddo i ganol trobwll.

'Roedd hi'n swnio fel Mam.'

46

ANHREFN

Roedd Dad yn drilio yn y garej, ond prin y gallwn ei glywed. Yr unig sŵn yn fy mhen – eto ac eto – oedd Mam yn dweud 'Helô? Helô?'. Ar ôl i ni gyrraedd gwaelod y staer, stopiodd Jasper.

'Wyt ti'n siŵr y dylen ni ddweud rhywbeth?' meddai. 'Gallwn ni adael hyn am sbel fach. Tan ar ôl *Brainiacs*? Neu pan fydd Dad wedi rhoi'r gorau i ddrilio?'

Ond roedd hi'n rhy hwyr. Roedd Lleuwen wedi cerdded i mewn ac wedi darllen ein meddyliau ni. Drwy ein hwynebau. 'Be sy 'di digwydd?' Roedd ei gwallt wedi'i lapio mewn bynsen fawr ar dop ei phen, yn union fel roedd Mam-gu yn gwneud ei gwallt hi. 'Be sy 'di digwydd?' Cydiodd yn llaw Jasper ac arwain y ddau ohonon ni at y soffa. 'Dywedwch wrtha i.'

'Ry'n ni wedi ffeindio Wncwl Alffi,' dywedais yn gyflym, cyn i fi golli 'mhlwc.

Gwasgodd Jasper fy llaw i ddangos 'mod i wedi gwneud y peth iawn. Roedd yn deimlad braf – ond braidd yn chwyslyd.

'Mae'n ddrwg 'da fi – be?' Gwibiodd llygaid Lleuwen o un wyneb i'r llall. Roeddwn i'n teimlo fel petawn i wedi agor blwch Pandora ac wedi rhyddhau rhywbeth ofnadwy.

'Ry'n ni'n meddwl ein bod ni wedi dod o hyd i Wncwl Alffi,' meddai Jasper.

Cododd Lleuwen ac agor drws y ffrynt, fel petai hi'n gwybod ble roedd Alffi a'i bod hi'n mynd i redeg yr holl ffordd yno. Ond yn lle hynny, anadlodd mas dair gwaith, cyn anadlu i mewn yn ddwfn. Falle taw dyna'i ffordd hi o drwsio'r rhwyg yn ei chalon. Ond roedd golwg arni fel petai hi eisiau chwydu.

'A Mam,' dywedais. 'Ry'n ni wedi ffeindio rhif Mam.'

'NEIFION!' gwaeddodd Lleuwen. 'NEIFION! Mae'n argyfwng!'

'Lleuwen?' Dechreuodd fy nwylo grynu a theimlais ias oer yn ymgripio drwy 'ngwaed. Roeddwn i'n ymwybodol, yn gyflym iawn, bod y Ddaear yn troelli. A chofiais fod popeth yn y bydysawd, hyd yn oed y tir dan fy nhraed, yn ansefydlog. Mae pethau'n cywasgu ac yn ehangu ac yn ffrwydro ac yn cwympo mewn biliwn o wahanol alaethau o 'nghwmpas i. Ac alli di byth fod yn siŵr ynglŷn â dim byd.

Camodd Dad i mewn. Roedd llwch dros ei wallt ac roedd bandana coch wedi'i glymu o gwmpas ei wyneb fel taw dim ond ei lygaid oedd yn y golwg. A dyna sut sylwais ei fod e'n edrych ar Lleuwen, ac nid arnon ni. Mae'n rhaid bod rhywbeth telepathig wedi pasio rhwng ymennydd y naill a'r llall. Tynnodd Dad ei fandana i lawr. Rhedodd i mewn i'r lolfa yn ei fŵts llychlyd a thaflu ei freichiau o 'nghwmpas i a Jasper. Roedd blynyddoedd maith ers iddo wneud hynny. Doedd dim ots 'da fe ei fod e'n sarnu llwch dros y carped.

'Hei, mae'n iawn,' sibrydodd.

'Dwed wrthyn nhw, Neif, plis. Am Joanie.' Llifodd dagrau mawr crwn i lawr ei bochau.

Caeais fy llygaid a theimlo dagrau'n tasgu ohonyn nhw hefyd.

'Alla i ddim diodde dweud celwydd wrthyn nhw mwyach.'

Tynnodd Dad bamffled Mordeithiau Seren Wen o fy llaw, a syllu arno. Am eiliad, meddyliais falle taw jôc oedd y cyfan. Falle fod Jasper ar fin neidio i'r awyr â'i diwb fortecs a thynnu rhesaid o hancesi ohono , yn dweud *TRIC MAWR YW HYN I GYD!* Byddai fy nghalon i'n curo'n iawn wedyn.

Ond meddai Dad, 'Dy fam. Dwi'n gwybod ble mae hi. Mae'n ddrwg 'da fi.' Sychodd ei lygaid. 'Mae hi'n byw ar y llong bleser 'na gydag Alffi.'

47

PEN TENNYN

Y prynhawn hwnnw, roeddwn i'n eistedd wyth deg tri metr uwch lefel y môr. Roeddwn i'n gwybod hynny achos taw dyna bwynt uchaf Cil-y-cregyn. Ei enw yw Craig y Cnaf. Yn ôl y sôn, cafodd llong môr-leidr ei dryllio ar y graig yma. Fe yw'r 'cnaf' yn yr enw. Does dim llawer o bobl yn dod lan i'r fan hyn achos bod y grisiau ar ochr y clogwyn braidd yn sigledig. Ac achos bod pobl yn meddwl bod ysbryd ar hyd y lle. Mae sŵn udo yma, ond nid ysbryd yw e. Y cyfan yw e yw sŵn y gwynt yn chwythu drwy fylchau yn y graig.

Caeais y drws gyda chlep galed pan adawais yn gynharach, ar ôl i Dad gyfaddef ei fod e'n gwybod o'r dechrau ble roedd Mam. Fel arfer, byddwn i'n cael tipyn o stŵr am wneud hynny, ond doedd dim ots 'da fi heddiw. Alli di ddim cael stŵr os dwyt ti ddim hyd yn oed yn siarad â dy dad. Ta beth, roedd Dad wedi gwneud rhywbeth gwaeth o lawer na chau drysau'n glep neu fenthyg binocwlars neu hyd yn oed chwalu biceri gwydr. Chwalodd ein calonnau ni'n deilchion. Ac alli di ddim cael calon sbâr o gwpwrdd technegydd yr Adran Wyddoniaeth. Maen nhw'n cadw brogaod marw mewn jar, er hynny.

Roedd Jasper yn fy ffonio, ond doeddwn i ddim eisiau siarad ag e chwaith. Roedd e'n dal i fod yn siarad â Dad, ac yn ymddwyn fel petai'r celwydd am Mam yn gyfle gwych iddo lyfu tin Dad a gwneud i fi edrych yn wael. Doedd dim ots 'da fi beth roedd Jasper yn ei feddwl. O leia roeddwn i'n gwybod ble roedd Mam nawr. Yn byw ar long bleser foethus hurt yn gwylio sioe hud Wncwl Alffi (oedd yn defnyddio'r stwff ddygodd e o garej Tad-cu) yn lle bod yn fam i ni. Gadael Dad wnaeth hi, nid ein gadael ni. Dyna ddywedodd Dad. Ond dyw hynny ddim yn wir. Dweud hynny wnaeth e i wneud i ni deimlo'n well. Ond roeddwn i'n dal i deimlo'n ofnadwy felly doedd dim iws i hynny o gwbl.

Roeddwn i'n arfer meddwl y byddai'r teimlad gwag yn fy nghalon yn diflannu petawn i'n dod o hyd i Mam, ond roedd e'n dal i fod yno. Roedd e yno ers ben bore, ac erbyn hyn roedd fy nghalon yn teimlo'n gwbl wag. Roeddwn i'n siŵr bod y gwynt yn chwibanu drwyddi. Daliodd Lleuwen fy llaw am oesoedd cyn i fi ruthro mas. Ymddiheurodd, a chusanu 'mhen i. Ddywedais i ddim gair wrthi achos doeddwn i ddim yn siarad â hithau chwaith. Ond roedd hynny'n anodd, achos 'mod i eisiau siarad â hi. Roedd Dad wedi gwneud iddi addo peidio â dweud wrthon ni am Mam ac Alffi, oedd yn fwy o dystiolaeth eto ei fod e'n unben ofnadwy. Roedd hynny'n ffaith.

Clywais sŵn cerrig yn cwympo oddi tano i. Edrychais i lawr a gweld het bompom Jasper.

'Hei,' gwaeddodd i ganol y gwynt. 'Mae Dad wedi bod mas yn chwilio amdanat ti!'

'Dwi'n synnu 'i fod e heb anghofio amdana i!' gwaeddais. 'A rhoi fy rhif ffôn ym mhoced cefn ei rycsac! Dyna mae e'n wneud fel arfer.'

Cyrhaeddodd Jasper dop y grisiau, eistedd ac edrych mas ar y môr. 'Mae'n ddrwg 'da fe, Jemeima. Trio d'amddiffyn di oedd e.'

'F'amddiffyn i rhag beth? Cael mam?'

'Doedd e ddim eisie rhoi loes i ni.'

Roedd y gwynt yn chwythu 'nagrau i'r ochr. Roeddwn i'n trio siarad, ond allwn i ddim achos bod fy mrest i'n crynu, fel petai 'nghorff i'n chwalu ar y tu mewn. Petawn i'n marw, bai Dad fyddai hynny'n llwyr.

'Dyw hyn ddim yn newid dim, Jem. Roedd Mam yn gwybod ble ro'n ni, yr holl amser. 'Dyn ni ddim wedi cael cardiau pen-blwydd, na galwad ffôn. Dim.'

'Falle fod dim gwasanaeth post ar longau pleser,' dywedais. Symudodd Jasper yn nes a phwyso'i gorff yn f'erbyn i. 'Falle.'

Dim ond gair oedd e, ond roedd e'n golygu popeth. Am unwaith, gadawodd Jasper i fi fod yn anghywir. Gwyliais i e'n tecstio Dad:

Wedi'i ffeindio hi 👍 ar Graig y Cnaf. Ar ein ffordd adre.

'Dwi ddim yn mynd adre,' dywedais.

'Mae'n rhaid i ti, Jemeima.' Safodd Jasper a chynnig ei law i fi. 'Neu gei di hypothermia, o ddifri.'

'Dwi'n mynd i ffonio Mam. Dwi'n mynd i ofyn iddi hi ga i aros ar y llong gyda hi.' Ond hyd yn oed wrth ddweud y geiriau hynny, roeddwn i'n gwybod na fyddwn i'n gwneud hynny. Roedd hi wedi colli llwyth o alwadau oddi wrtha i'n barod, a'r tro diwethaf i fi drio, es i'n syth drwodd i'r peiriant ateb. Edrychais ar Jasper ac roedd ei lygaid yn dweud yr un peth ag roedd fy nghalon i'n dweud wrtha i. Petai Mam eisiau i ni fod gyda hi ar y llong, byddai hi wedi mynd â ni gyda hi yn y lle cyntaf.

'Mae'n rhaid i ti ddod adre, Jem,' meddai Jasper. 'Mae *Brainiacs* fory! A dwi wedi betio decpunt 'da Macsen yn fy nosbarth i taw ti fydd yn ennill.'

Sniffiais a rhwbio fy wyneb, gan sychu olion hallt fy nagrau. Anadlais yn ddwfn a llyncu llond ysgyfaint o aer oer a dweud, 'Wel, alla i ddim aros lan fan hyn am byth.' Udodd y gwynt drwy'r creigiau.

'Oni bai dy fod ti eisie cwrdd ag ysbryd môr-leidr.' Gwenodd Jasper. 'A dwi ddim am golli fy arian poced i gyd.'

Cymerais gipolwg arall ar y môr. Byddai Dad yn dweud ein bod ni'n lwcus i fyw fan hyn achos ein bod ni'n gallu gweld pen draw'r byd. Pan oeddwn i'n iau, roedd yn teimlo fel petawn i'n edrych ar anfeidredd. Cymerais anadl ddofn arall a dilyn Jasper i lawr y grisiau.

Rhoddodd Jasper hanner cwtsh i fi yn y portsh cyn i ni fynd i mewn. Dim ond un fraich ddefnyddiodd e. Ond roedd hanner cwtsh gan Jasper yn dipyn o beth yn ein teulu ni.

Neidiodd Dad o'i sedd wrth fwrdd y gegin cyn gynted ag y cerddon ni i mewn. Roedd olion llychlyd ei draed yn dal i fod ar y carped. 'Jemeima! Dwi 'di bod yn becso'n ofnadwy!' Roedd golwg fel petai e'n dweud y gwir arno, ond nawr 'mod i'n gwybod am ei gelwyddau, do'n i ddim mor siŵr. 'Mae'n rhaid eich bod chi'ch dau wedi rhewi! Jasper, gwna siocled poeth iddi, wnei di?'

Sniffiais a nodio. Dim siarad oedd hynny, ond eto roedd e'n rhyw fath o siarad.

Daeth Lleuwen ata i a rhoi cwtsh i fi. 'Ro'n i'n gwybod y byddai Jasper yn dod o hyd i ti!' meddai hi. 'Mae 'da fe'r Ddawn!'

'Mae binocwlars 'da fe,' atebais.

Gwasgodd Lleuwen fy wyneb â'i dwylo a chusanu 'nhalcen i. 'Dyna ti.'

Eisteddodd Dad ar y soffa ac ymddiheuro am y miliynfed tro. 'Do'n i ddim yn gwybod ble oedd hi i ddechrau,' meddai yntau. 'Ro'n i'n gwybod bod hi wedi mynd gydag Alffi, ond do'n i ddim yn gwybod ble ro'n nhw. Bues i'n e-bostio lluniau a phethau am sbel, ond ches i fyth ateb. Wedyn, tua phum mlynedd yn ôl, anfonodd hi'r pamffled 'na yn dweud eu bod nhw'n gadael am byth. Do'n i ddim eisie i ti orfod delio â hynny. Ro'n i'n bwriadu dweud wrthot ti petai hi'n cysylltu eto, neu pan fyddet ti'n ddigon hen i ddeall. Ond ddigwyddodd hynny'n gynt na'r disgwyl. Sori.'

'Mae'n iawn, Dad,' meddai Jasper. 'Does dim ots.'

Roedd ots 'da fi, ond roedd Dad yn sychu dagrau o'i lygaid, ac ar y foment honno, dyna oedd y peth pwysicaf.

Mae gweld dy dad yn llefain yn teimlo fel petai rhywbeth yn bod ar y bydysawd, fel petai e wedi cael ei droi y tu mewn tu fas. Ac mae'n rhaid i ti ddweud rhywbeth fel bod popeth yn iawn eto. Hefyd, roedd e wedi ymddiheuro miliwn ac un o weithiau nawr, ac roedd hynny'n ddigon am un diwrnod.

'Mae'n iawn Dad,' dywedais. 'Dwi'n deall pam gwnest ti hynny. Dwi ddim yn grac â ti.' Achos, os nad wyt ti'n grac â'r person wnaeth dy adael di, beth yw'r pwynt bod yn grac gyda'r person wnaeth ddim dy adael di?

'Diolch, chi'ch dau,' meddai Dad. Roedd patshys coch o gwmpas ei lygaid. Rhwbiodd ei farf ac ochneidio'n hir. 'Nawr, mae 'da fi rywbeth i'w ddangos i chi. Dyw e ddim cweit wedi gorffen! Ond dwi'n credu bod nawr yn amser da i chi gael cip bach arno fe.'

Y tu fas, agorodd Dad ddrysau'r garej led y pen a dweud, 'Ta-da!'

Y peth cyntaf sylwais i oedd bod teledu ar y wal. Wedyn soffa, bwrdd wedi'i wneud o gratiau pren, silffoedd llyfrau o hen ysgolion a seddau o deiars enfawr. Roedd hen gêm arcêd yn y gornel a *bean bags*, ychydig o luniau'n aros i gael eu gosod ar y wal a goleuadau tylwyth teg yn hongian fel sêr ar draws y nenfwd.

'Ces i lwyth o stwff o'r tip ar bwys y dre!' meddai Dad. 'Mae'n anhygoel bod rhai pobl eisie cael gwared ar y pethau 'ma. Hen deiars tractor yw'r seddau 'na! Dwi'n credu y galla i gael y gêm arcêd 'na i weithio pan fydda i wedi cael y rhannau cywir.'

'Dad, mae hyn yn ... *fantastique*!' meddai Jasper. 'Galla i wneud fy ngwaith recordio fan hyn!'

Chwarddodd Dad. 'Roeddwn i'n gobeithio byddet ti'n dweud hynny. Ac ro'n i'n meddwl y gallen ni gael parti bach yno. Pan fydd e wedi'i orffen.'

'Parti?' meddai Jasper a fi, yr un pryd yn union.

'Ie! Credwch neu beidio, ro'n i'n arfer joio partis cyn i chi'ch dau ddod i'r byd 'ma! Ro'n i'n meddwl gallen ni gael darllediad arbennig fan hyn, falle ar Ddydd San Steffan? Tybed oes 'na rywbeth licech chi ei wylio ar y diwrnod arbennig hwnnw?'

'Gallwn ni weld Jemeima yn gwneud ffŵl o'i hunan ar y teledu!' meddai Jasper.

Cydiais mewn clustog o'r gadair teiar-tractor agosaf a'i thaflu at ei ben. Wnes i ddim methu achos ei fod e'n darged eitha mawr.

'Ond wnaiff hynny ddim digwydd, wrth gwrs,' meddai Jasper. 'Na wnaiff, Dad? Ddim gyda ...' Dangosodd y ddau eu cyhyrau a dweud, 'Tîm Jemeima!'

Caeais fy llygaid. Mor dynn â phosib. Doeddwn i ddim yn gwingo achos bod y ddau ohonyn nhw mor *embarrassing*. Nid dymuno am rywbeth roeddwn i chwaith. Achos am funud fach, roeddwn i'n teimlo fel petawn i yn un o'r teuluoedd yna sydd ar y teledu. Teulu sy'n credu y galli di wneud pethau, hyd yn oed os nad wyt ti'n rhy siŵr o hynny dy hunan. Roeddwn i eisiau i'r foment honno gael ei serio ar f'ymennydd. Yn rhan o fy DNA. Am byth.

Yn hwyrach y prynhawn hwnnw, aeth Lleuwen â fi i Awen Hudol, sef siop grisialau ei ffrind, Gwydion, ar bwys y môr. Archwiliais grisial oren cochlyd oedd mewn cabinet ar bwys y drws. Roedd yn debyg i dân solet.

'Grisial ar gyfer llonyddwch ac iachâd yw hwn,' meddai Gwydion. 'Iasbis – neu jasper – yw ei enw.'

Rhoddais y grisial i lawr ar unwaith. Allwn i ddim credu'r peth – roedd Jasper wedi'i enwi ar ôl grisial!

'Oes 'na un i fy helpu i ennill sioe gwis?' gofynnais. 'Mae angen i fi fod yn glyfar ofnadwy fory.'

Goleuodd llygaid Gwydion. 'Wrth gwrs, 'nghariad i. Mae angen llygaid teigr arnat ti.'

Daeth â llond hambwrdd o grisialau atom a rhoi pob un yn ofalus ar ddarn o sidan. Codais garreg at y golau. Roedd hi'n las â gwawr binc. Gwenais. Roedd hi'n pefrio fel uwchnofa.

'Dyna hi,' meddai Gwydion. 'Mae dy garreg wedi dod o hyd i ti. Fflŵorsbar yw honna. Fe wnaiff hi dy helpu di i ganolbwyntio a chodi dy hyder.' Gosododd Gwydion y garreg ar gadwyn hir a'i rhoi dros fy mhen. 'Mae 'da hi dipyn o egni, on'd oes?'

Gwenodd Lleuwen. 'Oes. Oddi wrtha i mae hi'n cael hynny.'

Daliais y garreg yn dynn yn fy llaw wrth i ni adael y siop a cherdded ar hyd y promenâd, gan drio amsugno'i egni. Roedden ni'n dringo'r grisiau concrit ar bwys y traeth pan welais i nhw. Dyn a menyw ar eu ffordd i lawr. Y ddau'n edrych ddwywaith arna i. Ond wnes i ddim edrych i ffwrdd.

Na thrio diflannu i'r cysgodion. Syllais yn syth arnyn nhw a gwenu'n bert wrth iddyn nhw gerdded heibio.

Roeddwn i'n gwybod bod bron i dair mil o blant o bum deg o wahanol ysgolion wedi sefyll yr un prawf *Brainiacs* â fi y diwrnod hwnnw yn y neuadd. Ac i fynd trwodd i'r Diwrnod Dethol, roedd angen i fi gael sgôr yn y deg y cant uchaf. Ac i gael fy newis o blith yr holl gystadleuwyr eraill yn y Diwrnod Dethol, roedd rhaid i fi guro bron pob un ohonyn nhw. Dim ond pymtheg podiwm sydd ar lwyfan enwog *Brainiacs* ac roedd fy enw i ar un ohonyn nhw'n barod. A phan wyt ti'n gwybod hynny, efallai dwyt ti ddim eisiau bod yn anweledig.

48

YMENNYDD
YN RHEWI

Yn y ganolfan deledu, roedd drysau gwydr oedd yn troi. Roedden nhw'n arwain at dderbynfa lle roedd un wal wedi'i gorchuddio'n llwyr â sgriniau teledu, a phob un yn chwarae sianel wahanol. Argraffodd y derbynnydd fathodyn i fi, a'i roi ar gortyn melyn. Ar y bathodyn, roedd:

BRAINIACS
JEMEIMA FYCHAN
CYSTADLEUYDD

Roedd Mam-gu yn dweud bod golwg person enwog arna i. Roeddwn i'n gwybod ei bod hi'n dweud celwydd. Does dim angen i bobl enwog wisgo bathodynnau i ddangos pwy ydyn nhw. Aethon ni lan mewn lifft i'r ail lawr a chael ein cyfarch wedyn gan Alex. Roeddwn i'n ei gofio fe o'r Diwrnod Dethol.

'Shwmae, bawb! Croeso i Bencadlys *Brainiacs*!' Roedd ei fwstásh yn troelli ar bob pen, ac yn symud wrth iddo siarad. 'Af i â chi i'r stafell werdd i deuluoedd, lle gallwch chi ymlacio, cwrdd â'r cystadleuwyr a pharatoi ar gyfer y rhaglen!'

Dilynon ni Alex i lawr cyntedd llydan wrth iddo esbonio y byddai'r recordio'n dechrau ymhen ychydig oriau.

Roedd soffas, byrddau a chadeiriau yn y stafell werdd, yn ogystal â phentwr mawr o gemau bwrdd yn y gornel, byrddau du hen ffasiwn ar y waliau a sgrin deledu anferth oedd yn chwarae clipiau *Brainiacs* gydag isdeitlau. Roedd popeth yn felyn, nid gwyrdd. Fyddai gwyrdd ddim yn cyd- fynd â'r brand, wrth gwrs. Roedd rhai cystadleuwyr yn sgrifennu hafaliadau ar fwrdd du yn y cefn; un arall yn sgrifennu *pi*; rhywun yn rhestru dyddiadau a oedd yn gysylltiedig â llinach frenhinol Rwsia; un arall yn adrodd y tabl cyfnodol i'w fam. Roeddwn i'n cofio Zane, oedd yn y Diwrnod Dethol. Cododd law arna i, cyn troi'n ôl at gêm o wyddbwyll gyda fe'i hunan.

'Croeso i Blaned y *Geeks*!' sibrydodd Jasper.

Chwarddodd Dad, a rhoi pwniad ysgafn i'w asennau.

'Byddi di'n wych!' meddai Lleuwen, wrth wthio Mam-gu at y bwrdd agosaf. 'Mae dy grisial 'da ti, on'd yw e?'

Nodiais, a'i ddangos iddi.

'Ffiw!'

'Reit!' meddai Dad, gan archwilio'r stafell. 'Wyt ti eisie adrodd holl weithiau Shakespeare neu fynd dros theorem Einstein neu rywbeth?'

Codais gêm fwrdd o'r enw Brainbox oddi ar y silff yn y gornel. 'Beth am chwarae hon?'

Chwarddodd Dad. 'Dwi mor falch i ti ddweud hynna!'

Ar ôl ein hail gêm o Brainbox, daeth menyw o'r enw Maggie i mewn a chyhoeddi, 'Deuluoedd! Mae'n bryd i chi roi eich geiriau olaf o anogaeth i'ch plant! Dewch gyda fi i ymuno â'r gynulleidfa.'

Rhoddodd Dad gwtsh i fi a dymuno'n dda i fi; cusanodd Lleuwen fy mhen; dywedodd Mam-gu ei bod hi'n falch ohona i a rhoi paced bach o fints yn fy mhoced. Dywedodd Jasper rywbeth diflas yn Ffrangeg. Wedyn, gwyliais i nhw'n gadael.

Ces i bâr enfawr o glustffonau tawelu sŵn a phaced o gant o gardiau i'w cofio. Roedd llun a rhif gwahanol i bob cerdyn – pethau hollol hurt fel *Santa 34* a *trên stêm 7* a *tebot 15*. Dechreuodd amserydd ar y sgrin gyfrif i lawr – tri deg munud. Gwisgais fy nghlustffonau a thrio anwybyddu'r bachgen drws nesaf oedd yn sgipio wrth astudio'r cardiau. Roeddwn i'n synnu bod Gwenfair heb ddysgu'r dechneg yna i fi yn ystod yr hyfforddiant ymenyddol.

Ar ddiwedd y tri deg munud, dilynais y cystadleuwyr eraill lan y staer ac i mewn i'r stiwdio. Roedd mil o sbotoleuadau'n tywynnu mor llachar, roedd rhaid i fi gau fy llygaid am funud fach. Ffrwydrodd ton fawr o gymeradwyaeth wrth i ni gerdded i mewn, ond roeddwn i'n methu gweld unrhyw wynebau'n glir. Roedd camerâu teledu ym mhobman, hyd yn oed yn hongian o'r nenfwd, a phob un yn pwyntio ata i, fel saethwr yn anelu ei ddryll. Ac yn sydyn, roeddwn i'n teimlo'n drymach nag erioed, fel petai fy esgyrn wedi'u gwneud o blwtoniwm. Ond nid dyna oedd y brif broblem.

Fy mhen oedd y broblem. Roedd yn teimlo fel petai f'ymennydd wedi gadael fy mhenglog, a'i fod e nawr yn hofran yn rhywle yng nghanol y bydysawd. Ac yna, sylweddolodd f'ymennydd taw taflunio serol yw un o'r pethau gwaethaf all ddigwydd i ti mewn rhaglen gwis ar y teledu. Ceisiais weld lluniau'r cardiau hurt yn fy meddwl, y tabl cyfnodol, dyddiadau brenhinoedd Lloegr, a chyfrifo symiau yn fy mhen. Ond doedd dim byd yno. Dim ond gofod mawr gwag lle roedd yr atebion i fod.

'Jemeima!' galwodd Maggie. 'Rwyt ti draw fan 'na, rhif un deg tri. Gobeithio fydd e ddim yn rhif anlwcus i ti.'

Cerddais at y podiwm oedd yn dweud 13 ar y cefn a JEMEIMA, ACADEMI CIL-Y-CREGYN ar y blaen. Cyffyrddais â'r bathodyn pin ar fy mlaser a theimlo'n sâl. Roedd fy nwylo'n crynu a'r stafell yn troi a throelli'n ddi-baid, a'r unig beth oedd yn adleisio yn fy mhen oedd pa mor dwp roeddwn i'n mynd i edrych o flaen miliynau o bobl. Ac, yn fwyaf penodol, person a oedd fwy na thebyg yn eistedd ar ddec llong bleser 188 metr o hyd.

'Pob lwc, Jemeima!' meddai'r ferch nesa ata i. ANANYA, YSGOL UWCH Y BRODYR LLWYD oedd yr enw ar ei phodiwm hi. 'Dwi'n ofnadwy o nerfus! Mae 'mhen i wedi troi'n slwj!' estynnodd ei dwylo tuag ata i. Roedden nhw'n crynu mwy na 'nwylo i.

Ceisiais feddwl am rywbeth i'w ddweud, unrhyw beth,

ond yr unig beth gallwn i feddwl amdano oedd y gwagle eang anferthol yn fy mhen. A'r sbotoleuadau, a oedd falle'n gwneud niwed parhaol i retinâu fy llygaid. Roeddwn i'n dioddef o'r achos gwaethaf erioed o fy ymennydd yn rhewi. Roeddwn i'n mynd i siomi pawb. A byddai'r cyfan yn cael ei ddarlledu ar y teledu.

'Dwi'n hoffi dy grisial!' meddai Ananya.

'Diolch. 'Co' – tynnais y grisial a'i roi iddi – 'dalia hwn os wyt ti eisie. Mae e i fod i dy helpu di i ganolbwyntio a theimlo'n hyderus. Ond, dwi'n credu falle'i fod e wedi torri.'

'Waw!' meddai Ananya wrth wylio'r grisial yn pefrio dan oleuadau'r stiwdio. Rhoddodd ei dwylo o'i gwmpas. 'Mae e'n gweithio!'

Cododd Zane ei fawd arna i fel roedd y cyflwynydd, Dexter Riley, yn sboncio lan y grisiau i'r llwyfan. Clapiodd y gynulleidfa eto.

'Shwmae, Brainiacs!' roedd ei wallt du wedi'i steilio mewn cwiff enfawr, fel petai ton yn sownd ar ei dalcen.

Roeddwn i'n teimlo mor benysgafn, allwn i ddim canolbwyntio ar y geiriau oedd yn dod mas o'i geg.

'Llongyfarchiadau ar ddod mor bell! Bydd y recordio'n dechrau cyn bo hir. Byddwch yn bwyllog. Siaradwch yn glir. Trïwch gael hwyl! Gwasgwch eich botymau mor gyflym ag y gallwch chi – edrychwch ar yr wynebau hyn!' Pwyntiodd i lawr y rhes arnon ni a gwenu i ddatgelu dannedd gwyn perffaith. 'Mae gwrthwynebwyr penderfynol iawn yn eich erbyn chi! Rownd y gwibgwestiynau sy gynta, a'r pwnc yw natur! Pob lwc!'

Aeth menyw â throli colur ato. Sychodd ei wyneb â hances tra oedd e'n siarad ag Iolanda a phobl eraill oedd yn gwisgo clustffonau.

Rhoddodd Ananya y grisial yn ôl i fi, ac wrth i fi ei wisgo am fy ngwddf, roeddwn i'n teimlo braidd yn dwp wrth feddwl 'mod i wedi hyd yn oed hanner credu y gallai lwmpyn o galsiwm fflworid (CaF$_2$) siâp octahedron (solid wedi'i ffurfio o wyth triongl hafalochrog, a phedwar o'r rheini'n cwrdd ar bob fertig) helpu f'ymennydd i weithredu'n effeithiol.

Wedyn, yn araf iawn, mor araf â mamal arafa'r byd (y diogyn tribys, cyflymder uchaf o 0.24 cilometr yr awr), dechreuodd rhywbeth ddigwydd yn fy mhen. Fel petai glöyn byw lleia'r byd (y corrach glas gorllewinol, lled adenydd: pymtheg milimetr) yn dihuno.

Aros funud, meddyliais, wrth i lond llyfr swmpus o ffeithiau anifeilaidd ymlusgo'n araf bach i fy meddwl i. *Mae f'ymennydd i wedi dod 'nôl.*

49

BYSEDD AR
Y BOTYMAU

'Croeso i *Brainiaaaaacs!*' meddai Dexter Rily wrth ddroelli 360 gradd ar ei sodlau i wynebu'r camera eto. Mae'n rhaid ei fod e wedi ymarfer hynny lwythi o weithiau gartref. 'Mae'r pymtheg peniog yma ar fin brwydro yn erbyn ei gilydd i ennill tlws byd-enwog *Brainiacs*! Rhowch gymeradwyaeth iddyn nhw!'

Roedd y gynulleidfa'n fôr o wynebau, ond sylwais ar silwét y fynsen fawr ar ben Mam-gu dan y sbotoleuadau llachar. Yna, daeth fy llygaid o hyd i Lleuwen, Dad a Jasper. Gallwn i weld Miki yn dal baner, ac amlinell pen Mrs Llwyd y tu ôl iddo. Roedd y rhif un deg tri yn fflachio'n felyn ar gefn fy mhodiwm. Rhif cysefin yw un deg tri, yn ôl ac ymlaen. Emirp yw'r enw ar hynny. A doedd e'n bendant ddim yn teimlo'n anlwcus.

'Caewch eich gwregysau! Mae'n bryd i ni gael y rownd bysedd cyflym ar ... natur! Bysedd ar y botymau, Brainiacs! Pob nerth i'ch ymennydd!'

Rhoddais fy llaw ar y botwm a dymuno mor galed ag y gallwn i.

Plis paid â gadael i fi edrych yn dwp ar y teledu.

Doedd dim ots 'da fi am ennill. Doeddwn i jyst ddim eisiau i neb deimlo cywilydd ohona i.

Cododd Dexter Riley y cardiau cwestiynau. 'Beth yw casowari?'

A dyna'r peth am ddymuniadau. Weithiau, fyddan nhw byth yn dod yn wir. Dro arall, byddan nhw'n dod yn wir mewn oddeutu 1.25 eiliad.

'Aderyn mawr iawn sy'n frodorol i Gini Newydd yw'r casowari. Dyw e ddim yn gallu hedfan ond mae'n gallu ymosod ar fodau dynol, a'u lladd.'

Clywais ffrwydrad o chwerthin o gyfeiriad y gynulleidfa. Jasper oedd e, fwy na thebyg.

'Doedd dim angen cymaint o fanylion, Jemeima!' meddai Dexter. 'Ond, rwyt ti'n GYWIR. Aderyn sydd ddim yn hedfan yw'r casowari!' Newidiodd y sero ar fy mhodiwm i bump, ac yn hollol anfwriadol, lledaenodd gwên fawr dros fy wyneb.

Pan ganodd y corn ar ddiwedd y rownd natur, tri deg pump oedd y marc ar fy mhodiwm. Gollyngais anadl hir ac edrych ar sgoriau'r podia eraill. Fy sgôr i oedd yr uchaf. Fyddai dim rhaid i fi adael y gystadleuaeth.

'Nawr, mae'n bryd i ni gael rownd Y COF, rownd eithriadol o anodd sy'n codi ofn ar bawb!' bloeddiodd Dexter at y camera. 'Byddwn ni'n colli tri chystadleuydd arall ar ddiwedd y rownd yma, felly cadwch y cardiau 'na yn eich pennau!'

Caeais fy llygaid am eiliad wrth i'r goleuadau fflachio yn fy llygaid. Yna, sylwais arni hi yn y gynulleidfa. Yn eistedd ar bwys Dad, â golau euraidd prydferth o'i hamgylch fel awra. Gwenfair. Roedd gwên drydanol dros bob modfedd o'i hwyneb.

Gallwn i weld diferion bychain o chwys yn llifo o dalcen Dexter wrth iddo siarad â'r camera. Roedd fy ngheg yn sych, a gallwn i deimlo chwys yn socian cefn fy nghrys. Doeddwn i ddim yn siŵr a fyddwn i'n gallu cofio unrhyw gerdyn o gwbl. Nes i fi glywed y cwestiwn cyntaf.

'Beth yw cyfanswm gwerth y tebot, y pysgodyn aur a'r rhosyn?'

Pwysais y botwm a goleuodd fy mhodiwm. 'Cant pedwar deg wyth?'

'Cywir!'

'Beth yw gwerth y llwy minws yr afal wedi'i luosi â'r ffliwt?'

'Dau gant un deg chwech?'

'Cywir, Jemeima! Beth oedd lliw cefndir cerdyn yr haul?'

Fy motwm i eto. Ac eto. Ac eto.

Canodd y corn a gwaeddodd Dexter, 'Am rownd anhygoel!' dros y gymeradwyaeth. 'Ac am gof anhygoel sydd gan un o'n cystadleuwyr ni! Jemeima, roeddet ti'n wironeddol ryfeddol!'

Ond doedd Dexter Riley ddim yn hollol gywir. Dim ond profi dy gof gweithredol mae rownd Y Cof. Dyna'r rhan o'r ymennydd sy'n storio gwybodaeth am amser byr cyn ei brosesu. Bydd y cardiau i gyd yn angof drannoeth. Mae dy atgofion go iawn yn cael eu storio yn dy gortecs cerebrol. Dyna'r rhai sy'n ymddangos yn dy ben pan wyt ti'n clywed cân neu'n gweld hen ffotograff. Y rhai tri dimensiwn sy'n chwarae fel ffilm yn dy ben.

Fel peintio caban pren gyda Dad yn yr haf; dal ei law wrth chwilota mewn pyllau dŵr, rhag i fi lithro; yntau'n mynd â fi i'r ysbyty ar frys rhag ofn 'mod i wedi torri 'mhigwrn i wrth chwarae pêl-fasged, ac yn gwenu mewn rhyddhad wrth glywed taw dim ond wedi troi arno fe roeddwn i, er i ni orfod aros yno am oriau; Dad yn eistedd gyda fi yn yr ardd pan oedd hi'n rhewi, yn hwyr iawn yn y nos, achos taw dyna'r unig gyfle yn fy mywyd i weld Comed ISON cyn iddi ddifodi. A gyrru'r holl ffordd i garafán Mam-gu yn y Borth yn y gwynt a'r glaw, achos ei fod e eisiau i fi gael gwyliau go iawn, fel y gwyliau gafodd e pan oedd e'n blentyn. Mae'r un atgofion yn union wedi'u cadw yn ei ymennydd e hefyd. A Dad wedyn, yn eistedd yn y gynulleidfa, yn edrych yn falch iawn ohona i. Dyna atgof cwbl unigryw a gwerthfawr i fi.

50

TRANC SYDYN

Pylodd y goleuadau, a disgynnodd sbotolau arna i. Y rownd fathemateg oedd hi. Dwy funud i ateb cymaint o gwestiynau â phosib. Sychais fy nhalcen â llawes fy mlaser. Wn i ddim pam, ond roeddwn i'n teimlo'n boethach ar ôl i'r goleuadau bylu.

Roeddwn i wedi gwylio pobl yn ateb yn llawer rhy gyflym, yn anghofio rhannau o'r symiau, yn cymryd oesoedd i feddwl nes bod eu hamser yn dod i ben. Dyna'r math o beth sy'n digwydd pan wyt ti heb gael hyfforddiant ymenyddol gan gyn-hyfforddwraig Tîm Paralympaidd Prydain. Cymerais gipolwg o gwmpas y podia. Roedd pedwar deg gan Zane; Sophie, deg; dau ddeg pump oedd gan Alejandro. Naw ohonon ni oedd ar ôl. Byddai'r pedwar ohonon ni a'r sgoriau isaf yn cael ein diddymu. Gwnes i'r swm yn gyflym yn fy mhen. Roedd angen o leiaf tri deg o bwyntiau arna i i aros i mewn. Sef chwech ateb cywir.

Mewn dwy funud. Doedd hynny ddim yn teimlo'n hollol amhosib.

Gwnes i bopeth y dysgodd Gwenfair i fi ei wneud yn yr hyfforddiant. Siglais fy nghoesau a 'mreichiau, a symud fy mhen o ochr i ochr. Roedd hi'n dweud bod hynny'n help i wasgaru'r adrenalin yn dy gorff fel bod dy feddwl yn gallu canolbwyntio. Roedd hynny'n gwneud i fi edrych fel petawn i ar fin rhedeg sbrint can metr, nid gwneud rownd o fathemateg, ond pan wyt ti'n gorfod ateb chwe chwestiwn yn gywir mewn dwy funud, mae'n werth rhoi cynnig ar unrhyw beth.

'Jemeima, mae dy amser yn dechrau nawr. Minws pump, sero, naw, dau ddeg dau. Beth sy'n dod nesa?'

Teimlais wên yn lledaenu'n araf bach dros fy wyneb. Dilyniant cwadratig oedd e. Mae'n rhaid 'mod i wedi gwneud miliwn ohonyn nhw yn nosbarth Miss Reed yn yr ysgol gynradd. Yn achlysurol, cosb fyddai hynny. 'Tri deg naw.'

'Cywir. Minws pedwar, un deg dau, tri deg wyth, saith deg pedwar. Be sy nesa?'

'Cant dau ddeg.'

'Cywir.'

Wnes i ddim edrych ar yr amserydd, na rhoi unrhyw sylw i gwiff Dexter, oedd yn dechrau cwympo i un ochr. Wnes i ddim cyfri sawl gwaith ddywedodd e 'Cywir' chwaith. Ond pan ganodd y corn ar ddiwedd fy amser, gwelais silwét siâp Miki yn neidio i'r awyr.

'Da iawn, Jemeima! Pum deg pum pwynt!'

Dros y clapio, clywais lais yn gweiddi, '*Allez allez*, Jemeima!'

Edrychais i gyfeiriad sedd Jasper. Fe oedd yr unig berson yn y byd fyddai'n gweiddi ei anogaeth yn Ffrangeg. Wel, falle nad yr unig berson. Falle fod setiau teledu ar longau pleser. Doeddwn i ddim yn bwriadu gwenu ar Jasper, ond dyna wnes i.

Pan ddaeth goleuadau'r stiwdio ymlaen eto, dywedodd Maggie wrthon ni am ymlacio am ychydig funudau wrth iddi fynd â'r cystadleuwyr oedd wedi colli i eistedd yn y gynulleidfa. Daeth menyw mewn crys *Brainiacs* â diod oren a bisgedi banana i ni.

Pan bylodd y goleuadau eto, rhythodd Dexter i mewn i lens y camera. 'Croeso'n ôl. Mae'r pum cystadleuydd sy'n dal i fod yma ar fin cael eu profi ar y geiriau anoddaf i'w sillafu. Ie wir, y Lladdfa Sillafu!'

Safodd Ananya ar flaenau ei thraed, dechreuodd Alejandro ffidlan â botymau ei flaser, cymerodd Zane anadl ddofn, edrychodd Victoria ar y nenfwd a gweddïo. Does dim syniad 'da fi sut olwg oedd arna i. Syn, falle? Roedd yn teimlo fel petai corwynt yn fy mhen. Roedd geiriau'r llyfr ges i gan Dad – *Seren Sillafu: Rhifyn Uwch* – yn troelli trwy fy meddwl yn wyllt. Roeddwn i'n gobeithio y byddai'r corwynt yn arafu, er mwyn i fi ddal y geiriau i gyd.

Roedd dannedd Dexter yn llachar o dan y sbotoleuadau. Petai e'n cael y sac o *Brainiacs*, gallai e'n sicr gael swydd yn hysbysebu past dannedd. 'Dyma'r rownd gynderfynol! Lladdfa yw hon, cofiwch! Os wnewch chi sillafu gair yn anghywir, mae'n bosib y byddwch chi mas o'r gystadleuaeth ar unwaith! Jemeima, fe ddechreuwn ni gyda ti. Y gair yw: *thalassophobia.*'

Gallwn i glywed curiad fy nghalon yn fy nghlust. I ddechrau, roeddwn i'n credu taw effaith sain yn y stiwdio oedd e. Ond nid dyna oedd e. Fy nghalon oedd yn gwneud y sŵn. Roedd y rhyfelwraig ynof i'n gweithio'n galed. Cofiais taw *thalassa* yw môr yn yr iaith Roeg. Duwies oedd Thalassa. Roedd cyrn 'da hi, wedi'u gwneud o grafangau cranc, a gwisg o wymon. Mae hi'n gofiadwy dros ben, fel llawer o'r duwiesau eraill roeddwn i'n gwybod amdanyn nhw. Caeais fy llygaid a sillafu'r gair.

'Cywir!' bloeddiodd Dexter. 'Ananya, dy air di yw *phytoplankton.*'

Safodd Ananya ar flaenau ei thraed fel balerina, a sillafu'r gair heb betruso am eiliad. Gwenais arni wrth i Dexter ddweud, 'Cywir!'

Ar ôl y set gyntaf o eiriau, roedd Zane wedi sillafu *appoggiatura* yn anghywir, ac wedi gorfod gadael y gystadleuaeth. Cafodd gymeradwyaeth frwd, a meimiodd 'Pob lwc' wrtha i cyn gadael y llwyfan. Roedd pedwar ohonon ni'n dal i mewn. Dim ond tri ohonon ni allai fynd trwodd i'r rownd derfynol. Roedd popeth yn y fantol, felly: roedd rhaid i fi sillafu'r gair nesaf yn gywir.

'Jemeima, dy air di yw: *archaeopteryx.*'

Adleisiodd sŵn drwy'r gynulleidfa. Sŵn ebychu pryderus. Falle eu bod nhw heb wylio *Brainiacs* o'r blaen. Roedd y sillafu wastad yn mynd yn anoddach wrth i'r gystadleuaeth fynd yn ei blaen. Falle'u bod nhw ddim yn gwybod llawer am ddinosoriaid chwaith. Mae'r *archaeopteryx* yn eithaf pwysig, ti'n gweld. Dyw e ddim hyd yn oed yn anodd iawn i'w sillafu. Yn enwedig os wyt ti wedi cael llyfr sillafu gan Miss Reed, gydag adran benodol am ddinosoriaid. Caeais fy llygaid ac adrodd y gair, yn union fel y gwnes i gartref.

Gwaeddodd Dexter, 'Cywir!' Ond gwaeddodd 'Cywir' dair gwaith wedi hynny hefyd, oedd yn golygu bod rhaid i ni i gyd sillafu gair arall.

Edrychais yn nerfus ar y gynulleidfa.

'Pob lwc, bawb. Jemeima, dy air di yw: *staphylococcus*.'

Daeth ebychiad arall o gyfeiriad y gynulleidfa.

'Mae dwy funud 'da ti.'

Ond doedd dim angen dwy funud arna i, achos 'mod i wedi treulio un amser egwyl cyfan yn syllu ar boster Bacteria a Firysau ar wal Mr Shaw, tra oedd e'n dweud y drefn wrtha i am dorri'r biceri conigol. Math o facteria sy'n clystyru at ei gilydd yw *staphylococcus*. Roeddwn i'n cofio hynny achos eu bod nhw'n debyg i rawnwin microsgopig.

'Cywir! On'd yw'r cystadleuwyr yn wych eleni?' Ymunodd Dexter yn y gymeradwyaeth. Yna, tawelodd y stiwdio'n llwyr.

Caeais fy llygaid. Wnes i 'mo'u hagor nhw eto nes i fi glywed y beirniaid yn canu'r gloch. Maen nhw'n canu'r gloch pan mae rhywun yn sillafu gair yn anghywir. Dyna sut roeddwn i'n gwybod bod Victoria wedi sillafu *rhinencephalon* yn anghywir. Roedd hynny'n golygu bod dim rhaid i fi sillafu rhagor o eiriau, achos dim ond tri ohonon ni oedd ar ôl. Fyddai neb arall yn gadael y gystadleuaeth. Roeddwn i wedi cyrraedd rownd derfynol *Brainiacs*.

Heb os nac oni bai, doeddwn i ddim yn edrych yn dwp ar y teledu.

51

TIPYN O BETH

Dwi'n mynd i ddweud rhywbeth wrthot ti doeddwn i byth yn credu byddai'n digwydd mewn miliwn o gylchdroeon haul: fi yn ennill *Brainiacs*.

Roeddwn i'n gywir. Wnes i ddim ennill. Ananya enillodd. Des i'n ail. Yn ôl Lleuwen, y rheswm am hynny oedd 'mod i wedi gadael iddi ddal y grisial fflŵorsbar. Ond dwi ddim yn credu hynny. Enillodd hi achos ei bod hi'n gwybod bod Plovdiv ym Mwlgaria, a taw organ geg yw sacsoffon Mississippi.

Petai Dexter wedi fy holi i am Pandora neu Helene neu Phoebe neu unrhyw un o'r lleuadau eraill yng nghysawd ein haul, falle taw fi fyddai wedi ennill y tlws. Ond falle ddim. Cafodd Ananya y cwestiynau eraill i gyd yn gywir hefyd. Mae'n rhaid taw hi yw'r unig berson yn y byd sy'n gwybod mwy na fi am faeth afocados.

Ond dyw dod yn ail ddim yn ddrwg. Mae dod yn ail mas o bymtheg o bobl yn dda iawn, a dweud y gwir. Rwyt ti'n dal i gael d'ystyried yn enillydd os wyt ti'n ail. Dyna wyt ti yn ôl *Brainiacs*, beth bynnag. Achos ces i fedal arian a oedd yn dweud:

JEMEIMA FYCHAN
Brainiacs
Enillydd yr Ail Safle

Yn ôl Jasper, yr ail berson yw'r collwr cyntaf. Ond beth mae Jasper yn ei wybod? Y peth gorau iddo fe ei ennill erioed yw Gwobr Ffrangeg Academi Cil-y-cregyn. Does dim syniad 'da fe fod dod yn ail yn gallu teimlo fel tipyn o beth.

Dwi'n sefyll ar ben pella'r Planc – y platfform bach pren ym Mae'r Dolffin sy'n estyn mas i'r môr. Mae hi'n wlyb yma gan fod y tonnau'n tasgu dros y creigiau. Mae'r gwynt yn chwythu 'ngwallt i bob cyfeiriad, ac ewinedd fy nwylo'n troi'n las yn yr oerfel. Dwi heb fod yma ers oesoedd. Ers pan oeddwn i'n saith oed. Pan mae rhywun yn dweud wrthot ti dy fod ti'n edrych yn afiach yn dy wisg nofio newydd, dwyt ti ddim yn ysu i gael y profiad hwnnw eto. Felly wnes i ddim. Tan heddiw.

Dwi'n edrych dros yr arfordir, tuag at yr harbwr. Mae'r stemar olwyn yno, wedi'i hangori, yn aros am ei thymor newydd yn yr haf. Mae Dad, Lleuwen, Mam-gu a Jasper gartref, yn paratoi popeth. Mae Gwenfair yno hefyd, siŵr o fod. Dyna un peth arall ddysgais i ar ôl recordio *Brainiacs*, sef bod Dad wedi bod yn mynd mas gyda Gwenfair, yn gyfrinachol. Mae'n debyg bod yr unig bobl yn y byd sy'n credu bod trowsus pysgota yn cŵl yn siwtio'i gilydd i'r dim. Ta beth, mae Dad yn dweud bod e ddim am gadw cyfrinachau ragor.

Ble bynnag mae llong bleser Seren Wen o'r enw *Pegasus* ar hyn o bryd, gobeithio bod teledu mawr arni hi. Gobeithio bod pob set deledu ar y llong yn dangos *Brainiacs* heno. Er mwyn i Mam fy ngweld i. Jemeima Fychan. Ddim yn edrych yn dwp. Yn ferch iddi hi a hithau'n dal i fod yn fam i fi. Er nad yw hi yma.

Yn ôl fy llyfr ar anatomeg y corff dynol, mae pedair siambr yn y galon. Ond dwi'n credu bod siambr anweledig ynddi hefyd. Rhan fach nad yw'n cael ei labelu mewn diagramau. Lle mae'r bobl rwyt ti wedi'u caru yn byw. Pan mae rhywun wedi bod yn dy galon, mae'n aros yn y siambr yna am byth. Does dim drws i ddianc trwyddo. Dim allanfa argyfwng. Dim cuddfan. Dwi'n gwybod 'mod i a Jasper yn dal i fod yno, mewn gofod eang lle mae amser yn aros yn stond. Fel ffotograff. Os yw rhywun yn canu hwiangerddi i ti, yn dy ddal rhag i ti suddo ac yn pwyntio at y sêr ac yn dweud wrthot ti am gredu mewn hud a lledrith, mae'n rhaid bod y person yna hefyd yn berchen ar siambr gyfrinachol. Falle fod y siambr yn ei chalon mor fawr nes ei bod hi'n ofni ei hagor. Fel bocs Pandora.

Gwyliaf galchiadau o wylanod yn cylchu criwser sydd wedi'i angori. Mae enwau torfol diddorol fel 'calchiad' yn un o'r pethau wnei di eu dysgu wrth fod yn ffrind i bencampwraig gyfredol *Brainiacs*. Edrychaf heibio'r cwch a meddwl tybed ble mae'r *Pegasus* ar hyn o bryd.

Fwy na thebyg, yn rhywle â'r cyfesurynnau:

37° 09'37.13" N

012° 18' 16.87" W

sef Gibraltar, y tro diwetha i fi edrych. Galli di lawrlwytho ap tracio byw oddi ar wefan Mordeithiau Seren Wen. Dyna'r math o beth byddi di'n ei wybod ar ôl cyrraedd rownd derfynol *Brainiacs*.

Mae Gibraltar 1359.83 milltir yn union o Gil-y-cregyn. Ond mae'n teimlo'n llawer nes na hynny. Mae'n nes nag unrhyw le arall, ta beth, a dyna ble roedd Mam o'r blaen.

Dwi'n edrych tua'r gorwel, lle mae'r môr yn cyffwrdd â'r awyr, gan ddyheu a gobeithio. Gobeithio a dyheu y bydd hi'n gwylio. A ffonio. Neu sgrifennu. Ac ymddiheuro am y blynyddoedd golau o ofod gwag. A newid ei meddwl amdanon ni. Dyw gobaith ddim yr un peth â dymuniad. Mae gobaith yn fwy real. Mae 'na fwy o siawns y daw dy obaith yn wir.

Lapiaf fy mreichiau'n dynn o gwmpas fy nghorff, mor dynn â phosib. Mae 'nghorff i'n teimlo'n dwym ac yn feddal yn erbyn yr awyr oer. Mae byw fan hyn yn iawn, a dweud y gwir. Mae'r ysgol yn iawn hefyd. Mae'n well na 'iawn' achos 'mod i bellach yn *Brainiac*, yn swyddogol. Diwrnod San Steffan yw hi nawr. Dwi ar fin ymddangos ar y teledu.

Gofynnodd naw plentyn o Flwyddyn 7 am fy llofnod cyn i'r ysgol gau cyn y Nadolig, a dyw'r rhaglen ddim wedi bod ar y teledu eto, hyd yn oed. Gofynnon nhw am lofnod Miki hefyd. Ond dyna sy'n digwydd pan wyt ti'n disgleirio'n fwy na Mary Poppins yn y sioe Nadolig. Bydda i ar dudalen flaen *Clecs Cil-y-cregyn* yr wythnos nesa. Yn ôl y newyddiadurwr, y pennawd fydd: JEMEIMA FYCHAN A'I GWOBR FAWR. Mae'n siŵr y bydd Mrs Llwyd yn ei roi ar y wal yn y dderbynfa. Yr ail wobr oedd gwerth pum can punt o lyfrau i'w hysgol. Dwi'n eitha poblogaidd yn y llyfrgell ar hyn o bryd.

Dwi'n cymryd cam ymlaen ac yn cael pip dros ymyl y Planc. Oddi tano, gwelaf donnau rhewllyd yn tasgu dros y creigiau. Ces i fenthyg modrwy gan Lleuwen – modrwy i'w gwisgo ar un o fysedd fy nhraed – ac mae hi'n rhy dynn. Galla i ei theimlo hi'n gwasgu.

'Dere, Jemeima!' gwaedda Miki.

Dwi'n troi i'w wynebu. Mae e'n gwisgo'r cap ges i iddo fe am fy helpu gyda *Brainiacs*. Ar y cap, mae'r elfennau cemegol yn sillafu 'ffrind', fel hyn: F(fflworin), Fr (ffranciwm) I (ïodin), Nd (neodymiwm). Mae e'n dweud taw dyna'r peth mwyaf *geeky* sy 'da fe, ond er hynny, mae'n ei wisgo drwy'r amser. Mae blanced argyfwng Dad dan ei fraich ac mae'n dal fy ffôn yn barod i dynnu'r llun. Fi, yn neidio oddi ar y Planc yn fy ngwisg nofio. Llun ar gyfer fy mhroffil newydd: jemeimafychan_dimpwysau.

Mae rhai pobl yn sefyllian ar y traeth, yn edrych arna i. Ydyn nhw'n rhythu achos bod fy nghorff i ddim yn debyg i'w cyrff nhw? Neu achos 'mod i ar fin neidio i mewn i'r môr ym mis Rhagfyr? Ond does dim ots 'da fi mewn gwirionedd os oes pobl yn rhythu arna i. Dwi ddim am dreulio gweddill fy mywyd yn trio bod yn anweledig. Dwi ddim yn ronyn cwantwm.

Anadlaf yn ddwfn, gan lyncu llond f'ysgyfaint o awyr rewllyd. Dyma'r ffordd orau o gael rhagor o ocsigen i'r galon. Dy galon yw'r peth pwysicaf oll. A dwi'n credu bod fy nghalon i'n eitha mawr. Mae'n rhaid ei bod hi. Galla i deimlo rhyfelwraig fawr yn rhuo ynddi hi.

'Brysia, Jemeima! *Neidia!*' gwaedda Miki. 'Does dim drwy'r dydd 'da ni!'

Mae e'n iawn. Rhaid i ni baratoi ar gyfer y parti. Alla i ddim colli fy ymddangosiad cyntaf ar y teledu. Hefyd, mae'n uffernol o oer. Codaf fy mhen yn uchel ac edrych tua'r gorwel. At yr union fan y mae'r môr a'r awyr yn cwrdd. Galli di weld pen draw'r byd o fan hyn.

TUDALEN TÎM BYDD WYCH GWENFAIR

Efallai dy fod ti weithiau'n anghofio pa mor wych wyt ti – os felly, ceisia ddilyn cynghorion Gwenfair:

- Os glywi di rhywun yn siarad yn gas amdanat ti, cofia nad dyna'r gwir. Dychmyga'r geiriau'n diflannu i'r awyr a gad i'r cywilydd sy'n gysylltiedig â nhw hedfan i ffwrdd.

- Gwna restr o bethau rwyt ti'n eu hoffi amdanat ti dy hun.

Pam ydw i'n wych – rhesymau:

_____

_____

_____

_____

_____

- Pryd bynnag fyddi di'n teimlo'n ddigalon, edrycha ar y dudalen hon i'th atgoffa pam wyt ti mor wych. Dwed nhw'n uchel. Dwed nhw'n aml. Creda nhw.

- Paid anghofio: Rwyt ti'n werth y byd.

RHEOLAU PWYSIG GWENFAIR

Paid â chreu rhwystrau
i ti dy hun

Goresgyn nhw

Paid â cheisio bod yn
anweledig

Amlyga dy hun

Paid osgoi llwyddiant

Canmola dy hun am fod
yn wych

Paid poeni am farn
pobl eraill

Canolbwyntia ar bethau
cadarnhaol amdanat
ti dy hun

Paid â bod ofn gwneud
camgymeriadau

Rho gynnig ar rywbeth
newydd

Paid osgoi gwneud y
pethau rwyt ti'n eu caru

Cofia wrando ar dy gorff
a gwna sblash!

AC YN FWY NA DIM, COFIA ...
GALLI DI GYFLAWNI
PETHAU ANHYGOEL

TAMSIN WINTER
YN TRAFOD Y BYDYSAWD
A CHWESTIYNAU MAWR ERAILL

Beth oedd yr ysbrydoliaeth y tu ôl i stori Jemeima?

Ro'n i wedi darllen erthygl bapur newydd am ferch un ar ddeg oed a oedd wedi derbyn llythyr gan ei hysgol yn dweud ei bod hi dros bwysau ac roedd y peth yn chwarae ar fy meddwl. Roedd yr erthygl gyfan bron yn canolbwyntio ar safbwynt y fam – ei theimladau a'i hymateb hi i'r sefyllfa. Edrychais ar lun y ferch honno a meddwl ac ystyried ei theimladau. Meddyliais am sut y byddai'r llythyr hwnnw wedi effeithio arna i taswn i'r un oed â hi, pan oeddwn i'n hunan ymwybodol ac ansicr am fy nghorff a'r newidiadau oedd yn digwydd iddo. Dyna oedd sail stori Jemeima.

Beth oedd y neges roeddech chi eisiau'i chyfleu a pham?

Rwy'n gobeithio fod stori Jemeima'n dangos pa mor bwysig yw hi i barchu pawb, yn cynnwys ni'n hunain. Rydyn ni'n treulio cymaint o amser ac egni'n poeni am ein ymddangosiad, yn ceisio cuddio ac ystumio'n cyrff, gan feddwl a siarad yn negyddol amdanyn nhw. Ar y cyfryngau cymdeithasol, cawn ein boddi gan negeseuon yn awgrymu ffyrdd o wella ein cyrff, ond byddai ein bywydau lawer yn well tasen ni ddim yn cael ein beirniadau ar sail ein edrychiad! Yn yr arolwg Girls Attitude diweddaraf, dywedodd 52% o'r merched rhwng 11–21 eu bod nhw weithiau'n teimlo cywilydd o'r modd roedden nhw'n edrych. Cywilydd. Am ystadegyn hynod drist ond nid annisgwyl. Prin y cawn ein hannog i feddwl am ba mor anhygoel yw ein cyrff, neu am y pethau anhygoel y gallwn eu cyflawni o fod yn ni ein hunain. Fel y dywed Gwenfair, rydyn ni'n werth y byd. Gobeithio y bydd stori Jemeima'n helpu darllenwyr i edrych yn y drych a gwerthfawrogi popeth y maen nhw'n ei rannu gyda'r sêr.

Ydych chi'n dibynnu ar brofiadau personol neu brofiadau pobl rydych chi'n eu hadnabod?

Gallaf gofio'r tro cyntaf i rywun wneud sylw am fy nghorff yn glir iawn. Ro'n i'n eistedd ar soffa Mam-gu a chydiodd rhywun yn fy nghoes a'i chodi i bawb allu ei gweld, gan ddweud 'Edrychwch ar faint ei choesau hi!' Rwy'n cofio teimlo dryswch, cywilydd, ac ansicrwydd am beth oedd yn bod â maint fy nghoesau. Yna'n ddiweddarach, dyma fi'n dod i'r casgliad eu bod nhw'n rhy fawr, mae'n rhaid. Wyth mlwydd oed oeddwn i ar y pryd, dros ddeg mlynedd ar hugain yn ôl, ond rwy'n dal i glywed y llais hwnnw weithiau wrth edrych yn y drych.

Wrth gwrs, doedd dim byd o le ar fy nghoesau wyth mlwydd oed. Roedd y coesau hynny wedi ennill medalau bale, wedi ennill bathodynnau nofio, ac yn goesau a allai redeg, dawnsio tap, a sglefrolio. Ond doedd hynny ddim yn bwysig o'r eiliad honno ymlaen. Sylweddolais yn araf bach fod yr hyn y gallwn ei gyflawni lawer yn llai pwysig na'r ffordd yr oeddwn i'n edrych. A'r cyfan allwn i ei weld wrth edrych yn y drych oedd popeth oedd o'i le arna i.

Digon anodd ac anghyson fu fy ymwneud â bwyd wedi hynny a barhaodd ymhell i mewn i fy ugeiniau. Am wn i fod rhan ohona i eisiau ysgrifennu'r stori ro'n i'n dyheu amdani pan oeddwn i'n iau.

Wnaethoch chi erioed ei chael hi'n anodd i roi eich hun yn esgidiau Jemeima?

Do, yn bennaf am ei bod hi'n fwy peniog o lawer na fi! Mentro i mewn i ben y cymeriad yw rhan orau ysgrifennu i fi. Gall fod yn dorcalonnus weithiau, ond mae'n hanfodol er mwyn sicrhau credinedd. Y golygfeydd lle mae Jemeima'n dweud wrth ei thad am y fideo a roddwyd ar-lein gan arwain ati'n penderfynu peidio â mynd ar *Braniacs* oedd y mwyaf anodd i'w hysgrifennu o bosib. Rwy'n credu y byddai geiriau Gwenfair ddoeth wedi bod yn ddefnyddiol i fi pan oeddwn i'n iau, o gael y cyfle. Ches i 'mo'r un profiadau â Jemeima wrth i fi dyfu i fyny, ond roedd y teimlad o ddyheu am fod yn rhywun arall, neu fod eisiau alldaflu fy hun yn serol y tu hwnt i 'nghorff, yn gyfarwydd iawn i fi. Doeddwn i ddim yn teimlo'n gyfforddus yn fy nghorff nac yn hapus i fod yn fi fy hun am gyfnod maith. Roedd hi'n wefr gweld Jemeima'n cyrraedd y fan honno dipyn cynt.

A wnaethoch chi wneud unrhyw waith ymchwil? Sut wnaethoch chi ganfod yr holl ffeithiau diddorol y mae Jemeima'n cyfeirio atyn nhw?

Fe wnes i lwyth o waith ymchwil! Darllen llyfrau, blogiau, erthyglau, gwylio llawer o YouTube, siarad â phlant ifanc, athrawon a rhieni am ddelwedd y corff, hunan-werth a chodi cywilydd o'r corff. Rwy hefyd yn gwybod cymaint am y gofod bellach nes y gallwn i gael swydd gyda NASA! Wrth wneud fy ngwaith ymchwil, fe ddarllenais i gymaint o sylwadau dilornus a chas am godi cywilydd o'r corff ac am ffobias yn erbyn bod yn dew, ond fe wnes i hefyd ddysgu llawer o ffeithiau bendigedig am y corff. Mae gennym bron i 100,000 milltir o waedlestri yn ein hymennydd yn unig. 100,000 milltir! Buasai'n dda gen i tase pobl yn cofio pa mor anhygoel yw ein cyrff dynol cyn cynnig unrhyw sylwadau amdanyn nhw.

Mae Jemeima Fychan yn Erbyn y Bydysawd *a'ch llyfr blaenorol,* Being Miss Nobody, *yn ymdrin â bwlio – oedd hyn yn fwriadol neu a yw hon yn thema sy'n llithro i mewn i'ch gwaith?*

Wedi cyhoeddi *Being Miss Nobody* cysylltodd llawer o

ddarllenwyr hen ac ifanc oedd wedi dioddef o fwlio â fi. Yn anffodus, mae hyn yn dal yn rhan o fywyd gormod o bobl. O'r hyn a ganfyddais wrth ymchwilio ar gyfer *Jemeima Fychan yn Erbyn y Bydysawd*, rwy'n amau a allwn fod wedi ysgrifennu'r llyfr mewn modd credadwy heb gyffwrdd ar y bwlio sy'n wynebu cymaint o bobl yn sgil eu maint. Mae bwlio'n aml yn digwydd mewn mannau cudd, neu'n deillio o fannau annisgwyl, megis 'ffrindiau' Harri. Mae'r olygfa lle mae Harri'n datgelu'i gleisiau'n seiliedig ar rywbeth y dywedodd person ifanc wrtha i wrth wneud fy ymchwil. Mae'r sylwadau a gynhwyswyd yn fideo Jemeima yn seiliedig ar sywladau go iawn a ddarllenais ar-lein. Mae bwlian Loti'n hynod greulon, eto mae Jemeima eisiau iddi ei hoffi. Roedd yr agwedd honno ar fwlian – yr ymdeimlad eich bod o bosibl yn ei haeddu, neu nad ydyw'n ddim byd o bwys, neu ei fod yn digwydd oherwydd rhyw nam arnoch chi, yn hytrach na bod yn fai ar y bwli – yn rhwybeth yr oeddwn i'n awyddus i'w ystyried yn y llyfr. Roeddwn i hefyd eisiau dangos pwysigrwydd cyfeillgarwch. Mae cariad a theyrngarwch Miki tuag at Jemima'n drech na chasineb Loti gan ei helpu i godi'i llais yn y pen draw. Wedi popeth y bu'n rhaid i Jemeima ei wynebu, roedd ysgrifennu'r penodau olaf yn bleser.

Sut mae'r cymeriadau'n ymddangos yn eich dychymyg?
Ydy Gwenfair yn seiliedig ar unrhyw un penodol?

Yn fwy na dim, rwyf wrth fy modd yn datblygu cymeriadau fel rhan o'r broses ysgrifennu. Gwyddwn o'r dechrau fod Jemima'n mynd i fod yn beniog dros ben ac y byddai ganddi agwedd bendant. Mae'n bosibl fod gwên anferth Gwenfair, ei brwdfrydedd a'i hagwedd hynod at iechyd yn seiliedig ar fy chwaer. Roedd hi'n hwyl ysgrifennu am gymeriad Jasper. Rwy'n ei weld o hyd yn gwisgo clogyn, yn perfformio triciau hud, felly roedd ymchwilio ac ysgrifennu'r golygfeydd hynny'n dipyn o hwyl. Mae'r berthynas rhwng brodyr a chwiorydd o ddiddordeb mawr i fi fel awdur, o bosibl am mai fi oedd y plentyn canol! Mae Jasper yn hynod bryfoclyd ac mae ei ymffrostio parhaus wrth ei dad yn fy ngoglais, ond mae'n annwyl iawn hefyd, ac mae'n gefn mawr i Jemeima pan fydd ei angen arni. Mae'n bosibl fod rhwystredigaeth ei thad gyda Jemeima yn adlewyrchiad o gyfnod fy arddegau i. Ond mewn gwirionedd, mae'r cymeriadau'n datblygu o ran eu hunain. Maen nhw fel petaen nhw'n ymddangos yn fy nychymyg a byth yn gadael.

Oes gyda chi Anti Lleuwen?

Yn anffodus, does gen i ddim modryb sy'n debyg iawn i Lleuwen, ond rwy'n fodryb fy hun ac mae Lleuwen yn bendant yn cynrychioli amcanion modryb o'm safbwynt i. Mae ei chred fod bob un ohonom yn perthyn i'n gilydd ac yn perthyn ymhellach i'r bydysawd yn syniad rwy'n ei rannu. Rwy'n addo nad ydw i wedi bod allan yn noeth yng ngolau'r lleuad, ond rwy'n grediniol fod yn cynnig ambell arwydd i ni i'n harwain tuag at ein tynged. Credaf y gallai pawb elwa o berthynas ddyfnach â'r byd o'n cwmpas, fel Lleuwen. Mae'r posibiliadau'n ddiddiwedd i ni i gyd wrth syllu i fyny ar y sêr. Er efallai na fyddwn i'n mynd mor bell â phrofi cawl danadl poethion.

Magwyd Tamsin Winter mewn pentref bach yn Swydd Northampton lle nad oedd fawr ddim i'w wneud. Treuliodd ei phlentyndod yn darllen llyfrau ac yn ysgrifennu storïau, yn bennaf am gathod (mae'n eu caru nhw gymaint nes ei bod yn sôn amdanyn nhw ym mhob un o'i llyfrau). Mae ganddi radd mewn llenyddiaeth Saesneg ac ysgrifennu creadigol, ac mae hi wedi treulio'i bywyd fel oedolyn yn dysgu, crwydro'r byd a breuddwydio, ac erbyn hyn mae hi wedi ymgartrefu yn Swydd Nottingham gyda'i mab. Ei phleser pennaf yw ysgrifennu storïau y gobeithia all newid bywydau darllenwyr.

'Yn fwy na dim, rwy'n gobeithio bod fy storïau'n gwneud i bobl ifanc gredu ynddyn nhw eu hunain. Oherwydd dyna beth sy'n sicrhau rhyfeddod bywyd.'

tamsinwinterauthor

@MsWinterTweets

@tamsinwinterauthor

#JemimaSmall

CYDNABYDDIAETHAU

Yn gyntaf, diolch gymaint â'r bydysawd i Luigi ac Alison Bonomi yn LBA. Roeddech chi wrth eich bodd â stori Jemima o'r cychwyn cyntaf, ac rydych chi wedi fy annog ymlaen ar hyd bob cam o'r daith. Lluoswch fy niolch ag anfeidroldeb am fy arwain.

Diolch yn fwy na graddfa Banan i 'ngolygyddion anhygoel Rebecca Hill a Sarah Stewart yn Usborne am y cariad gymaint â'r bydysawd a roddoch chi i mewn i'r llyfr hwn, am eich cyngor Brainiacsaidd, am gredu fod dweud stori Jemima mor bwysig, ac am y LOLs anferth a'r symbolau siâp calon ar fy mhroflenni ar yr adegau allweddol.

Diolch astronomaidd i dîm cyhoeddi anhygoel Usborne Publishing am wneud i fi deimlo fel aelod o'r teulu, er gwaetha'r ffaith 'mod i'n gadael â llwyth o'ch llyfrau yn fy mag llaw. Mae tua 130 miliwn o lyfrau yn y byd. Diolch am sicrhau mai hwn yw'r 130 miliwn + 1. Bloedd fawr anferthol i'r criw arbennig yn Usborne Books at Home am eich cefnogaeth wych i *Being Miss Nobody*. Rwy'n croesi 'mysedd y byddwch yn caru hwn cymaint.

Diolch i chi Will Steele a Katherine Millichope am gyllun bendigedig clawr Jemima Small, ac i Hannah Featherstone am ei gwaith golygu copi anhygoel.

Diolch anferthol i ti Martin Day, heddwas a seren. Mae stori Jemima wedi newid yn ddramatig ers i ni gwrdd, ond diolch am ateb bron i filiwn o gwestiynau ac am helpu awdur anghennus. Mae'n bosib y bydd dy angen eto ar gyfer fy llyfr nesaf!

Anfonaf ddiolch mwy na difesur ar draws y byd i Donican Lam am eich help gyda phob peth Japaneaidd. A diolch difesur i Louisa Broad, fy ffrind annwyl a Brainiac cyffredinol, am fy helpu i pan fyddai fy ymennydd wedi rhewi'n gorn. Bloedd fwy nag anferth hefyd i Bettina Haddon am dy gefnogaeth, cariad a'r sylw diddiwedd ar y cyfryngau cymdeithasol. Rwyt ti'n graig.

Diolch uwchnofa i Rose a Dr Vilanova am eich caredigrwydd a'ch cefnogaeth, ac am fy atgoffa pa mor bell drwy'r bydysawd rwy wedi teithio i gyrraedd yma.

Cymeriad YouTube dychmygol yw Tabitha Hendrix, ond mae'r holl blogwyr, flogwyr a dylanwadwyr allan yno sy'n ein hannog i deimlo'n hapus am ein cyrff, beth bynnag eich siâp yn haeddu diolch. Rydych chi'n hardd. Rydych chi'n anhygoel. Rydych chi'n newid y byd. Trueni na fyddech chi wedi gallu bod yn rhan o 'mhlentyndod i.

Diolch mwy na chawraidd i bob awdur, llyfrgellydd, athro, llyfr werthwr, newyddiadurwr, blogiwr a flogiwr sy'n cyfeirio at y nofel bob dydd, ac sydd ar dân yn eu hawydd i gael llyfrau i galonnau pobl ifanc. Diolch hefyd am weiddi am fy llyfr i.

I fy ffrindiau electrocardiogramaidd gorau am byth Laura, Brajit a Lauren: diolch am eich cariad a'ch cefnogaeth di-ben-draw (a'ch cyflenwadau anferth o de/gwin). Allwn i ddim canfod gwell ffrindiau mewn miliwn galaeth.

Diolch maint uwchglwstwr galaethol i chi, fy rhieni, am fy nghefnogi mewn miliwn o ffyrdd gwahanol, yn bennaf drwy warchod a gorfodi dieithriaid llwyr i brynu fy llyfr. Rwy mor ffodus i'ch cael chi. Diolch uwch anferthol i fy chwaer, Kirsty, am dy ffydd, cefnogaeth a chynnwrf diddiwedd ac am dy ddealltwriaeth fanwl o'r tabl cyfnodol. Andrew, diolch am fod yn frawd di-ail sy'n cynnig cyngor gwych, yn ardderchog am gymorth cyntaf ac am dy stiwdio gynllunio hynod ddefnyddiol. Rydych chi'n frawd a chwaer ardderchog. Diolch am fod yn ffrindiau gorau i fi hefyd.

Hoffwn fanteisio ar y cyfle hwn hefyd i'ch hatgoffa mai ffuglen yw *Jemeima Fychan yn Erbyn y Bydysawd* ac mai hollol ddamweiniol yw unrhyw debygrwydd i aelodau go iawn o'r teulu.

I fy Felix wrth-ddisgyrchiant – diolch am y cariad, gwallgofrwydd, rhyfeddod, pleser, chwerthin a'r swyn rwyt ti'n eu rhoi i 'mywyd. Diolch am fy atgoffa 'mod i'n fwy nag ydw i'n teimlo weithiau. Ti sy'n profi bod y bydysawd bob amser yn gwrando.

Ac yn olaf, diolch maint y glec fawr i chi fy narllenwyr – am eich geiriau hyfryd (a'ch gwaith celf!) yn seiliedig ar *Being Miss Nobody* ac am ddewis darllen stori Jemima o blith yr holl filiynau o lyfrau eraill yn y bydysawd. Rwy'n gobeithio y bydd yn eich hatgoffa o ba mor anhygoel ydych chi.

He fyd ar gael oddi wrth Rily . . .